KB267372

가시나무새

콜린 맥콜로우 지음 | 홍석연 옮김

문지사

가시나무새 ● 차례

|제1부|
젊은날의 초상

1915년 12월 8일, 메기 클레어리에게 네 번째 생일이 돌아왔다.

아침 설겆이를 마친 어머니는 메기에게 갈색 종이 꾸러미를 안겨주면서 밖에 나가 놀라고 말했다.

메기는 집 밖의 가시금작화 수풀이 있는 곳으로 곧장 달려가 그것을 성급하게 뜯었다. 꾸러미는 견고하게 잘 포장되어 있어 뜯기 쉬운 일이 아니었지만, 화인 백화점의 은은한 냄새가 풍기는 것으로 보아 뭔지는 몰라도 그 속에 들어 있는 물건은 집에서 만든 게 아니라 돈을 주고 사 왔음을 쉽사리 알 수 있었다.

이윽고 섬세한 황금빛 물건이 한쪽 귀퉁이를 뚫고 나타나자, 메기는 더 큰 호기심에 포장지를 황급히 찢어 벗겼다.

"야, 아그네스다! 아그네스! 어쩜!"

메기는 눈을 깜박이며 앞에 놓은 인형에게 다정히 속삭이듯 소리쳤다.

정말 기적에 가까운 일이었다. 이제껏 메기는 화인 백화점에 꼭 한번 들어가봤는데, 그 곳은 말을 잘 들었다며 어머니가 데리고 가 주었던 지난 5월 어느날의 일이었다.

마차를 타고 어머니 옆에 얌전히 앉은 그녀는 그때 너무 흥분해 있었기 때문에 자세히 살펴보지 못해 생각나는 것도 그다지 없었다. 하지만 레이스가 잔뜩 달린 분홍 비단으로 만든 멋진 옷을 입혀 진열대에 내놓은 인형을 본 순간, 그녀는 이 세상에서 가장 아름답다고 생각해 아그네스라는 이름을 그 인형에게 마음 속으로 붙여주었던 것이다.

그렇지만, 그 후 몇 달 동안 아그네스에 대한 그녀의 그리움은 전혀 희망이 없었으며, 메기는 어린 계집애들과 인형이 서로 깊은 관련이 있다는 생각조차 하지 못했던 것이다. 늘 그녀는 오빠들이 내팽개친 호루라기와 고무총과 망가진 장난감 병정을 갖고 놀았으며, 그래서 늘 손은 더러웠고 장화는 흙투성이었다.

메기에게는 아그네스가 갖고 노는 장난감이라는 생각이 전혀 들지 않았다. 살아 있는 그 어느 여자에게서도 본 일이 없을 만큼 멋진 드레스의 분홍빛 주름을 쓰다듬으며, 그녀는 조심스럽게 아그네스를 집어들었다.

인형은 어느 쪽으로나 움직일 수 있도록 마디가 있는 팔다리가 달려 있었으며, 심지어 목과 날씬한 허리도 움직이게 되어 있었다.

인형의 금발머리를 높직하게 빗어 올려 색색의 진주를 잔뜩 달았으며, 새하얀 가슴이 크림빛 레이스의 보플보플한 소올 사이로 살며시 드러나보였다. 섬세하게 조각된 하얀 얼굴은 무척 아름다웠는데, 살결에 자연스러운 느낌을 주려고 유약은 바르지 않았다.

또 인형의 푸른 두 눈은 진짜 털로 만든 속눈썹 사이에서 생동감 넘치게 빛나고 있었는데, 메기는 아그네스를 뒤로 눕히면 눈이 감긴다는 사실을 알아냈다. 그리고 예쁜 작은 입이 약간 벌어지면 하얀 이빨이 그 사이로 숨어있듯 보였다.

메기는 인형을 조심스럽게 무릎에 올려놓고 가시금작화 수풀 뒤에 혼자 앉아 있었는데, 재크와 휴이가 울타리 옆을 바짝 붙어서 풀밭을 가로질러 왔다.

"그게 뭐야, 메기? 좀 보자!"

재크가 주먹을 휘두르면서 소리쳤다.

"그래, 보여줘!"

휴이도 덩달아 낄낄거렸다.

메기는 인형을 가슴에 꼭 껴안으며 머리를 저었다.

"싫어, 이건 내꺼야! 생일 선물이란 말야."

"우린 구경만 할테니 좀 보여줘!"

결국 메기는 자랑과 기쁨에 굴복했다. 그녀는 오빠들이 구경할 수도 있도록 인형을 쳐들었다.

"정말 예쁘지? 이름은 아그네스야."

"뭐, 아그네스라고? 정말 묘한 이름이로구나! 왜 마가레트나 베티라고 하지 그랬니?"

"아그네스가 좋으니까, 그렇지!"

휴이는 인형의 허리에 마디가 있는 것을 보고는 가볍게 서튼 휘파람을 불었다.

"야, 재크. 이것 봐! 손이 움직인다."

"정말? 좀 보자."

"싫어! 오빠들은 인형을 망가뜨릴 거야!"

메기는 다시 인형을 껴안고는 눈물을 글썽거렸다.

"흥! 그렇게 징징거리면 바브에게 이를 거야."

재크는 더러운 손으로 메기의 두 손목을 꽉 움켜쥐었다. 그러는 사이에 휴이가 인형의 치마를 끌어당겼다.

"보여주지 않으면, 너 알지?"

"싫어! 제발 그러지 마! 넌 틀림없이 인형을 망가뜨릴 거야! 제발 인형을 빼앗아 가지 마!"

메기는 두 손을 붙잡히기는 했지만, 인형을 빼앗기지 않으려고 안간힘을 썼다.

"빼앗았다!"

메기의 팔밑으로 인형이 미끄러져 떨어지자, 휴이가 환성을 질렀다.

재크와 휴이 역시 인형이 매우 신기하였는지, 끝내는 드레스와 속치마와 주름 장식이 달린 속옷까지 벗겨냈다.

두 소년이 이리저리 서로 잡아당기고 머리를 돌려 등을 보게 하고 기분 내키는 대로 제멋대로 난폭하게 다루는 동안 아그네스는 발가벗은 모습 그대로 있었다. 그들은 울며 서 있는 누이동생은 거들떠보지도 않았다.

그러나 메기는 누구의 도움을 청할 생각조차 하지 않았다. 왜냐하면 클레어리 집안에선 스스로를 지킬 수 없는 자는 어느 누구의 도움이나 동정도 받지 못했으며, 그것은 엄격한 가풍과 같은 것으로 여자아이에게도 적용이 되었다.

이윽고 인형의 부드러운 머리카락이 흩어져 내렸고, 옷에 매달려 있던 진주알들은 반짝이며 키 큰 풀숲 속으로 날아가 사라졌다. 분홍빛 드레스는 흙투성이 장화로 마구 짓밟아 대장간 기름 투성이처럼 되고 말았다.

메기는 무릎을 꿇고 주저앉아 더 망가지기 전에 흩어진 옷가지를 주워 모으려고 미친 듯이 손을 놀렸고, 진주알이 떨어졌다고 생각되는 풀숲 속을 휘젓기 시작했다.

어느 새 눈물이 그녀의 시야를 가렸으며, 마음 깊은 곳에 새로운 슬픔이 솟구쳤다. 이제껏 슬퍼할 만한 가치가 있는 물건을 한 번도 가져본 일이 없었기 때문에 슬픔은 더 컸다.

프랭크는 찬물에 휙 소리를 내며 징을 힘껏 집어 던지고는 허리를 곧게 폈다. 요즘엔 허리가 쑤시지 않는 것을 보니 아마 대장간 일에 익숙해진 모양이었다.

"때가 되어야지."

아버지는 자주 그렇게 말했다. 여섯 달은 견뎌내야지. 그러나 프랭크는 풀무와 망치를 하루하루 대하며 증오와 회한으로 시간을 보냈다.

대장간 안에서 통에다 망치를 집어 던진 그는 떨리는 손으로 검은 머리카락을 쓸어 넘기고는 낡은 가죽 앞치마를 벗었다. 늘 그의 셔츠는 구석의 마른 건초 더미 위에 아무렇게나 놓여 있었다. 그는 터벅터벅 그 곳으로 가서 잠시 그대로 선 채 검은 눈을 고정시켜 갈라진 창고의 벽을 물끄러미 바라보았다.

그는 키가 무척 작았고, 아직도 애송이처럼 야위었지만, 어깨와 팔뚝은 망치질로 근육이 붙어 희고 흠집 없는 피부가 땀으로 촉촉이 빛나곤 했다.

그의 머리카락과 눈의 어두운 빛깔은 이국적이었으며, 두툼한 입과 큰 코는 다른 가족들과는 달랐으나 어머니 쪽인 마오리(뉴질랜드의 원주민)의 피가 섞인 것이 겉으로 나타났다.

이제 그는 열 여섯 살이 다 되었고, 바브는 열 한 살, 재크는 열 살, 휴이는 아홉 살, 스튜어트는 다섯 살, 어린 메기는 세 살이었다. 그러자 그는 불현듯 오늘 12월 8일이 메기가 네 번째 맞는 생일임을 기억했다. 그는 셔츠를 입고 창고를 나섰다.

집은 창고와 마굿간보다 백 피트쯤 높은 언덕 위에 자리잡고 있었다. 뉴질랜드의 모든 집들과 마찬가지로 지진이 일어나더라도 견딜 수 있게 단층으로 납작하게 지었다. 그 집 주위엔 온통 가시금작화의 샛노란 꽃들로 뒤덮였으며, 풀은 고향의 초원처럼 푸르고 무성했다.

집 너머로는 양들이 떼를 지어 크림빛 덩어리를 이룬 수천 개의 점들로 보였으며, 에머랄드빛 초원이 물결치듯 펼쳐져 있었다. 높푸른 하늘이 맞닿은 곳엔 언덕이 부채처럼 곡선을 이룬 에그몬트 산이 높이 솟아 구름 속에서 비탈을 이루었으며, 등성이에는 아직도 눈이 하얗게 남아 있었다. 그 균형이 어찌나 완벽했던지 날마다 보는 프랭크조차 새삼스럽게 감탄을 자아내게 했다.

창고에서 집까지는 꽤 먼 거리였지만, 프랭크는 늦으면 안 된다는 사실을 잘 알고 있었으므로 급히 서둘렀다. 그것은 아버지의 명령이 엄했기 때문이었다. 그는 집모퉁이를 돌아가다가 가시금작화 수풀 근처에 모여 있는 동생들을 보았다.

프랭크는 메기에게 줄 인형을 사러 백화점으로 가는 어머니를 태워다 주었는데, 그는 아직도 무엇이 그녀로 하여금 인형을 사게 했는지 전혀 이해할 수가 없었다. 어머니는 생일 선물을 사줄 사람이 아니었고, 그럴만한 돈도 없었으며, 또 누구에게도 장난감을 선물한 적이 없었기 때문이다.

이제 재크와 휴이는 인형을 멋대로 주물러 댔다. 프랭크의 눈에는 메기의 작은 잔등 밖에 보이지 않았는데, 그녀는 아그네스를 더럽히는 오빠들을 쳐다보며 서 있었다.

그녀의 하얀 양말은 장화 밑에까지 흘러내려 구겨졌으며, 분홍빛 다리는 갈색 벨벳 드레스 밑으로 한 뼘쯤 드러났고, 등밑으로는 머리카락 다발이 쏟아져 내려 햇빛을 받고 빛났는데, 그것은 빨갛거나 금발이 아니라 그 중간색이었다.

그녀는 한 손으로 인형의 옷을 움켜쥐고 다른 손으로 휴이를 밀어댔지만 소용이 없었다.

"이 똥개 같은 새끼들아."

재크와 휴이는 벌떡 일어나 인형을 버리고 재빨리 도망쳤다. 사실 프랭크가 욕을 할 때는 도망 가는 것이 제일 좋은 방법이었다.

프랭크는 몸을 굽혀 메기의 어깨를 감싸주며 부드럽게 동생을 달래었다.

"자, 이제 울지 마. 다시는 그 애들이 네 인형에 손을 대지 못하도록 내가 약속할게. 오늘은 네 생일이니까 날 보고 웃어주지 않겠니?"

메기는 슬픔으로 가득 찬 커다란 갈색눈으로 오빠를 쳐다보았다. 그는 바지주머니에서 더러운 손수건을 꺼내 얼굴을 닦아주고는 다시 코를 꼭 눌렀다.

"자, 풀어!"

그녀는 오빠가 시키는 대로 했고 심하게 딸꾹질을 하면서 겨우 울음을 멈추었다.

메기는 코를 훌쩍이며 다시 울음 섞인 목소리로 더듬거렸다.

"글쎄, ―오―오빠, 그 애들이 아그네스를 나한테서 빼―빼―빼앗었어! 인형의 머―머―머리카락이 다 떨어졌고 머리에 꽂혔던 예쁜 진―진―진주들이 모두 없―없―없어졌어!"

다시 눈물이 메기의 불을 타고 내렸다. 프랭크는 큰 손으로 그것을 문질러 닦았다.

"그럼 우리 둘이 그걸 찾자꾸나. 하지만 울면서는 아무 것도 찾을 수가 없다는 건 너도 알고 있겠지? 자, 네가 옷을 입혀 주지 않으면 아그네스가 햇볕에 타겠다."

그는 메기를 길가에 앉히고 조심스럽게 인형을 넘겨준 다음 쭈그리고 앉아 조심스럽게 풀섶을 뒤지더니 이윽고 환호성을 올리면서 진주를 하나 집어들었다.

"봐라! 제일 먼저 찾은 거야! 내가 모두 찾아줄 테니 조금만 기다려."

메기는 풀잎 사이를 헤치며 진주알을 하나씩 찾아주는 큰오빠를 존경스럽게 쳐다보았다. 그러다가 그녀는 인형의 피부가 얼마나 연약한지를 기억하고는 옷을 입히는 일에 정성을 기울였다. 인형의 머리카락은 헝클어져 있었으며, 오빠들이 이리저리 잡아당긴 팔다리는 더러워졌지만, 그래도 심하게 다친 데는 없는 성 싶었다.

메기의 양쪽 귀밑머리에는 머리핀이 하나 꽂혀 있었는데, 그녀는 그것을 뽑아 아그네스의 머리카락을 빗겨주기 시작했다.

그녀가 머리카락을 서튼 솜씨로 밀어젖히는 동안 무서운 일이 벌어졌다. 웬일인지 머리카락이 몽땅 빠져서 헝클어진 덩어리처럼 핀에 대롱대롱 매달렸다. 아그네스의 매끄러운 이마 위엔 아무것도 없었으며, 대머리에 벗겨진 두개골도 없었다. 그저 흉하게 벌어진 구멍뿐이었다.

메기는 겁에 질려 벌벌 떨며 인형의 머리 속을 들여다보려고 몸을 수그렸다. 뺨의 안쪽이 희미하게 보였고, 벌어진 입술 사이로 빛이 반짝여서 이빨은 야릇한 윤곽을 나타냈으며, 이 모든 것들의 뒤에는 인형의 머리를 꿰뚫은 철사줄로 버틴 두 개의 동그랗고 무시무시한 아그네스의 눈이 있었다.

메기는 비명을 지르며 아그네스를 멀리 집어던진 다음 두 손으로 얼굴을 가리고는 몸을 떨었다. 그러다가 그녀는 자기를 품에 안고 얼굴을 만져주는 프랭크를 의식했다. 그녀는 그에게서 편안함을 느꼈으며, 마침내 마음을 진정한 그녀는 땀과 쇠냄새가 나는 그의 체취가 얼마나 좋은 지를 비로소 깨닫게 되었다.

"인형의 눈, 인형의 눈!"

인형을 쳐다보지 않으려고 하면서 갑자기 메기가 나직히 외쳤다.

"아주 희한한 물건인데 왜, 그러지?"

동생의 머리카락에 코를 쑤셔 넣으며 프랭크가 중얼거렸다. 얼마나 보드랍고, 또 얼마나 빛깔이 충만한 머리카락인가!

반 시간 동안이나 타이른 다음에서야 그녀는 아그네스를 바라보았고, 다시 반 시간이 더 흐른 후에 프랭크는 머리가죽이 벗겨진 구멍 속을 들여다보도록 동생을 설득할 수 있었다.

그는 어떻게 해서 인형의 눈이 움직일 수 있으며, 쉽게 떴다 감았다 할 수 있게 만들었는지를 그녀에게 가르쳐 주었다.

"어서 가자, 이제 집에 들어갈 시간이 되었어."

그는 그녀를 안아올리고는 인형을 그녀와 자신의 가슴 사이에 끼우면서 말했다.

"엄마에게 이걸 고쳐 달라고 하자, 응? 인형의 옷은 빨아 다리미질하고, 머리카락은 다시 접착제로 붙여야 돼. 그 진주알들로 내가 훌륭한 머리핀을 만들어 줄게. 그걸로 넌 마음 내키는 대로 인형의 머리 모양을 다듬을 수 있을 거야."

휘오나 부인은 부엌에서 감자 껍질을 벗기고 있었다. 그녀는 무척 미인이고 깔끔한 여자였지만, 좀 딱딱하고 엄격한 편이었다. 그녀의 몸매는 빼어났는데 가느다란 허리는 아기를 여섯이나 낳고도 굵어지지 않았다.

그녀의 하루 일과는 일어나면서부터 잠자리에 들때까지 줄곧 부억과 마당에서 지냈으며, 항상 신고 있는 목이 짧은 검은 장화는 스토브에서 빨래터로, 채소밭으로, 그리고는 다시 스토브로 삼각형을 그리며 바삐 돌아다녔다.

그녀는 식탁 위에 칼을 놓고 프랭크와 메기를 번갈아 바라보더니 아름다운 입모양이 밑으로 쳐졌다.

"메기야. 난 네가 더럽히지 않는다는 약속을 지킨다면 그 드레스를 입도록 허락해 주겠다고 오늘 아침에 엄마가 얘기했지. 그런데 지금 네 꼴이 뭐냐."

"엄마, 이 애가 잘못해서 그런 게 아녜요. 재크와 휴이가 어떻게 팔다리가 움직이는지 알고싶어 인형을 빼앗았어요. 그래서 제가 다시 인형을 고쳐주겠다고 약속했어요."

프랭크가 대꾸했다.

"어디 보자."

휘오나는 손을 내밀었다.

그녀는 조용한 여자여서 무슨 생각을 하고 있는지는 아무도, 심지어 남편까지도 알지 못했다. 그녀는 절대로 웃는 일이 없었고, 또한 화를 내는 일도 없었다. 깊숙이 드리운 장막처럼 그녀의 마음을 아는 사람은 오직 그녀 자신뿐이었다.

그녀는 자세히 살펴본 다음에 아그네스를 스토브 곁의 찬장 위에다 놓고는 메기를 바라보았다.

"엄마가 내일 아침에 옷을 빨고 머리를 손질해 주마. 내 생각에는 오늘밤 프랭크가 접착제로 머리카락을 붙이고 인형을 목욕시킬 수 있을 것 같구나."

그 말은 위로를 한다기보다 판에 박힌 소리 같았다.

메기는 어설프게 미소지으며 머리를 끄덕였는데, 가끔 그녀는 엄마가 웃는 소리를 듣고 싶어했지만, 아쉽게도 절대로 소리내어 웃는 일이 없었다.

그러자 엄마는 예의 표정없는 얼굴로 머리를 가볍게 끄덕이고는 식탁쪽으로 자리를 옮기며 하던 일을 계속하는 것이었다. 프랭크 이외에 아이들이 모르고 있는 사실은 어머니가 회복할 수 없는 만성 피로에 시달리고 있다는 점이다. 늘 할 일이 끊임없이 집 안팎으로 쌓였고, 언제나 돈이 없었으며, 시간은 모자랐고, 일손은 둘 뿐이었다.

그녀는 일손을 도울 만큼 메기가 나이를 먹게 될 날을 고대했는데, 아직은 겨우 네 살이니 짐을 덜어줄 수가 없었다. 아이가 여섯이었지만, 그 가운데 겨우 하나 그것도 가장 어린 것이 딸이었다.

남편 클레어리는 그저 우연하게 메기의 생일이 든 주일에 집으로 돌아왔다. 그의 직업은 양털깎이였는데, 그것은 철을 타는 일이어서 한여름부터 늦겨울까지만 계속되었고, 그 다음엔 농장에서 시골 농부의 일손을 덜어주는 일에 매달렸다.

늘 그는 일자리를 찾아 어디로든 떠났는데, 그것은 생각처럼 가족들에게 냉혹한 일은 아니었다. 자기 땅을 소유하지 못했을 땐 그럴 수밖에 없었다.

해가 지고 난 다음 집안으로 들어간 그는 부엌에서 부지런히 일하고 있는 아내 휘오나에게 머리를 끄덕여 주었는데, 두 사람 사이의 애정 표시는 침실에서만 행한다고 생각했으므로 키스나 포옹을 하지는 않았다.

그때 프랭크는 장작을 패고 나머지 아이들은 뒤쪽 베란다에 모여서 개구리를 가지고 놀고 있었다.

그가 더덕더덕 진흙이 묻은 장화를 잡아빼는 동안 메기가 그의 실내화를 신고 깡총거리며 내려다보고 미소를 지었다.

그에게 있어 어린 딸은 무척 예뻤고, 금발의 머리카락이 너무 아름답다고 생각하곤 했는데, 그는 그 한 가닥을 잡아 길게 당겼다가는 놓아주었다.

메기를 무릎 위에 앉혔다.

"별일 없소, 휘오나?"

클레어리가 물었다.

"그럼요. 아래쪽 울타리일은 끝내셨나요?"

"다 끝냈다오. 날이 밝으면 당장 위쪽 일을 시작할 수 있을 거요."

그는 질 나쁜 담배를 파이프에 담으며 스토브 곁에 놓아둔 항아리에서 초를 먹인 심지를 꺼냈다. 그리고는 난로 안쪽에 슬쩍 심지를 스쳐 불을 붙인 다음 의자에 길게 기대어 뻐금뻐금 소리를 내면서 깊게 파이프를 빨았다. 보랏빛 연기가 그의 짧은 수염 사이로 서서히 피어올랐다.

"네 살이 되니 기분이 어떠냐, 메기?"

그는 딸에게 물었다.

"아주 기뻐요, 아빠."

"엄마가 선물을 주더냐?"

"네, 아주 예쁜 인형을 주셨어요, 아빠. 전 하루 종일 아그네스와 함께 있고 싶어요."

"그 애에게 그런 거라도 있으니 다행이에요."

휘오나가 어두운 음성으로 말했다.

"애가 그걸 제대로 살펴보기도 전에 재크와 휴이가 인형을 빼앗아 못 쓰게 만들어 버렸어요."

"뭐, 사내애들은 다 그런 거니까."

아버지는 졸리운 목소리로 말하며 의자에 등을 기대고는 눈을 감았다.

난로 앞은 뜨거웠지만, 그는 그것을 의식하지 못하는 것 같았고, 그의 이마엔 땀방울이 맺혀 반짝거렸다. 그는 두 팔을 베고는 금새 잠이 들었다.

아버지처럼 무서울이만큼 붉은 빛깔은 아니었으나 짙게 굽이치는 빨간 머리카락을 아이들은 물려받았다.

그의 작달만한 체구는 온통 강철과 용수철로 뭉친듯 싶었고, 얼굴은 쾌활해서 사람들로 하여금 첫눈에 호감을 갖게 해주었다.

또한 그의 코 역시 멋이 있어서 아일랜드인다운 용모와는 어울리지 않게 진짜 매부리코였는데, 어쨌든 그가 살았던 아일랜드는 바닷가가 고작이었다. 그는 아직도 아일랜드 사람들 특유의 조용하고 빠른 혀를 굴리는 듯한 말투를 썼다.

그는 다른 사람들보다 훨씬 자기의 고달픈 삶을 잘 견디어 냈으며, 비록 심하게 사람을 다루기는 했어도 한 아이를 제외한 모든 자식들은 그를 존경했다.

만일 먹을 양식이 모자라게 되면, 그 자신은 먹지 않고 지낼 정도로 참을성이 강했으며, 아이들의 새 옷을 장만하기 위해서 자신은 늘 여름옷이나 겨울옷을 구별 않고 단벌로 지낼 정도였다. 그와 같은 행동은 나름대로 백만 번의 허튼 키스보다 믿음직한 사랑의 증거가 되었다.

그의 성미는 불같았고, 한 번은 사람을 죽인 적도 있었다. 그가 죽인 사람은 영국인이었는데, 운이 좋았던 그는 마침 뉴질랜드로 출항하는 배에 오를 수 있었다.

휘오나가 뒷문으로 가서 소리를 질렀다.

"밥들 먹어라!"

아이들이 한 명씩 집안으로 들어왔는데, 프랭크가 맨끝으로 장작을 한아름 안고 들어와 난로 곁에 쏟아놓았다. 엷은 잠에서 깬 클레어리는 메기를 내려놓고 식탁의 제일 윗자리에 앉았고, 아이들은 양쪽 가장자리에 앉았다.

휘오나는 빠르고 익숙한 몸짓으로 접시에 담은 음식을 가져다 주었는데, 한 번에 두 개씩 접시를 날라 남편에게 제일 먼저, 그 다음에는 나이에 따라 차례로 아이들에게 나누어 주고는 마지막으로 자기 음식을 가져와 자리에 앉았다.

"제기랄! 스튜로구나!"

스튜어드가 나이프와 포크를 집으면서 볼멘소리로 말했다.

"대체 왜 스튜를 따서 내 이름을 지으셨죠?"

"먹어 둬!"

아버지가 소리쳤다.

접시들은 모두 큼직했으며, 삶은 감자와 양고기 스튜와 그날 밭에서 딴 콩이 듬성듬성 놓여졌다.

스튜어트를 포함한 다른 아이들은 빵으로 접시를 말끔하게 닦아내며 버터와 까치밥 잼을 두툼하게 바른 빵을 몇 조각씩 더 먹었다.

"애, 메기야. 오늘은 네 생일이라서 좋아하는 푸딩을 엄마가 만들었구나."

아버지가 만족한 표정을 지으면서 말했다.

늘 전분 음식을 많이 먹긴 해도 군살이 붙은 사람은 하나도 없었다. 그들이 먹은 음식은 몽땅 일을 하거나 놀기 위해 소모되었다.

휘오나가 커다란 주전자로 식구들 모두에게 차를 한 잔씩 부어 준 다음에도 그들은 자리에 남아 얘기를 나누거나 책을 읽으며 한 시간 가량을 더 보냈다.

아이들은 내일의 계획을 세웠다. 이미 여름방학을 맞아 학교는 문을 닫았고, 고삐 풀린 사내아이들은 집과 밭 주위에서 할 수 있는 자질구레한 일들을 할당 받았다.

마침내 휘오나는 메기를 불러 의자에 앉히고는 잠잘 때 사용하는 끈으로 머리를 매만져 주었다. 잠시 후에 아이들이 하나씩 물러가자 클레어리는 기지개를 켠 다음 재떨이로 사용하는 커다란 조가비에 파이프를 놓았다.

"여보, 나 자러 가겠소."

"편히 주무세요."

휘오나는 접시들을 씻고 닦아서 한쪽에 차곡차곡 쌓아올렸다.

프랭크는 옆에 앉아 인형을 손질했지만, 접시 더미가 점점 높아지자 소리없이 일어나 마른 수건으로 그것들을 닦기 시작했다. 싱크대와 찬장 사이를 오가면서 그는 오랫동안 익숙해진 솜씨로 일했는데, 그것은 어머니와 함께 치르는 은밀하고도 두려운 경기였다. 그 까닭은 식구들 가운데 어느 남자도 여자 일에 손을 대면 안 되었기 때문이다. 그러나 밤마다 클레어리가 침실로 가고나면 프랭크는 어머니의 일을 도와주었다.

휘오나는 부드러운 눈으로 프랭크를 쳐다보았다.

"네가 없다면 난 어떻게 될지 모르겠구나. 하지만 넌 아침에 무척 피곤할 거야."

"상관없어요. 접시 몇 개 닦는다고 죽기야 하려고요. 조금만 도우면 어머니가 편하실 텐데."

"그건 내가 할 일이란다, 프랭크."

"언젠가 우리 집이 부자가 되어 어머니가 하녀를 쓸 수 있게 되는 날이 왔으면 좋겠어요."

"그건 꿈같은 일이지."

프랭크는 어깨를 추스르며 더 이상 아무 말도 하지 않았다.

설거지를 모두 마친 후, 휘오나는 바느질 바구니를 꺼내더니 불가에 놓인 의자에 앉았고, 프랭크는 다시 인형을 손질하기 시작했다.

"아까 메기는 인형 머리 속을 들여다보고는 숨막힐 것처럼 겁에 질렸어요. 그 눈이 어딘가 굉장히 무서웠던 모양인데, 무엇 때문에 그랬는지 알 수가 없어요."

"메기는 보이지도 않는 것들을 혼자 상상하는 일이 많단다."

"애들을 학교에 보낼 돈이 없다니 너무 가엾어요. 무척 똑똑한 애들인데."

"얘, 프랭크야. 거지도 꿈 속에서는 말을 타고 다닐 수 있단다."

휘오나는 쓰라린 마음으로 아들을 지켜보았는데, 프랭크에겐 늘 무언가 절망적인 그림자가 서려 있었다. 아들 프랭크와 남편 클레어리의 사이가 좋아질 수만 있다면 얼마나 좋을까!

그러나 그들은 제대로 마주 보는 일이 없었고, 항상 다투기만 했다. 동생들도 아버지보다는 프랭크의 야단을 더 두려워했다.

"이제 주무세요, 엄마."

"불부터 지핀 다음에……."

"그건 제가 할게요."

그는 일어나서 다칠 염려가 없도록 찬장 위에 놓인 케익 그릇 뒤에다 손질한 인형을 놓아둔 다음 재빨리 몸을 움직였다.

휘오나는 커다란 통난로 속에 마른 장작을 몇 개씩 쑤셔 넣고 온도 조절기를 매만지며 스토브 앞에 쪼그리고 앉아 있는 프랭크에게로 다가갔다. 그의 하얀 팔뚝에는 핏줄이 두드러졌고, 섬세한 손은 때가 끼어 있어 깨끗해질 날이 결코 올 것 같지 않아 보였다.

그녀는 손을 내밀어 아들의 눈밑으로 드리워진 검은 머리카락을 쓸어올려 주었는데, 이것이 그녀가 행동으로 표현하는 애정의 한계였다.

"잘 자거라, 프랭크."

프랭크와 바브는 첫 번째 침실을 함께 사용하고 있었다.

휘오나는 조용히 문을 열고 램프불을 높이 치켜들었다. 바브는 입을 약간 벌리고 옆으로 누워 경련을 하듯 발을 떨었는데, 그녀는 침대로 다가가서 그가 이제는 버릇처럼 되어버린 악몽에 빠져들기 전에 똑바로 눕게 자세를 고쳐 주고는 잠깐 동안 내려다보며 그 자리에 서 있었다.

다음 방에서는 재크와 휴이가 뒤엉켜 붙어 자고 있었다. 정말 한심한 말썽꾸러기들이다.

그녀는 그들을 떼어놓고 이부자리를 정리해 보려고 했지만, 머리카락이 빨간 두 고수머리는 서로 떨어지려고 하지 않았다. 그녀는 가벼운 한숨을 쉬며 그대로 내버려두는 수밖에 없다고 생각했다.

메기와 스튜어트가 자는 방은 어린 두 아이들에게는 쓸쓸한 곳이었는데, 벽은 탁한 갈색이었으며 그림 한 장 걸려 있지 않았다. 물론 다른 침실도 마찬가지였지만.

스튜어트는 거꾸로 누워 머리가 있어야 할 곳에 발이 놓여 있었다. 메기는 몸을 조그맣게 움츠리고는 엄지손가락을 입에 물고 꿈나라에 가 있었다.

'외동딸.'

휘오나는 방을 나오기 전에 힐끗 어린 딸을 다시 한번 그윽히 바라보았다. 그녀는 딸의 운명이 어떠리라는 것을 예감했으며, 부러워하거나 가엾어 하지도 않았다. 다섯 아들에 막내로 태어난 딸은 기적과 같은 일이었기 때문이다.

그녀는 자기의 침실로 들어와 조용히 문을 닫고 등불을 화장대 위에 내려놓았다. 그녀의 재빠른 손가락은 드레스의 단추를 민첩하게 푼 다음 차례로 옷을 벗고는 긴 플란넬 잠옷을 입었다. 점잖게 옷을 입은 다음에야 속옷과 코르셋을 벗었다.

그러자 촘촘하게 딴 금발이 흘러내렸고, 핀을 모두 조가비에 담아 화장대에 놓았다. 그녀는 침대 쪽으로 돌아섰고 호흡이 무의식적으로 멈추었지만, 이미 클레어리는 잠이 들어 있었고, 그래서 그녀는 안도의 숨을 내쉬었다.

그가 기분이 나면 좋지 않다는 얘기가 아니라, 메기가 두세 살 나이를 더 먹기 전에 아이를 가진다는 것이 무척 힘든 노릇이었기 때문이다.

일요일이 되어 클레어리 가족이 모두 성당에 갈 때면, 메기는 오빠들 중에 한 명과 집에 남아 있어야 했는데, 언젠가 자기도 나이가 들어 갈 수 있게 될 날만 고대하였다.

클레어리는 어린애들이란 집을 떠나 어느 곳에도 가면 안 된다는 규칙을 고집했는데, 이것은 성당에도 마친가지로 적용되었다. 그래서 일요일 아침이 되면 식구들은 낡은 마차에 짐짝처럼 실려 성당으로 가곤 했다. 그때 집을 지키면서 그녀를 돌봐줄 임무를 맡은 오빠는 미사에 빠진 것이 행운을 얻은 것처럼 행동하는 동안 메기는 가시금작화 수풀 옆에서 멀어져 가는 마차의 뒷모습을 바라보며 힘없는 표정으로 서 있었다.

클레어리 집안에서 다른 사람들과 떨어져 있어야만 기분이 좋은 사람은 프랭크 뿐이었다.

클레어리에게 종교는 삶의 본질적인 한부분이었다. 결혼했을 때 아내인 휘오나가 성공회 신자였기 때문에 천주교도였던 그가 난처해 하자, 이에 아내가 자신의 종교를 버리는 조건으로 그의 종교를 따르지 않겠다고 거부했다.

어쨌든 암스트롱 가는 흠잡을 데 없는 성공회 혈통의 개척자 집안이었으며, 클레어리는 아일랜드계의 불량한 출신의 무일푼 이주민이었다.

최초의 공식적인 정착민들이 도착하기 이전부터 암스트롱 집안은 뉴질랜드에서 살았으며, 식민지 귀족 사회의 중간 역할을 했다. 암스트롱 가문의 입장에서 볼 때 휘오나는 불량한 놈팡이에게 걸려든 불행한 여자라는 소리 밖에 들을 수 없었다.

휘오나의 증조부인 로데릭 암스트롱은 기발한 방법으로 뉴질랜드에서 한 가문을 일으켜 세웠다. 그것은 18세기의 영국에 예기치 못한 수많은 부작용을 가져다준 미국의 독립 투쟁과 더불어 시작되었다.

그 굴욕의 황량한 역사는 1776년까지 해마다 천 명이 넘는 영국의 불량배들이 배에 실려 미국 남부 버지니아와 캐롤라이나로 노예나 다름없는 종살이 계약에 의해 팔려갔다.

그 무렵 영국의 법은 준엄하고 용서가 없었으며, 살인이나 방화, 1실링 이상의 도둑질을 범한 자들까지 처형을 받았다. 사소한 범죄자들까지도 남북 아메리카로 실려감을 뜻했다.

그러나 1776년에 남북 아메리카가 독립 투쟁으로 폐쇄되자, 영국은 급격히 증가하는 죄수들을 처분할 길이 막연했다. 감옥은 가득

찼고, 나머지 죄수들은 강어귀에 정박시킨 감옥선에다 몰아넣었다. 하지만 어떤 조치가 필요했다.

1787년 마침내 아더 선장은 그래이트 사우랜드로 떠나라는 명령을 받았다. 열 한 척의 함대는 천 명 이상의 죄수를 태웠다. 국왕 조지 3세는 죄수들을 갖다 버릴 새로운 쓰레기장인 뉴 사우드웨일즈를 찾아낸 것이다.

로데릭 암스트롱은 갓 스무 살이 된 1801년에 종신형을 선고 받고 실려갈 신세에 놓였다. 암스트롱 가문의 후세들은 미국 독립전쟁 결과로 재산을 잃은 지체 높은 출신이며, 죄에 대한 형량 자체가 터무니 없는 거짓이라고 주장했다. 그러나 그의 말을 믿어주는 사람은 아무도 없었다.

어쨌든 젊은 암스트롱은 억센 사내였다. 여덟 달 동안 이루 말할 수 없는 기막힌 항해를 줄곧 그는 고집 세고 다루기 힘든 죄수임을 보여주었는데, 죽기를 거부함으로써 함께 승선한 장교들로부터 멸시와 눈총을 받았다.

1803년, 시드니에 도착했을 때 그의 행동은 더욱 거칠어져서 다시 노르포크 섬의 중형 죄수 감옥으로 실려 갔다. 그러나 그를 개선시킬 수 있는 어떠한 방법도 없었다. 결국 그들은 그를 굶겼고, 너무 좁아 몸을 제대로 움직일 수 없는 독방에 감금했고, 살이 묻어나고 짓이겨질 때까지 채찍으로 때렸다. 때로는 바다 속에 있는 바위에다 쇠사슬로 묶어서 거의 아사 지경에까지 이르는 극심한 형벌을 가하기도 했다.

하루가 시작될 때마다 그는 죽지 않겠다고 다짐했으며, 하루가 끝날 때는 아직도 살아있음을 깨닫고는 독기를 흘리며 울었다.

1810년, 그는 오스트레일리아 남단에 있는 큰 섬으로 보내져서 쇠사슬에 묶인 채 단단한 암석지대를 통과하는 길을 뚫는 노역에 처하게 되었다. 드디어 탈출할 기회가 생기자, 그는 곡괭이로 감시병의 가슴에 구멍을 뚫었으며, 열 명의 다른 죄수들과 함께 감시병 다섯 명을 잡아 숨이 끊어질 때까지 살점을 조금씩 도려내어 죽였다. 그것은 죄수들을 짐승처럼 학대한데 대한 복수였던 것이다.

군인들에게서 탈취한 술과 빵과 마차를 가진 그들 열 한 명의 탈주범들은 차가운 비가 내리는 숲속을 달려 또다시 대형 보트를 훔쳐 항해를 시작했다. 뉴질랜드 사우드 아일랜드 섬의 황량한 서해안으로 배가 흘러 육지에 다다랐을 때는 암스트롱과 다른 두 사람만이 살아남아 있었다.

그는 일생 동안 그 엄청난 여행에 대해 한 번도 입밖에 낸 적이 없었다. 그들 세 사람은 약한 동료를 죽여 잡아먹음으로써 생존할 수 있었다고 그들을 알고 있는 사람들은 수군거렸다. 그것은 그가 영국으로부터 죄수로 실려온 지 9년이 지난 후의 일이었다.

그 후 1840년에 공식적으로 인가를 받은 이주민들이 처음으로 뉴질랜드에 도착했을 때, 그는 사우디 아일랜드 섬의 풍요한 캔터베리 지역에서 혼자의 힘으로 땅을 개간해 놓았고, 어느 마오리(원주민 종족) 여자와 결혼하여 잘 생긴 아이 열 셋을 둔 농장주였다.

그리하여 1860년에 이르자 암스트롱 집안은 식민지의 귀족이 되었으며, 그들의 사내아이들은 영국에 있는 고급학교로 유학을 보냈고, 부와 소유욕을 과시해서 뛰어나고 훌륭한 후손임을 증명하려고 노력했다. 암스트롱의 손자인 제임스는 1880년에 휘오나를 낳았는데, 모두 열 다섯이나 되는 자식들 중에서 유일한 딸이었다.

휘오나는 자신의 어린시절에 경험한 근엄한 신교 예식을 그리워하고 있는지, 어쩐지 한번도 입밖에 내본 적이 없었다. 그녀는 남편의 철저한 종교적 신념을 감수했으며, 그와 함께 미사에 참석했다. 그러나 그녀는 결코 개종하지 않았기 때문에 식사 시간의 기도 따위에는 세심한 배려를 나타내지 않았다.

이미 1년 반 전에 화인 백화점엘 한 번 다녀온 것을 뺀다면, 메기는 창고와 골짜기에 있는 대장간 외엔 집에서 멀리 떠나본 적이 없었다. 학교에 처음 들어가게 된 날 아침, 그녀는 어찌나 흥분했던지 먹은 것을 다 토해 내어, 다시 세수를 하고 옷을 갈아 입어야만 했다.

"어서 가자. 지각하겠어!"

바브가 발을 구르며 소리 질렀다. 메기는 서둘러 대는 오빠들의 뒤를 뛰어서 따라갔다.

아침 일곱 시가 조금 지나 있었고, 이미 햇님은 몇 시간 전에 떠올라 이슬은 그늘진 곳 외에는 어디에서나 찾아볼 수 없었다.

집에서 화인까지는 5마일의 거리였다. 멀리 떨어져 있는 읍내의 풍경을 메기가 보았을 때쯤에는 그녀의 작은 두 다리가 후들후들 떨렸고, 양말은 벗겨져 내려가 있었다.

바브는 옷을 끌어당기고 가끔 한숨을 지으며 애를 쓰고 따라 오는 동생을 신경질적으로 바라보았다. 머리카락이 헝클어져 내린 그녀의 얼굴은 분홍빛이면서도 묘하게 창백했다.

바브는 알 수 없는 한숨을 지으며 책가방을 재크에게 넘겨주고는 땅바닥에 쪼그리고 앉았다.

"이리 와, 메기. 내가 업어주마."

메기는 그의 등으로 기어올라 가서 두 다리로 그의 허리를 감고 어깨에 머리를 얹었다. 이제서야 그녀는 편안하게 주위를 둘러볼 수 있었다.

마을보다 조금 큰 화인 읍내는 별로 구경할 것이 없었다. 가장 큰 건물은 호텔이었는데, 고작 2층이었고 강렬한 태양빛을 그늘지게 하는 차양을 받쳐 주는 기둥들이 늘어서 있었다.

다음 번으로 큰 건물은 백화점이었는데, 역시 그늘을 만드는 차양이 매달려 있고 다닥다닥 난 창문들 밑엔 행인들이 휴식을 취하도록 길다란 나무 벤치 두 개가 놓여 있었다. 돌을 붙인 홀 앞에는 국기 게양대가 세워져 있는데, 거센 바람에 영국 깃발이 펄럭거렸다. 아직까지는 읍내에 차가 없는지, 말이 끄는 차의 숫자도 극히 적었다.

읍내 어디서나 사람의 눈을 끄는 유일한 건축물이라고는 아주 비영국적인 푸른 빛깔을 칠한 백화점뿐이었으며, 다른 건물들은 점잖은 갈색으로 칠해져 있었다. 공립학교와 성공회 교회는 교구 학교와 성심교회 맞은 편에 자리잡고 있었다.

클레어리집 아이들이 백화점 앞을 서둘러 지나가자 성당의 종이 울렸고, 뒤이어 통나무 꼭대기에 아무렇게나 매달려 있는 공립학교의 커다란 종이 더 크게 울렸다. 그들이 숨가쁘게 뛰어 자갈 깔린 운동장에 들어서니 쉰 명쯤 되는 아이들이 버드나무 채찍을 휘두르며 있는 몸집 작은 수녀 앞에 줄지어 서 있었다.

바브는 아이들이 늘어선 줄에서 좀 떨어진 한쪽 옆으로 동생을 끌고 갔다.

성심수도원은 2층이었지만, 울타리 뒤로 멀리 떨어져 있었기 때문에 밖에선 잘 보이지 않았다. 그 곳을 관장하는 자비수녀회의 세 수녀들은 살림을 맡은 네 번째 수녀와 함께 위층에서 살았고, 아래층에는 공부를 가르치는 커다란 방이 셋 있었다. 해묵은 무화과 나무 몇 그루가 넓은 운동장 한구석에 그늘을 던지며 서 있고, 학교 뒤쪽은 약간 경사를 이루며 동그란 풀밭이 이어져 있었는데, 그 곳을 아이들은 고상한 말로 '크리켓 경기장'이라고 불렀다.

줄지어 선 아이들의 숨죽인 웃음소리를 못 들은체 바브와 그의 동생들은 캐더린 수녀가 피아노로 꿍꽝거리며 연주하는 '우리 어버이들의 신앙'이란 성가 소리에 맞추어 학생들이 교실을 향해 가는 동안에도 그 자리에 꼼짝 않고 서 있었다.

마지막 아이가 사라진 다음에야 아가타 수녀는 뻣뻣한 자세를 다소 누그러뜨리고 거추장스러워 보이는 검은 스커트 자락으로 길게 깐 자갈길을 위풍당당하게 쓸어내며 클레어리 아이들이 기다리는 곳으로 걸어왔다.

지금까지 수녀를 한 번도 본 적이 없는 메기는 신기하다는 듯이 그녀를 보고는 입이 벌어졌다. 의심으로 가득 차고 연푸른 빛의 가혹한 두 눈이 아이들을 쏘아보고 있었다.

"그래, 왜 지각을 했나요?"

아가타 수녀가 메마른 목소리로 물었다.

"미안합니다, 수녀님……"

바브는 앞뒤로 흔들리며 파르르 떠는 회초리의 끝을 바라보면서 가까스로 말했다.

"왜 지각을 했느냐니까요?"

"미안합니다, 수녀님."

"오늘은 새 학기가 시작되는 첫날이에요. 오늘 아침 만큼은 제 시간에 오겠거니 하고 생각했어요."

메기는 떨렸지만 간신히 용기를 내었다.

"수녀님, 그건 제 탓이에요."

그때 바브가 재빨리 동생을 걸어찼고 메기는 영문을 몰라 그를 쳐다보았다.

"그게 어째서 자기 탓인가요?"

수녀는 메기가 지금까지 들어본 적이 없을 정도로 차가운 어조로 물었다. 의심에 가득 찬 시선으로 계속 메기를 쏘아보고 있었다.

"저…… 제가 식탁에 토해 놓았고, 또 토한 것이 그만 제 속옷으로 들어가서 엄마가 저를 씻겨주고 옷을 새로 갈아 입혀야 했어요. 그래서 모두들 지각했어요.

메기는 사실대로 설명했다. 아가타 수녀의 얼굴은 무표정했지만, 꽉 쥔 두 손이 용수철처럼 팽팽해졌고 회초리의 끝이 더욱 떨렸다.

"이 앤 누구예요?"

"죄송합니다, 수녀님. 제 누이동생입니다."

"앞으로 참된 신사나 숙녀가 되려면 절대로 얘기하지 말아야 할 일들이 있음을 이 아이한데 납득시켜 줘야 해요. 무슨 일이 있어도 점잖은 사람이라면 우리가 몸 속에 입는 것들의 이름을 절대로 말하면 못써요. 자, 모두들 손을 내밀어요."

"하지만 수녀님, 그건 제 잘못이에요!"

메기는 손바닥을 위로 보이게 두 손을 내밀면서 울어댔다.

"조용해요! 누구의 책임이냐 하는건 나한테는 관심 밖의 일이에요. 어쨌든 늦었으니까, 모두 벌을 받아야만 해요. 자, 여섯 대씩!"

그녀는 단조로운 어조로 벌을 선언했다.

겁에 질린 메기는 바브의 두 손을 지켜보았고, 그녀의 눈이 따라갈 수 없을 정도로 빠르게 획 소리를 내며 떨어지는 회초리와 부드럽고 연한 손바닥 한가운데가 금새 검붉은 빛깔로 변하는 것을 보았다.

순간 바브의 얼굴은 창백했지만, 비명을 지르거나 움직이지 않았고, 뒤이어 차례로 맞은 동생들도 마찬가지였으며, 늘 말이 없는 착한 스튜어트까지도 그랬다.

자신의 손 위로 치켜 올라가는 회초리를 따라가던 메기의 눈은 저절로 감겨 내려치는 회초리를 보지 못했다. 그러나 고통은 살을 저미고 패이는 것 같은 격렬한 통증은 심장까지 전해졌다. 비록 아가타 수녀가 가르치려는 바가 달랐을지는 몰라도 아무튼 메기는 교훈을 조금이나마 깨닫게 되었다.

점심 시간이 되었을 때도 통증은 가시지 않았다. 메기는 보고 듣는 얘기를 하나도 이해하지 못하면서 무서움과 당황 속에서 아침

나절을 보냈다.

교실 맨 마지막 줄에 앉은 메기는 오후엔 좀 용기가 나서 옆에 앉은 계집아이를 곁눈질로 바라보았다. 앞니 빠진 미소가 그녀의 겁에 질린 눈길을 맞아주었다.

"네 이름이 뭐니?"

가무잡잡하고 예쁜 계집아이가 조용히 물었다.

"메기 클레어리야."

이때 교실 앞쪽에서 날카로운 목소리가 들려왔다.

"지금 떠드는 아이가 누구야?"

메기는 벌떡 일어나서 당황한 눈으로 사방을 둘러보았다. 일제히 교실 안의 모든 아이들이 자기를 응시하고 있음을 깨달았다.

아가타 수녀가 통로를 따라 재빨리 다가왔으며, 메기는 어찌나 무서웠던지 도망칠 구멍만 있었더라면 목숨을 걸고 달아났으리라.

그러나 그녀의 뒤에는 칸막이가 가로 막고, 옆으로는 책상들이 빈틈없이 놓여 있고, 바로 앞에는 아가타 수녀가 버티고 서 있었다.

"교실에서 떠들었나요."

"미안합니다, 수녀님."

"무슨 이야기를 했나요?"

"제 이름을요, 수녀님."

"이름이라고!"

아가타 수녀는 다른 아이들도 자신의 경멸에 공감해야 한다는 듯 주위를 둘러보며 코웃음을 쳤다.

"이봐요, 어린이들. 우리 학교에 오늘 클레어리집 아이가 새로 들어왔는데, 자기 이름을 광고하고 싶어서 참을 수 없는 모양이에요!"

그녀는 메기에게로 돌아섰다.

"내 얘기를 들을 때는 자리에서 일어서요. 작은 야만인 같으니라구! 그리고 손을 내밀어요."

메기는 머리카락을 얼굴 위로 나부끼면서 자리에서 나왔다. 그녀는 두 손을 마주잡은 채 떨기만 했고, 아가타 수녀는 꼿꼿이 선 채 기다렸다. 메기는 겨우 손을 내밀 수 있었지만…… 기다렸다는 듯이 사정없이 회초리가 내려치자, 그만 얼떨결에 숨을 몰아쉬며 손을 치우고 말았다.

그러자 아가타 수녀는 메기의 묶은 머리를 거세게 손으로 움켜잡아 끌어당겼다.

"손을 내밀어요, 어서!"

수녀의 말은 엄하고 차가웠으며 용서가 없었다.

그러자 메기는 입을 벌리며 갑자기 수녀의 옷 앞자락에 마구 토하기 시작했다. 교실 안의 아이들이 겁에 질려 있는 동안 아가타 수녀는 검은 수녀복에서 마룻바닥으로 구역질 나는 토사물을 뚝뚝 떨어뜨리며 분노와 놀라움으로 파랗게 질려 서 있었다. 그러더니 회초리를 휘둘러 닥치는 대로 메기의 몸을 때렸다.

메기는 작은 손으로 얼굴을 가리면서 몸을 도사리고 여전히 구역질을 하면서 구석으로 달아났다. 아가타 수녀는 팔의 힘이 다 빠져 회초리를 치켜들 수 없게 되자 마구 소리쳤다.

“집으로 가요. 이 구역질 나는 어린 야만인 같으니라구!”

메기는 미친듯 당황한 눈길로 스튜어트를 찾아냈는데, 부드러운 초록빛 눈에 동정과 연민이 가득 찬 오빠는 시키는 대로 해야만 한다는 뜻을 나타내려는 듯 머리를 끄덕였다.

그녀는 손수건으로 입을 닦으면서 비틀거리는 걸음으로 교실문을 나서 운동장으로 갔다. 학교가 끝나려면 아직도 두 시간이나 더 남아있었으므로, 그녀는 오빠들이 자기를 따라올 수 없음을 알고 겁에 질린 채 터벅터벅 걸었다. 이제 그녀는 혼자 집으로 가서 엄마에게 모든 것을 고백해야만 했다.

빨래 바구니를 들고 나오던 휘오나는 딸을 멍하니 바라보았다. 메기는 고개를 숙인 채 베란다 꼭대기 계단에 앉아 떨고 있었다.

“아니, 무슨 일이냐?”

“아가타 수녀님 옷에다 온통 토해 놓았어요. 그래서 매까지 맞았어요.”

메기는 눈물을 글썽거리면서 나지막하게 말했다.

“보나마나 뻔하구나.”

휘오나는 뒷마당을 가로질러 빨랫줄이 있는 쪽으로 걸어가 버렸다.

맥이 풀린 메기는 얼마동안 엄마의 뒷모습을 지켜보다가 대장간으로 가는 비탈길을 따라 내려갔다.

프랭크는 로버슨 씨의 암말에 징 박는 일을 막 끝내고 뒷걸음을 시켜 마굿간에 밀어넣고 있다가 힘없이 걸어오고 있는 동생을 보았던 것이다. 순간 학교에서 자기가 겪었던 무서운 기억들이 한꺼번에 떠올랐다.

그토록 작고 아기처럼 통통한 모습의 착한 메기였지만, 순진한 눈의 광채는 무자비하게 짓밟혀 사라지고, 그 대신 슬픈 빛이 어른거리고 있었다.

'죽여 버려야 해. 정말로 그 여자를 죽여 버려야 해.'

프랭크는 앞치마를 벗어버린 다음 메기에게로 뛰어갔다.

"야, 무슨 일이니?"

"아, 프— 프랭크!"

메기는 거침없이 눈물을 쏟으면서 통곡을 했다. 그녀는 오빠의 목을 두 팔로 감싸안고 클레어리 집안의 아이들이 유년기를 벗어날 때면 한 번씩 그랬듯이 이상할 만큼 조용하고 고통스럽게 흐느껴 울었다.

메기가 다시 잠잠해지자, 그는 그녀를 암말 곁에 쌓아놓은 풀냄새가 상큼한 건초더미로 데리고 갔다. 두 사람은 그 곳에 나란히 앉아 세상과는 동떨어진 침묵을 주고받으며 밀짚침대 언저리를 말이 핥도록 내버려두었다.

메기의 머리는 프랭크의 가슴 위에 얹혀 있었고, 말이 기분이 좋은 지 콧바람을 불자 그녀의 머리카락은 이리저리 흩어졌다.

"프랭크! 그 여잔 왜 우리들을 회초리로 때렸을까? 내 잘못이라고 얘기를 했는데도……."

메기가 물었다.

"우린 가난하단다, 메기. 그게 중요한 원인이야. 수녀들은 항상 가난뱅이 학생들을 미워해."

얼마 후 메기는 하품을 했고 눈꺼풀이 스르르 감기자, 엄지손가락은 입을 찾느라고 얼굴을 아무렇게나 더듬었다. 프랭크는 그녀를 건초더미 위에 조용히 내려놓고 미소를 지으며 다시 일을 하러 갔다.

클레어리가 들어섰을 때 메기는 아직도 건초더미 위에서 자고 있는 중이었다. 챙 넓은 모자를 푹 눌러쓴 그의 팔은 자맨 씨의 농장에서 쓰레기를 치우느라고 더러워져 있었다.

"저 애가 여기 있을 줄 알았어."

자기의 늙은 워라말을 창고와 함께 있는 마굿간 쪽으로 끌고 가며 클레어리가 말했다.

프랭크는 그냥 머리를 끄덕이면서 불안감을 느끼게 하는 어두운 눈으로 아버지를 올려다보았다.

클레어리는 말의 안장을 푼 다음 먹이를 구유에 쏟아 넣으면서 아들을 이상한 눈빛으로 쳐다보았다.

"엄마한데 들으니까, 메기가 야단을 맞고 집으로 쫓겨온 모양이더구나. 무슨 일이 있었는지 넌 알고 있지?"

"가엾은 애가 수녀님의 옷에다 토했대요."

순간 클레어리의 표정이 어두워지면서 굳어졌다.

"학교를 들어가니까 너무 흥분한 모양이구나."

"모르겠어요. 아침에 집을 나서기 전에도 메기는 속이 좋지 않아, 그래서 모두 지각을 했대요."

"그래서 어떻게 되었지?"

"수녀는 속이 풀릴 때까지 메기를 회초리로 때리고는 집으로 쫓아보냈어요."

"난 수녀들을 매우 존경하는 편이므로 무슨 짓을 하던 따질 입장이 아니라는건 잘 알고 있지만, 난 그들이 회초리에 대해서 열을 좀 덜 올렸으면 하는 기분이 들어. 어쨌든 오늘은 꼬마가 학교에 들어간 첫날이 아니냐 말야."

프랭크는 지그시 아버지를 바라보았다. 지금까지 아버지는 맏아들을 남자 대 남자로 대해 주며 얘기를 나눈 적이 한 번도 없었기 때문이다.

프랭크는 아버지가 아들들 보다 메기를 더 사랑하고 있음을 깨닫게 되었다. 그는 자기도 모르게 아버지를 좋아질 듯한 기분이 들었고, 그래서 불신이 담기지 않은 미소를 지었다.

"메기는 아주 사랑스런 애예요, 그렇죠?"

그가 묻듯 대답했다.

지나고보면 메기의 구토는 일종의 축복이었다. 아가타 수녀는 여전히 회초리를 들었지만, 부작용을 염려해서 멀찌기 떨어져 있었기 때문에 팔의 힘을 제대로 발휘할 수 없어 늘 여의치가 않았다.

메기의 짝인 피부가 검은 아이는 화인 읍내에 있는 밝고 파란칠로 단장한 카페를 운영하는 이탈리아 사람의 막내딸이었다.

아이의 이름은 테레사 아눈치오였고, 수녀의 관심을 끌만큼 똑똑하지는 않았어도 표적이 될 정도로 우둔하지도 않았다. 빠진 이가 다시 자라고 나니 테레사는 상당히 예뻤으며, 메기는 그녀를 무작정 좋아하게 되었다.

휴식 시간이 되면 두 아이는 서로 허리에 팔을 두르고 운동장을 거닐었는데, 그것은 그들이 단짝이어서 다른 아이들과는 놀지 않는다는 표시였다.

어느 날 점심 시간에 테레사는 메기를 카페로 데리고 가서 자기 엄마와 오빠와 언니들을 만나게 해주었다. 그들은 메기의 황금빛 머리카락에 매혹되었는데, 메기는 헌신적인 어머니를 비롯해서 모든 식구들이 한눈에 느낄 수 있는 형언하기 어려운 교양을 갖춘 분위기를 물려 받았음을 아눈치오 집안에서 느낄 수 있었다. 그들은 메기에게 굵직하게 썬 감자와 맛이 기막힌 양념에 구운 생선을 주었다.

아직껏 메기는 그토록 맛있게 식사를 해본 적이 없었으며, 마음 속으로 카페에서 더 자주 점심을 먹을 수 있기를 바랐다.

그래서 그 후부터 메기가 집에서 하는 얘기라고는 테레사에 관한 것 뿐이어서 마침내 식구들 모두가 이제는 신물이 난다고 고함을 칠 지경에 이르렀다.

"이탈리아인들과 너무 가깝게 지낸다는 것이 잘 하는 짓인지 어쩐지 난 모르겠구나."

아버지가 별 관심 없다는 투로 말했다.

무섭게 질투심을 느낀 프랭크도 아버지의 말에 동의를 했다. 그래서 메기는 집에서 친구에 대한 얘기를 점점 식구들의 눈치를 보면서 되도록 적게 꺼냈다.

아가타 수녀가 칠판에 써놓은 어려운 글과 숫자에 대해 조금씩 의미를 깨닫게 되자, 메기는 「+」가 숫자들을 모두 보탠다는 것을 뜻하며, 「-」는 앞에 있는 숫자에서 뒤에 있는 숫자를 빼게 되어 결국은 처음보다 남은 것이 적어짐을 알게 되었다.

그녀는 총명했으므로 수녀에 대한 공포심을 극복할 수만 있었다면 명석하다고는 할 수 없을지 모르지만 우수한 학생은 되었으리라. 그러나 수녀의 칼날같은 눈이 쏘아보고 그 메마른 목소리가 무뚝뚝한 질문을 던지는 순간, 메기는 말을 더듬고 아는 것도 생각나지 않았다. 산수는 쉽다고 생각하고 있었지만 갑작스런 물음에는 답을 알고 있으면서도 쉽게 입밖에 낼 수가 없었다.

읽기는 너무나 황홀한 세계로의 입구였지만, 큰소리로 한 귀절을 읽으라고 일으켜 세우면 그녀는 얼굴이 새빨개지고 떨기만 했다. 숙제를 지저분하게 해 왔다는 본보기로 아가타 수녀가 반아이들에게 쓰기 노우트를 보게 하는 것이 항상 메기를 힘들게 했다.

돈 많은 집 아이들은 좋은 지우개를 가지고 있었지만, 메기가 가진 지우개라고는 손가락끝 뿐이어서 잘못 썼거나 고쳐 써야 할 때는 손가락에다 침을 발라 문질렀으므로 결국 글씨가 뭉개지고 밀린 종이는 가느다란 순대처럼 되었다.

그럴때마다 스튜어트는 동생 메기를 너무나 동정한 나머지 수녀의 분노를 일부러 사서 매를 자기의 머리통으로 오게끔 해서 그녀가 견디기 쉽게 해주려고 애썼다.

수녀는 당장 그의 속셈을 알아냈고, 클레어리 집안의 기질이 사내아이 뿐만 아니라 계집애에게서도 여실히 드러남을 깨닫고는 더 큰 분노를 느꼈다. 왜 클레어리 아이들에게 그토록 심하게 구느냐고 물어보기라도 했다면 그녀는 명확한 대답을 하지 못했으리라.

그러나 아가타 수녀처럼 어려운 삶의 과정에서 시달린 여자라면 클레어리 집안처럼 자부심 강하고 민감한 가문에 대해 어떤 알 수 없는 반감 때문에 참고 넘기기가 쉽지 않음을 이해할 것이다.

메기의 또 다른 고민거리는 왼손잡이라는 사실이었다. 처음 쓰기 공부를 하려고 분필을 집어들었을 때, 아가타 수녀는 냉큼 그녀에게 달려들었다.

"어서 분필을 내려놓아요!"

수녀는 메기의 오른손이 올바르게 분필을 쥐도록 강제로 손가락을 비틀었다.

그러자 메기는 머리가 빙빙 도는 듯한 감정에 휩싸여 어떻게 아가타 수녀가 고집하는 동작을 해낼 수 있을지 앞이 캄캄하기만 했다.

결국엔 아가타 수녀가 이겼다. 메기는 할 수 없이 바른손으로 왼팔을 떠받치고는 칠판에 거북스런 동작으로 'A'자를 썼다.

다음날 아침 조회 때 수녀는 메기의 왼팔을 끈으로 몸에 묶어놓고는 학교가 끝나는 종이 울릴 때까지 풀어주지 않았다. 점심 시간에도 그녀는 왼팔이 꽁꽁 묶여 움직이지 못한체 식사를 하고 돌아다니고 놀아야만 했다.

메기는 석 달이 지나서야 원칙에 따라 쓰는 방법을 겨우 익히게 되었다. 처음 입학하여 학교 생활 1년 동안 메기는 어린이다운 통통함을 잃고 야위기는 했으나 키는 그렇게 자라지 않았다. 그녀는 속살이 나올 정도로 손톱을 깨무는 버릇이 있었는데, 그래서 그 손톱이 얼마나 보기 흉한지를 모든 아이들이 볼 수 있도록 두 손을 내밀고 책상 앞을 걸어다니도록 시킨 아가타 수녀의 벌을 견뎌야만 했다.

손톱을 깨무는 아이들은 다섯 살에서 열 다섯 살 사이로 거의 절반이나 되었는데도 유독 그녀에게만 벌을 주었다.

휘오나는 나뭇잎으로 녹즙을 내어 만든 고약을 메기의 손가락 끝에 발라 주었다. 그래서 모든 집안 식구들은 그녀가 쓰디 쓴 녹즙을 씻어버리지 못하도록 감시하는 임무를 맡았으나 메기는 쓴 녹즙과 조롱과 수녀의 회초리와 아버지의 꾸지람에도 불구하고 계속해서 손톱을 깨물었다.

한편 테레사와의 우정은 그녀에게 있어 삶의 기쁨이었고, 어려운 학교 생활을 견디게 해주는 유일한 위안이었다. 그녀는 테레사의 허리를 팔로 감고 커다란 무화과나무 밑에 앉아 얘기하고 수업 시간보다도 쉬는 시간이 오기를 더 기다리면서 학교 생활을 억지로 보냈다.

테레사는 자기가 가지고 있는 인형이라던가 버드나무 무늬를 새겨 넣은 장난감 찻잔에 대한 얘기를 들려주었다.

정말 테레사에게는 장난감이 수없이 많았는데, 그 중에서 소꿉장 찻잔 세트를 보고는 넋이 빠졌다. 작은 칼과 접시, 쟁반과 차주전자와 설탕 그릇, 우유 주전자와 크림을 담아두는 꼬마 주전자, 그리고 인형들이 쓰기에 꼭 알맞는 크기로 만든 작은 나이프와 스푼을 그 애는 갖고 있었다.

12월의 학기말과 함께 본격적인 겨울이 다가왔을 때, 메기는 힘겹기는 했지만, 자기가 많은 것을 배웠다는 사실을 깨달을 수 있었다. 메기는 스토브 옆의 높다란 둥근 의자 위에 앉아 있었고, 휘오나는 보통때처럼 딸아이가 학교에 가도록 머리를 다듬어 주었다.

메기는 약간 곱슬머리로 저절로 말리는 성질이 있었는데, 휘오나는 딸의 머리를 매만져 줄 때마다 그것이 커다란 행운이라고 여기고 있었다.

휘오나는 제대로 깨닫고 있지 못했지만, 학교 전체에서 딸의 머리카락이 가장 아름다왔으나 그녀의 정성이 오히려 좋지 않은 결과를 주고 있음을 깨닫지 못했다. 아름다운 머리 모양으로 하여 많은 시기와 질투의 대상이 되었던 것이다.

학교에서의 마지막 주일이 시작되는 월요일, 생일이 겨우 이틀 앞으로 다가 왔으나, 메기는 의자에 앉아 버드나무 무늬 찻잔에 대한 공상에 매달려 있었다. 화인 백화점에 꼭 한 벌이 있었는데, 아버지의 궁핍한 벌이로는 어쩔 수 없을 만큼 가격이 너무 비싸다는 것이 불안스러웠다.

이때 갑자기 휘오나가 소리를 질렀다. 그 소리가 어찌나 묘했던지 메기는 황홀한 몽상에서 깨어났고, 아직도 식탁에 앉아 있던 식구들은 일제히 머리를 돌렸다.

"이걸 봐요!"

모두가 볼 수 있도록 머리카락을 햇살이 비치는 쪽으로 들어올리며 휘오나가 소리쳤다.

머리카락은 햇빛을 받아 눈부시게 반짝이는 황금덩이 같았는데, 처음엔 아무것도 보이지 않았다. 그러나 그들은 곧 휘오나의 손등 위로 아주 작은 벌레가 기어가고 있음을 보았다. 다시 머리카락을 한다발 잡아올리자 영롱한 광선 속에서 부지런히 기어다니는 숨은 벌레들을 더 찾아낼 수가 있었다. 머리카락에 작고 하얀 것들이 무더기로 달라붙어 있었고, 그 벌레들은 작고 하얀 것을 맹렬히 생산해 내고 있는 중이었다.

"머리 이로군!"

클레어리가 말했다.

바브와 재크, 스튜어트도 아버지처럼 멀찌감치 떨어져서 구경을 하고 있었는데, 프랭크만이 최면이라도 걸린 듯 가까이에서 물끄러미 바라보았고, 메기는 비참하게 몸을 도사리고 앉아 자기가 무슨 큰 잘못을 저질렀는지 속으로 곰곰히 생각해 보았다.

"그 거지 같은 이탈리아 계집애 때문이야!"

클레어리가 고함을 치며 휘오나를 노려보았다.

"엄마, 왜 그래요?"

메기가 겨우 입을 열어 물었다.

"봐라, 이 더러운 애야!"

휘오나는 머리카락을 만지던 손을 메기의 눈앞으로 내밀면서 말했다.

"네 머리엔 이런 것들이 온통 들끓고 있는데, 다 네가 그렇게 좋아하는 계집애한테서 옮은 거야! 이제 널 어떻게 해야 할지 모르겠구나."

메기는 엄마 손바닥 위에서 제멋대로 돌아다니고 있는 작은 벌레를 발견하자, 저절로 입이 벌어졌고, 결국엔 울기 시작했다.

휘오나는 안심이 안 되었던지 한 명씩 다른 아이들의 머리를 살펴보았고, 맨나중에 프랭크의 머리를 확인해 본 다음에 그에게 자기의 머리를 살펴보도록 했다.

이윽고 빨래를 삶는 커다란 물통에 물이 끓기 시작하자, 프랭크는 집안 행사 때나 쓰는 대형 설겆이통을 끌어내어 뜨거운 물과 찬물을 반반씩 섞어 놓았다.

휘오나는 바느질 바구니를 가져와서 가위를 꺼내들었다. 그녀는 메기 곁으로 와서 아름답게 쏟아져 내린 머리카락을 노려보았다. 그러더니 마침내 싹둑싹둑 자르기 시작하자 머리카락은 마룻바닥 위에 무더기를 이루며 쌓였고, 머리의 여기저기에 불규칙하게 하얀 살갗이 드러나기 시작했다. 그러더니 그녀는 프랭크를 애원에 가까운 눈으로 돌아보았다.

"완전히 삭발해야 되겠니?"

프랭크는 질겁을 하면서 손을 내저었다.

"아, 안 돼요! 석유만 흠뻑 뿌리면 충분할 거예요."

그래서 메기는 탁자로 다시 끌려가서 통 위로 몸을 숙였고, 머리에 한 컵의 석유를 부어 남은 머리카락을 비누로 문질렀다.

그리고 나서 부엌을 깨끗이 살균한 다음, 그들은 각 방의 침실을 처리했으며, 침대마다 시트와 담요를 걷어내고, 그것을 삶고 짜고 널고 하느라고 나머지 하루를 다 보냈다.

메기는 헛간 뒤로 가서 한동안 마구 울었다. 그녀는 너무나 뼈아픈 수치심을 느낀 나머지 찾으러 나온 프랭크를 제대로 쳐다볼 수조차 없었다. 끝내 그는 발버둥을 치고 발악하는 그녀를 강제로 집 안으로 끌고 들어가야 했다.

다음날 아침, 메기는 자기가 다른 날처럼 학교에 가야 된다는 사실을 알고는 공포에 질렸다.

"싫어요, 난 갈 수 없어요. 엄마, 난 이런 꼴을 하고는 학교에 갈 수가 없어요!"

"아냐, 넌 갈 수 있어. 그래야 버릇이 고쳐지지."

프랭크의 애원하는 듯한 얼굴을 못 본체 하면서 어머니가 말했다. 하지만 메기는 갈색 비단 스카프로 머리를 싸고 다리를 질질 끌면서 학교로 가야 했다.

아가타 수녀는 그녀를 완전히 무시했지만, 노는 시간에 아이들이 머리꼴을 보려고 스카프를 나꿔 챘다. 메기는 이를 악물고 눈물을 흘리지 않으려고 참았다.

학교에 가는 날에 생일을 맞이하면 모든 어린이들의 경우가 그렇듯 메기의 생일 축하도 토요일까지 연기되었는데, 그날 그녀는 버드나무 무늬가 곱게 새겨진 장난감 찻잔 세트를 선물로 받았다. 그러나 그녀는 우울한 표정으로 멍하니 바라볼 뿐이었다.

그러면서도 그녀는 그 물건을 자기에게 주려고 왜 식구들이 배를 굶주려야 했는지를 희미하게나마 이해했다. 그래서 그녀는 조그마한 주전자에다 인형 아그네스를 위해 열심히 차를 끓여 기쁜척 하면서 놀았다. 단 한 개라도 깨뜨리거나 금이 가지 않도록 노력한 결과 여러 해 동안 조심스럽게 가지고 놀 수 있었다.

1917년 크리스마스 이틀 전에 클레어리는 도서관에서 주간신문과 책 한묶음을 집으로 가져왔다. 신문들은 온통 전쟁에 관한 기획 기사로 채워져 있었다.

프랭크는 잠시 휴식을 취하게 되자, 탐욕스럽게 신문을 읽으며 눈을 음산하게 반짝였다.

그는 신문을 탁자 위에 놓으면서 어른스런 음성으로 말했다.

"아버지, 전 가고 싶어요!"

"넌 아직 어려, 프랭크."

클레어리가 놀란 듯 황급히 읽고 있던 책을 탁자 위에 놓으며 말했다.

"전 어리지 않아요! 이젠 열 일곱 살이에요. 전 어른이에요! 흉 노들과 투르크인들이 우리 병사들을 마구 죽이고 있는데, 왜 가만히 있어야 하나요?"

"아니다. 아직 나이가 모자라. 널 받아주질 않을 거야."

그러자 검은 눈으로 아버지의 얼굴을 빤히 쳐다보며 프랭크가 재빨리 대답했다.

"아닙니다. 아버지가 반대하시지만 않으면 그들은 받아줄 겁니 다."

"하지만 난 반대다. 지금은 우리 집에서 너 하나만 일자리를 가 졌고, 우린 네가 벌어오는 돈이 필요하다는 걸 알고 있잖니."

"하지만 군대에서도 봉급을 받게 돼요!"

"헛소리 마라! 애야, 군대에서 주는 푼돈 말이냐? 넌 내가 하는 얘기가 무슨 뜻인지도 모르고 있어. 전쟁은 한심해. 난 천 년 동안 이나 전쟁을 치른 나라에서 살았기 때문에 잘 안단다. 영국놈들은 우리 병사들을 적의 총알받이로 이용했고 또 자기들의 소중한 병력을 낭비하고 싶지 않은 곳에는 너희들 같은 어린 철부지들을 밀어 넣지. 보이 전쟁 때는 5만 명 중에 만 명이 죽었어. 도대체 넌 왜 영국을 위해 전쟁을 하러 간단 말이냐? 그리고 넌 키가 작아서 받아주지도 않아. 식민지인들을 착취한 것 말고는 영국이 우리한테 뭘 해 주었지?"

"하지만, 아버지 전 입대를 하고 싶어요."

프랭크는 얼굴을 붉힌 채 입술을 꼭 깨물었는데, 키가 작다는 것은 그에게 무척 괴로운 약점이었다.

학교 다닐 때 그는 반에서 가장 작은 소년이었으며, 그래서 싸움을 곱절이나 해야 했다. 최근엔 무서운 의구심이 그의 머리 속을 파고들기 시작했는데, 그 까닭은 열 일곱 살이 되었는데도 열 네 살 때와 똑같이 키가 5피트 3인치였기 때문이었다. 아마도 발육이 중단되었는지도 모른다.

그러나 대장장이 일은 그의 온몸 구석구석에 완강한 힘을 주었으며, 온통 힘과 근육으로만 뭉쳐져서 싸움에 져본 적이 없었다. 그의 욕구불만과 열등감은 싸움으로 발산되었고, 그것이 뛰어난 신체 조건과 두뇌와 굽힐 줄 모르는 의지력과 결합되었으므로 아무리 크고 힘센 사람이라도 그와는 감히 맞서지를 못했다.

그는 기운이 사람의 몸집에만 있지 않음을 보여주기 위해 망아지 한 마리를 번쩍번쩍 들어올리기도 했다.

또한 키가 크고 억센 사람일수록 프랭크는 더욱 그런 자를 땅바닥에 때려눕히고 싶었다. 그래서 그런 지 사람들은 그를 피했다.

아버지는 아들의 명성을 너무 잘 알고 있었고 존경 받고 싶어

하는 자식의 투쟁심을 이해했지만, 그것이 대장간 일에 방해가 될 때는 그래도 화를 냈다. 자기 자신도 덩치가 작았던 클레어리는 용기를 증명하기 위해 나름대로 싸움을 치루었지만, 그래도 아일랜드에서는 왜소한 사람은 아니었고, 뉴질랜드로 왔을 때쯤에는 어른이 되어 있었다. 따라서 그는 그다지 열등감을 느끼지는 않았다.

이제 아들을 가만히 바라보면서 애써 이해하려고 노력했지만, 왠지 거리감이 느껴졌다.

프랭크의 몸집에 대한 얘기를 클레어리가 꺼내자 대화는 갑자기 중단되었고, 식구들조차도 보기 드문 침묵을 지키며 식사를 했고, 심지어는 장난꾸러기 휴이와 재크까지도 무척 의기소침한 대화를 조심스럽게 이어나갔다.

메기는 마치 프랭크가 당장이라도 떠나가 버리기라도 한듯 그에게 눈을 고정시켰다. 프랭크는 숟가락을 놓고 미적미적하다가 점잖게 자리를 떴다.

얼마 후에 그들은 둔탁한 도끼 소리를 들었는데, 그것은 프랭크가 단단한 통나무를 패는 소리였다.

메기는 잠자는척 하고 있다가 침실 창문을 비집고 나가 장작더미가 쌓여 있는 곳으로 갔다.

프랭크는 거대한 유칼리나무 토막을 참으로 솜씨있게 쪼갰다. 도끼는 휙 소리를 낼 만큼 빠르게 움직였고, 머리 위에서 은빛으로 빛나며 곧장 내려와서 정확하게 목표물을 찍었다. 프랭크의 벗은 가슴과 잔등에서는 땀이 비오듯 흘렀다.

메기는 그가 벗어 던진 셔츠 옆에 쪼그리고 앉아 감탄하며 구경했다. 아무리 날카로운 도끼일지라도 유칼리나무가 너무 단단했으므로 곧 날을 무디게 만들기 때문에 장작더미 옆에는 여벌로 세 자루가 놓여 있었다. 메기는 도끼 손잡이를 어루만지며 자기도 프랭크처럼 나무를 팰 수 있기를 바랬다.

도끼가 어찌나 무거웠던지 들기도 힘들 지경이었다. 프랭크는 저녁 어스름 속에서도 거의 본능적으로 나무를 쪼개고 있었다.

얼마 후에 그녀에게로 와서 무릎 위에 도끼를 가로질러 놓고 쪼그리고 앉았다.

"꼬마 아가씨, 어떻게 빠져 나왔니?"

"스튜어트가 잠든 다음에 창문으로 기어나왔어."

"그러다가 사내아이처럼 될라."

"상관없어. 사내아이들 하고 노는 것이 혼자 노는 것보다 더 좋으니까."

"그렇겠지."

그는 통나무에 등을 기대고 앉아서 맥이 빠진 듯 그녀에게로 머리를 돌렸다.

"프랭크, 정말 떠나진 않겠지?"

"왜 그래, 메기야?"

그녀는 불안하게 그를 올려다보았는데 울지 않으려고 애쓰다가 코가 콱 막혀 숨을 쉴 수 없어 겨우 입을 벌렸다.

"갈지도 몰라, 메기."

"아, 프랭크. 그러면 안돼! 오빠가 없으면 난 어떻게 해야 할지 모르겠어!"

메기의 말투가 무의식적으로 휘오나를 흉내냈기 때문에 그는 잔잔히 미소를 지었다.

"메기, 가끔은 일이 뜻대로 되지 않을 때도 있단다. 우리 클레어리 집안 사람들은 자신만을 먼저 생각하는 일이 있어서는 절대로 안 되며 모든 사람들에게 봉사하고 헌신을 하도록 배웠어. 하지만 난 그 가르침에 동의하지 않아. 나는 자기 자신을 먼저 생각할 수 있어야 한다고 생각해."

"그렇지만, 난 오빠가 떠나지 않았으면 좋겠어!"

그녀는 너무 어려서 마음 속에 담긴 애기를 다 표현할 수가 없었다. 만일 프랭크가 가 버린다면 누가 자신을 보살펴 주겠는가? 오직 프랭크만이 그녀에게 기꺼이 애정을 표시했고 껴안아 주었던 것이다. 더 어렸을 때는 아버지가 안아주기도 했었지만, 학교에 들어간 후부터는 무릎에 앉지도 못하게 했고, 목도 껴안지 못하게 했다. 그리고 엄마는 집안일 때문에 항상 바쁘고 지쳐있어 그녀를 거들떠 볼 사이도 없었다.

그러나 프랭크만은 예외였다. 언제나 친절하게 대해 주었고, 그녀와 함께 앉아서 애기를 즐기는 사람은 오직 프랭크 뿐이었다. 그래서 메기는 몸을 일으켜 세워 겨우 미소를 지으며 말했다.

"프랭크, 꼭 가야 한다면 그렇게 해."

"메기, 넌 잠자야 할 시간이야. 엄마가 확인하러 가기 전에 어서 가야 돼."

그 말에 메기는 문득 놀라 머리를 숙여 질질 끌리는 가운의 뒷자락을 손으로 잡아끌어 올리고는 나무조각을 걷어차며 뛰어갔다.

아침에 일어나니 이미 프랭크는 떠나고 없었다. 메기가 침대에서 내려왔을 때 휘오나는 음울하고 무뚝뚝한 표정을 짓고 있었는데, 메기는 야단맞았을 때처럼 옷의 작은 단추를 채우는데 도와 달라고 청하지도 못하고 혼자 옷을 입었다. 그녀는 무서움으로 이빨을 맞부딪쳤다.

아침을 먹고난 다음 휘오나는 애들을 밖으로 내몰았다. 헛간 뒤에서 바브가 메기에게 말했다.

"형이 달아났어."

"화인에 간게 아닌지 모르겠네."

메기가 대수롭지 않게 말했다.

"아냐, 바보야! 군대에 들어가려고 떠났어. 나도 형처럼 빨리 컸으면."

"그냥 집에 있었더라면 좋을 텐데."

"넌 기껏해야 계집애라서 그 같은 소리만 하는구나."

보통 때 같으면 성미를 돋구는 말이었지만, 이번에는 아무런 감정없이 메기는 혹시 할 일이 없는지 보려고 어머니에게로 갔다.

휘오나는 다리미질을 하고 있었다.

"아빠는 어디 계셔요?"

"화인에 가셨다."

"프랭크를 데리고 오실까요?"

"그 애를 화인에서 붙잡을 수가 없다는 건 아빠도 알고 계셔. 왕가누이에 있는 경찰과 군대에 전보를 치려고 가셨단다."

"아, 엄마. 그 사람들이 오빠를 찾아냈으면 좋겠어요!"

"프랭크가 떠나기를 바라는 사람은 아무도 없단다. 그래서 아빠는 꼭 프랭크를 되찾아 오려고 그러는 거란다."

"가엾은 프랭크, 불쌍하고 가엾은 오빠!"

메기는 한숨을 쉬었다.

사흘 후 경찰이 프랭크를 끌고 왔다.

"정말 싸움 한번 잘하는 아드님을 두셨더군요! 군인들이 비상에 걸려 지키고 있다는 걸 알아채자 총알처럼 튀더니 두 명의 군인 엉덩이를 걷어차고 길거리로 뛰어들었죠. 수갑을 채우는 데도 다섯 사람이나 필요했어요."

경관은 이렇게 말하고 프랭크를 묶은 포승줄을 풀고는 앞문으로 거칠게 밀어 넣었다.

프랭크는 비틀거리며 아버지와 부딪치고는 마치 벌에 쏘이기라도 한듯이 몸을 움츠리며 피했다.

메기는 두 손을 뺨에 대고는 누가 혹시 프랭크를 해치지나 않을까 걱정하며 고통스러운 표정으로 바라보고 서 있었다.

프랭크는 먼저 어머니 쪽으로 얼굴을 돌렸는데, 그의 눈빛은 지금까지 존재하지도 않았고 말로 표현할 수 없는 어둡고 고통에 찬 빛을 띠고 있었다. 큰 소동은 없었지만, 그날부터 클레어리는 평범한 인사 외에는 절대로 아들과 얘기를 하지 않았다.

메기는 늦게까지 자지 않고 기다렸다가 창문으로 꼼틀대며 기어나가 뒷마당을 가로질러 뛰어갔다. 그녀는 프랭크가 헛간의 건초더미 위에 있으리라는 것을 알았다.

"프랭크, 어디 있어 ?"

그녀는 칠흑같은 어둠 속을 더듬어가며 작은 소리로 속삭였다.

"여기 있다, 메기."

삶의 의욕이나 정열이 조금도 담겨 있지 않은 프랭크의 힘없는 목소리가 어둠 속에서 들려왔다.

그녀는 목소리를 따라 그가 누워 있는 건초 더미 쪽으로 가서 파고들며 팔을 그의 가슴 위로 뻗었다.

"아, 난 오빠가 돌아와서 정말 기뻐."

그는 혼자 알 수 없는 말을 투덜거리더니 그녀의 몸에 머리를 얹었다.

메기는 콧노래를 흥얼거리며 숱 많은 그의 머리카락을 움켜쥐었다. 너무 어두워서 볼 수는 없었지만, 그녀의 작은 동정이 그의 격한 감정을 누그러뜨렸다. 그는 고통으로 천천히 몸을 떨면서, 그녀의 나이트 가운을 눈물로 적시며 흐느끼기 시작했다.

하지만 메기는 울지 않았다. 그녀의 영혼 속에 담긴 그 무엇이 자신의 필요성을 느낀다는 억누를 수 없는 기쁨을 의식할 만큼 성숙한 여인으로 그의 슬픔이 사라질 때까지 머리를 앞으로 뒤로 천천히 흔들어 주었다.

드로게다로 가는 길은 지난날, 그의 젊은날에 대해서 아무런 추억도 불러일으키지 않는다고 생각하면서 랠프 신부는 움푹 패인 바퀴자국을 따라 새 자동차를 타고 가며 눈을 반쯤 감았다.

이 곳은 다정하고 아지랑이가 추억처럼 피어오르는 푸른 초원의 아일랜드가 아니다. 그는 특유의 제국적인 악의를 내뿜는 메리 카슨의 모습을 머리 속에서 그려보았다.

그 늙은 여자는 옛날 군주처럼 권력을 휘둘렀고 많은 사람들을 군림하듯 거느리고 있었다.

이윽고 유칼리나무와 회양목 사이로 마지막 대문이 나타나자 자동차는 덜커덩거리며 멈추었다.

챙 넓은 회색빛 모자를 움켜쥔 랠프 신부는 나무 울타리에 강철

자물쇠로 잠귀 놓은 대문 쪽으로 터벅터벅 걸어가서 짜증스럽게 문을 젖히고 들어섰다.

길란본 주교관과 드로게다 저택 사이에 스물 일곱 개의 문이 요새처럼 있었는데, 문이 나올 때마다 그는 차에서 내려 문을 연 다음 차를 타고 지나가고, 서고, 또 내리고, 문을 닫으러 가고, 그리고는 다시 차를 타고 다음 장소로 가지 않으면 안 되었다. 여러 차례나 그는 문을 열어놓은 채 내닫고 싶은 생각이 치밀었지만, 참을 수밖에 없는 노릇이었다.

성곽과 장원들에 익숙한 아일랜드 사람일지라도 이 오스트레일리아식 저택에는 심히 위압을 당했다. 드로게다라고 불리우는 이 지역에서 가장 웅장하고 오래된 저택이었는데, 최근의 주인이 살기 좋게 개축을 해 더욱 아름다움을 지니고 있었다.

벽돌로 지은 이 집은 이층이었고, 웅장한 건물은 창과 유리창이 많은 것이 특징이었다. 창문마다 장식을 해 놓았을 뿐만 아니라 검은 나무 창가리개가 우아했고, 무더운 여름엔 그것을 닫아 내부가 시원하게 했다.

지금은 가을이었지만 아직도 포도덩굴은 푸르렀고, 계절 따라 장미와 다알리아와 금잔화로 가득한 크고 작은 꽃밭이 여기저기 흩어져 있었다.

또한 정원 한쪽에는 창백하도록 하얀 고무나무가 잎사귀를 반짝거리며 늦더위를 피할 수 있게 그늘을 드리워 주고 있었다.

랠프 신부가 차를 세우고 잔디밭을 건너가자, 주근깨가 난 얼굴에 미소를 띤 젊은 하녀가 앞쪽 베란다에서 맞이했다.

"잘 있었어요, 미니."

"네, 신부님. 이렇게 맑은 아침에 뵙게 되어 기쁩니다."

대리석 타일에 청동 난간이 달린 거창한 층계가 있는 응접실에서 그는 하녀가 머리를 끄덕일 때까지 기다렸다가 거실로 들어갔다.

메리 카슨은 열린 창가에서 쏟아져 들어오는 찬 바람은 아랑곳하지 않고 높은 의자에 앉아 있었다. 그녀의 머리카락은 아직도 젊었을 때처럼 밝았으며, 다소 거칠은 살갗은 나이를 먹어 반점이 생기기는 했어도 예순여섯 살의 여자 치고는 주름이 그다지 없는 편이었다.

그녀의 고집 센 성격을 단적으로 보여주는 것은 매부리코와 양쪽 볼을 타고 내려가 밑으로 쳐진 깊은 두 가닥 주름과 청록 눈에 담긴 돌 같은 표정이었다.

랠프 신부는 조용히 양탄자 위를 걸어가서 그녀의 손에 키스를 했는데, 그 동작은 그처럼 크고 특히, 어떤 장엄한 분위기를 부여하는 검은 옷을 입은 남자에게 너무나 잘 어울렸다.

메리 카슨의 무표정한 눈이 갑자기 상냥스럽게 반짝이면서 말했다.

"차를 드시겠어요, 신부님?"

"미사를 거행하시겠다면 들죠."

"신부님은 너무나 친절하시군요."

다른 모든 사람들과 마찬가지로 그가 돈에 경의를 표함을 잘 알고 있는 그녀가 은근하게 말했다.

"지난 한 해는 아주 유쾌하게 지냈다는 걸 고백해야 되겠군요. 신부님은 늙은 켈리 신부님보다는 훨씬 만족스러운 목자였죠. 그 사람은 하느님께서 버렸어요."

마지막 말을 할 때의 목소리는 날카롭고 악의에 차 있었다. 순간 그녀를 쳐다보는 신부의 눈이 빛났다.

"카슨 부인! 그건 신자다운 말씀이 아닙니다."

"하지만 사실이죠. 그 사람은 술주정뱅이였고, 그의 육체를 술이 썩혀 버렸듯 하느님이 그의 영혼을 버렸으리라고 난 믿어요. 이제는 당신이 어떤 사람인지 환히 알게 되었으니까, 나는 당신한테 몇 가지 질문을 할 권리가 있다고 생각해요. 누가 뭐래도 당신은 여러 가지를 배우고, 승마를 익히고, 삶이 주는 변천으로부터 피신하여 드로게다를 당신의 사설 운동장처럼 마음 놓고 쓰시죠. 물론 내가 청한 거지만, 나한테는 그 대답을 들을 권리가 있어요. 그렇죠?"

그는 자기 자신에 그녀가 베풀어 주는데 대한 고마움을 느껴야 한다는 사실을 일깨워 주는 것이 싫었지만, 자기가 요구한 만큼의 댓가를 그녀가 소유하고 있다고 느끼게 될 날을 기다려 왔던 것이다.

"물론 그렇죠, 부인. 말이나 자동차 같은 큰 선물을 받은데 대해 어떻게 감사해야 할지 모르겠어요."

"그런데 당신은 몇 살이죠?"

"스물 여덟요."

"생각보다 너무 젊군요. 그렇다고 해도 당신 같은 사람이 이런 외딴 곳으로 쫓겨오다니, 무슨 짓을 저질렀나요?"

"주교를 모독했죠."

그는 미소를 지으면서 차분히 말했다.

"틀림없이 그랬을 거예요! 하지만 당신처럼 재능을 가진 신부가 길란본 같은 곳에서 행복해지리라고는 믿어지지 않아요."

"모두 하느님의 뜻이죠."

"괜한 소리! 당신은 인간들의 결점 때문에 이 곳에 왔어요. 교황만이 잘못을 범하지 않죠. 당신이 이 곳에서 재능을 지혜롭게 발휘한다는 건 우리들 모두가 잘 알아요. 하지만 당신의 재능은 말이나 양들 속에서가 아니라, 종교적인 흐름 속에 있죠. 추기경의 빨간 예복을 입으면 신부님은 아주 멋져보이겠어요."

"미안하지만, 그건 어림도 없는 일입니다. 하지만 나한테는 당신이 있고 드로게다가 있어요"

그녀는 그의 미모와 정중함과 가시돋힌 듯한 미묘한 마음을 즐기면서 모르는척 아첨을 받아들였다. 그녀는 평생 동안 이보다 더 잘 생긴 남자를 본 적이 없었다.

그래서 이 젊은 사제는 자기 몸의 완벽한 비율과 섬세한 용모를 의식하고 있어야만 했다. 그러면서도 그는 자기 자신의 아름다움에 대한 노예가 되었던 적이 없으며 앞으로도 결코 그러지 않으리라고 그녀로 하여금 느끼게 하는 어떤 초연함이 엿보였다.

무엇보다도 그는 자신의 아름다움에 도취되어서가 아니라 신앙생활에 도움이 된다면 양심의 가책을 느끼지 않고 원하는 바를 달성하기 위해 그것을 사용할 터이며, 그것에 영향 받는 사람들을 경멸하리라고 기도했다.

"당신은 왜 이 곳에서 참고 버티는 거죠? 참고 지내느니 차라리 성직을 떠나지 그래요? 당신은 가지고 있는 재능으로 어느 분야에서도 돈과 권력을 잡을 수가 있는데 말이죠."

순간 그의 왼쪽 눈썹이 갑자기 치솟았다.

"카슨 부인, 당신은 신자입니다. 그리고 전 죽을 때까지 성직자입니다."

그녀는 코웃음을 치며 비웃듯 말했다.

"오, 화가 나셨군! 그렇다면 당신은 무엇에 묶였나요? 무엇이 당신으로 하여금 먼지와 무더위 더러운 파리에 시달리도록 강요당했죠?"

신부의 푸른 눈이 어두워졌지만, 곧 그는 미소를 지으며 동정어린 시선으로 그녀를 바라보았다.

"당신은 속 편한 분이시군요. 전 요람에서부터 성직자가 될 팔자였지만, 그것이 전부는 아닙니다. 그걸 어떻게 여자한테 설명할 수 있겠습니까? 카슨 부인, 가끔 내 마음은 신께서 가득 차죠. 여인의 사랑이나 돈에 대한 애착, 때로는 다른 사람의 명령에 복종해야 할 필요성―어떤 세속적인 것도 성직자의 마음 속엔 끼어들지 못해요. 가난은 나에게 익숙하죠. 난 부자집 출신이 아니니까요. 전 순결을 어려움없이 받아들이고 간직합니다."

"신기하군요. 난 당신이 그토록 열성적으로 하느님을 믿으리라곤 생각해 본 적이 없어요. 오히려 당신은 신에 대해 회의를 느끼는 사람일지도 모른다고 생각했어요."

"물론 저 역시도 때로는 회의를 느낍니다. 생각이 있는 사람이라면 누구나 그러겠죠. 그렇기 때문에 난 때때로 마음을 비웁니다. 완벽한 성직자가 되기 위해서라면 내 스스로 마음 속의 모든 욕망을 버리겠다는 걸 당신은 이해하실 수 있겠습니까?”

“아, 신의 완전함은 참을 수 없을 만큼 따분해요. 그보다도 나는 인간의 불완전함이 더 좋아요.”

그는 부드러움이 깃든 눈으로 그녀를 쳐다보며 웃었다. 사실 그녀는 기막힌 여자였다.

그녀는 33년을 미망인으로 지냈고, 하나 뿐인 아들은 어려서 죽었다. 길란본이 지닌 독특한 신분 때문에 그녀는 야심 많은 남성들이 보여준 어떤 구애에도 응하지 않았다.

마이클 카슨의 미망인이어서 아무도 넘보지 못할 여왕이었지만, 카슨이 살아 있을 때 그녀는 한 남자의 평범한 아내로서 자기의 모든 것을 바쳤다. 두 번째 결혼한다는 것은 그녀가 지닌 인생의 목적이 아니었다. 그래서 그녀는 권세를 휘두르는 쪽을 택하고 아름다운 육체의 즐거움을 포기했다.

그러나 이제 그녀는 육체의 충동을 억누를 만큼 늙었다. 만일 젊은 신부가 그녀에 대한 임무의 댓가로 자동차 같은 작은 선물을 받았다면, 하나도 이상한 일이 아니었다. 그녀는 캘리 신부가 딸꾹질을 해가며 미사를 드리던 시절에도 적절한 후원을 했었다.

이제 나이와 지위의 발판을 딛고 군림할 수 있는 그녀는 아주 안전하게 랠프 신부를 상대로 하여 자신의 생활을 즐겼으며, 그의 두뇌와 재치 겨루기를 좋아했고, 자기가 정말로 그의 생각을 앞질렀는지 알 길이 없었으므로 때로는 잔혹하게 젊은 신부의 신앙을 저울질하고 점쳐보기를 즐겼다.

"이 곳을 세계의 핵심으로 만들 수 있는 길이 무엇이라고 생각하나요?"

그녀의 돌연한 질문에 신부는 쓸쓸한 미소를 지었다.

"얘기하기가 매우 불가능하군요. 천 명의 영혼을 갑자기 구원한다든가, 절름발이와 장님을 고칠 수 있는 그런 능력……. 하지만 기적의 시대는 지났어요."

"아, 그거야 알 수 없는 일이죠! 하느님이 기법을 바꿨을 뿐이에요. 요즘의 하느님은 돈을 사랑해요."

"당신은 정말 냉소적이군요! 아마, 그래서 제가 부인을 좋아하나봅니다, 카슨 부인."

"내 이름은 메리예요. 부탁이니 그렇게 불러요."

하녀가 차를 들고 들어올 때 신부가 말했다.

"고마워요, 메리."

"신부님, 오늘 아침엔 나를 위해 특별히 기도해 주기 바래요."

"절 랠프라고 부르세요."라고 그는 장난스럽게 말하더니 다시 얘기를 계속했다.

"다른 때보다 더 열심히 기도드릴 수 있을지 모르겠지만, 애써보죠."

"당신은 정말 매력 있어요! 아니면 혹시 비꼬는 말이었나요? 신부님, 당신은 진짜 날 어떻게 생각하세요. 절대로 거짓말 하지는 않을 테니까. 이미 난 늙었고 죄가 많아요."

"나이는 우리 모두를 삼키죠. 나 역시도 죄가 있어요."

메마른 웃음소리가 그녀에게서 흘러나왔다. 그녀는 잠깐 침묵을 지키더니 화제를 바꾸었다.

"지금 난 목동 우두머리가 한 명 필요해요."

"또요?"

"네, 쓸만한 사람을 구하기가 힘들어졌어요."

"글쎄요. 소문을 들으니까 당신은 너그러운 고용주는 아니라고 그러더군요."

"저런 몹쓸 것들! 만일 남편에게 재치와 개성이 당신의 반쯤만 있었더라도 난 그를 사랑했을 거예요. 당신은 내게 친척이 하나도 없어서 돈과 땅을 성당에 물려줄 거라고 생각해요?"

"모르겠습니다."

신부는 차를 따르면서 조용히 대답했다.

"사실은 나에겐 아들이 많은 남동생이 있어요."

"좋은 일이군요."

"결혼했을 때 나는 재산이 별로 없었어요. 난 돈 많은 남편을 잡으려고 마음먹었어요. 하지만 여자에게 가문과 재산이 있어야 하는 아일랜드에서는 절대로 결혼할 수 없으리라는 걸 알았죠. 그래서 난 돈 많은 남자들이 까다롭지 않은 땅으로 갈 여비를 모으느라고 뼈가 빠지게 일했어요. 내가 이 곳에 왔을 때 가진 것이라곤 보통 이상의 두뇌와 얼굴과 몸매뿐이었는데, 그것으로 돈 많은 바보인 마이클 카슨을 붙잡았죠. 그는 죽을 때까지 내게 응석을 부렸어요."

"그럼 남동생은요?"

“그 애는 나보다 나이가 열한 살 아래이므로 마흔 네 살이 되는 군요. 아직 살아 있는 건 우리 둘 뿐이죠. 지금 뉴질랜드에서 살고 있는데, 돈을 벌려고 이민을 했지만 성공을 못했어요. 어젯밤 목장 일꾼이 짐을 꾸려 가지고 떠났다는 소식을 들었을 때 난 갑자기 동생 클레어리가 생각났어요. 내 동생은 땅을 소유할 능력도 없으면서 땅에 대한 경험이 많은 일꾼이라는 것이 머리에 떠올랐죠. 그한테 편지를 써서 아이들을 데리고 이 곳으로 오라고 하면 어떨까 하고 생각하는 중이었어요.”

“전부터 줄곧 그런 생각을 하셨군요.”

그녀는 어깨를 추스렸다.

“나이가 쉰다섯쯤 되니 뭔가 늘 불길해요. 늙는다는 것이 앞으로 닥칠 일이 아니라, 벌써 닥친 일이 되었죠.”

“무슨 얘긴지 잘 알겠습니다. 집안에서 어린애들 목소리가 들리면 즐거울 겁니다.”

“아, 그들은 여기서 함께 살지 않을 거예요. 동생네 식구들은 멀리 떨어져서 저 아래 개울가에 있는 집에서 살게 되겠죠. 난 아이들의 목소리를 좋아하지 않아요.”

“하나뿐인 동생에 대해서 섭섭한 대접이 아닐까요?”

“유산을 받을 테니 그 정도의 고생은 치러야 하지 않겠어요.”

그녀는 거칠게 말했다.

휘오나는 메기의 아홉 번째 생일 엿새 전에 또 아들을 낳았는데, 그녀는 그 동안 두 차례의 유산을 했기 때문에 재수가 좋다고 여겼다. 그 아이에게는 해롤드라는 이름이 붙여졌다.

항상 그랬지만, 클레어리 가족의 고생은 늘어갔다. 전쟁의 후유증은 호경기가 아니라 농촌에 공황을 가져다 주었다. 점점 일자리 얻기가 어려워졌다. 스토브 옆의 커다란 유모차 안에서 아기의 울음소리가 들려오자, 휘오나가 움직이기 전에 메기가 먼저 일어났다. 그녀는 스토브 가에서 하얀 수건 한 조각을 꺼내 탁자 위에 조심스럽게 펴고는 우는 아기를 꺼내 어머니 만큼이나 빠른 솜씨로 기저귀를 갈아주었다.

"꼬마 엄마."

그럴 때면 프랭크가 놀려대었다.

"그게 아냐! 난 엄마를 도와주고 있을 뿐이야."

그녀가 대꾸했다.

"그래, 알아. 넌 착한 애야."

프랭크는 한 손으로 메기의 리본을 가볍게 잡아당기며 말했다.

며칠 후 메리 카슨으로부터 편지가 왔다. 클레어리는 우체국에서 우편물을 받은 순간 그것을 뜯어보았고 어린아이처럼 껑충껑충 뛰면서 집으로 돌아와 소리를 질렀다.

"우린 오스트렐리아로 가는 거야!"

아버지의 어깨를 움켜잡으면서 바브가 소리쳤다.

프랭크는 방 안에 있는 것이 아닌 멀리 어떤 곳을 향하여 미소를 지었다.

모든 눈들이 그에게 집중된 채 침묵이 흘렀다.

휘오나의 눈엔 놀라움이 담겼고, 메기의 눈도 마찬가지였지만,

남자들의 눈은 기쁨으로 빛났다.

"그런데 그렇게 오랜 세월이 지난 다음에 왜 갑자기 당신 생각을 했을까요?"

"무슨 사정이 있었겠지."

"우리가 오스트렐리아로 갈 여비를 보낸다는 얘기는 없군요."

휘오나가 좀 섭섭한 소리로 말했다.

"난 그런 신세까지 누이한테 질 생각은 없어! 우린 누이한테 구걸하지 않아도 갈 수가 있어. 내가 모아둔 것으로 충분하니까"

"난 여비를 누님이 대야 한다고 생각해요."

모든 식구들이 깜짝 놀랄 일이었지만, 그녀는 고집스럽게 그것을 주장했다.

"무엇 때문에 당신은 편지 하나만 믿고, 이 곳에서의 삶을 포기하려 하죠? 그 여자는 여지껏 우리를 도와주겠다고 손 한번 까딱한 적이 없잖아요. 난 당신의 누님을 믿지 않아요. 내 기억으로는 당신이 시누이에 관한 얘기를 한 것은 돈이라면 악착같이 달려드는 여자라는 말뿐이었어요."

"그랬다고 해서 뭐가 달라진다는 건지 난 모르겠소. 만일 누님이 구두쇠라면 그만큼 우리가 물려받을 것이 많겠지."

그녀는 더 이상 얘기하지 않았다.

"만세, 우린 오스트렐리아로 가는구나!"

아버지의 어깨를 움켜잡으면서 바브가 소리쳤다.

프랭크는 멀리 있는 어떤 것을 보면서 미소를 지었다.

"길란본이 어디지?"

스튜어트가 물었다.

낡은 지도책이 나왔다. 비록 가난했지만 그래도 식탁 뒤의 선반에는 많은 책들이 꽂혀 있었다.

아이들은 뉴 사우드 웨일즈를 찾아낼 때까지 누렇게 바랜 책장을 열심히 들여다보았다. 뉴질랜드의 짧은 거리에 익숙했던 그들은 힘이 들었지만 결국엔 찾아내었다.

"이건 너무 오래된 지도책이야. 오스트렐리아는 아메리카와 같이 급성장하고 있어. 요즘에는 많은 도시들이 생겼을 거다."

그들은 3등칸을 타고 멀고 지루한 항해를 해야 했지만, 기껏해야 사흘 동안이었으므로 그다지 나쁠 것도 없다고 생각했다. 그들이 가져갈 수 있는 물건이라고는 약간의 옷과 도자기와 이부자리, 취사도구와 소중한 책들 뿐이었으며, 응접실에 있는 가구는 비용을 충당하기 위해 팔아야만 했다.

"아까운 걸 남겨두고 간다는 얘긴 듣고 싶지 않아."

클레어리가 말했다.

"정말 그것들을 다시 마련할 자신이 있어요?"

"물론이지. 거기엔 우리한테 필요한 것이 다 있다는군. 누님하고 같은 집에서 살지 않아도 된다니 다행이야."

"나도 그렇게 생각해요."

휘오나가 말했다.

항해는 악몽이었다. 배가 항구를 벗어나기도 전에 그들은 모두 멀미를 했고, 그 후 폭풍이 몰아치는 겨울 바다를 천 2백 마일을 건너는 동안 줄곧 시달려야 했다. 3등 선실은 뱃머리의 움직임이 가장 극심한 곳에 있어서 숨이 막히고 기름 냄새를 풍겼다.

식구들 중에서 휘오나가 제일 배멀미를 심하게 했다. 프랭크는 혹시 어머니가 죽지 않나 걱정한 나머지 곁을 떠나지 않고 정성껏 돌보았다.

이윽고 시드니에서 세 시간쯤 떨어진 곳에 이르니 바다는 갑자기 잔잔해졌고, 안개가 멀리 남극으로부터 흘러와 배를 감쌌다. 조금씩 기운을 차린 메기는 아주 창백한 얼굴을 하고 있었다. 그 깊고 단조로운 바다의 아우성이 망각되고 형언할 수 없이 구슬픈 뱃고동 소리가 울릴 때까지 그들은 쫓기는 것처럼 은밀하게 끈끈한 안개 속으로 조금씩 나아갔다.

메기는 오스트렐리아를 맞는 첫 인사였던 뱃고동 소리를 평생 동안 잊을 수가 없었다.

클레어리는 휘오나를 안아 배에서 내렸고, 프랭크는 아기를 안고 그 뒤를 따랐으며, 아이들은 저마다 짐을 메고 힘겹게 비틀거렸다. 마침내 클레어리 가족은 1921년의 어느 안개 낀 겨울 아침 시드니에 도착했다. 선창가 창고 밖으로 긴 택시의 행렬이 줄지어 기다렸고, 그토록 많은 자동차를 본 적이 없는 메기는 눈이 휘둥그러지고 입이 벌어졌다. 그들은 겨우 차 한 대에 온 가족이 타고 일단 노무자 합숙소로 갔다.

길거리는 온통 자동차들로 메웠고 마차는 보이지 않았다. 그들은 택시 문을 통해서 높다란 벽돌 건물과 빠른 걸음으로 오고가는 군중들을 황홀하게 내다보았다.

클레어리는 토끼 사육장과도 같은 수많은 방들 가운에 하나를 잡아 휘오나를 쉬게 한 다음, 자기는 길란본으로 가는 기차를 언제 탈 수 있는지 알아보려고 중앙역으로 갔다.

"만일 오늘밤에 못 간다면, 다음 기차는 한 주일이나 기다려야 된다고 하는군. 당신 오늘밤 여행을 할 수 있겠소?"

클레어리가 돌아와서 말했다.

휘오나는 몸을 떨면서 일어나 앉았다.

"어떻게 해보죠."

"제 생각에는 오늘밤 여기서 묵어야 할 것 같아요."

프랭크가 볼멘소리로 말했다.

"엄마는 여행을 할 만큼 건강치 못해요."

"네가 분명히 알아둬야 할 것은 오늘밤 기차를 놓치면 우린 한 주일을 기다려야 해. 내 호주머니에는 이 곳 시드니에서 한 주일 동안을 지낼 만한 돈이 없다는 거야."

"프랭크하고 메기가 있으니까 별 걱정 없어요."

휘오나는 조용히 해 달라고 애원하는 눈길을 프랭크에게 보냈다.

"그렇다면 내일밤 우리가 도착한다고 알리는 전보를 누님께 보내야겠소."

중앙역은 클레어리 가족이 이제껏 본 어느 건물보다 컸다. 기차를 기다리는 수백 명의 사람들이 떠드는 얘기소리로 역 구내는 매우 시끄러웠다. 저녁 어스름이 짙어지는 속에서 그들은 군중들 틈에 섞여 5번 플랫홈의 문을 지켜보았다. 이윽고 문이 열리자, 사람들은 부산히 움직이기 시작했다.

클레어리는 2등 차칸을 찾아내어 아이들은 창가에 앉히고 휘오나와 메기와 아기는 복도 쪽으로 난 문 옆에 앉혔다. 밤공기가 너무 차가워서 그들은 담요를 꺼내 몸을 둘러야 했다.

"얼마나 멀어요, 아버지?"

조용히 흔들리고 덜컹거리면서 기차가 홈에서 미끄러져 나가자 메기가 물었다.

"지도책에서 보던 것보다는 훨씬 멀단다. 6백 마일이나 돼. 내일 오후 늦게야 도착할 거다."

사내아이들은 입이 딱 벌어졌지만, 바깥 풍경이 동화의 나라처럼 펼쳐지자, 모두들 창가로 몰려들어 탐욕스럽게 구경했다.

기차는 점점 속력을 냈고 불빛은 조금씩 뜸해지다가 결국 사라지고 요란한 바람 소리와 어둠이 짙은 심연으로 줄지어 흘러가는 불꽃의 줄기찬 소용돌이로 바뀌었다.

박자를 맞추듯 덜커덕거리는 쇠바퀴가 가끔 요란하게 미끄러지는 소리에 귀를 기울이고 있으려니까 배를 타고 있을 때보다는 훨씬 기분이 좋았다.

아침이 되자, 그들은 뉴질랜드와 같은 땅에서는 상상도 할 수 없는 낯선 풍경을 보고 감탄하며 놀랐다. 물론 굽이치는 산도 있었지만, 다른 것들은 조금도 고향과 닮지 않았다. 모두가 심지어는 나무들까지도 온통 갈색 아니면 회색이었다.

단색의 겨울 밀밭이 몇 마일이나 펼쳐져 바람에 물결쳤으며, 가끔 지친 회색 숲들이 나타났다가 사라졌다. 메기의 눈엔 물기가 가득 고였다. 그 풍경에는 광활하면서 아늑한 고향의 푸르름이 없었다.

해가 높게 떠오르자 양쪽 창문을 활짝 열었지만, 숨이 가쁠 정도로 날씨가 더워 뉴질랜드에서 입고 온 겨울옷은 몸에 달라붙었다. 지옥이 아니고서야 겨울이 이토록 더운 곳이 있을 것 같지 않았다.

이윽고 해가 질 무렵 길란본이 나타났고, 나무도 없이 먼지만 일고 있는 거리 양쪽으로 엉성하게 지은 건물들이 줄지어 작은 집단을 이루고 있어 더욱 황량한 느낌을 주었다.

정거장 공터에는 눈부신 자동차 한 대가 서 있었는데, 그들을 향해 무관심한 태도의 한 신부가 다가왔다. 그의 긴 의복은 마치 꿈속에서 떠다니기라도 하듯 과거 속에서 튀어나온 사람처럼 붉은 흙먼지로 뒤집어 쓴 모습은 유령과 흡사했다.

"안녕하십니까. 난 랠프 신부입니다. 당신은 보나마나 메리의 동생이시군요. 꼭 닮았어요."

그는 클레어리에게 손을 내밀면서 말했다. 그리고는 휘오나에게로 돌아서더니 그녀의 손을 들어 입으로 가져가며 아주 놀라운 미소를 지었는데, 품위 있는 여자를 랠프 신부보다 더 빨리 가려내는 사람은 이 세상에 다시 없을 것이다.

다음에 그는 옹기종기 모여선 아이들에게로 시선을 옮겼다. 그의 눈은 아기를 안고 있는 프랭크에게 잠깐 멈추었고, 이어서 키 순서대로 아이들을 하나씩 뜯어보았다. 그들의 뒤엔 마치 하느님이라도 보듯 입을 벌리고 그를 쳐다보는 메기가 홀로 서 있었다.

신부는 사내아이들을 지나쳐서 메기 앞에 쪼그리고 앉아 부드럽고 인자한 손으로 그녀의 작은 손을 잡아주었다.

"세상에? 그런데 넌 누구지?"

그는 정다운 미소를 지으며 물었다.

"메기요."

그녀가 말했다.

"메기라면 내가 가장 좋아하는 이름이지."

그는 허리를 폈지만, 메기의 손을 놓진 않았다.

"당신들은 오늘밤 주교관에서 머무는 것이 좋겠습니다."

메기를 자동차 쪽으로 인도해 가면서 그가 말했다.

이 아름다운 남자와 그의 놀라운 키를 바라보며 프랭크는 험악한 표정을 지었다.

어둠이 깔리자 바람은 믿어지지 않을 만큼 차가왔지만, 주교관 라운지에는 통나무불이 타올랐고, 어디선가 음식 냄새가 더욱 공복감을 느끼게 해주었다.

화인 신부들의 근엄함에 익숙해진 클레어리 집안 사람들은 랠프의 여유 있고 유쾌한 온후함에 다소 어리둥절했다. 클레어리 만큼은 갈웨이 신부들의 다정함을 기억하고 있어서 태도가 누그러졌지만, 다른 식구들은 조심스러운 침묵 속에서 식사를 하고 될 수 있는 대로 빨리 숙소가 마련된 위층으로 몸을 피했다. 클레어리도 마지 못해 뒤를 따랐다.

그들이 올라간 다음 랠프 신부는 의자에 길게 기대고 앉아 천천히 담배를 피우며 미소지었다. 그는 정거장 마당에서 처음 보았던 클레어리와 그 가족들의 모습을 되돌이켜 보았다.

그토록 메리 카슨을 닮았으면서도 너무나 힘든 일을 해서 등이 굽은 남자, 아름답고 지친 그의 아내, 알 수 없는 반항심에 가득

차 있는 맏아들 프랭크, 아버지를 닮은 사내아이들, 그리고 메기
…… 그가 지금껏 보지 못한 지극히 다정하고 아름다운 어린 소
녀.

신부는 어깨를 추스리고 담배 꽁초를 불 속으로 던지고는 일어
나 천천히 자기의 잠자리로 갔다.

아침이 되자, 그는 손님들을 드로게다로 태우고 갔는데, 이제는
풍경에 익숙해져 아이들은 재미있는 얘기들을 주고받았다. 날씨는
어제 만큼이나 뜨거웠지만, 자동차 여행은 훨씬 더 편안했다.

"양들이 더럽군요."

풀에다 코를 쑤셔대는 수백 마리의 양떼를 바라보며 메기가 말
했다.

"아, 내가 뉴질랜드로 갈걸 그랬구나. 거긴 멋진 젖빛 양들이 있
겠지."

신부가 말했다.

"그래요. 아름답고 푸른 풀밭도 있구요."

클레어리가 대답했다. 그는 신부에 대해 아주 좋은 호감을 갖고
있었다. 바로 그때 타조 비슷한 큰 새 한 마리가 그들의 발치에서
우왕좌왕하더니 길다란 목을 잡아빼고 바람처럼 재빠르게 달아나
기 시작했다. 날아가지 않고 뛰어가는 거대한 새들을 보고 아이들
은 입을 벌리며 좋아라고 웃어댔다.

"차를 내려서 문을 열지 않아도 되니 정말 좋구면."

마지막 문이 닫히자 랠프 신부가 말했는데, 문을 여닫는 일을 맡
았던 바브는 다시 차 안으로 기어들어갔다.

놀라움과 신기함을 거치고 나자 오스트렐리아는 무척 빨리 그들에게 적응되었다.

드로게다의 집은 조지 왕조풍의 앞면과 움트는 등나무 덩굴과 수많은 장미덩굴로 저택의 분위기를 풍겼다.

"우리 여기서 살 거예요?"

메기가 놀란 토끼눈을 하면서 물었다.

"꼭 그런건 아니지. 네가 살 집은 개울을 따라 1마일쯤 더 내려가야 있단다."

신부가 재빨리 말했다.

메리 카슨은 넓다란 거실에서 기다리고 있었다. 그녀는 동생에게 인사하기 위해 일어서지도 않고 높직한 의자에 앉아 그가 다가오기를 기다렸다.

"음, 오랜만이군."

동생 뒤에 랠프 신부가 메기를 품에 안고 있는 모습을 넘겨다 보면서 그녀가 유쾌하게 말했다.

목동 우두머리의 집은 키 큰 고무나무들과 수많은 수양버들로 둘러싸인 좁은 골짜기 기슭에 세워져 있었다. 드로게다 저택의 찬란함에 비하면 허술했지만, 구조는 그들이 뉴질랜드에 남겨두고 온 집과 별로 큰 차이가 없었다.

"목욕탕이 있어서 다행이군요."

그들을 데리고 가면서 랠프 신부가 말했다. 집이 말뚝 위로 15피트나 높이 지어져 있어서 꽤 많이 올라가야 했다.

"개울물이 불어날 때는 당신들은 물 위에 뜨게 됩니다. 하룻밤 사이에 60피트나 불어오른다는 얘기를 들었어요."

랠프 신부가 설명해 주었다.

정말 목욕탕이 있었는데, 낡은 양철 목욕탕과 물 끓이는 통이 보였다. 그러나 변소는 집에서 2백 야드쯤 떨어진 땅바닥에 파 놓은 구덩이에 허름한 양철을 얹어놓아 냄새가 났다. 뉴질랜드에 비하면 원시적이었다.

"누가 살았는지는 모르지만, 별로 깨끗하지 못하군요."

천정의 먼지를 손가락으로 닦아내면서 휘오나가 말했다.

"그걸 모두 없애려고 해봤자 소용없다는 걸 금새 깨닫게 될 겁니다. 더위와 먼지, 파리는 당신들 식구처럼 항상 같이 있게 되죠."

랠프 신부가 웃으면서 말했다.

이튿날 짐이 도착하자, 책과 도자기와 장식품들을 진열하고 응접실에 가구를 들여놓자, 집안은 안정을 되찾기 시작했다.

모두들 알게 되었지만 드로게다는 그 자체가 하나의 요새와 같아서 문명으로부터 어찌나 단절되었던지 얼마를 지내자 떠나온 곳은 그저 까마득한 추억만 남는 이름에 지나지 않게 되었다.

거대한 나무울타리 안에는 마굿간과 대장간, 차고와 사료에서 기계에 이르기까지 모든 것들을 한꺼번에 저장하는 창고, 개집과 방목장들과 복잡한 가축 우리들, 무려 스물여섯 개의 대형 층계를 갖춘 거대한 양털 깎기 건물과 그 뒤에 복잡하게 펼쳐진 또 하나의 마당이 있었다.

그 외에도 막일꾼들을 위한 막사와 도살장, 장작 더미들이 작은 성곽처럼 쌓여 있었고, 길 옆의 깊은 골짜기에는 바닥에 자갈이 깔린 얕고 느린 개울이 흘렀다. 하룻밤 사이에 60피트가 불어난다는 신부의 얘기는 신빙성이 없는 것 같았다.

이 개울에서 손으로 길어올린 물은 부엌과 목욕탕에서 썼으며, 푸르스름한 갈색물로 목욕을 하고 접시를 닦고 빨래를 하도록 익숙해지기까지는 오랜 시간이 걸렸다.

여섯 개의 주름잡은 쇠로 만든 통이 나무탑 위에 설치되어 지붕의 빗물을 받아 식수를 마련했지만, 그 물은 세수를 하는데는 절대로 쓰지 않고 아껴 써야 터득하게 되었다. 언제 비가 내릴지 알 수가 없었기 때문이다.

그들은 처음 먼 거리 왕래에 현기증을 느꼈지만, 시간의 흐름에 따라 모든 것에 익숙해졌다. 드로게다의 장원 면적은 25만 에이커 규모였다. 가장 긴 경계선이 80마일이나 되었는데, 저택은 6백 마일 이내에 있는 유일한 마을인 길란본에서 40마일이나 떨어진 곳에 위치해 있었으며, 스물 일곱 개의 문을 거쳐야 저택에 들어올 수 있었다.

클레어리와 사내아이들은 아주 좋아했다. 그들은 때때로 몇 마일이나 떨어진 곳으로 말을 타고 나가 밤이면 하느님의 한부분처럼 여겨지는 별들로 가득 찬 광활한 하늘을 지붕 삼아 야영을 했다.

갈색의 광활한 대지에는 생명체가 우글거렸다. 수천 마리씩 떼를 지은 캥거루들은 나무 사이로 줄지어 뛰어가며 울타리를 넘어 뜨렸고, 흰 개미들은 소형 마천루 같은 기둥을 세웠다.

새들이 어찌나 많았던지 한없이 새로운 종류들이 나타났고, 한두 마리가 아니라 수천씩 떼를 지어 살았다.

휘오나는 모란잉꼬들과 로젤라라고 불리우는 주홍과 파랑이 섞인 앵무새와 갈라라고 불리우는 작은 날개를 가진 머리가 진분홍인 앵무새, 닭새라는 노란 벼슬이 달린 흰 빛깔의 새들에 매료되었다. 그 중에서도 앙징맞은 피리새들은 푸드닥거리며 맴을 돌았고, 참새와 찌르레기들은 늘 소란스러웠고, 튼튼한 물총새들은 즐겁게 키득거리거나 좋아하는 먹이 뱀을 보고 쏜살같이 내려왔다.

이 모든 새들은 전혀 겁이 없었고, 수백 마리씩 나무에 모여 앉아 밝고 이지적인 눈으로 사방을 둘러보고 소리지르고 얘기하고 후다닥 놀라 달아났다.

무시무시한 도마뱀들은 높다란 나뭇가지로 날렵하게 뛰어올라 땅에서처럼 편히 지냈는데, 그 이름은 고아나였다. 크기는 작아도 무서운 도마뱀은 목덜미에 뿔같은 털이나 통통하고 푸른 혀를 갖고 있었다. 뱀이라면 그 종류가 한이 없었다.

클레어리는 크고 위험해 보이는 놈들이 오히려 유순한 반면에 뭉툭하고 작은 놈이 목숨을 빼앗는 무서운 살무사임을 알게 되었다.

그리고 메뚜기와 귀뚜라미와 벌, 온갖 크기의 파리들과 각다귀와 나방과 나비들! 그 어떤 곤충들 보다도 거미는 더욱 징그러웠고, 다리가 몇 인치나 되는 털투성이 놈들이나 항상 변소에서 어물거리는 보기엔 작아도 치명적인 독을 가진 거미들이 있었다.

또한 야생동물들 중에서도 멧돼지는 무서움을 모르고 닥치는 대로 먹으며 소만큼 몸집이 큰 검은 털투성이의 난폭한 짐승이었다. 이 곳 토박이 딩고 들개는 땅에 납작하게 붙다시피 엎드려 어슬렁거리며 풀속에 몸을 숨기고 먹이를 찾아 습격했으며, 까마귀들은 수백 마리씩 죽은 나무에 모여앉아 깍깍거렸고, 독수리들은 기류를 타고 꼼짝 않고 공중에 떠 있었다.

이런 것들로부터 양과 소는 보호를 받아야 했다. 캥거루와 토끼는 가축의 소중한 풀을 먹어치웠고, 멧돼지와 들개들은 새끼양과 송아지와 병든 짐승들을 잡아먹었다. 까마귀들은 가축의 눈알을 쪼았다.

클레어리와 프랭크는 사격을 배운 다음 가끔 고통을 당하는 짐승의 참혹함을 일찍 끝내주거나 멧돼지나 들개들을 쓰러뜨렸다.

사내아이들은 이것이 바로 인생이라고 생각했다. 이제는 어느 누구도 뉴질랜드를 그리워하지 않고, 파리떼들이 그들의 눈이나 코와 입 가장자리에 엉겨붙으면 그들은 오스트렐리아식 방법대로 모자챙 둘레에 병마개를 주렁주렁 늘어뜨렸다.

집안일에만 얽매인 여자들은 여러 가지로 바깥 활동의 참 맛을 누리지 못했기 때문에 이 곳 생활이 훨씬 더 고달팠다. 여자라면 항상 하는 요리와 청소와 빨래, 다리미질과 아기 돌보는 일은 다른 어떤것 보다도 힘이 들었다. 무엇보다도 참기 힘든 것은 건조한 무더위였는데, 지금은 이른 봄이지만, 그늘진 베란다에 내 건 온도계는 섭씨 38도를 가리켰다. 부엌 안은 불을 피우면 거의 50도를 오르내렸다.

여섯 주일에 한 번씩 짐마차로 우편물이 왔는데, 이것이 외부와의 유일한 접촉이었다.

메리 카슨 부인은 가벼운 운동 삼아서 동생의 아내인 올케를 보기 위해 골짜기까지 내려와서는 땅바닥까지 끌리는 휘오나의 얼룩진 옥양목 가운을 한심스런 눈길로 바라보았다.

그녀 자신은 새로 유행되는 치마 길이가 짧고 목을 깊이 판 크림빛 비단 드레스를 입고 있었다.

"이봐요, 올케. 사용하지 않는 재봉틀이 있어요. 일꾼들을 시켜 가져오도록 할테니 써요."

카슨 부인은 마루바닥에서 뒤치닥거리며 놀고 있는 애기에게 눈길을 주면서 말했다.

휘오나는 주문한 옷감과 실타래들이 우편물과 함께 도착하자, 얻은 재봉틀에 앉아 자기와 메기가 입을 간편한 드레스를 만들고 남자들을 위한 짧은 바지와 작업복, 그리고 창문에 달 커튼을 만들었다.

집안엔 오빠들 가운데 스튜어트 뿐이어서 메기는 무척 외로웠다. 재크와 휴이는 견습공이 되어 목공일을 배우려고 아버지와 함께 나가고 없었다.

메기는 나무타기를 무척 좋아했는데 고무나무가 기어오르기에 힘들어 멋지다고 생각했지만, 스튜어트는 몇 시간이고 가만히 앉아 개미떼의 움직임을 구경하기를 더 좋아하는 소년이어서 자기만의 세계 속에서 홀로 살았다. 하지만 나무를 오른다 거나 개미를 구경할 시간이 많았다는 얘기는 아니다.

틈틈히 메기와 스튜어트는 장작을 패고 날랐으며 쓰레기 구덩이를 파고 채소밭을 가꾸고 닭과 돼지를 돌보는 일까지 했다. 그들은 끝까지 무서움을 버리지는 못 했지만 뱀을 죽이는 일까지 배우지 않으면 안 되었다.

몇 해 동안의 강우량은 겨우 견딜만 했으나 개울물은 거의 바닥을 드러내고 물탱크는 반쯤 차 있었다. 풀은 아직도 괜찮았지만, 무성할 때에 비하면 빈약한 모습을 하고 있었다.

그러나 그들은 심한 가뭄을 맞기 전에 홍수를 겪어야만 했다. 1월 중순 그 지방은 북서 계절풍의 영향권에 들어 있었다. 지극히 변덕스러운 바람이 대륙의 내부에서 제멋대로 불어왔다. 구름이 시커멓게 몰려들면서 바람에 조각조각 찢겨지고 비가 내리기 시작했는데, 조용한 빗발이 아니라 끊임없이 계속되는 줄기찬 폭우였다.

갑자기 감당할 수 없는 공포와 두려움이 닥쳤고, 그들은 미친 듯이 이리저리 뛰어다니며 양들을 개울에서 멀리 피신시키려고 저지대의 막사들로부터 몰아냈다.

그때 랠프 신부가 찾아와서 아직 철수시키지 못한 두 곳 목장을 향해 프랭크와 함께 떠났다.

클레어리와 두 목동은 사내아이들을 데리고 다른 방향으로 떠나갔다. 랠프 신부는 기막힌 목동이었다. 그는 조금도 손색없는 몸짓으로 밤색 순종말을 탔다. 사냥개들은 신이 나서 캥캥거리고 장난치며 으르렁거리다가 랠프 신부가 험악하게 휘두르는 채찍이 번쩍이자 서로 떨어졌다.

그가 못 하는 일은 하나도 없는 것 같았다. 개를 부리는 휘파람에 익숙했고, 프랭크가 배우고 있는 오스트렐리아의 전통적인 채찍질을 프랭크보다 훨씬 더 잘 했다.

밤이 오기 전에 랠프 신부와 프랭크는 최선을 다하여 보통때 같으면 며칠 걸릴 일이었지만, 한 목장의 양들을 모두 끌어냈다.

또 그들은 두 번째 목장문 옆에 있는 작은 숲 근처에서 말안장을 풀고 비가 오기 전에 그 곳의 가축도 철수시킬 수 있다고 낙관적인 얘기를 했다.

그는 안장 가방에서 고기와 빵덩어리를 꺼내 양고기 한 토막을 자르고 난 다음 나머지를 프랭크에게 주었다. 그는 남자다운 즐거움을 나타내면서 흰 이빨로 양고기를 덥석 물었다. 또 두터운 천으로 만든 물주머니로 목을 축이고 담배를 말았다.

"오늘밤 우리가 잘 곳은 저기야."

랠프 신부가 월가나무 한 그루가 서 있는 곳을 가리키며 말했다. 나무는 아름다운 숲을 드리우고 있었다.

"자넨 행복하지가 않아, 프랭크. 안 그래?"

심호흡을 하고 누운 다음 새로 담배를 말면서 랠프 신부가 말했다. 프랭크는 얼굴을 돌려 그를 쳐다보았다.

"행복이라는 게 뭔가요?"

"자네 아버지와 동생들은 지금 행복하지. 하지만 자네의 어머니나 여동생은 그렇지 않아. 자넨 이 곳이 싫은가?"

"난 여기가 싫어요. 시드니로 가면 뭔가 해 볼 수 있을 것 같아요."

"시드니라고, 응? 거긴 죄악의 소굴이야."

랠프 신부가 미소를 지으며 말했다.

"난 상관 안 해요! 여기서도 난 뉴질랜드와 마찬가지로 발이 묶였어요."

“자네 몇 살이지, 프랭크?”

“스물 둘.”

“식구들과 떨어져 본 적이 있나?”

“아뇨.”

“춤을 추러가 보거나 여자 친구를 사귄 적이 있나?”

“없어요.”

프랭크는 그에게 속마음을 보이고 싶지 않았다.

“그렇다면 자넨 별로 오래 있지 못할 것 같군.”

신부는 하품을 하고 곧 잠자리를 잡았다.

“잘 자.”

“안녕히 주무세요.”

아침이 되자, 구름이 더 낮게 드리웠지만, 비는 하루 종일토록 오지 않아 그들은 두 번째 목장을 무사히 철수시켰다. 더 높은 곳으로 몰고 가려고 가축을 한 데 모았다.

그런데 저녁 무렵이 되자, 다시 비가 내리기 시작해서 프랭크와 신부는 길을 서둘렀다.

그들은 쏟아지는 비에 흠뻑 젖었고 딱딱하게 굳었던 땅에 빗물이 고이기 시작했다. 물이 잘 스며든 고운 흙은 진흙 바닥을 이루어서 말들은 무릎까지 빠져 허우적거렸다. 풀밭이 계속 이어지는 곳까지는 겨우 나아갈 수 있었지만, 흙이 씻겨 나간 개울 근처에서 그들은 말에서 내려야만 했다.

갑자기 불어난 물살로 하여 말을 끌고 건너 갈 수가 도저히 없었다. 그것은 생사를 건 모험이었다. 그러나 말들이 별일없이 건너편 둑으로 기어올라갔지만, 프랭크와 신부는 그럴 수가 없었다. 시도를 할 때마다 그들은 다시 미끄러져 내려왔다. 이때 놀란 글레어리가 밧줄을 가지고 와서 그들을 끌어올렸다.

"난 저쪽으로 가 봐야겠군요."

작별을 한 뒤 신부는 저택으로 갔다.

"그 꼴을 하고 안으로 들어오면 안 돼요."

베란다에 서서 메리 카슨이 큰소리로 말했다.

"그렇다면 수건 몇 장을 갖다 주세요."

그녀는 그가 창문에 기대어 셔츠와 장화와 승마복 바지를 벗고 더러운 진흙을 수건으로 닦아내는 모습을 지켜보았다.

"내가 여지껏 본 사람들 가운데 당신이 가장 아름다운 남자예요. 이곳 처녀들은 당신 때문에 속께나 태우겠어요."

"난 오래 전부터 상사병에 걸린 처녀들은 거들떠보지도 않는 습관에 익숙해져 있습니다."

"당신은 늘 내 질문에 솔직하게 대답하는 법이 없어요."

카슨 부인은 허리를 펴면서 손바닥을 그의 가슴에 대며 말했다.

"당신은 향락주의자예요, 랠프."

그는 미소를 지으며 얼굴을 그녀의 머리카락에 파묻고 속바지의 단추를 풀고 벗겨진 속바지를 발로 차 던지고, 그녀가 자기 둘레를 한 바퀴 도는 동안에 구경할 시간을 주면서 벌거벗은 채로 조각상처럼 서 있었다.

"내가 당신에게 그걸 해주기를 바라나요, 메리?"

그녀는 축 늘어진 그의 아랫도리를 힐끗 보고는 코웃음을 쳤다.

"당신을 고생시키고 싶지 않아요! 당신은 여자가 필요한가요, 랠프?"

그러자 신부는 경멸적으로 머리를 저었다.

"아뇨!"

"남자는?"

"여자보다도 더 나쁘죠. 난 남자가 필요없어요."

"그렇다면 자신은 어떻다고 생각하나요?"

"형편 없는 남자라고 생각하고 있습니다."

"재미있군요."

창문을 활짝 열어 젖히며 신랄한 어조로 그녀가 말했다.

랠프 신부는 알몸으로 베란다로 나가 잘 손질해서 다듬은 잔디밭에 서서 팔을 머리 위로 쳐들고 눈을 감은 채 온몸에 퍼붓는 비를 맞으며 벗은 살갗을 통해 전해 오는 오묘한 감각을 느꼈다. 사방은 무척 깜깜했다.

폭우는 끝내 개울의 둑을 터뜨렸고 물은 클레어리의 집을 받들고 있는 말뚝보다 더 높이 차 올라왔다.

"내일이면 가라앉을 거야."

걱정이 되어 알리러 온 클레어리에게 메리 카슨이 말했다.

그녀의 말은 옳았다. 다음날 비가 멎더니 정상적으로 물길이 잡혔다. 다시 해가 빛났고 기온이 섭씨 40도로 치솟았다. 풀은 날개가 돋혀 하늘로 오르듯 높이 자라서 깨끗하게 눈이 부셨다. 먼지가 빗물에 씻겨 나무들이 힘차게 반짝였고, 앵무새들은 어디론가 달아났다가 돌아와서 더욱 시끄럽게 지저귀며 무지개빛 몸을 번득였다.

랠프 신부는 차분한 마음으로 버려두었던 자기의 교구민들을 돌보기 위해 돌아갔는데, 겉옷 속에 입은 흰 셔츠 안주머니엔 천 파운드 짜리 수표가 간직되어 있었다. 아마도 주교는 열광할 것이다.

양들은 다시 초원으로 옮겨졌으며 클레어리 가족들은 심심풀이로 한적한 팟에서 낮잠을 즐기는 습관을 들였다. 그들은 이른 아침 다섯 시에 일어나서 정오 이전에 일을 끝마치고 땀을 흘리며 기진맥진한 나머지 휴식을 취했다. 이것은 집안의 여자들이나 목장의 남자들도 마찬가지였다.

이제 그들 가족에게 쇠고기는 잊혀진 추억이었고 끝까지 살아남을 수 없는 새끼양들은 모두 잡아먹었다. 그들의 입은 끝없이 구운 양고기와 스튜와 저민 양고기 파이와 양고기 카레와 삶아서 절인 양고기 졸임, 양고기 남비 요리 이외의 다른 음식을 그리워했다.

2월 초에 메기와 스튜어트는 가까운 곳에 학교가 없었기 때문에 길란본 수도원의 기숙사로 보내졌다. 놀라운 변화가 아닐 수 없었다.

메기와 스튜어트는 화인 성심수도원을 이미 겪은 터여서 이 곳 드로게다의 생활을 거친 다음에 갖게 되는 평화로운 생활을 생소하게 느끼지 않을 수 없었다.

랠프 신부는 수녀들에게 이 두 아이들의 숙모가 돈 많은 여자이며, 자기는 그들의 보호자임을 간접적으로 귀띔해 주었다. 그래서 메기의 수줍음은 악에서 미덕으로 바뀌었고, 끝없는 허공을 바라보는 스튜어트의 버릇은 '성자답다'는 찬사를 받게 되었다.

수도원은 빛으로 가득 차 있었고 늘 꽃냄새를 풍겼으며, 높은 복

도는 고요함과 성스러움으로 시원했다. 그들의 삶은 작은 인생의 목소리를 죽인 채 얇고 검은 베일 뒤에서 계속되었다. 어느 누구도 그들을 때리지 않았고, 소리를 지르지 않았고, 그리고 랠프 신부가 항상 그들의 곁에 있었다.

그는 자주 그들을 보러왔고, 가끔 주교관에서 함께 묵게 했으며, 얼마 후엔 메기가 사용하는 침실을 섬세한 사과빛으로 칠하고 창문에 달 새 커튼과 새 이부자리를 마련해 주기도 했다.

스튜어트는 두 차례 그의 방에서 잠을 잤는데, 그가 즐거워하는지 어쩐지 랠프 신부의 머리에 떠오르지 않았다.

왜 그렇게 메기를 좋아했는지 자신도 알지 못했고, 그것을 따져보려고 많은 시간을 보내지도 않았다.

그것은 먼지 속을 역광장에서 뒤쳐져 따라오던 작은 그녀를 보고 연민을 느꼈던 그날부터 시작되었는데, 여자이기 때문에 다른 식구들로부터 떨어졌나 보다고 추측했을 따름이다.

그녀의 눈은 어머니를 닮아 아름다왔지만 훨씬 다정하고 감정이 풍부했으며, 완벽하게 여성적이라고 느낄 수 있는 개성은 수동적이면서도 무척 강했다.

메기는 반항아가 아니라 그 반대라고 느껴졌다.

그러나 그 어느 것도 완전한 해답이 되지는 못했다. 혹시 그가 더 깊이 자신을 분석했더라면, 그녀에 대해서 느낀 바가 환경이 가져다준 오묘한 결과였음을 알게 되었을지도 모를 일이다.

그 때는 아무도 그녀를 중요하게 생각하지 않았는데, 그것은 그녀의 인생에 그 자신을 일치시키고, 그녀의 사랑을 다짐 받을 수 있는 공간이 있었음을 뜻했다.

그녀는 지금 사물을 재대로 판별한 수 없는 어린아이이여서 성직자로서의 평판이나 그로부터 받을 수 있는 오해를 사지는 않을 것이다. 그녀는 아름다왔고 온후함과 인간적인 멋이 있으므로 하느님이 채울 수 없는 그의 인생에 있어서의 공백을 그녀가 채울 수 있을 것이다.

그는 주교관에 있는 그녀 방을 치장하느라고 많은 시간을 들였는데, 그것은 그녀의 기쁨을 보기 위해서라기 보다는 그의 생각에 맞은 배경을 창조하기 위해서였다. 메기에게는 값싼 치장은 맞지 않는다고 생각하고 있었던 것이다.

5월 초에 새로 양털깎이들이 왔다. 메리 카슨 부인은 양떼의 이동에서부터 털깎이에 이르기까지 모든 일을 소상히 알고 있었다. 그때 프랭크는 두 곳 목장에서 양떼들을 몰고 왔다. 그것은 느리고 지루한 일이어서 장마가 가시기 전에 마구 모아들일 때와는 비교가 되지 않았다.

프랭크가 부엌으로 들어섰을 때 휘오나는 감자를 벗기며 조리대 옆에 서 있었다.

"엄마, 나 왔어요!"

기쁨이 넘치는 목소리로 그가 말했다.

몸을 돌리자, 그녀의 배가 눈에 띄었는데, 그의 눈에는 더 두드러져 보였다.

순간 그의 눈에서는 기쁨이 사라졌고, 얼굴은 부끄러움으로 새빨개졌는데, 그녀는 옷이 가리지 못한 부분을 숨기려는 듯이 풍선처럼 부푼 앞치마를 두 손으로 잡았다.

프랭크는 흥분한 목소리로 외쳤다.

"그 더러운 염소!"

"프랭크, 네가 그런 소리를 하면 내가 그냥 내버려둘 수가 없어. 넌 이제 어른이니까 이해를 해야지. 너도 이렇게 해서 세상에 태어났고, 아버지를 모욕하는 건 날 모욕하는 거와 같은 거야."

"그럴 수가 없어요! 어머니를 건드리지 말았어야죠!"

얼굴에 경련을 일으키듯 입술을 깨물면서 프랭크가 단호하게 말했다.

"이것은 추한 일이 아냐, 프랭크. 그리고 엄마를 이렇게 만든 행위도 마찬가지야."

그는 그녀의 눈길을 계속해서 마주 쳐다볼 수가 없어서인지 몸을 돌이키더니, 돌연 자기 방으로 들어가버렸다.

"프랭크!"

어머니가 문앞에서 그를 불렀다. 그는 비 맞은 석탄처럼 검게 번득이는 눈을 들어올려다 보았다.

"난 그를 죽이고 말 거예요."

프랭크의 말은 거칠었다.

"차라리 나부터 죽이려므나."

휘오나가 침대 곁으로 다가오면서 말했다.

"난 어머니를 자유롭게 해드리고 싶어요."

그는 그녀에게 등을 보이며 돌아서려고 하지 않았다. 그녀는 그가 무슨 말을 하기를 기다렸는데 아무 말이 없자, 긴 한숨을 지으며 방을 나갔다.

그는 그녀가 아버지와의 행위에 대해서 벗어날 수가 없었고, 그의 머리 속에 박힌 생각으로부터, 젊은 나이의 남성이 갖는 자연스러운 굶주림으로부터 벗어날 수가 없었다. 대체로 그는 그것을 의식 밑으로 겨우 밀어낼 수 있었지만, 지금 눈앞에서 그녀가 욕정의 구체적인 증거를 과시하고 아버지와 함께 벌인 비밀스런 행위가 밝혀졌음에……. 그는 그것을 어떻게 생각해야 하며, 어떻게 참을 수 있다는 말인가? 그는 완벽하게 성스럽고 순수한 성모로서 그녀를 생각할 수 있기를 원했다.

이윽고 겨울의 한가한 시기가 다가오자 해마다 거행되는 쇼와 경마대회가 열렸다. 휘오나는 몸이 불편해서 가지 않았고, 클레어리가 누님 메리 카슨을 롤스로이스에 태우고 시내로 갔다. 얌전히 굴겠다고 맹세한 사내아이들은 일꾼들, 하녀들과 함께 트럭을 탔지만, 프랭크는 구형 포드 짐차로 혼자 일찌감치 떠났다.

클레어리가 최고급 호텔방에 누이를 들여보낸 것은 아침 열 시였는데, 홀로 내려가 보니 맥주잔을 들고 서 있는 프랭크가 눈에 띄었다.

"다음 잔은 내가 사지, 꼬마 어른."

그는 친근하게 아들에게 말했다.

프랭크는 그 동안 마음 속으로 벼르고 있던 행동을 취할 수가 없었다. 그는 와글거리는 사람들 앞에서 아버지 얼굴에 술을 끼얹을 수가 없었던 것이다. 그래서 그는 맥주를 단숨에 꿀걱 단숨에 삼키고 속이 거북한 듯 미소 지으면서 말했다.

"미안해요, 아버지. 쇼를 구경하기로 약속이 되어 있어서요."

"그렇다면 가 보거라. 그리고 이걸 가지고 가서 마음대로 써라."

프랭크는 손에 잡힌 5파운드 짜리 지폐를 노려보면서 그것을 갈기갈기 찢어 아버지의 얼굴에 뿌려 버리고 싶은 생각이 간절했지만, 또 다시 습관에 젖은 인내심으로 돈을 접어 주머니에 넣고는 고맙다는 말까지 했다.

한편 메기는 머리를 땋아 남색 리본으로 묶어 두 줄로 어깨 위로 내리고 있었다. 산뜻한 남색 교복을 입은 그녀는 한 수녀의 손에 이끌려 잔디밭을 가로질러 주교관으로 가 랠프 신부에게 인계되었다.

이때, 아버지를 만난 흥분을 아직도 가라앉히지 못한 프랭크가 나타났다.

"가자, 메기. 내가 구경시켜 줄게."

손을 내밀면서 그가 말했다.

"내가 두 사람을 데리고 가면 어떨까?"

랠프 신부가 웃으면서 물었다.

좋아하는 두 남자 사이에 끼어 그들의 손에 매달린 메기는 정말 천국에라도 가는 기분이었다.

길란본 놀이터는 경마장 바로 옆에 있었다. 홍수는 여섯 달 전의 일이었지만, 아직도 흙은 마르지 않아 사람들의 부산한 발에 밟혀 진창이 되어 있었다. 양과 소, 돼지와 염소 등을 상품으로 내놓고 경쟁하는 가축들 너머에는 공예품과 음식물로 가득 찬 간이 천막

들이 늘어서 있었다. 그들은 가축과 각양각색으로 만든 케이크와 뜨개질로 짠 목도리와 수놓은 탁상보, 고양이와 카나리아를 구경했다.

저쪽 너머에는 승마장이 있어서 메기의 눈엔 젊은 남녀 기수들이 말을 타고 돌아다니는 모습이 보였다. 멋진 옷을 입은 귀부인들은 높다란 말 위에 안장을 얹어놓고 도사리고 앉았있었는데, 그토록 위태로운 자세로 차분하게 앉아있을 수 있는 지 메기로서는 놀라왔다. 나중에 보니 기막히게 멋진 모습의 한 여자가 말을 끌고 힘든 점프를 한 차례 해내고도 끄덕없었다.

그 부인을 말에 박차를 가해 축축한 땅을 가로질러 달려오더니 메기와 프랭크와 랠프 신부 앞에서 고삐를 당겨 멈췄다.

"신부님, 내릴 수 있게 도와주시지 않겠어요!"

신부는 손을 뻗어 그녀의 허리를 가볍게 들어 내려놓았는데, 그녀의 발 뒤꿈치가 땅에 닿는 순간 허리를 놓아주고는 말고삐를 받아쥐더니 성큼성큼 함께 걸어갔다.

"사냥에서 이길 수 있어요, 미스 카마이클?"

신부는 아주 무관심한 투로 말했다.

그녀는 무척 아름다웠지만, 그의 묘한 무관심에 약간 신경질적인 음성으로 말했다.

"꼭 이기고 싶지만, 자신은 없어요. 미스 호프톤과 앤토니 부인도 시합에 나오니까요. 어쨌든 난 승마에선 이길 자신이 있어요. 하지만 사냥에서 지더라도 속태우지는 않겠어요."

그녀는 또박또박 말했으며, 무척 세심하게 교육 받고 자란 젊은

귀부인다운 묘하게 건방진 어휘들을 썼으므로 따스함의 흔적은 없었다. 그녀와 얘기를 나누고 있는 랠프 신부의 말투는 훨씬 명랑해졌다.

그들의 경쾌하지만 비밀스러운 대화에 기분이 상하고 당황한 메기는 자신도 모르게 얼굴을 찌푸렸다.

그들이 널찍한 물구덩이에 이르렀을 때 랠프 신부는 메기에게로 돌아서더니 여자와 공손하게 인사를 주고받을 때 결여되었던 모습과는 달리 더욱 두드러져 보이는 부드러움을 나타내며 허리를 구부리면서 말했다.

"사랑하는 우리 꼬마 아가씨. 메기, 난 외투를 입고 있지 않기 때문에 깔아줄 수가 없구나. 어쨌든 신발에 진흙을 묻히도록 내버려둘 수는 없으니까……"

그는 메기를 업었고, 미스 카마이클은 질질 끌리는 무거운 치맛자락을 거둬 쥐고 요란스레 건너가기 시작했다.

그들의 바로 뒤를 따라 오던 프랭크의 요란한 웃음소리가 그녀의 성미를 가라앉히지 못했고, 물구덩이를 건너자마자 그녀는 갑자기 말 한마디 없이 가버렸다.

"내 생각엔 그 여자가 힘만 있었다면 신부님을 때려눕혔을 것 같아요."

랠프 신부가 메기를 내려놓은 동안 프랭크가 말했다.

그는 여자에 대한 랠프 신부의 고의적인 잔인함에 마음 속으로 찬사를 보냈다. 하지만 그녀가 어찌나 아름답고 도도했던지 어느 누구도 함부로 말대꾸조차 못하리라는 생각이 들었지만, 랠프 신부는 자신에 대한 그녀의 신뢰를 멋대로 때려 부수었다. 그때 프랭크는 신부가 오묘한 신비로 가득 찬 여자들의 세계를 증오한다고 생각했다.

프랭크는 미스 카마이클이 자기를 눈여겨 봐주기를 바랐지만, 그녀는 그의 존재조차 인정하지 않는 듯한 눈치였다. 오직 그녀의 모든 관심은 신부에게 집중되어 있는 것 같았다.

"걱정 말게. 그 여잔 똑같은 꼴을 당하려고 또 찾아올 테니까."

랠프 신부가 냉소적으로 말했다.

그들은 승마장을 벗어나 오락장 안으로 들어갔다. 메기와 프랭크에게는 다같이 황홀한 곳이었다.

건너편 끝에는 커다란 천막이 있었는데, 앞에는 높다란 단이 놓여 있고, 뒤에는 요란스런 모습을 그린 장식 휘장이 드리워져 있었다.

확성기를 손에 든 남자가 소리를 질렀다.

"여러분, 지미의 이름난 권투단올시다! 세계에서 가장 위대한 여덟 명의 직업 권투 선수가 참가하고, 이기면 타 갈 수 있는 상금도 있습니다."

여덟 명의 남자들이 줄지어 나오더니 붕대를 감은 손을 엉덩이에 얹고, 두 다리를 쩍 벌리고 서서 군중의 감탄 소리를 들으며 으쓱거렸다.

"여러분, 누가 도전하겠습니까? 글러브를 끼고 5회전에 이겨보시오!"

선전원은 북을 둥둥 울리면서 반복해서 소리를 질렀다.

"내가 하죠!"

프랭크가 소리쳤다.

그는 랠프 신부의 말리는 손을 힘껏 떨쳐버렸다.

주변에 떼지어 선 사람들은 프랭크의 왜소한 몸집을 보더니 한심하다는 듯 웃으며 앞쪽으로 밀어냈다.

권투단 중에 한 사람이 손을 내밀어 프랭크를 끌어당겨서 단 위에 서 있는 여덟 명의 한쪽 옆에 서게 하자 선전원은 말했다.

"웃지 마세요, 여러분, 덩치가 크지는 않지만 제일 먼저 자원한 용감한 젊은이입니다. 싸움을 할때는 고집이 아니라 싸우겠다는 태도와 의지가 문제입니다!"

천막 안은 남자와 사내아이들로 가득 찬 듯싶었다.

랠프 신부는 메기를 잃어버리지 않으려고 끌어당기면서 뒤쪽 천막 자락 앞에 자리를 잡았다. 이미 글러브를 낀 프랭크가 오늘의 첫 도전자였다.

흔한 일은 아니었지만, 구경꾼들 가운데서 나온 사람이 직업 선수에게 이기는 일이 없지는 않았다. 반드시 그들은 세계 최고가 아님을 인정하지만, 오스트렐리아의 최고 선수들이 포함되어 있었다.

플라이 웨이트란 선수와 맞붙은 프랭크는 세 번째 펀치로 그를 때려눕히고는 다른 사람과 싸우겠다고 나섰다. 그가 세 번째 선수와 겨루게 되었을 때쯤에는 소문이 퍼져 천막 안은 한 사람도 더 들여놓을 수 없을 지경으로 꽉 차 있었다.

프랭크는 거의 맞지 않았고, 그나마 몇 대 맞은 것은 끓어오르는 그의 분노만 자극할 뿐이었다.

그러자 권투단 단장은 진짜 경량급 챔피언을 프랭크와 붙여놓고 그가 주먹만 휘두르는 것이 아니라, 정말 건투를 할 줄 아는지 알 아보라는 명령을 했다.

그는 항상 새로운 챔피언을 찾고 있었으며, 이런 쇼를 통해 몇 명을 찾아내기도 했다. 챔피언은 지시 받은 대로 근접전을 폈으며, 그러는 동안 프랭크는 춤추는 상대방을 죽이려는 욕망에 사로잡혀 마구 쫓아 다녔다.

프랭크는 상대의 주먹이 소용돌이치는 가운데에서도 생각을 할 수 있는 묘한 사람들에 대해서 깨닫게 되었다. 그리고 그 능숙한 주먹들이 가져다 주는 아픔을 끝까지 견디었고, 눈은 부어올랐으며 이마와 입술이 찢어졌다. 그러나 그는 상금 20파운드와 주위 사람 들로부터 찬탄을 받게 되었다.

메기는 랠프 신부의 손을 뿌리치고는 그가 붙잡기 전에 천막에 서 밖으로 도망쳤다. 그가 밖으로 나가서 보니 그녀는 구토를 하고 작은 손수건으로 지저분해진 신발을 닦느라고 애를 쓰고 있었다.

랠프 신부는 조용히 다가가 자기 손수건을 꺼내주고는 그녀의 물결치는 금빛 머리를 쓰다듬었다.

"너 프랭크를 기다릴 거니, 아니면 우리 끼리 가는 것이 좋겠 니?"

"난 프랭크를 기다리겠어요."

그의 친절함과 세심한 배려에 대한 고마움을 느끼면서 메기는 신부의 큰 몸에 기대어 속삭이듯 말했다.

그때 프랭크가 반창고를 붙이고 천막에서 나왔다. 랠프 신부가 그를 만난 이후 처음으로 프랭크는 행복해 보였는데, 여자와 침대에서 기분 좋게 밤을 지내고 난 뒤엔 아마 저런 표정일 것이라고 생각했다.

"메기는 뭘 하고 있죠?"

링에서의 숨가쁜 환희가 아직 가라앉지 않은 목소리로 그가 중얼거리듯 말했다.

"메기는 자네 때문에 잔뜩 겁이 났어. 자네가 별일 없는지 자네 곁에 있고 싶어한다네."

"내가 이 근처에 얼씬했다는 걸 아버지가 절대로 알지 못하게 해."

프랭크는 메기에게 명령조로 말했다.

"이제 그만 돌아가는 게 어때? 내 생각엔 차나 한 잔 들고 주교관에서 쉬는 게 좋겠어. 그리고 젊은 아저씨, 세수를 좀 해야 되겠는 걸."

신부가 말했다. 그러면서 메기의 코끝을 살짝 건드렸다.

"그리고 우리 꼬마 아가씨도 세수를 해야겠어."

클레어리는 프랭크를 찾으려고 주교관 휴게실로 들어섰다가 메기와 랠프 신부가 즐겁고도 자유로운 하루를 보낸 듯 휴식을 취하고 있는 모습을 보자 왠지 화가 났다.

그는 프랭크의 부어오른 얼굴을 보자, 화를 낼 좋은 구실이 되었다.

"넌 그런 꼴로 어떻게 어머니를 볼 작정이냐? 하루만 눈을 벗어났다 하면 싸움질이니."

하고 언성을 높였다.

신부가 듣기 좋게 얘기하려고 했지만, 프랭크가 더 빨랐다.

"난 이 꼴이 된 덕택에 돈을 벌었어요! 5분 일하고 20파운드를 벌었으니, 메리 아줌마가 아버지하고 나한테 한 달 동안 주는 보수를 합친 것보다도 많아요."

프랭크는 반창코를 만지면서 조용하고 침착한 어조로 말했다.

"늙고 한물간 몇 사람을 때려놓고도 넌 그렇게 의기양양하냐? 이젠 좀 어른이 되거라, 프랭크! 난 네가 몸은 더 자라지 못하리라는 건 알지만, 마음만은 그래도 어른이 되었으면 한다!"

순간 프랭크의 얼굴이 창백해졌다. 그것은 가장 무서운 모욕이었고, 이런 말을 하는 사람이 바로 자신의 아버지여서 그는 반격을 가할 수가 없었다.

"그들은 한물간 사람들이 아니에요, 아버지. 지미는 제가 권투 선수로서 장래가 촉망된다고 그랬고, 나를 자기의 권투단에 입단시켜 훈련시키고 싶다고 했어요. 그리고 보수도 주겠대요! 난 더 자라지 않을지는 모르지만, 어떤 놈이나 때려눕힐 수 있어요. 그리고 그건 당신한테도 적용되는 얘기예요. 이 더러운 늙은 염소 같으니라구!"

순간 클레어리의 얼굴은 백지장처럼 창백해졌다.

"나한테 그 따위 소리를 하다니!"

"그럼 뭐라고 불러드릴까요? 당신은 정녕 발정한 염소만도 못해요! 당신은 엄마를 그냥 놓아둘 수가 없었죠?"

"이러지 말아요. 왜들 그러세요. 아, 프랭크. 제발."

메기는 발악에 가까운 소리를 질렀다. 그러나 그녀의 말을 듣는 사람은 랠프 신부 뿐이었다.

"난 네 엄마의 남편이야. 우리에게 아기가 생긴 건 하느님의 은총에 의해서야."

클레어리의 모습은 무척 자제하느라고 애쓰고 있음이 역력했다.

"흥, 당신은 당신의 물건을 박아넣을 아무 암캐나 쫓아 다니는 잡개죠!"

"그렇다면 넌 너를 낳은 잡개보다 조금도 나을 것이 없어!"

클레어리는 일순 말을 멈추었다. 분노는 사라졌고, 그는 해서는 안될 말을 한 혓바닥을 뜯어내려는 듯 자신의 입을 잡아뜯었다.

"난 그럴 생각이 아니었어. 난 정말 그럴 생각이 없었어!"

랠프 신부는 메기의 손을 놓고 격분해 있는 프랭크를 붙들었다.

그는 프랭크의 오른쪽 팔을 등 뒤로 잡아 비틀고 왼팔로 목을 감았다. 신부는 힘이 세었고 그에게 잡힌 손은 얼얼할 정도였으며, 프랭크는 벗어나려고 완강히 저항했지만 쉽게 되지 않았다. 그는 저항을 포기하면서 머리를 저었다.

메기는 마루바닥에 꿇어앉아서 흐느꼈고, 그녀의 눈은 오빠에게서 아버지에게로 옮겨가며 고통스럽게 애원했다.

"제발 날 놓아주세요, 신부님. 하느님께 맹세컨대 소동을 부리지 않겠어요."

"하느님께 맹세를 해? 하느님은 당신들 둘다 저주할 거요! 만일 당신들 두 사람이 이 아이를 괴롭힌다면 난 당신들을 먼저 죽여버리겠소!"

이제는 분노한 신부가 외쳤다.

"걱정마세요, 난 갈 테니까요. 권투단에 입단하겠어요."

이상하게 공허한 목소리로 프랭크가 말했다.

"내가 한 말, 그건 사실이 아냐, 프랭크……."

검은 눈이 번득였다. 눈이 회색인 휘오나와 파란 눈의 클레어리 사이에 어떻게 검은 눈을 가진 아들이 있었을까를 랠프 신부는 은연 중에 생각하고 있었던 것이다.

프랭크는 잡아끄는 손을 떨쳐 버리고는 단호하게 문쪽으로 걸어 갔다.

클레어리는 충격을 받은 창백한 얼굴로 무릎을 꿇고 메기를 지켜보았다. 그는 일어서서 그녀에게로 가려고 했지만, 중간에서 랠프 신부가 거칠게 밀쳐 냈다.

"가만 둬요. 그만하면 충분해요! 난 아이를 재우고 올테니 가지 말고 계세요. 찬장에 술이 있으니 좀 마시도록 하세요."

"여기 있겠습니다. 신부님."

신부는 어린 소녀를 초록빛 침실로 데리고 가서 옷의 단추를 끌러주고 신발과 긴 양말을 잡아당겨 벗겼다. 그녀의 잠옷은 베개 위에 준비되어 있었고, 그는 그것을 소녀의 머리 위로 씌워서는 얌전히 끌어내린 다음 속옷을 벗겼다.

"자, 이제 편히 잠을 자도록 해라, 우리 예쁜 꼬마 아가씨야. 조금 있다가 다시 올테니까 걱정하지 말고 알겠지?"

그가 잠시 후에 휴게실로 돌아오자 클레어리가 물었다.

"애는 괜찮아요?"

랠프 신부는 찬장 위에 놓은 위스키 병을 내려 자기의 잔에 반쯤 부었다.

"솔직히 말해서 난 이해할 수가 없어요.、클레어리, 난 술과 인간의 성격 가운데 어느 것이 더 큰 저주인지를 모르겠어요. 무엇에 홀렸길래 그런 얘기를 했죠? 뭐, 대답하겠다고 애쓸 필요는 없어요! 그건 당신의 격한 성질 때문이니까. 난 그 애를 처음 보았을 때부터 당신 자식이 아니란 걸 알았습니다."

"신부님의 눈을 피할 수 없군요."

클레어리는 극도의 우울증을 느끼면서 무엇인가 말하고 싶은 미칠 듯한 강렬한 심정으로 활활 지펴 놓은 난로불을 노려보았다.

"프랭크의 아버지가 누군지 난 아직도 모릅니다. 내가 휘오나를 만나기 전의 일이었으니까요. 그녀의 가족은 사실상 뉴질랜드에 온 첫 이주민의 집안이었고, 아버지는 수많은 양과 커다란 농장을 가지고 있었어요. 휘오나는 그의 외동딸이었고, 그는 그녀를 위해 일생을 설계해 주었죠. 재산이 얼마든지 있었으니까요. 그때 난 농장의 일꾼이었고, 그녀가 생후 18개월 된 어린아이와 함께 산책을 하는 것을 종종 보았어요. 그러다가 그녀의 아버지 제임스 암스트롱이 날 만나러 왔습니다. 딸이 결혼을 하지 않았지만 아이를 가졌다는 겁니다. 만일 내가 그의 딸하고 결혼해 데리고 떠날 것을 보장한다면 5백 파운드를 주겠다고 했습니다. 그건 나한테는 큰 재산이었고, 사실 그때 난 독신생활에도 싫증을 느끼고 있을 때였습니다. 솔직히 말해 난 아이는 개의치 않았어요."

"그래서 신분이 훨씬 높은 여자하고 결혼을 했군요."

“그래요. 처음에 난 죽을 지경으로 그녀를 두려워하기도 했습니다. 그 시절의 그녀는 너무나 아름다웠어요.”

“부인은 아직도 아름다와요. 메기를 보면 어떠했으리라는 걸 알 수 있어요.”

신부가 부드럽게 말했다.

“뭐랄까, 내가 그녀에게 진짜 남편 구실을 할 용기를 얻게 될 때까지는 2년이라는 세월이 걸렸습니다. 나는 그녀에게 요리를 하고 마루를 쓸고 빨래한 옷을 다림질하는 일까지 가르쳤죠. 그녀는 그런 일들을 하는지를 전혀 몰랐어요. 우리가 결혼생활을 하는 동안 그녀는 단 한번도 불평을 하거나 울거나 웃지 않았어요. 우리 생활에서 가장 은밀한 부분에서만 감정을 조금 표현했는데, 그럴 때도 절대로 얘기는 하지 않았습니다. 내 얘기는 아내가 우리 아이들이나 나를 좋아하지 않는다는 건 아니지만, 우리들 모두를 합친 것보다 아내가 프랭크를 더 사랑한다는 걸 그전부터 알고 있었어요. 아내는 그 애의 아버지를 사랑했었던 것이 틀림없어요. 하지만 그 남자가 누구였는지, 왜 그와 결혼할 수 없었는지에 대해서는 아무것도 아는 바가 없습니다.”

“클레어리, 산다는 것은 정말 괴로운 일입니다. 하지만 모든 것은 하느님의 뜻입니다.”

클레어리는 조금 비틀거리는 걸음걸이로 일어섰다.

“아무튼 난 일을 저지르고 말았어요. 난 프랭크를 쫓아보냈고, 그녀는 날 결코 용서하지 않을 겁니다.”

“미리 부인께 얘기할 필요는 없어요. 그저 프랭크가 권투선수들

하고 도망쳤다는 얘기만 하고 내버려두고 보세요. 부인은 프랭크가 그 동안 얼마나 초조했었는지를 알고 있었으니까, 믿을 겁니다."

"난 그럴 수가 없어요, 신부님."

클레어리는 절망하고 있었다.

"당연하겠죠, 클레어리. 부인은 고통과 비참함을 그만하면 충분히 겪었다고는 생각지 않습니까? 더 이상의 짐을 지워줘서는 안 됩니다."

"정말 그렇다고 생각하시나요?"

"그래요. 오늘 있었던 일도 더 문제 삼아서는 안 돼죠."

신부는 어디까지나 조용히 말했다.

"하지만, 메기는 어떡하고요? 그 애가 얘기를 다 들었는데."

"내가 알아서 할 테니까 너무 걱정마세요. 내 생각엔 당신과 프랭크가 말다툼을 했다는 것 이상으로 메기가 이해한 바는 없을 성싶군요. 가서 주무시죠. 당신은 부인에게 정상적인 인상을 줘야 합니다."

메기는 침대 옆 작은 램프의 희미한 불빛 속에서 눈을 뜬 채 누워 있었다. 신부가 곁에 앉았고, 그녀의 머리카락이 땋은 채로 있음을 보았다. 그는 조심스럽게 남색 리본을 풀었고, 머리카락을 베개 위에 물결처럼 부드럽게 펼쳐 놓았다.

"프랭크가 떠났어, 메기."

"알고 있어요, 신부님."

"왜 그랬는지 알아?"

"아빠하고 싸웠지요."

"넌 어떡하겠니?"

"난 쫓아가겠어요. 오빠는 내가 필요해요."

"그럴 수는 없다, 메기."

"그럴 수 있어요. 아침이 되면 오빠를 찾아보겠어요."

"아냐, 메기. 그러면 안돼. 프랭크에게는 프링크 대로 살아가야 일이 있고, 이제는 떠날 때가 되었어. 오빠는 이미 오래 전부터 이런 기회를 기다려 왔단다. 그걸 이해하겠니, 메기?"

그녀의 눈이 그의 얼굴로 옮겨가 고정되었다.

"알아요. 하지만 아빠가 그를 찾아서 같이 지내게 해야죠."

그녀가 조용히 말했다.

"하지만, 이번에는 아버지가 다시 데려오지 않을 거야. 프랭크는 아주 떠났거든."

"다시는 오빠를 볼 수 없을까요?"

"그건 나도 모르겠어."

"신부님, 신부님도 떠나실 건가요?"

"언젠가는 그러겠지. 그러나 쓸데없는 걱정은 하지 마라. 난 오랫 동안 이 곳에 있고 싶은 생각이야."

신부는 쓸쓸한 미소를 띄며 말했다.

메기는 어쩔 도리가 없어 집으로 가야만 했다. 휘오나는 그녀 없이는 꼼짝도 못했다. 수도원에 혼자 남게 된 스튜어트는 자기도 집에 돌아가고 싶은 마음에 단식 투쟁을 시작했고, 그래서 그도 드로게다로 돌아왔다.

8월의 쌀쌀한 날씨가 계속되고 있었다. 비가 내리지 않아 건조한 기후가 그들의 건강을 주의시켰다.

어머니를 본 메기는 불어난 육중한 몸무게에 눌리는 듯한 기분을 느꼈는데, 아마도 그것은 어린 날을 보내고 난 뒤에 여자가 되기 위한 자신의 육감이었는지도 모른다. 배가 부른 것 말고는 별로 달라진 바가 없었지만, 내적으로 어머니에게서 떠나지 않던 활발함이 사라져 있었다.

동생은 여기저기 아장거리고 돌아다니며 쉴새없이 장난을 쳤지만, 휘오나는 그에게 야단을 치거나 심지어는 행동을 감시하려고조차 하지 않았다.

그녀는 그저 자신의 영원한 활동 거리인 스토브와 조리대 사이를 쉼없이 돌아다녔다. 그래서 메기는 별 도리없이 꼬마 동생의 어머니 노릇을 했다. 그녀는 아이를 무척 사랑했고, 어떤 한 인간에게 마구 퍼부어 주고 싶다고 느끼기 시작한 사랑의 대상이었기 때문에 힘들 거나 고통이라고 여기지 않았다. 끊임없이 반복되는 뜨개질과 바느질과 빨래와 다리미질과 그녀가 해야 할 다른 모든 일들에도 불구하고 메기는 자신의 삶이 무척 즐겁다고 느꼈다.

어느 누구도 프랭크에 관한 얘기를 꺼내지 않았지만, 여섯 주일에 한 번씩 우편물이 도착하는 소리가 들릴 때마다 휘오나는 머리를 들고 잠시 활기를 되찾는 것 같았으나, 프랭크에게서 온 편지가 없으면 한숨을 내쉬었다.

얼마 후 그녀는 또 다시 쌍둥이를 출산했는데, 작은 두 빨강머리의 사내아이들의 이름을 제임스와 페트릭이라고 지었다.

어머니 휘오나는 젖을 먹이는 일 이외에는 아기들에게 조금도 관심을 두지 않았다. 그러나 다정한 성품 때문에 곧 공동 소유물처럼 돌보게 되었다.

퍽 오랫동안 비가 내리지 않았다. 먼지를 가라앉히고 파리들을 물에 빠뜨려 죽일 비조차 없었으니 파리는 더욱 끓고 먼지는 더 심했다.

이 곳의 생활이란 대부분이 파리와 먼지로 이어진 것 같았다. 천정마다 길다랗게 빙빙 도는 끈끈이가 늘어져 있었고, 하루 동안 달라붙은 파리의 시체들이 까맣게 달라붙어 있었다. 식탁을 잠깐 동안만 덮어놓지 않아도 파리들이 몰려들어 잔치를 벌이거나 무더기로 죽어 널려 있었는데, 자잘한 파리똥은 가구와 벽과 달력에까지 얼룩을 그려놓았다.

그리고 끝없이 날아와 쌓이는 먼지. 닦아버리자마자 열린 창문으로 뜨겁고 건조한 바람이 불어와서 쌓이는 갈색 먼지를 피할 길이 없었다.

어느날 일상적인 일로 다니러온 랠프 신부는 부드러운 눈길로 메기를 쳐다보았다. 그때 그녀는 패트릭의 곱슬곱슬한 붉은 머리카락을 손질해 주고 있는 중이었고, 제임스는 밝은 눈에 존경심을 반짝이며 그녀를 쳐다보면서 얌전하게 자기 차례를 기다리고 있었다.

그녀는 꼭 꼬마엄마 같았다. 여자들이 자기 아이들에 대해 지닌 독특한 집념이 없고서야 그 나이라면 순수한 모성애만이 갖는 즐거움이 아니라 동생을 돌봐줘야 하는 의무라고 생각해서 될 수 있는 대로 빨리 더 마음이 끌리는 일을 하려고 도망쳤을 것이다.

그러나 메기는 일부러 그 과정을 연장해서 헝클어진 아이의 머리카락을 손가락들 사이로 잡아서 결을 만들었다. 신부는 그런 그녀의 동작에 매혹되었고, 갈색 먼지에 덮여 있는 포도덩굴 쪽으로 눈을 돌렸다.

"신부님은 보고 계시지 않는군요!"

메기가 불평을 했다.

"미안해, 메기. 내가 지금 무슨 생각을 하고 있는지 모르겠군."

그는 다시 그녀에게로 눈을 돌렸다. 세 아이는 기대를 품고 그를 쳐다보았다. 그는 몸을 숙여 쌍둥이를 들어올리며 말했다.

"메리 아줌마를 보러 가자, 어때?"

그들을 즐거운 마음으로 집을 나서 걸어갔다.

취사장에서 반갑게 맞아주는 스미드 부인에게 쌍둥이를 맡기고는 신부와 메기는 산책로를 따라 큰집으로 올라갔다.

메리 카슨은 역시 높은 의자에 앉아 있었다. 요즈음 그녀는 몸을 움직이는 일이 거의 없었는데, 클레어리가 무척 농장일에 능숙해졌으므로 이제는 바삐 돌아다닐 필요가 없어졌다.

랠프 신부가 메기의 손을 잡고 들어서자, 그녀의 눈초리가 순식간에 표독스러워졌다. 랠프 신부는 메기의 맥박이 빨라짐을 느끼고는 그녀의 팔목을 꼭 잡아주었다.

메기는 숙모에게 절을 하면서 인사말을 입 속에서 우물우물했다.

"애야, 부엌에 가서 스미드 부인하고 차나 마셔라."

메리 카슨이 무뚝뚝하게 말했다.

"왜 저 애를 싫어하죠?"

랠프 신부가 물었다.

"당신이 좋아하니까."

카슨 부인이 나이답지 않게 빈정거리는 투로 말했다.

"아, 이러지 마세요! 저 애는 어린애에 지나지 않아요."

"당신이 느끼고 있는 감정은 그 애한테서 그게 아니라는 사실을 알아요."

아름답고 푸른 눈이 비웃듯이 그녀를 쏘아보고 있었다.

"부인은 내가 애들과 수작이나 하는 줄 아시나요? 난 성직자입니다!"

"우선 당신은 남자죠. 신부니까, 당신이 안전하게 느껴진다는 것뿐예요!"

그는 놀라며 웃음을 터뜨렸다. 어쩐지 오늘 그는 그녀와 맞설 수 없다는 생각이 들었다. 마치 그녀가 삶의 틈바구니를 찾아내어 거미로 하여금 독을 품고 옷 속으로 기어들게 하는 기분이었다.

이제 그녀는 자기에 대한 연민의 불이 꺼져가고, 아니면 다른 것을 위해서 불타오르고 있는 것이 아닐까?

"난 남자가 아녜요. 성직자입니다."

그는 중얼거렸다.

"시간이 지나면 알게 되겠죠, 랠프. 난 이미 늙었고 나에게 남은 것이라고는 시간 뿐예요."

하늘에는 구름이 겹겹히 쌓여 메마른 열풍에 떠돌아 다녔고, 사람들은 비를 기다리기 시작했다.

"건조한 바람이야. 오랫동안 비가 오지 않을 징조야."

메리 카슨이 혼잣말처럼 말했다.

기후의 잔혹성에 있어서 오스트렐리아가 보여줄 수 있는 최악의 사태를 이미 경험했다고 클레어리 가족이 생각하고 있다면, 그것은 그들이 아직 극심한 한발에 짓밟힌 대평원의 건조한 먼지바람을 겪지 않았기 때문이었다.

상쾌한 수분으로부터 버림받은 대지는 거칠게 서로 메마른 소리를 내며 건조한 바람 속을 문질러 댔다.

하늘은 낮아지고 어찌나 어두워졌던지 아직 대낮인데도 온 집안에 등불을 밝혀야 했고, 방목장에서는 작은 소리만 나도 말들이 길길이 뛰었으며, 닭들은 홰를 찾아 머리를 파묻었고 개들은 서로 싸우느라고 으르릉 거렸으며, 돼지들은 흙에다 납작코를 묻고는 겁많은 눈으로 밖을 살폈다.

하늘로부터 펴져 내려온 음산한 기운은 모든 살아 있는 것들의 혓바닥 밑으로 공포를 스며 넣었다.

"아직도 더 많은 것들을 겪어야만 해."

지루해진 메리 카슨이 무감각한 표정으로 말했다.

광활한 대지엔 먼지와 두터운 층을 이룬 황색 구름이 끝없이 떠다니고 있었다.

어느날, 어린 헬이 기침을 하며 쌔근거리더니 점점 발작이 심해졌다. 휘오나는 끈적끈적하고 뜨거운 찜질약을 빚어 작은 가슴에 발랐지만, 그래도 어린 아이에게서 고통을 덜어주는 것 같지 않았다. 처음엔 그다지 걱정하지는 않았지만 시간이 지나감에 따라 어찌나 빨리 악화되었던지 어쩔 줄 모르게 되었고, 메기는 손을 비틀면서 동생의 곁에 앉아 성모 마리아를 쉴새없이 되뇌이며 기도를 드렸다.

메기는 그를 안고서 기도를 했고, 가엾은 어린 것이 숨을 쉴 때마다 어찌나 애를 쓰는지 고통의 슬픔이 가슴을 죄는 것만 같았다. 모든 아이들 가운데 그녀에게는 헬이 가장 소중했으며, 그녀는 그 아이의 엄마였다.

만일 자기가 휘오나처럼 어른이었다면, 어쩐지 그를 고칠 수 있는 힘을 가지게 될 것 같은 생각이 들어서, 그녀는 그 어느 때보다도 필사적으로 자기가 어른 엄마가 되기를 바랐다.

그가 죽을지도 모른다는 생각은 전혀 그녀의 머리 속에 떠오르지 않았다. 한밤중에 클레어리는 아이를 감싼 메기의 팔을 풀고는 조심스럽게 고쳐 눕혔다.

이에 메기는 퍼뜩 눈을 떴다.

"아빠, 이제 회복되었나 봐요!"

클레어리는 머리를 저었다.

"아니다, 메기야. 그 애는 하느님에게로 갔고, 이젠 평화롭게 되었단다."

"아, 아녜요! 죽었을 리가 없어요!"

그러나 작은 생명은 이미 죽어 있었다.

메기는 이제껏 죽음을 본 적이 없었지만, 마침내 그것이 사실이라는 슬픔을 깨달았다. 그녀가 돌보았고, 사랑했고, 아꼈던 아이. 그녀의 마음 속에서 그가 차지했던 자리는 변함이 없고 따스한 체온과 체중을 느꼈다.

그녀가 그런 상태에서 헤어나지 못하고 있을 때 랠프 신부가 들어왔다. 그는 탁자의 등잔불을 낮추고 맞은편 의자에 앉아서 그녀를 지켜보았다. 이제 그녀는 자라 있었고, 그의 삶마저도 따라잡아 앞서서 이제는 그를 뒤에 남겨놓겠다고 위협하는 듯 했는데, 그때 그는 자신의 용기에 대한 끈질기고 답답한 회의로 가득 찬 삶에서 그 어느 때보다도 민감하게 자기의 부족함을 의식하지 않으면 안 되었다.

하지만, 지금 그는 무엇을 두려워하고 있는 것일까? 앞에 닥친 일을 해결할 수 없다고 그가 생각했던 존재는 무엇이었을까?

그는 다른 사람들을 위해서라면 강해질 수 있었고, 또 두려워하지도 않았건만, 그래도 내면으로는 자기 자신의 전혀 예기치 않은 순간에 의식 속으로 스며들어오는 그 무엇을 기대하면서 항상 두려움을 느꼈다. 그녀가 성녀이며, 대부분의 사람들보다 특별히 뛰어나다는 것도 아니었다. 다만 그녀는 불평하는 일이 없었고, 어떤 일이 닥치더라도 그것을 직면하여 받아들이고, 자신의 존재에 대한 삶의 불을 지피기 위해 모든 것을 간직했다.

무엇이 그녀에 대한 그의 생각은 환상의 헛된 조각으로 변모되는 것일까? 그것은 정말 따져봐야 할 일인가? 그녀 자신과 그가 생각하고 있는 것 중에서 어느 것이 더 중요할까?

"아, 메기!"

그는 무기력하게 말했다.

그녀는 그에게로 눈길을 돌렸고 고통으로부터 넘치는 사랑의 미소를 보냈는데, 그 미소는 아직 미성년인 그녀의 세계에서 한부분이 되지 못한 여성의 금기와 억제 따위의 그 어느 것도 감추지 못하고 있었다.

이제 그는 그토록 사랑을 한 소녀로부터 깊은 의미의 미소를 받았기 때문에 충격적이었고, 그러면서 쇠잔한 슬픔을 맛보았다. 한편으로는 그가 이 세상에서 어느 누구도 아닌 보통의 한 인간으로 랠프 드 브리카싸르트가 되기를 가끔 그 존재를 의심하고 있는 하느님에게 빌었다.

미지의 어떤 것, 이것이 바로 그것일까?

'아, 하느님. 왜 나는 그녀를 그토록 사랑해야 합니까?'

하지만, 언제나 그랬듯이 아무도 그에게 대답해 주는 사람은 없었고, 메기는 꼼짝 않고 앉아서 그에게 미소를 던질 뿐이었다.

삶은 끝없이 순환하는 리듬을 따라 진행되고 계속되었다. 그리하여, 다음해 여름에는 계절풍과 함께 비가 내려서 개울과 물탱크를 채웠고, 쌓여 엉긴 먼지를 닦아내며 풀뿌리의 갈증을 풀어주었다.

남자들은 손으로 풀을 베어 양떼를 먹이지 않아도 된다는 안도감을 느끼며 일을 했다.

양들이 새끼를 낳는 몇 주일은 가장 바쁜 시기였다. 금방 태어난 새끼양은 모두 꼬리에 고리를 달고 귀에는 표시를 했으며, 번식을 시키는데 필요없는 숫놈들은 거세를 당했다. 수천 마리의 새끼양들이 피를 묻힌 채 돌아다니는 것은 보기 흉한 일이었다.

목동들은 손가락 사이로 불알을 밀어내어 입으로 물어뜯어서는 땅바닥에다 내뱉었다. 또한 양철띠를 감은 새끼양들의 꼬리는 피공급을 못 받아 점차 부풀어 올랐다가 쪼그라들며 떨어져 나갔다.

양치는 일은 끝이 없어서 한 가지 일이 끝나면 다음 일이 기다리고 있었다. 드로게다 목장은 천 마리의 소뿐만 아니라, 12만 5천 마리의 양을 키우는 거대한 목장이었다.

한편 배울 수 있는 수단이 환경에 의해 모두 차단되었기 때문에 메기는 '삶의 진리'라는 고상한 어휘가 지니는 의미조차도 알지 못했다.

아버지는 집안에서 남자들과 여자들 사이에 엄격하게 선을 그어 놓았고, 새끼치기나 교미같은 얘기는 절대로 꺼내지 못하게 했으며, 남자들은 완전히 옷을 입기 전에는 속옷 바람으로 여자들 앞에 나타나면 안 되었다. 그녀에게 어떤 실마리를 풀어줄 만한 책이 또한 전혀 없었고, 도움이 될 만한 또래의 친구들은 한 명도 없었다. 집 주변에서는 전혀 이성에 대한 호기심을 풀어줄 광경마저도 없었다. 짐승들은 글자 그대로 불모의 상대였다.

메리 카슨은 말들을 번식시키지 않고 부겔라에서 필요한 말들을 사 들였는데, 숫놈을 두면 번거롭기만 해서 드로게다에는 수컷이 하나도 없었다. 다만 거친 숫소가 한 마리 있었는데, 외양간 접근이 엄격히 금지되어 있었고, 메기는 너무 무서워서 가까이 가지 않았다. 개들은 쇠사슬에 묶여 갇혔고, 교미는 감시를 받으며 과학적으로 거행되었으므로 역시 접근할 수가 없었다. 사실상 그녀에게는 어린 두 동생 외에 어느 누구의 것도 관찰할 기회가 없었다.

메기는 열 다섯 번째 생일을 맞이 하기 직전, 여름의 열기가 머리를 어지럽게 할 만큼 치솟고 있던 어느날, 자신의 속옷에 묻은 피를 보았다.

하루 이틀쯤 지나 그것은 사라졌지만, 여섯 주일이 지나자 다시 시작되어 그녀의 부끄러움은 공포로 바뀌었다.

그녀는 피가 어디서 나오는지를 전혀 알 수가 없었지만, 밑에서 라고 짐작될 뿐이었다. 그 느린 출혈은 사흘 뒤에 역시 사라졌고, 두 달 동안은 보이지 않았는데, 어쨌든 빨래는 그녀의 일이었으므로 아무도 눈치를 채지 못했다.

다음 번에 그녀는 처음으로 심한 고통을 느꼈다. 그리고 출혈도 훨씬 많았다. 그녀는 피가 스며 나을까봐 겁이 나서 쌍둥이의 기저귀를 훔쳐 속옷 안에 넣으려고 했다.

죽음의 사신이 찾아온 것일까? 그녀는 어머니나 아버지에게 가서 그 밑의 추악한 질병 때문에 자기가 서서히 죽어가고 있다는 얘기를 어떻게 꺼낼 수 있을까 심한 번민에 휩싸였다.

그녀는 날이 갈수록 말수가 무척 줄었지만, 스튜어트의 평화스럽고 꿈같은 고독과는 상당히 달라 그녀의 고민은 얼이 빠져 얼어붙은 듯한 상태였다.

누가 갑자기 말을 걸면 그녀는 움찔 놀랬으며, 만일 어린 동생들이 그녀를 소리쳐 부르면 자신의 태만에 대한 속죄의 뜻으로 부지런을 피웠다. 그리고 어쩌다가 가끔 혼자 있게 되면 막연한 두려움에 가슴을 떨었다.

모두들 요즘 와서 그녀가 달라졌음을 눈치는 챘어도 달리 의심을 않고 그녀가 성장하고 있다는 증거로 받아들였는데, 메기는 자신의 슬픔을 슬기롭게 인내하며 억제했다.

삶의 교훈들을 너무나 잘 익혀서 그녀의 자제력은 엄청났으며 자존심 또한 유별나게 강했다. 겉모습은 끝까지 티 하나 없이 유지되어야 했고, 머리 속에서 벌어지는 일은 어느 누구도 알아서는 안 되었다.

그러나 랠프 신부는 드로게다를 자주 방문했고, 그녀의 빠른 변화가 아름다운 여성적 변모로부터 모든 활력의 억제로 깊어지자, 그의 염려는 두려움으로 커졌다.

바로 눈앞에서 그녀에 대한 육체적이고 정신적인 낭비가 그의 가슴 속 깊이에서 떨어져 나갔고, 한편 거칠고 메마른 햇볕에 타거나 기미가 끼지 않은 그녀의 우유빛 피부는 점점 더 투명해졌다.

결국 그는 메리 카슨을 떨쳐버리려는 자신의 싸움을 거부하며 복수를 하려는 천사의 그림자 앞에 있는 묘지터에서 메기를 찾아낸 것이다.

하지만 그는 성직자였기 때문에 정신적으로 고독하거나 절망을 느낀 자들에게 안식을 베풀어 주어야만 했다.

그는 그녀가 불행해지는 것을 참고 볼 수 없었지만, 그래도 누적되는 사건들로 하여 자기가 그녀에게 얽매이는 상황이 무엇보다도 두려웠다. 그녀에 대한 사랑과 어떤 정신적인 능력으로써 도움을 주려는 성직자다운 본능은, 인간으로서의 어떤 사람을 자신에게 절대적으로 필요하게 만드는데 대한 집요한 공포와 싸웠다.

그가 풀밭을 걸어오는 소리를 듣고, 그녀는 몸을 돌려 마주 보더니 무릎 사이에 손을 포개고는 머리를 떨구었다.

"요즘 왜 그러지, 메기?"

그가 나직하게 물었다.

"아무것도 아녜요, 신부님."

"난 네 말을 믿지 않아."

"이러지 마세요, 제발! 신부님께 말씀드릴 수가 없는 일이에요."

"메기, 넌 신앙심이 부족하구나! 넌 나한테 무슨 얘기나 다 할 수 있어. 내가 신부인 이유도 바로 그것이야. 무슨 일이 있었는지 나한테 얘기를 해줘야 해. 죽는 날까지 난 너를 도우려고 애쓸 것이고, 널 보살펴 주겠어. 정말 네가 날 믿고 사랑한다면 얘기를 해봐."

메기는 두 손을 움켜쥐었다.

"신부님, 난 죽을 거예요! 난 병에 걸렸어요!"

"그걸 어떻게 아니?"

그녀가 그 얘기를 하는 데는 많은 시간이 걸렸고, 막상 그녀가 입을 열자, 그는 무의식적으로 고해성사라도 받듯 머리를 그녀의 입으로 가져갔다.

"시작된 지가 여섯 달이나 되었어요. 난 배 속에서 심한 통증을 느끼는데, 그리고 아! 신부님, 밑에서 피가 아주 많이 흘러나와요."

그는 머리를 들어 자신의 신경을 가늠할 수 없을 만큼 수많은 감정을 느끼면서 부끄러워하는 그녀를 머리 숙여 내려다보았다.

그러나 한편으로는 전율하도록 느껴지는 감미로움, 안도감 속에서 까닭 없는 분노가 그녀의 어머니인 휘오나에게 향했다.

그는 자신의 얼굴빛이 가라앉았다고 확신한 다음에 몸을 일으켜 그녀를 들어올려서 마주 볼 수 있도록 대리석 좌대의 편편한 자리에 앉혔다.

"메기, 나를 봐. 날 쳐다보란 말야!"

그녀는 불안한 눈을 들어 그가 미소 짓고 있음을 보았다. 측정할 수 없을 만큼의 큰 만족감이 그녀의 텅 빈 영혼을 채워주고 있었다. 그녀는 자기가 그에게 있어 얼마나 소중한 존재인가를 새삼 깨달았으며, 또한 그 역시도 그런 감정을 감춘 적이 없었다.

"메기, 앞으로 넌 나이를 먹으면서 세상일들을 하나씩 알게 되고, 오늘을 돌이켜보며 창피하거나 부끄러운 날이라고 기억을 하고 싶을지도 몰라. 하지만 오늘 만큼은 그런 식으로 기억하지 마. 창피한 일이 절대로 아니니까. 넌 모든 여자들이 치르는 일을 너도 겪고 있을 뿐이란다. 한 달에 한 번씩 며칠 동안 넌 피를 흘릴 거야. 그건 네가 쉰 살이 될 때까지 매달 계속되고, 어떤 여자들은 그것이 달의 운행처럼 규칙적으로 찾아오지. 하지만 또 다른 여자들은 그렇게 정확하지는 않아. 대부분의 여자들은 통증을 느끼지 않지만, 심한 사람들도 있어. 아무튼 피를 흘린다는 건 네가 성숙해졌다는 표시야. 넌 성숙이 무엇을 의미하는 지 아니?"

"전 지금 열 다섯 살이에요, 신부님."

"열 다섯 살? 조금 늦은 편이구나. 그럼 내 말을 알아듣겠니?"

"물론예요, 신부님! 그건 자란다는 뜻이죠."

"좋아, 그럼 됐어. 출혈이 계속되는 동안 넌 언제나 아기를 가질 수 있어. 출혈은 출산 과정의 한 부분이란다."

메기 쪽에서 보면, 그는 프랭크처럼 그녀를 그와 똑같은 한 인간으로 대하면서 얘기해 주었다. 그러나 그는 프랭크보다 나이가 많았고, 더 현명했고, 훨씬 훌륭한 교육을 받았고, 더 만족스러운 상담자였다. 그리고 그 목소리는 얼마나 아름다운가! 그것은 모든 두려움과 고뇌를 단번에 쫓아버렸다.

그의 영혼 속에 담긴 초연하고 거의 신에 가까우며 너무나 인간적인 그 무엇이 그녀를 그토록 얽매이게 해주는 것일까? 그는 그녀의 친구였고 마음 속에 소중히 간직할 수 있는 이상이었고, 그녀의 하늘에 나타난 새로운 태양이었다.

"메기, 이제 집으로 가서 엄마한테 요즘 출혈을 했다고 얘기하고, 어떻게 처리해야 하는 지 물어보려무나."

"엄마도 그런가요?"

"건강한 여자라면 다 그렇단다. 하지만 아이를 낳을 때가 되면 그 아이가 태어날 때까지 중단되지. 그래서 여자들은 임신했다는 걸 알게 되는 거란다."

"임신을 하면 왜 멈추게 돼죠?"

"그건 나도 몰라, 정말 몰라. 미안해, 메기."

"왜 내 엉덩이에서 피가 나오나요, 신부님?"

그는 눈을 크게 뜨고 작은 천사를 올려다보았고, 그녀는 더 이상 고민하지 않으면서 차분하게 그를 마주 보았다.

신부의 입장은 점점 더 난처해졌다. 보통 때는 그토록 말이 적은 그녀가 저렇게 집요하다니 놀라울 지경이었다. 그는 참을성 있게 말해 주었다.

"그건 엉덩이에서 나오는 것이 아니란다, 메기. 네 앞쪽에는 작은 통로가 숨어 있는데, 그건 아기와 관계가 있어."

"아, 아이들이 나오는 곳 말이죠? 난 그게 항상 궁금했어요."

신부는 멋적게 미소 지었다.

"무엇이 아기를 만드는 지 아니, 메기 넌?"

"아기를 심어요, 신부님."

"어떻게 심지?"

"소원을 빌어서요."

"누가 그런 말을 해주던?"

"아무도 그런 말을 한 적이 없어요. 나 혼자서 알아냈죠."

그녀가 천진스럽게 말했다.

신부는 조용히 눈을 감고, 현재 상태를 그대로 내버려둔다 해도 누가 자기를 비난하지는 못 하리라고 생각했다. 그는 그녀를 동정할 수는 있었지만, 더 이상 도와줄 수가 없었다. 신부라는 성직자였지만, 그 역시 한 남자로서 한계가 있었던 것이다.

메리 카슨은 일흔 두 살의 생일을 맞아 거창한 잔치를 열겠다고 계획했다.

저택 안의 분위기는 흥청거렸다. 높은 의자를 놓고 앉은 늙은 거미는 그칠 줄 모르는 명령을 내렸으며, 두 명의 하녀는 은식기에 윤을 내고, 최고급 사기그릇을 닦고, 식당 청소와 음식 준비를 위해 뛰어다녔다.

스튜어트와 다른 일꾼들은 잔디를 깎느라고 낫질을 했고, 꽃밭의 잡초를 뽑아 집안 주변을 청소했다.

물건을 옮기는 소리와 사람들의 소음이 대리석 복도에 울리는 동안, 메리 카슨은 높은 의자에서 책상으로 자리를 옮기고 양피지

한 장을 꺼내 글을 쓰기 시작했다. 주저하지도 않았고 멈추는 일도 없었다.

지난 다섯 해 동안 생각해 온 것을 그녀는 모든 단어가 완벽해질 때까지 머리 속에서 복잡한 귀절들을 작성했었다. 문장을 끝내는 데는 오래 걸리지 않았고, 종이 두 장 중에 두 번째 장은 4분의 1 정도의 공백이 남았다.

마지막 문장을 끝낸 그녀는 잠깐 동안 의자에 그대로 앉아 있었다. 책상은 커다란 창문 옆에 놓여 있었으므로 머리만 돌리면 밖을 내다볼 수 있었다. 바깥에서 들려오는 웃음소리에 머리를 돌린 그녀는 곧 분노로 몸이 뻣뻣해졌다.

'저 젊은 남자에게 하느님의 저주가 내려라!'

그때 랠프 신부는 메기에게 승마를 가르치고 있었다. 메기는 신부가 자신의 결점을 고쳐줄 때까지는 말에 올라앉지 않으리라고 마음먹었다.

오래 전부터 그녀는 이런 기회를 꿈꾸어 왔고, 아버지에게 언제인가 머뭇거리며 말을 꺼냈지만, 그것이 이루어질 수 없는 일이라고 판단한 그녀는 두 번 다시 부탁하지 않았다.

이제 랠프 신부의 도움을 받아 승마를 배우게 된 그녀는 기쁨을 겉으로 나타내지 않았는데, 그 까닭은 그에 대한 그녀의 승배가 이번에는 무척 소녀다운 몰입으로 변했기 때문이었다.

어느날 저녁 랠프 신부는 장화와 승마용 바지를 가져와 클레어리집 부엌 탁자 위에 놓았다.

저녁 식사 후에 책을 읽고 있던 클레어리는 놀란 얼굴로 말했다.

"도대체 그게 뭡니까? 신부님."

"메기가 입을 승마복이죠."

"뭐라구요?"

클레어리가 고함치듯 말했다.

"제가 입을 승마복이라구요!"

메기가 놀라와 하며 소리 질렀다.

메리 카슨이 거실 창문을 통해서 지켜보고 있노라니까, 랠프 신부와 메기는 말을 마굿간에 매어두고 걸어서 내려오고 있었다. 드로게다에는 랠프 신부만이 쓰는 전용 마굿간이 있었다.

메리 카슨은 랠프 신부 혼자 쓰도록 순종 승마용 말 두 필을 키우고 있었는데, 메기도 말을 탈 수 있게 해도 좋으냐고 물어왔을 때, 그녀는 반대할 수가 없었다.

늙은 몸의 뼛 속까지 스며드는 슬픔을 느낄 만큼 거절을 하거나 아니면 그들과 같이 승마할 수 있었으면 하고 메리 카슨은 바랬다.

그러나 그녀는 거절할 수가 없었고 말 위로 기어오를 힘도 없었다. 이제 남자는 승마복 차림에 우아한 흰 셔츠를 입고, 소녀는 날씬하고 예쁘게 승마복 바지를 입고, 두 사람이 함께 풀밭을 가로질러 산책하는 모습을 보자, 그녀는 화가 치밀었다.

그들 두 젊은 남녀는 다정한 우정으로 빛나고 있으며, 메리 카슨은 자기 이외의 어느 누구도 그들의 가깝고 거의 은밀하기까지 한 관계를 어째서 비난하지 않는지 궁금하게 여겼다.

그러자 그녀의 두 손이 떨렸고, 펜에서는 종이 위로 잉크 방울이 떨어졌다. 뼈마디가 앙상한 그녀의 손은 서류함에서 종이를 한 장

더 집어들었고, 펜을 잉크에 다시 한 번 찍어 또박또박 글을 썼다. 그런 다음 그녀는 심호흡을 하며 몸을 일으키고는 무거운 몸을 끌고 문쪽으로 갔다.

"미니. 미니!"

그녀는 소리쳐 불렀다.

"맙소사, 마님이 손수 나오셨구나!"

하녀가 낭랑하게 외쳤다.

"무엇을 갖다드릴까요, 마님?"

종을 울려 스미드 부인을 찾지 않고 왜 직접 찾는 지 의아해 하면서 늙은 하녀가 황급히 달려왔다.

"가서 울타리장이와 톰을 찾아 곧 나한테로 보내."

"알겠습니다."

정원 막일꾼인 톰은 너무 늙고 쪼글쪼글한 사람이었는데, 생일 파티를 위해 저택의 하얀 말뚝들을 수리하던 참이었다.

돌연한 호출을 받은 그들은 곧 달려와서 작업복 차림에 손에는 초조하게 모자를 쥐고 섰다.

"자네 두 사람 다 글을 쓸 줄 아나?"

카슨 부인이 물었다. 그들은 침을 꿀꺽 삼키면서 머리를 끄덕였다.

"좋아. 내가 이 종이 쪽지에다 서명하는 걸 자네들이 지켜본 다음에 바로 밑에다 자네들의 이름과 주소를 써넣어 줘. 알겠지?"

그들은 머리를 끄덕였다.

"항상 쓰는 것과 똑같은 글씨로 서명을 하고 주소를 또박또박 적어야 해."

메리 카슨은 그들을 자세히 지켜보았고, 끝난 다음에 붉은 10파운드 짜리 지폐 한 장씩을 주고는 입을 닥치고 있으라는 날카로운 훈시를 한 다음에 내보냈다.

메기와 랠프 신부는 아까부터 보이지 않았다. 메리 카슨은 책상에 묵직하게 앉아 다시 글을 쓰기 시작했다. 이 편지는 조금 전처럼 막힘없이 작성할 수가 없었다. 그녀는 거듭거듭 펜을 멈추며 생각했고, 그런 다음에는 즐겁지 않은 미소를 지으며 다시 계속했다.

이윽고 그녀는 써놓은 글을 읽어보고 종이들을 한데 모아 한꺼번에 접더니 봉투에 넣고 뒷면을 빨간 밀랍으로 봉했다.

이윽고 잔칫날이 왔다.

클레어리, 휘오나, 바브, 재크, 그리고 메기만 파티에 가기로 되었고, 휴이와 스튜어트는 어린 동생을 보살피는 임무를 맡게 되어 은근히 마음이 놓였다.

평생 처음으로 메리 카슨은 돈지갑을 활짝 열어 모든 사람들이 최고급 옷을 사 입도록 친절을 베풀었다.

부모가 방에서 나오자, 아이들은 입이 딱 벌어졌다. 여지껏 그들은 그토록 멋있고 이국적인 부모의 모습을 본 적이 없었기 때문이다.

클레어리는 예순 한 살이라는 나이가 드러나기는 했지만 정치가처럼 의젓하게 나이를 먹어보였고, 휘오나는 마흔 여덟보다 십년은 갑자기 젊어진 듯싶었다.

그러나 모든 사람들이 가장 오랫동안 응시한 것은 메기였다. 자기 자신의 소녀시절이 생각났기 때문이었는지 몰라도 양재사는 메기의 드레스에 온 정성을 쏟았다. 옷모양은 소매가 없고 목의 선은 낮게 늘어졌는데, 양재사는 드레스 전체에다 조그마한 분홍빛 장미 봉오리들을 수 놓았다.

머리는 유행에 맞지 않을 정도로 너무 곱슬거렸지만, 오히려 더 잘 어울렸다. 클레어리는 자기 딸 메기가 이럴 수가 있느냐고 고함치려고 입을 벌렸지만, 오래 전 프랭크와의 사이에 있었던 사건 때문에 깨달은 바가 있어 그냥 입을 다물었다.

아, 이제 그는 그녀를 영원히 어린 딸로 간직할 수 없다는 새로운 사실을 깨달았고, 메기는 거울에 비친 자신의 모습을 보고 부끄러움을 느끼는 젊은 여성이 되어 있었다.

그는 부드럽게 미소 지으며 손을 내밀었다.

"메기, 너 참 예쁘구나! 이리 와라. 널 내가 직접 동반하겠고, 엄마는 바브와 재크가 모시고 갈 테니까."

그녀는 이제 한 달이 모자라는 열 일곱 살이었고, 클레어리는 처음으로 자기가 늙었음을 의식했다. 그러나 그녀는 그의 보물이었다. 어른이된 딸의 첫 파티를 무슨 일이 있어도 망치고 싶지 않았던 것이다.

그들은 메리 카슨과 식사를 하고 함께 손님을 맞을 준비를 하기로 약속되어 있어서 좀 이른 시간에 저택으로 갔다.

랠프 신부는 여느 때와 같은 차림이었는데, 약간 멋을 부린 선과 소매자락에서부터 옷깃까지 수많은 까맣고 작은 단추가 달리고, 신부 특유의 자주빛 단을 댄 빈틈없이 재단된 의복은 그에게 너무나 잘 어울렸다.

메리 카슨은 흰색 바탕의 비단옷에 하얀 레이스, 하얗게 빛나는 타조 깃털로 치장을 했다. 몸에 밴 무관심과는 달리 휘오나는 놀라서 그녀를 멍하니 바라보았다.

그것은 너무나 어울리지 않는 신부 의상이었고, 대체 무엇 때문에 결혼한 것처럼 허세를 부리며 연지 곤지를 찍은 늙은 노처녀처럼 장난을 친다는 말인가? 최근에는 살까지 쪄서 더욱 더 꼴불견이었다.

그러나 클레어리는 전혀 이상하게 여기지 않았고 미소를 지으면서 누이의 손을 잡으려고 뚜벅뚜벅 걸어갔다.

"누님! 정말 멋있어 보이는군요, 젊은 여자처럼!"

사실 그녀는 빅토리아 여왕이 죽기 전에 찍은 사진과 비슷해 보였다. 매부리코 양 옆으로는 깊은 주름살이 패였고, 고집 센 입은 안하무인격이었으며, 차가운 눈은 한 번도 깜빡이지 않고 메기에게 고정되어 있었다.

랠프 신부의 아름다운 두 눈은 처녀 티가 완연한 조카딸에게서 숙모에게로, 그리고는 다시 조카딸에게로 움직였다.

메리 카슨은 클레어리의 팔에다 손을 얹으며 말했다.

"나를 식탁으로 안내해 주지 그래. 신부님이 휘오나를 동반할 것이고, 사내아이들은 메기의 양쪽에 서야지."

어깨 너머로 그녀는 메기를 돌아다보았다.

"너 오늘밤 춤을 추겠니, 메기?"

"저 애는 너무 어려요. 아직 열 일곱 살도 안 되었습니다."

클레어리가 어버이로서의 부족함을 재빨리 기억해 내고 말했다.

"그것 참 안 됐구나."

메리 카슨이 약간 빈정대듯 말했다.

랠프 신부는 저녁 식사를 하는 동안 메리에게 직접 얘기를 하지 않았으며, 그 후에도 못 본척 했다. 마음이 상한 그녀는 응접실에서 틈만 나면 그를 찾으려고 했다. 그것을 의식한 그는 메기의 의자 옆에 서서, 만일 예를 들어 미스 카마이클이나, 미스 고든이나, 미스 오마라에게 보다 더 많은 관심을 나타낸다면, 그것은 마을 사람들로부터 평판에 좋지 못한 영향을 끼치리라고 설명해 주고 싶어서 가슴이 아팠다.

메기와 마찬가지로 그는 춤을 추지 않았고, 또한 주위 사람들로부터 많은 시선을 받았지만, 그들은 가장 아름다운 두 사람임에 틀림없었다.

그는 다른 모든 젊은 여자들 보다 그녀가 훨씬 뛰어나다는 사실에 벅찬 자부심을 느꼈다.

미스 카마이클은 귀족적이었지만 황금빛 머리카락에 아름다운 영광이 없었고, 미스 킹은 보기 좋게 금발을 땋아 내렸지만 유연한 몸매가 없었고, 미스 맥카일은 몸매가 기막혔지만 얼굴이 너무 컸다. 그렇지만 그의 전체적인 기분은 세월을 거슬러 올라가고 싶은 아련한 고통을 느끼지 않을 수 없었다.

그는 그 어린 소녀를 소중한 아기처럼 언제까지나 다룰 수 있기를 바랐다. 그는 클레어리의 얼굴에서 자기와 똑같은 생각을 얼핏 알아채고는 희미한 미소를 지었다.

지금까지 살아오는 동안 신부라는 사명감에서 벗어나 단 한번이라도 자신의 감정을 나타낼 수 있다면 얼마나 황홀할 것인가? 그러나 습관과 훈련과 분별력이 너무 깊게 그를 지배하고 있었다.

밤이 깊어가자 춤은 점점 무르익어 갔고, 술은 샴페인과 위스키에서 럼과 맥주로 바뀌었다.

클레어리 부부는 아직도 자리를 지켰지만, 자정이 되자 바브와 재크는 메기를 데리고 나갔다. 부부는 재미있게 즐기든 참이라 그것을 눈치 채지 못했다. 그들은 춤을 출줄 알았고 그들 둘이서만 추었는데, 구경하고 있던 랠프 신부의 눈에는 갑자기 그들이 아주 잘 어울리는 것 같았다. 그 까닭은 아마도 그들이 마음 놓고 서로 즐길 기회가 드물었기 때문인지도 모른다.

그러나 랠프 신부가 그들 부부를 관찰하는 시간은 그리 오래지 않았다. 그는 메기가 방을 나가는 것을 보자 십년쯤 젊어진 기분을 느끼고 훨씬 활기를 보이며 기가 막히게 훌륭한 솜씨로 미스 카마이클과 춤을 추어 다른 아가씨들을 아연 실색케 했다.

그러나 그는 뒤이어 촌스러운 미스 퍼그에 이르기까지 모든 여자들에게 차례와 기회를 주었고, 이 무렵에는 파티에 참석한 사람들이 완전히 즐거움에 젖어 호의가 철철 넘칠 지경으로 신부를 욕하는 사람은 하나도 없었다. 사실 그것이 개인적인 파티가 아니었더라면 그는 춤을 출 엄두도 내지 못했겠지만, 그렇게 훌륭한 사람이 어쩌다가 한 번 재미있는 광경을 구경한다는 것은 기분 좋은 일이었다. 그의 열성과 친절은 주위 사람들로부터 존경과 칭찬을 받았다.

세 시에 메리 카슨은 몸을 일으키며 하품을 했다.

"축제 분위기를 깨뜨리진 말아요! 난 정말 피곤해서 그러니 자러 가겠어요. 하지만 술과 음식이 잔뜩 남아있고, 악단은 언제까지라도 연주하기로 약속되어 있으니 괜찮겠지요. 신부님, 내가 계단을 올라갈 수 있게 부축해 주겠어요?"

일단 응접실에서 나오자, 그녀는 층계 쪽으로 가지 않고 신부의 팔에 잔뜩 몸을 기대면서 거실로 끌고 나왔다.

"멋진 파티였어요, 부인."

"내 마지막 파티죠."

"그런 소리 말아요. 메리 카슨……."

"왜 안 돼요? 이제 난 살기에 지쳤어요. 그래서 그만 살고 싶어요. 죽는다는 건 아주 간단하죠."

사실 그녀는 삶에 있어서 끝없는 가면과 기우와 공통된 관심을 지닌 사람들의 결핍과 자기 자신 때문에 지쳐 있었다.

방안에는 값진 루비 유리로 만든 커다란 등잔만 희미하게 밝았고, 그 불빛은 메리 카슨의 얼굴에 진홍빛 그림자를 던져 고집 센 광대뼈를 더욱 흉악한 모습으로 바꾸어 놓았다.

신부는 다리와 허리에 엷은 통증을 느꼈는데, 그토록 춤을 많이 추기는 오랜만이었다. 나이 서른 다섯에 시골의 성직자이고, 겨우 성당에서 권력을 얻었다고나 할까? 시작하기도 전에 끝이 난, 아! 젊은 시절의 꿈……

그는 초초하게 몸을 움직이고 한숨을 쉬었다.

"만일 내가 더 젊었더라면 난 다른 방법으로 당신을 사로잡았을 거예요. 내가 얼마나 내 인생에서 30년을 잘라버리고 싶어했는지를 당신은 모를 거예요. 만일 악마가 나를 찾아와 다시 젊어질 기회를 주겠다며 내 영혼을 내놓으라고 한다면, 난 당장 그것을 팔아버리고 그 거래에 대해서 후회하지는 않았을 거예요."

메마르고 늙은 목소리가 짜증이 빚어낸 공상으로부터 갑자기 그를 일깨웠다. 그는 메리 카슨을 넘겨다 보고 미소를 지었다.

그녀는 다시 입을 열었다.

"난 당신을 파멸시키고 싶어요."

그의 푸른 눈이 웃었다.

"아, 그건 나도 알아요."

"하지만, 그 이유는……."

무서운 부드러움이 몸 위로, 거의 몸 속으로 기어들었지만, 그는 맹렬하게 저항했다.

"난 그 이유를 잘 알아요. 그러나 내 말을 믿어줘야 한다는데, 늘 미안하게 생각하고 있어요……."

"랠프, 어머니 말고 얼마나 많은 여자들이 당신을 사랑했나요?"

"다른 여자라면 내 생각엔 오직 메기가…… 하지만, 지금은 어린 소녀죠."

"난 당신을 사랑했어요."

그녀가 애처롭게 말했다.

"아뇨. 당신은 그러지 않았어요. 난 당신의 노년에 있어서의 필요한 자극에 지나지 않았죠."

"그렇지 않아요. 난 정말 당신을 사랑했어요. 끔찍이도! 당신은

내 나이가 사랑을 배제한다고 생각해요? 왜 하느님은 마음도 똑같
이 늙게 하지를 않을까요?"

그녀는 의자에 몸을 기대고 이빨을 내보이며 눈을 감았다.

"당신은 너무 오랫동안 미망인 생활을 해 왔어요. 하느님은 당신
에게 선택의 기회를 주었죠. 또 당신은 결혼할 수도 있었어요. 그
결과로 참을 수 없을 만큼 고독했다면 그건 전적으로 당신의 탓이
지 하느님의 잘못은 아닙니다."

그녀는 아무 말도 하지 않고 두 손으로 의자 팔걸이를 꽉 움켜
쥐었고, 그러더니 긴장을 풀기 시작하면서 눈을 떴다. 두 눈은 등
잔 불빛으로 빨갛게 반짝였지만, 눈물이 아니라 무엇인가 더 찬란
한 것으로 빛났다.

"렐프, 내 책상 위에 봉투가 하나 있어요. 그걸 갖다주지 않겠어
요?"

그는 고통과 두려움을 느끼면서 몸을 일으켜 책상으로 가서 봉
투를 집어들고 잠시 바라보았다. 앞면은 공백이었지만, 뒷면은 빨
간 밀랍으로 잘 봉함이 되었으며 봉인이 찍혔다. 그가 봉투를 가져
다가 내밀자, 메리 카슨은 웬지 받지 않고 손을 저어 그를 자리에
앉혔다.

그러더니 갑자기 키득키득 웃으면서 말했다.

"그건 당신 꺼예요. 즉 당신 운명의 도구랍니다. 우리들의 오랜
우정의 싸움에서 가장 솔직한 나의 마지막 공격이겠죠. 무슨 일이
벌어질지 직접 내가 볼 수 없다니 섭섭해요. 하지만 난 당신이 생
각하는 것보다 훨씬 당신을 잘 아니까 절대로 실망시키지는 않을

거라고 믿어요. 고통을 모르는 재치 있는 사람! 그 봉투 속엔 당신
의 인생과 영혼이 들어있어요. 난 당신을 메기에게 빼앗겨야 하지
만, 그래도 그 애가 당신을 차지하지 못하도록 틀림없이 해 놓았답
니다."

"왜 그토록 메기를 미워하죠?"

"그건 당신이 아닙니다! 그 애는 내 생의 장미꽃일뿐 절대로 소
유할 수 없는 아이입니다. 메기는 하나의 개념예요, 개념! 아시겠어
요. 랠프!."

그러나 그녀는 코웃음을 쳤다.

"난 당신의 소중한 아이에 대해서는 더 이상 얘기하고 싶지가
않아요! 난 다시는 당신을 보지 않을테니 당신하고 그 애에 관한
얘기를 하느라고 시간을 낭비하고 싶지 않아요. 그 봉투 안을 내
시체를 직접 보기 전엔 절대로 열지 않겠다고 성직자로서 맹세해
주기 바래요. 하지만 내가 죽으면 나를 묻기 전에 곧바로 개봉해야
해요. 어서······ 맹세할 수 있어요!"

"맹세할 필요는 없습니다. 메리! 난 당신의 요구대로 할 테니까."

"맹세하지 않는다면 도로 빼앗겠어요!"

그는 어깨를 추스렸다.

"그렇다면 좋습니다. 성직자로서 성서에 대고 당신이 죽은 것을
확인할 때까지는 열지 않고 두었다가 당신이 매장되기 전에 뜯기
로 맹세하죠."

"음, 좋아요!"

"메리, 제발 걱정 말아요. 이건 당신의 너무 지나친 상상에 지나

지 않아요. 아침이 되면 당신은 이 일을 곧 잊어버릴 겁니다."

"난 결코 아침을 다시 보지 않을 거예요. 난 오늘밤에 죽어요. 정말 극적인 장면이 연출될 거예요! 이제 자러 가야겠어요. 계단 꼭대기까지 데려다 주겠어요?"

그는 그녀의 말을 믿지 않았지만, 따져 봐야 의미가 없을성 싶지도 않았다. 그래서 그는 층계까지 그녀를 부축해 주었고, 맨 윗층에 다다르자 두 손을 잡아 키스를 하려고 몸을 수그렸다.

그녀는 손을 잡아뽑았다.

"아녜요, 오늘밤엔 입에다 해줘요, 랠프! 우리들이 연인인 것처럼 내 입에다 키스해 줘요!"

파티를 위해 밝힌 수 백개의 촛불 샹들리에의 찬란한 불빛 속에서 그녀는 역겨움과 본능적인 위축을 보였고, 그래서 그 자리에서 죽고 싶은 강렬한 충동에 휩싸였다.

신부가 격정적인 음성으로 말했다.

"메리, 난 성직자예요! 그럴 수가 없어요!"

하지만 그녀는 괴이하면서도 허탈하게 웃으며 말했다.

"아, 당신은 정말 기막힌 위선자예요! 위선적인 남자! 그런데도 당신이 정말 내게 성교까지 해주겠다는 만용이 있었다고 생각하다니! 그때 내가 거절을 하지 않았더라면 얼마나 좋았을까! 다시 그 날밤이 돌아와 당신이 죄인처럼 몸둘 바를 모르고 빠져 나가는 꼴을 볼 수만 있다면, 내 영혼이라도 내놓겠어요…… 위선자! 위선자! 위선자! 형편 없는 당신은 불감증 성직자예요."

밖은 아직 날이 밝지 않았고 동도 트지 않았다. 대저택 위로 어둠이 부드럽고 두텁게 깔렸다. 끝나지 않은 파티는 무척 시끄럽게 계속되고 있었다. 베란다에서 어떤 사람이 마구 토했고, 어느 나지막한 수풀 속에는 누군지 모를 두 몸이 엉켜붙어 있었다.

랠프 신부는 토하는 사람과 연인들을 피해서 마음 속으로 심한 고통을 느끼며 어디로 가는지도 모르고, 새로 깎은 잔디밭을 가로질러 걸어갔다. 그는 그저 스스로 죽음의 길을 절망 속에서 기다리고 있다고 확신한 늙고 흉측한 거미로부터 멀리 떨어지고 싶은 생각뿐이었다.

그러나 대지는 천국의 고요함과 나무숲이 뿜어내는 나른한 향기에 젖어 그의 코끝을 간지럽혔다.

'살아있다는 것, 진실로 살아 있는 존재에 대한 은총, 밤을 포용하고 싶은 자!'

그는 잔디밭 건너편에서 걸음을 멈추고 본능적으로 하늘을 올려다보았다. 저 꼭대기 어디엔가, 저렇게 순수하고 속되지 않은 빛의 깜박이는 점들 가운데 과연 신은 계실까?

그러나 평범한 인간들에게는 밤하늘에 흩어진 수많은 별을 봄으로써 무한한 시간과 신의 존재를 믿게 만든다.

물론 그녀의 말이 옳다. 위선자. 철저한 위선자. 성직자도 아니고, 남자도 아니고, 그 두 가지를 모두 가지려면 어떻게 해야 하는지 알고싶어 하는 사람이 바로 자기 자신이 아닌가?

어찌하여 나는 그녀의 거미줄로 내 발을 얽매였는가? 편지에는 무엇이 적혀 있을까? 나에게 미끼를 던지다니 정말 그녀다운 행동이라고 느껴졌다.

이때 공동묘지에서 흐느껴 우는 여자의 울음 소리를 듣고 그는 시선을 돌렸다. 틀림없이 메기였다. 그는 옷자락을 치켜들고 오늘 밤에 메기와의 문제를 처리할 일이 불가피함을 느끼면서 난간을 넘어 그쪽으로 빠르게 걸어갔다. 바로 조금 전에 자신의 인생에 관련된 한 여자와 대결을 끝냈으므로 내친 걸음에 다른 여자와도 해결을 해야 된다고 생각했다.

그녀의 바로 옆 이슬에 젖은 잔디밭에 앉으면서 그는 말했다.

"메기야, 울지 마라. 내가 왔다. 넌 손수건을 가지고 있지 않을 테니까. 착한 소녀답게 눈물을 닦으렴."

그녀는 손수건을 건네 받으며 시키는 대로 했다.

"넌 옷도 갈아 입지 않았구나. 아까부터 줄곧 여기에 앉아 있었니?"

"네."

"오빠들은 네가 어디에 있는 지 알고 있니?"

"자러간다고 그랬어요."

"그런데 왜 그러지, 메기?"

"신부님은 오늘밤 나한테 한마디의 말도 하지 않았어요."

"아, 그럴 줄 알았다. 메기야, 날 좀 보렴."

멀리 동쪽 하늘에서는 어슴푸레한 빛이 흘러들고 있었고, 수탉들이 이른 새벽이 열림을 소리쳐 알렸다. 그렇듯 오랫동안 눈물을 흘렸어도 그녀의 눈에서 사랑스러움을 잃지 않았다는 사실을 그는 알 수 있었다.

"메기, 파티에서의 너의 모습은 누구도 따라 오지 못할 만큼 예쁜 소녀였고, 내가 드로게다를 필요 이상으로 자주 찾아온다는 사실도 이젠 잘 알려졌어. 나는 성직자이고, 그래서 난…… 의심을 받지 않도록 해야 했기 때문이었어. 내 얘기를 알아듣겠어?"

그녀는 머리를 가로 저었고 아름다운 머리카락은 비춰오는 빛에 점점 밝아졌다.

"그래, 넌 아직 더 세상을 배워야 하고, 나는 가르치는 게 항상 내 천직이니까. 내 얘기는 말야, 내가 너한테 신부로서가 아니라 남자로서 관심을 가진다고 사람들이 그럴 것 같다는 뜻이야."

"신부님!"

"한심하지?"

그는 미소지었다.

"하지만 그건 쓸데없는 망상에 지나지 않는다는 걸 알려주고 싶어. 메기 넌 이제 어린아이가 아니고 젊은 아가씨란 사실을 명심하기 바래. 넌 아직 나에 대한 애정을 숨기는 방법을 익히지 못했고, 그래서 남들이 오해할 만한 그런 식으로 날 쳐다봤겠지. 그렇지 않니?"

갑자기 설명하기 어려운 영롱한 눈빛으로 그를 쳐다보았고, 그러더니 그녀는 머리를 돌렸다.

"네, 알겠어요. 그걸 모른 내가 바보였군요."

"자, 이젠 집에 갈 시간이 되었어."

그녀는 몸을 일으키고 여전히 앉아 있는 그를 내려다보았다.

"가겠어요, 신부님. 하지만 사람들이 신부님을 이해한다면 절대로 그런 생각은 하지 않을 거예요."

어떤 이유에서인지는 몰라도 그 말은 그의 영혼 깊은 곳에 상처를 주었다.

"그래, 메기. 네 말이 옳아."

그는 그녀의 손을 잡고 몸을 수그려 그 손에 키스했다.

"잘 가라, 메기."

"안녕히 가세요, 신부님."

그는 가만히 걸어가는 그녀를 지켜보았고, 장미 무늬 드레스를 입은 그녀의 멀어져 가는 모습은 어느 누구보다도 우아하고 성숙한 여인같다고 조금은 비현실적으로 바라보았다.

'정말 아름다운 아가씨야.'

그가 잔디밭을 가로질러 가는 동안에 자동차들이 떠나기 시작했고, 드디어 파티는 끝이 났다. 안에서는 술과 피로로 비틀거리면서 악단 단원들이 바삐 악기를 챙겼고, 지친 하녀들은 청소를 하느라고 서둘렀다.

"모두들 자러 가라고 해요. 정신을 차린 다음에 일하면 훨씬 쉬울 테니까. 그렇게 하시죠. 카슨 부인이 화내지 않도록 내가 얘기하겠어요."

"뭘 좀 잡수시겠어요, 신부님?"

"아뇨, 난 자러 가겠소."

그날 오후 늦게 누군가가 그의 어깨를 흔들었다.

"메기?"

그는 중얼거렸다.

"신부님, 제발 좀 일어나세요."

드로게다 하녀의 성급한 목소리에 그는 눈을 뜨고 퍼뜩 일어났다.

"무슨 일이죠? 스미드 부인"

"마, 마님이 돌아가셨어요."

오후의 무더위로 하여 비틀거리고 정신이 멍해진 그는 잠옷을 황급히 벗어 던지고 침실에서 빠져나와 신부복을 입고 종부성사에 필요한 기름과 성수와 은십자를 챙겼다.

랠프 신부는 하녀의 말이 진짜인지를 따져보려는 생각이 조금도 머리에 떠오르지 않았고, 그녀가 죽었음을 그냥 사실로 믿어버렸다.

그녀가 혹시 무슨 약을 먹은 것이란 말인가? 그랬는지는 몰라도 방안에는 그런 흔적이 없었고 의사도 사인을 명확히 밝혀내지 못했다. 종부성사를 거행해 봤자 무슨 소용이 있으랴. 그러나 행사는 치루어야 했다.

만일 거절한다면 그녀의 사후 문제와 관련해 온갖 복잡한 사건들이 벌어지리라. 아무튼 그것은 자살에 대한 그의 의심과는 아무 상관이 없었고, 다만 그는 그녀의 사체에 성스러운 의식을 행함을 불결하게 생각하였을 뿐이다.

이제 그녀는 분명히 죽었고, 여러 가지 정황으로 봐서 잠자리에 든지 얼마 안 되어서 죽은 듯싶었다. 창문들은 굳게 잠겨 있었다.

방안에서 이상한 날개짓 소리가 났는데, 잠깐 동안 어리둥절했던 그는 그것이 시체 위에서 윙윙거리며 미친 듯이 그녀를 빨아먹고 몸 위에서 교미를 하는 파리떼임을 알았다.

"이 봐요, 스미드 부인, 어서 창문을 열어요!"

새파래진 얼굴로 침대 쪽으로 가면서 그는 숨을 몰아쉬었다. 사체의 뜬 눈에는 반점이 있었고, 입술은 시커멓고 온몸에는 파리들이 달라붙고 있었다.

그는 하녀를 시켜 계속 파리들을 쫓으면서 라틴어로 경귀를 중얼대며 그녀를 위한 의식을 행했다. 그녀의 악취는 목장에서 죽은 가축의 냄새보다 더 심했다.

그는 그녀가 살았을 때도 그랬듯이 그녀의 몸을 만질 수가 없었고, 파리들이 빨아먹고 있은 입술은 더욱 그러했다.

모든 의식은 재빨리 끝났다. 그는 허리를 폈다.

"스미드 부인, 곧 클레어리 씨에게로 가세요. 관을 준비하라고 일러요."

마침내 의식을 끝낸 그는 편지와 그녀와의 약속이 생각났다. 시계는 일곱 시를 알렸고, 그는 하녀들이 잔치를 치르고 난 찌꺼기를 치우고, 내일의 장례식을 위해 집안 정리를 하느라고 조심스레 소란을 떠는 소리를 들었다.

따로 도울 일이 없었던 그는 진혼미사에 필요한 제복을 가져와야 되겠다고 생각하면서 뜰로 나왔다. 저쪽 아래서 클레어리의 슬픈 목소리가 메아리를 울렸지만, 지금은 그를 만나고 싶은 마음이 없었다.

지는 석양의 저녁 햇살을 받아 온통 자주빛으로 물든 빨강, 분홍, 하얀 장미들의 무더기를 바라보면서 그는 메리 카슨의 편지를 꺼냈다. 편지는 넉 장으로 되어 있었는데, 그는 그것을 펼쳐 들었다. 밑에 깔린 두 장이 유언장임을 알았다. 그 중에 두 장은 그에게 주는 내용이었다.

내 사랑 랠프에게.

당신은 이 봉투에 들어 있는 두 번째 편지가 내 유언장임을 알았을 거예요. 나는 이미 법률가 해리의 사무실에서 공증을 하고 서명을 한 유언장을 작성해 두었지만, 여기 동봉된 유언장은 훨씬 뒤에 작성했으니 자연히 해리가 가지고 있는 것은 법률적으로 무효가 됨을 명심하기 바래요.

사실 난 이 새로운 유언장을 어제서야 작성했으며, 혜택을 받는 자는 누구도 증인이 될 수 없으므로 톰과 울타리장이를 내세웠어요. 비록 해리가 작성하진 않았어도 이것은 합법적이므로 어느 누구도 부인 못하겠죠.

그런데 내가 왜 해리를 시켜 이 유언장을 작성하지 않았는지 궁금하지 않아요? 그건 무척 간단해요. 나의 사랑하는 랠프, 나는 당신과 나 이외의 어느 누구도 이 유언장을 알지 못하도록 해두고 싶었어요. 이것이 유일한 원본이고 당신이 간직하고 있다는 건 아무도 몰라요. 이 점이 내 계획의 무척 중요한 부분이죠.

사탄이 우리 주님이신 그리스도를 바위산 꼭대기로 끌고 올라가서 그와 온 세상 사람들을 유혹했다는 성경 구절을 당신은 기억하고 있겠죠? 나에게 사탄의 능력이 조금 있고, 내가 사랑했던 사람을(사탄이 그리스도를 사랑했다는 걸 난 의심하지 않아요) 유혹할 수 있다는 사실은 정말 유래한 일이에요.

그것은 당신이 나에 대한 갈등으로 지난 몇 년 동안을 지내왔다는 사실이 나에게 많은 자극을 주었고, 내가 죽음에 임박할수록 더 많은 즐거움을 주었어요.

내가 처음 당신을 알게 되었을 때, 당신은 내 재산을 노렸어요. 그렇죠? 하지만 그 후에 메기가 왔고, 당신은 나를 유혹하려던 끈 질긴 계획을 집어치웠어요. 내 재산이 정말로 얼마나 되는지 알았더라면 당신이 그토록 간단하게 의리를 저버렸을지 궁금하군요. 아시겠어요? 유언장에 밝힌 재산의 정확한 액수에 대해 얘기한다면 숙녀답지 않을 듯싶어서, 당신이 어떤 판단을 내려야 될 때가 오면 필요한 만큼의 액수만 여기서 밝혀두는 게 좋겠어요. 몇 십만쯤 차이가 있기는 하겠지만, 내 재산은 1천 3백만 파운드쯤 돼요.

랠프, 내 유언장을 다 읽은 다음에 어떻게 처리할 것인지 결정권을 드리겠어요, 당신은 유언 검인증을 받기 위해 그것을 해리에게 제출하겠지. 아니면 혼자만 알고 모든 것을 비밀로 하기 위해 태워버리고 새 유언장이 있었다는 사실을 아무한테도 얘기하지 않겠어요? 당신이 무엇보다도 먼저 내려야 할 판단은 바로 이것입니다. 한마디 덧붙여야 할 말은 해리의 사무실에 있는 유언장은 클레어리가 온 다음에 작성되었으며, 모든 재산이 그에게로 돌아간다는 내용이죠.

랠프, 난 당신을 사랑하고, 어찌나 사랑했던지 당신을 죽이고 싶었을 지경이고 보복으로는 이것이 가장 훌륭한 방법이라고 생각해요. 아름답고 야심 많은 신부님! 어서 내 유언장을 읽고 당신의 운명을 결정해요.

　이 편지에는 서명이 없었다. 그는 자기의 이마에 땀방울이 맺히고, 그것이 목덜미로 흘러내림을 의식했다.

　그는 당장 자리에서 일어나 편지와 유언장을 모두 태워버려야겠다고 생각했다. 그러나 그 늙고 엄청난 거미는 자기의 사냥 대상물을 너무나 잘 관하고 있었다. 그는 너무 궁금한 나머지 계속 읽어내려갔다.

　다른 나머지 두 장도 똑같이 또박또박 적은 글자로 까맣게 씌여 있었다.

　나 메리 카슨은 온전한 심신 상태에서 이것이 나의 마지막 유언장이기 때문에 과거에 작성한 모든 유언장들은 무효임을 여기 밝힌다.

　다음에 밝힌 특별 유산만을 제외하고는, 여기 명시한 조건하에 내 모든 재산을 교회에 기증한다.

　1. 상기한 교회는 그곳 성직자인 랠프 신부에 대해 내가 어떤 존경과 애정을 지니고 있었는가를 알아야 한다. 오직 그의 친절과 정신적인 지도와 그칠 줄 모르는 협조 때문에 나는 내 모든 재산을 이런 방법으로 처분하게 된 것이다.

　2. 유산은 위에 밝힌 랠프 신부에 대해서 교회가 그의 가치와 능력을 인정하는 한도에서만 교회로 돌아갈 것이다.

　3. 신부는 내 재산에 대한 중심적인 책임과 권한을 맡고 그 처

본 및 분배를 한다.

4. 랠프 신부가 사망하는 경우에는 그의 유언장이 내 재산의 처분에 대한 사항들을 합법적으로 규정한다.

5. 드로게다 농장을 절대로 팔거나 분할해서는 안 된다.

6. 내 동생 클레어러는 내 집에서 살 권리와 더불어 드로게다 농장의 지배인 직책을 맡을 것이며, 그의 봉급은 랠프 신부 이외의 어느 누구도 결정하지 못한다.

7. 내 동생 클레어러가 사망하는 경우에도 그의 미망인과 자식들은 드로게다 농장에 계속 거주하도록 용납될 것이며, 농장 지배인의 직책은 순서에 따라 그의 아들들인 로버트, 존, 휴이, 스튜어트, 제임스 그리고 패트릭에게 인계가 된다. 단 프랭크는 제외한다.

8. 프랭크를 제외한 마지막 아들이 사망하는 경우, 똑같은 권리들이 손자들에게 적용된다.

※ 특별 유산

클레어러에게 ― 드로게다 농장에 위치한 내 집과 그에 따른 모든 내용물.

가정부 스미드에게 ― 원하는 한 언제까지나 정당한 보수를 받으며, 퇴직을 할 때는 공정한 연금을 받는다.

랠프 신부에게 ― 죽을 때까지 1년에 만 파운드를 받으며, 그 용도는 자의에 따른다.

이 유서에는 정식으로 서명되어 있었고 날짜를 밝히고 공증까지 명백하게 제정되어 있었다.

바야흐로 해가 넘어가는 중이었다.

"메리! 당신은 나에게서 영원히 승리했습니다. 그것은 기막힌 공격이었어요. 난 패배자입니다."

랠프 신부는 신음에 가까운 소리로 부르짖었다.

그는 눈물이 앞을 가려 유언장을 더 이상 볼 수가 없었고, 얼룩이지지 않도록 치웠다.

'오, 1천 3백만 파운드라니!'

그것은 정녕 메기가 오기 전에 그가 낚으려고 애쓰던 목표물이었다. 그러나 그녀가 나타남과 더불어 그는 메기가 상속 받을 재산을 냉혹하게 빼앗으려는 싸움을 계속할 수가 없었기 때문에 포기했다. 하지만, 그 늙은 거미 메리 카슨의 재산이 실제보다 10분의 1도 안 되는 줄로만 알았던 것이다.

'오, 1천 3백만 파운드!'

클레어리와 그의 가족은 7년 동안이나 메리 카슨을 위해서 뼈가 빠지도록 일했다. 무엇을 위해? 그녀가 지급하는 인색한 보수를 받기 위해서 땀을 흘렸다는 말인가?

랠프 신부가 알고 있는 바로는, 그의 아들들이 막일꾼 임금을 받고, 자신은 보통 목동의 보수를 받으며 토지를 관리해 준데 대해 누이가 죽은 다음에 충분히 보답을 받으리라고 생각해서였는지 사실, 클레어리는 불평을 한 적이 한 번도 없었다. 그는 드로게다가 당연히 자기 자신의 소유이기라도 한듯 농장을 사랑하게 되었으며,

실제로 사랑했다.

하지만 1천 3백만 파운드! 길란본과 영원한 망각으로부터 벗어날 수 있는 절호의 기회가 아닌가!

고민할 필요가 있을까? 유언장을 읽은 순간, 이미 어떻게 하리라는 사실을 깨닫지 않았던가? 이제 눈물은 말라버렸다. 자기대로의 계산이라면 클레어리는 유언장에 대해서 절대로 항의하지 않으리라는 확신이 섰다.

랠프 신부는 몸에 익은 우아함을 보이며 일어서서 곧장 문쪽으로 갔다. 그에게는 할 일이 있었다. 하지만 그는 먼저 메리 카슨을 다시 한번 보고 싶었다.

창문을 열어놓았음에도 불구하고 악취는 코를 찌르듯 심했고, 바람 한점 없어서 커튼은 움직이지도 않았다. 그는 곧장 침대로 가서 죽음의 깊은 잠에 빠져 있는 그녀를 내려다보았다. 그녀의 모든 부분에서는 파리가 끓었고, 팔과 손은 풍선처럼 부풀어 올라 물집이 지었으며 피부는 갈라지는 중이었다.

'맙소사! 구역질 나는 늙은 거미. 당신은 이겼지만, 이것이 누구를 위한 승리란 말인가. 당신은 메기를 물리칠 수 없었으며, 아무것도 그녀에게서 빼앗을 수 없다. 나는 당신과 나란히 연옥에서 불에 탈지 모르지만 영원히 우리들과 함께 썩어가는 동안 당신은 내 무관심을 보아야 할 것이다!

그가 아래층으로 내려가자 클레어리가 당황한 표정으로 기다리고 있었다.

"아, 신부님! 기막힐 노릇 아닙니까? 누이가 이렇게 가리라고는 생각도 못했어요. 어젯밤에 그렇게 멀쩡하던 누이가! 하느님 맙소사."

"누이를 봤나요?"

"그럼요! 하나님, 굽어 살피소서."

"그렇다면 어떻게 해야 할지 잘 아시겠군요. 난 이제껏 시체가 그렇게 빨리 썩는 것을 본 적이 없어요. 곧 깨끗한 통에 넣어두지 않는다면, 그녀는 석유를 뿌려야만 될 거예요. 아침이 되면 우선 매장부터 해야 합니다. 관을 치장하느라 시간을 낭비하지 말고, 장미꽃을 덮거나 어떻게 해봐요. 어쨌든 어서 손을 써요! 난 급히 다녀 와야 할 곳이 있어요."

"될 수 있는 대로 빨리 돌아오세요, 신부님!"

클레어리는 애걸하다시피 말했다.

랠프 신부는 길란본의 흥청거리는 길을 따라 자동차를 몰고 내려가서 잘 가꾼 꽃밭이 둘러싸인 멋진 주택으로 갔다.

해리는 막 저녁을 들려고 자리에 앉으려던 참이었지만 찾아온 사람이 누구인지를 알자 곧 응접실로 나왔다.

"신부님, 저희들과 함께 식사하지 않으시겠어요? 절인 쇠고기와 양배추와 삶은 감자와 소스를 곁들인 식사를 차렸는데, 오랜 간만에 쇠고기를 짜지 않게 요리했어요."

"아닙니다, 해리씨. 난 오래 머물 수가 없어요. 메리 카슨이 오늘 아침에 죽었다는 걸 알려주려고 왔을 뿐이니까요."

"오, 맙소사! 어젯밤에 그토록 정정한 것 같았는데요, 신부님!"

"알아요. 잠자리에 들자마자 죽은 것 같아요."

“내일 매장할 건가요?”

“그래야죠.”

“지금 몇 시죠? 열 시…… 사람들에게 제가 대신 전화로 알리
죠”

“고마워요. 미사는 내일 아침 아홉 시에 거행하겠습니다. 그렇게
아시고 준비하세요.”

“그럼 장례식이 끝나자마자 처리를 하게 내가 유언장을 가지고
간다고 클레어리에게 알려주세요. 신부님도 혜택자이니 유언장을
읽을 때까지 그 자리에 계셔 주셨으면 고맙겠어요.”

“문제가 좀 있는 것 같구요. 부인은 유언장을 또 하나 작성했답
니다. 어젯밤에 파티에서 밀봉한 편지를 나한테 주면서 부탁한 것
입니다.”

“새 유언장을 작성했다구요? 내가 없이요?”

“그런 것 같아요. 내 생각에는 오랫동안 심사숙고했던 것 같지
만, 왜 그렇게 은밀하게 행동했는지는 모르겠어요.”

“그 내용을 알고 계신가요, 신부님?”

“예.”

신부는 셔츠 안에서 유언장을 꺼내 그에게 넘겨주었다. 변호사는
그것을 즉석에서 읽었다. 다 읽고 머리를 들었을 때, 그의 눈빛에
는 랠프 신부가 차라리 보지 않았으면 하는 뜻이 담겨 있었다.

“축하합니다. 신부님! 당신은 행운을 잡았군요.”

천주교 신자가 아닌 그는 이런 말을 쉽게 할 수 있었다.

“날 믿어줘요, 헤리. 당신보다 내가 더 놀랐으니까.”

“이 원본뿐인가요?”

“현재로는 그래요.”

“정말 그녀는 어젯밤에 이걸 당신한테 주었다는 게 사실이죠.”

“예.”

“당신은 왜 이것을 찢어버리고 불쌍한 클레어리가 권리를 차지하도록 해주지 않죠? 교회는 메리 카슨의 재산에 대해 아무 권리가 없어요.”

순간 신부의 멋진 눈이 흐려졌다.

“하지만 그건 그녀의 재산이니까. 그녀가 마음대로 처분할 수 있지 않겠어요.”

“난 클레어리에게 법정 투쟁을 하라고 하겠어요.”

“그래야 될 것 같은 생각이 들어요.”

그런 말을 나누고 그들은 헤어졌다.

다음날 메리 카슨이 묻히는 것을 보려고 마을 사람들이 도착했을 때쯤엔, 그 돈이 어디로 갈 것인지를 모두가 알게 되었다. 이미 주사위는 던져졌고 되돌릴 수가 없었다.

랠프 신부가 다시 저택에 도착했을 때는 새벽 네 시였다. 돌아오는 동안 줄곧 그는 일부러 마음을 공백 상태로 만들고 더 이상 복잡한 생각을 하지 않으려고 스스로 억제했다. 클레어리나 휘오나에 대해서도, 메기나 그 악취를 풍기는 흉측한 시체에 대해서도 생각을 않기로 마음먹었다.

그는 의식적으로 밤의 어둠에 반짝거리는 풀잎 곁에 외로이 서

있는 죽은 나무의 유령같은 모습으로 거목들이 던지는 시꺼먼 그
림자들에게로 눈길을 주었다. 그는 저택에서 조금 떨어진 곳에 차
를 세우고 천천히 불빛을 향해 걸어갔다. 모든 창문은 불빛으로 가
득 흘러 넘쳤고 묵주 신공을 드리는 소리가 들려왔다.

그때 누군가가 말했다. 그러자 등나무 덩굴밑 어둠 속에서 작은
그림자 하나가 움직였고, 그는 신경을 곤두세우며 우뚝 걸음을 멈
추었다. 그것은 그가 돌아오기를 기다리던 메기였다.

"난 깜짝 놀랬어."

정말 놀랬다는 듯이 그가 숨을 몰아쉬며 말했다.

"미안해요, 신부님. 그럴 생각이 아니었어요. 하지만 난 누구와도
같이 있고 싶지 않았어요. 왜 그런지 숙모를 위해 기도하고 싶은
마음이 없어요. 그것은 죄를 짓는 일이죠?"

"내 생각에 그건 죄가 아냐. 메기, 사실은 나도 그녀를 위해 기
도를 하고 싶은 생각이 없단다. 그 여자는 착한 사람이 아니었어."

"괜찮겠어요, 신부님?"

"그래, 아무런 일도 없을 거다."

그는 집을 올려다보며 말했다.

"난 저 안에 들어가고 싶은 마음이 없어. 난 말이다. 날이 밝고
어둠의 악마들이 쫓겨 가기 전에는 들어가고 싶지가 않아. 메기,
동이 틀 때까지 나와 같이 승마를 하겠니?"

"네. 저도 들어가고 싶지 않아요."

"내 제복을 차 안에 넣을 테니 잠깐 기다려."

"그럼 전 마구간으로 가겠어요."

'오! 나의 메기. 난 너를 저버렸노라. 하지만, 네가 이제는 내 위협의 존재가 되었음을 넌 모르니?'

나는 야심의 발밑에서 너를 짓밟고, 넌 유리잔 속에 상처 받은 장미꽃 이상의 그 어떠한 본질도 지니지를 못했다.

"자, 장미꽃 냄새로부터 멀리 가 버리자. 내일이면 이 집은 장미로 가득 찰 테니까!"

그는 밤새 말을 타고 메기보다 앞장을 서서 개울로 내려가는 길을 따라 가면서 흐느껴 울고 싶은 심정이었다. 그 원인은 메리 카슨의 관을 장식하게 될 장미꽃의 냄새를 맡을 때까지 그것은 절박한 현실로서 그의 두뇌에 파고들 것 같지 않았기 때문이었다. 믿을 수 없는 유언장의 내용들……

그는 고통으로부터 도망쳤지만, 그것은 힘 들이지 않고 그를 쫓아 다녔다. 그것은 막연한 것이 아닌 당장 현실로 나타난 문제였다. 더 이상 그는 드로게다에서 환영 받지 못할 것이고, 다시는 메기를 만나지 못하리라.

"신부님, 신부님! 따라 갈 수가 없어요! 속력을 늦추세요."

그것은 그를 부르는 현실의 소리였다. 순간 그는 말고삐를 옆으로 틀어 방향을 바꾸고는 멈춰 흥분을 가라앉히며 그대로 타고 앉아 메기가 따라올 때까지 기다렸다.

말은 고삐를 놓아두어도 서 있도록 잘 훈련되었고, 근처에는 울타리가 없었으며, 반 마일은 가야 숲과 나무들이 있었다. 그러나 가까운 곳에 통나무가 하나 서 있었는데, 목욕하는 사람들이 발과 다리를 말리느라고 만들어 놓은 자리였다.

랠프 신부는 말에서 내려 빈 자리에 앉았고, 메기는 조금 떨어져 앉아 그를 쳐다보았다.

"왜 그래요, 신부님?"

그녀의 입에서 그가 자주 묻는 말을 반복해서 들으니 묘한 기분이 들었다. 그는 미소지었다.

"난 너를 팔아버렸어, 메기. 은전 1천 3백만 개를 받고 팔아버렸지."

"나를 팔아요?"

"그건 비유로 한 말이야. 이리 와서 가까이 앉아. 우리 둘이 얘기를 나눌 기회가 없을지도 모르니까."

"신부님 얘기는 내가 나이를 먹고, 사람들이 우리들에 대해 수군거릴지도 모른다는 거죠?"

"꼭 그렇진 않아. 내 얘기는 말야. 어쩌면 내가 이 곳에서 떠나리라는 거야."

"아니, 언제요?"

"며칠 안으로."

"아, 신부님. 그러면 전 무척 참기 힘들 거예요."

"그것은 나에게도 평생 힘들 거야. 나에게는 위안이 없으니까."

"신부님에겐 하느님이 계시잖아요."

"옳은 말이야, 메기……."

"신부님은 지금 아주 중요한 것을 생각하고 계시죠?"

"네가 이해할 만한 것이 아니란다, 메기. 젖을 얻어먹기는 커녕 태어날 권리도 없다는 것은 어떤 뜻이지."

그는 머리를 돌려 그녀를 바라보았다.

"이 세상에서 태어날 권리가 없는 것은 하나도 없어요."

"태어났다고 해서 다 좋은 건 아냐, 메기."

"그래요. 하지만 태어났다면 그것은 존재할 만한 분명한 이유를 지니고 있어요."

"궤변으로 따지는구나. 넌 생각할 시간이 있으면 무슨 생각을 하니, 메기?"

"형제들에 대한 것과 아빠와 엄마와 메리 아줌마에 대해서요. 어떤 때는 아기를 심는 데 대해서도요. 난 무척 아기를 심고 싶어요. 그리고 남자들이 하는 모든 일에 대해서도 생각하죠."

"넌 남자를 구할 꿈을 꾸니?"

"아뇨. 내가 아기를 심고 싶을 때가 되면 하나 얻어야 되겠지 하고는 생각해요."

그는 엄습해 오는 마음 속의 고통에도 불구하고 미소를 지었으나, 갑자기 옆으로 몸을 돌리고는 그녀의 얼굴을 두 손으로 받쳐들고 내려다보았다.

"메기, 넌 네가 무슨 생각을 하고 있는지 사실대로 말하지 않았어, 그렇지?"

"난……."

그녀는 입을 열려고 하다가 결국 눈물이 반짝이는 눈으로 머리를 끄덕였다.

"메기, 그건 일시적인 현상이어서 여자가 되는 길의 표지판이나 마찬가지야. 네가 여자가 되면 남편이 될 사람을 만날테고, 그러면 넌 살기에 바빠서 내 생각은 하지도 못할 거야. 그저 성장의 무서운 경련이 있을 때마다 너를 도와준 옛 친구로 기억하겠지."

그녀는 머리를 들어 그를 빤히 쳐다보았다.

"난 신부님에 대한 생각으로 내 머리 속을 가득 채우지는 않을 테니까 걱정은 마세요. 난 당신이 성직자라는 걸 잘 알아요."

"난 내가 천직을 잘못 선택했다고는 믿지 않아."

"알아요. 난 신부님이 미사를 집전할 때면 그걸 알 수가 있죠."

"메기, 하루가 지나갈 때마다 나는 죽고, 아침마다 미사를 드리면 난 다시 태어나지. 그건 내가 성직자이면서도 인간이기 때문에 받는 고통이란다. 알겠니?"

그녀는 자기에게 관계되는 화제로 말머리를 돌렸다.

"신부님 없이 어떻게 살아갈 수 있을지 모르겠어요. 아주 어렸을 때는 프랭크를, 다음에는 신부님이었어요. 어떻게 보면 동생 헬은 달라요. 그는 죽었고 절대로 돌아올 수 없다는 걸 난 알아요. 하지만 신부님과 프랭크 오빠는 살아있죠. 난 신부님이 어떻게 지내고, 무엇을 하고 있는지, 신부님이 무사하신지, 혹시 내가 도와드릴 일이 없을지, 항상 궁금해 할 거예요. 심지어 난 신부님이 언제까지 살아 계신지를 늘 걱정을 해야겠죠."

"나도 똑같은 기분을 느낄 거다, 메기. 그리고 프랭크도 역시 그러리라고 믿어."

"아녜요. 오빠는 우리들을 깨끗이 잊어버렸을 거예요. 먼 훗날 신부님도 그러시겠죠."

"난 죽을 때까지 널 잊어버릴 수가 없어."

그는 일어서서 그녀를 일으켜 세우고는 다정스러우나 엉성하게 품에 안았다.

"어쩌면, 이게 작별 인사가 될런지도 모르겠구나. 메기, 우리 두 사람만이 있을 기회가 다시 없겠지."

"만일 신부님이 성직자가 아니었다면, 저하고 결혼했을까요?"

"날 항상 신부님이라고 부르지 마라. 내 이름은 랠프야."

그는 비록 그녀를 안고 있기는 했어도 키스할 의사는 조금도 느끼지 않았다.

달도 지고 무척 어두웠기 때문에 그녀의 얼굴은 거의 보이지 않았다. 그는 자신의 가슴 아래쪽에서 그녀의 작고 뾰족한 젖가슴이 닿는 묘하고 난처한 감각을 느꼈다. 자연스럽게 그녀의 두 팔이 그의 목을 감고 있었다.

그는 애인으로서 어느 누구에게도 키스해 본 적이 없었고, 지금 그러고 싶지도 않았으며, 메기도 마찬가지리라고 생각했다.

멀리 떠나는 아버지에게 하듯 그녀가 요구할만한 뺨에의 따스한 입맞춤과 짤막한 포옹……:

그녀는 민감하고 자존심이 강했으며, 그가 그녀의 소중한 꿈을 비정한 검토의 대상으로 삼았을 때 틀림없이 감정에 깊은 상처를 주었으리라. 그녀보다 그가 고통이 더 심하다는 사실을 알았더라면, 그녀는 위안을 느꼈을까?

그가 그녀의 뺨에 머리를 숙이자, 기다렸다는 듯 발돋움을 해서 서투르게 입술이 맞닿을 수가 있었다. 그는 순간 흠칫 뒤로 물러섰고, 그녀를 놓치기 전에 머리를 앞으로 기울여 무슨 얘기를 하려고 했으나, 그녀의 입이 먼저 벌어졌다.

그녀의 몸에서는 뼈가 모두 사라지는 듯 따스하게 녹아내리는 어둠처럼 축축한 물기로 젖었으며, 그의 한쪽 팔은 그녀의 허리를 꽉 껴안았고 다른 팔은 이 믿어지지 않는 선물이 떠나갈까봐 두렵다는 듯 얼굴을 바라보며 등을 휘감았다.

그러나 메기는 여자가 아니었고, 그에게는 절대로 여자가 될 수 없었다. 그것은 그가 그녀에게 있어 남자가 아니었던 것처럼 두 사람의 생각은 똑같았다.

그런 생각이 허우적거리는 관능을 억눌렀고, 그는 팔을 풀어내리고는 어둠 속에서 그녀의 얼굴을 살펴보려 했다. 그러나 그녀는 머리를 떨구고는 쳐다보지 않았다.

"이젠 가 봐야 할 시간이야, 메기."

그가 먼저 말했다. 그러자 그녀는 아무 말없이 말에 올라앉아 그를 기다렸다.

진혼미사를 시작하기 전에 랠프 신부는 모인 사람들에게로 얼굴을 돌렸는데, 방 안은 사람들로 꽉 찼고 장미꽃 냄새가 너무 심해서 창문들을 모두 열어두었으나 그 짙은 향기를 몰아낼 수가 없었다.

"난 긴 찬사를 늘어놓을 생각은 없습니다. 메리 카슨은 여러분 모두가 알고 계십니다. 그녀는 사회의 기둥이요, 어떤 살아 있는 기둥보다도 스스로 더 사랑했던 교회의 기둥이었으니까요."

그 순간 그의 눈에 조롱의 빛이 순간적으로 비쳤다고 말할 사람들이 있었겠지만, 다른 사람들은 그 눈이 영구한 슬픔으로 흐려졌다고 주장하기도 했다.

"마지막 순간에 그녀는 혼자였지만, 실은 혼자가 아니었습니다. 왜냐 하면 우리가 주님의 곁으로 갈 때에 우리 주 예수 그리스도는 우리와 함께 있고, 우리들의 고뇌의 짐을 대신해서 걸머지기 때문입니다. 우리가 여기에 모인 뜻은 그녀의 영원불멸한 영혼을 위해 기도하기 위해서입니다. 다 같이 기도합시다."

관은 장미꽃이 너무 많이 덮여 보이지를 않았고 그 향기는 어지럽도록 강렬했지만, 그래도 악취는 없앨 수가 없었다.

메리 카슨의 시체를 지하 묘지로 메고 가겠다고 나서는 사람이 한 사람도 없어서 결국엔 수레를 쓰기로 했다. 그리고 묘지의 문이 닫히고 장례를 끝마치고 마침내 정상으로 돌아왔을 때 그녀의 죽음을 섭섭하게 생각하는 사람은 아무도 없었다.

문상객들이 커다란 식당에 모여들어 식사를 한다기보다는 하는 척 하고 있는 동안 변호사 해리는 클레어리와 그의 가족과 랠프 신부와 하녀들을 거실로 안내해 모이도록 했다. 문상객들은 유언장의 낭독이 끝난 다음에 클레어리의 표정이 어떻게 변하는지를 직접 보고싶어 했다.

이윽고 유언장을 다 읽고 난 해리가 딱딱한 목소리로 말했다.

"클레어리, 난 당신이 투쟁하기를 바래요."

그러나 클레어리는 머리를 저었다.

"아닙니다. 해리씨! 난 그럴 수 없어요. 재산은 누이 것이었습니다. 누이에겐 자기 마음대로 할 권리가 있죠. 만일 교회가 그것을 소유하길 바랐다면, 그대로 되어야 합니다."

"당신은 이해를 못 하는군요, 클레어리. 죽을 때 그녀의 재산은 대략 1천 3백만 파운드나 됩니다."

해리가 말했다.

"1천 3백만 파운드라고요! 그렇다면 얘기는 끝났어요, 해리. 난 그 많은 돈은 책임을 질 수가 없어요."

"정말 후회하지 않는다는 말이죠?"

"그렇다면 그만예요. 우린 유언장에 대해 항의하지 않겠어요. 교회가 돈을 차지하라고 해요, 기꺼이."

랠프 신부는 초조하게 서성거렸다. 그는 제복을 벗을 틈이 없었고, 의자에 앉을 수도 없었으며, 방의 뒷쪽 그늘 속으로 반쯤 들어서서 겁에 질리고 후회하는 마음으로 기다리고 있었다. 거실에서 나온 클레어리는 랠프 신부를 잡아 세우고 식당 입구에 몰려선 어안이 벙벙해진 문상객들이 보는 가운데서 손을 내밀었다.

"신부님, 우리 쪽에서 무슨 나쁜 감정이라도 품고 있다고는 생각지 말아요. 누이는 평생 동안 다른 사람의 말을 듣고 마음이 흔들렸던 적이 한 번도 없었어요. 누이는 하고 싶은 대로 했으니 된 거죠. 그 동안 당신이 누이에게 잘해 주었고, 우리들에게도 잘해 주었어요. 우린 절대로 그 은혜를 잊지 않겠어요."

……죄의식. 가슴 아픔. 못이 박힌 그의 손을 랠프 신부는 잡으려 하지 않을 뻔했지만, 결국 그는 그의 손을 힘껏 움켜쥐고는 고뇌에 찬 미소를 지었다.

"고마와요. 내가 당신에게 조금도 부족한 점이 없도록 배려하리라는 걸 믿어줘요.”

한 주일이 안 되어 그는 떠나버렸다. 그의 후임으로 웨일즈에 있던 토마스 신부가 길란본 지역 교구 책임자로 왔고, 랠프 신부는 대주교의 특별비서가 되었다.

|제3부|
드로게다의 비극

　새해가 왔지만, 큰집으로의 이사는 끝나지 않았다. 7년이 넘는 동안 모은 가구류는 물론 일상용품들을 꾸려야 했고, 적어도 거실의 단장을 끝내야 한다는 휘오나의 고집 때문에 금새 이루어질 수는 없는 노릇이었다.

　1월의 둘째 주일이 되자, 모든 준비가 끝났는데, 그 소식은 빠르게 온 마을에 퍼져 나갔다.

　휘오나의 노력이 완벽한 아름다움을 창조했다는데 대해 식구들 어느 누구도 반박할 사람은 없었다. 그녀는 드로게다의 거실을 새롭게 꾸몄는데 초록색 잎사귀가 달린 분홍색 장미무늬가 있는 크림빛 양탄자를 거울같은 마룻바닥에 깔았다. 천정과 벽에도 페인트를 새로 칠했고, 모든 장식품은 공을 들여 금박을 입혔다.

"우린 이제 이 개울집에서 떠날 수가 있어요. 한가한 시간이 나면 내가 다른 방들을 꾸미겠어요. 아, 돈이 있고 그 돈을 쓸 훌륭한 집이 있다는 건 정말 멋진 일이에요."

휘오나가 감격해 하며 말했다.

어머니가 즐거워하는 걸 보니 메기도 기분이 좋았다. 모두들 당연히 큰집에서 살기를 고대하긴 했지만, 어머니는 커다란 저택에서의 생활이 어떠할 것인가를 미리 회상하며 그리워하는 듯싶었다.

그녀는 정말 취향이 완벽했다. 실현할 만한 돈이나 시간이 없었기 때문에 전엔 한 번도 의식하지 못한 것들을 간직하고 있었다. 아버지는 어머니를 위해 진짜 진주 목걸이와 귀걸이를 샀는데, 거기엔 다이아몬드까지 박혀 있었다. 어머니의 활짝 핀 기쁨은 식구들에게 깊은 영향을 주었으니, 그것은 촉촉하게 젖어오는 첫 비라도 보는 듯한 아련한 감미로운 느낌 같은 것이었다.

메기는 달걀을 가지러 닭장으로 갔다. 닭장은 넓었고, 수탉 네 마리와 암탉 마흔 마리를 키우고 있었다. 메기가 문을 열고 안으로 들어가자 닭들은 모이를 얻어먹을 기대를 하면서 무리지어 몰려들었다.

메기는 저녁마다 모이를 주던 터라 그들의 어리석은 행동에 코웃음을 치고 둥우리들을 손으로 쑤셔보면서 엄하게 꾸짖었다.

"마흔 마리나 되는데, 달걀은 겨우 열다섯 개구나! 케이크는 커녕 아침상에도 모자라겠네. 내가 지금 경고를 하겠는데, 만일 너희들이 어떻게 해보지 않는다면 모두 목을 딸 테다. 그건 숫놈뿐만 아니라 마누라들에게도 적용될 것이니까, 한 놈이라도 봐줄 줄 알고 공연히 꼬리를 펴고 깃털을 세우지 말라구!"

달걀들을 조심스럽게 앞치마에 싸든 메기는 노래를 부르며 부엌으로 되돌아갔다.

휘오나는 의자에 앉아 창백한 얼굴로 입술을 움찔거리면서 빛이 바랜 신문지를 들여다보고 있었다.

"왜 그래요, 엄마?"

메기가 물었다.

휘오나는 대답을 하지 않은 채 입술가에는 땀방울이 송글송글 맺히고 두 눈은 고통을 참느라 굳어져 마치 비명을 지르지 않기 위해 혼신의 힘을 기울이는 듯 앞만 노려보고 있었다.

"아, 아빠!"

메기는 겁이 나서 날카롭게 외쳤다.

클레어리가 플란넬 속셔츠를 여미면서 나왔는데, 그의 뒤에는 바브와 재크, 휴이 등이 따라 나왔다. 메기는 말없이 어머니를 가리켰다.

"여보, 왜 그래요?"

"이걸 봐요"

맨 아랫단의 작은 기사를 가리키면서 휘오나가 말했다. 그 내용은 이러했다.

직업 권투 선수 프랭크 암스트롱 종신형을 받다.

직업 권투 선수인 프랭크 암스트롱 클레어리(26세)는 오늘 굴번 지방법원에서 노동자인 로날드 앨버트(32세)의 살인에 대한 유죄판결을 받았다.

배심원들은 토론 끝에 법정이 행할 수 있는 가장 엄격한 처벌을 촉구했다. 두 사람은 하버호텔 바에서 난투극을 벌였었는데 경찰은 호텔주인의 신고에 따라 출동했으며, 경찰은 의식을 잃은 로날드에게 발길질을 하고 있는 프랭크를 발견했다. 그의 두 주먹은 피투성이였고 체포 당시 술에 취해 있었지만 정신은 온전했다. 그는 육체적인 피해를 가하려고 의도로 폭행을 한 혐의로 구속되었지만, 다음날 병원에서 로날드가 뇌 상처로 사망하자 살인 혐의로 바뀌었다. 변호인 화이트 씨는 정신이상이라는 이유로 무죄를 주장했지만, 네 명의 정부측 의료 검증인들은 술에 취하긴 했어도 정신이상이라고 할 수 없음을 명확히 밝혔다.

프랭크는 중노동을 하는 무기 징역형을 받았으며, 난폭한 죄수들을 위해 마련된 굴번 형무소에서 복역하도록 형이 확정되었다. 할 말이 있느냐는 질문을 받은 프랭크는 "우리 어머니에게만 알리지 말아요"라고 부탁했다.

클레어리는 발행 날짜를 보았는데, 1925년 12월 6일자였다.

"벌써 3년이 넘은 일이군."

그는 떨면서 말했다. 어떻게 해야 할지 아무도 몰랐기 때문에 대답을 하거나 움직인 사람은 없었다.

이윽고 휘오나가 얼이 빠져 중얼거리듯 말했다.

"우리 어머니한테만 알리지 말아요. 그래서 아무도 알려주질 않았군요! 아, 가엾은 우리 프랭크! 하느님!"

클레어리는 손등으로 눈물을 닦고는 그녀의 어깨를 다정하게 쓰다듬었다.

"여보, 어서 준비를 해요. 그 애를 보러갑시다."

그녀는 몸을 반쯤 일으켰다가 다시 주저앉았다. 작고 하얀 얼굴은 죽은 듯 빛을 잃었으며 눈동자는 커다랗기만 했다.

"아, 난 갈 수 없어요. 날 보면 그 애는 죽어버릴 거예요. 난 그 애를 너무나 잘 알아요. 괴롭겠지만 그 애가 부끄러움을 혼자 견디게 놔두어요."

"그렇다면…… 만일 당신 생각에 그 애와 연락을 취하지 않는 게 더 좋을 것 같다면, 우린 가만히 있겠소. 하지만 난 그 애를 위해 할 수 있는 일이 있다면 다 해주고 싶소. 내가 랠프 신부님한테 편지를 써서 프랭크를 보살펴 달라고 하면 어떻겠소?"

이 말에 그녀의 눈엔 생기가 돌았고 뺨엔 희미한 분홍빛이 감돌았다.

"그래요. 그렇게 해주세요. 하지만 우리들이 알게 되었다는 걸 프랭크한테 얘기하지 않도록 다짐해 둬요. 우리가 모르고 있다는 것을 확신하게 되면, 그 애는 마음이 좀 놓일지도 모르죠."

며칠 후에 휘오나는 기운을 거의 되찾았고, 큰집을 다시 장식하느라 바쁘게 움직였다. 그러나 그녀의 조용함은 다시 암울해졌고, 덜 어둡기는 해도 무표정으로 바뀌었다.

그녀는 식구들의 안녕보다는 큰집에 더 신경을 쓰는 듯이 보였다. 아마도 식구들 스스로가 정신적인 면은 맡을 수가 있고, 육체적인 면은 두 하녀가 돌볼 수 있으리라고 생각했는지도 모른다.

하지만 프랭크가 곤경에 처했다는 사실은 모든 사람들에게 큰 영향을 주었다. 아들들은 어머니를 위해 함께 깊은 슬픔을 나누었고, 그녀의 근심을 생각하며 잠을 이루지 못했다.

온 식구들은 어머니를 사랑했고, 지난 몇 주일 동안의 명랑한 태
도는 그들에게 깊은 인상을 새겨 주었으며, 그것이 다시 정상으로
돌아오기를 바라는 열렬한 갈망을 느끼게 되었다.

메기는 아예 끼어주지도 않으면서 남자들 끼리만 엄마를 보호하
는 모임까지 구성하고서, 다른 어려운 일들은 메기가 모두 떠맡기
를 아버지와 오빠들이 기대했기 때문에 가엾은 메기는 큰집으로의
이사가 없었더라면 훨씬 큰 심신의 고통을 겪었을 것이다. 디행히
도 스미드 부인과 하녀들이 그녀의 일을 도와주었다.

큰집에서의 생활은 무척 달랐다. 처음에는 저마다 침실을 따로
사용한다는 거나 여자들이 집안일에 대해 걱정할 필요가 없다는
것이 이상했다. 하녀들은 빨래와 다리미질에서부터 요리와 청소까
지 도맡아 처리했는데, 도와주겠다는 말만 들어도 기겁을 했다.

클레어리는 랠프 신부와 연락을 취하고 있었다.

휘오나와 메기는 메리 카슨이 죽기 일주일 전에 구입한 새 롤스
로이스를 운전하는 법을 배우는 한편, 메기는 개 부리는 법을, 휘
오나는 장부 기록을 열심히 익혔다.

랠프 신부가 떠나지만 않았더라면, 메기는 정녕 행복했을 것이
다. 말을 타고 목장으로 나가 일한다는 것은 그녀가 항상 꿈꾸어
오던 바였다. 그러나 랠프 신부에 대한 그리움은 항상 그녀 마음
속을 떠나지 않아서 그의 추억을 소중히 간직하고 수천 번이나 생
각하고 꿈꾸는 대상이 되었다.

프랭크에 대한 소식을 알리려고 랠프 신부가 편지를 보내왔을

때, 그 일을 핑계삼아 그가 찾아오리라는 희망은 여지없이 깨어졌다. 프랭크를 만나러 형무소를 찾아갔을 때의 대화는 조심스럽게 어휘를 골라 고통의 흔적을 나타내지 않았으므로 염려되는 프랭크의 정신 상태를 잘 알 수가 없었다. 신부는 우연히 신문을 읽어 알게 되었지만, 가족들에게는 절대로 모르는 사실로 하겠다고 프랭크를 안심시켰다고 전해 왔다.

며칠 후 클레어리는 랠프 신부가 타던 말을 팔겠다는 얘기를 꺼냈다.

메기는 자기가 재미로 타던 홀쭉한 말을 가축몰이 말로 썼는데, 다른 말들보다 천성이 착하고 쾌활하기 때문이었다.

"아, 제발 그러지 마세요, 아빠. 우리들한테 그토록 친절하게 해 주었는데, 신부님이 돌아와 보시고 자기 말을 팔아버린 걸 알면 얼마나 섭섭하겠어요!"

메기가 애걸하다시피 말했다.

클레어리는 생각에 잠겨 그녀를 물끄러미 바라보았다.

"메기, 신부님은 다시는 돌아올 것 같지가 않아."

"하지만 올지도 몰라요. 그건 알 수 없는 일이에요!"

휘오나를 닮은 두 눈은 그에게는 참으로 견디기 어려웠고, 이 가없은 딸에게 지금까지 보다 더 큰 상처를 주기가 싫었다.

"그렇다면 좋다, 메기야. 우린 그 말을 간직하겠지만, 난 살찐 말을 놀려두고 싶지는 않으니 네 말과 정기적으로 교대해 가면서 쓰도록 해라."

그 때까지만 해도 그녀는 랠프 신부가 타던 말을 쓰고 싶지 않았지만, 그 이후로 살을 뺄 기회를 주기 위해 교대로 타게 되었다.

한동안 비가 오지 않아서 날씨가 무척 건조했다. 우거진 황갈색 풀들은 작렬하는 태양을 받아 속까지 파삭파삭해질 만큼 타 들어가고 있었다.

목장 건너편을 쳐다보려면 눈을 가늘게 뜨고 모자 챙을 깊숙히 눌러써야 했는데, 풀잎은 은빛이었고 작은 회오리바람은 바삐 돌아다니며 떨어진 마른 잎사귀와 뜯겨진 풀잎 무더기를 이리저리 흩날렸다.

무더위와 파리떼에도 불구하고 메기는 목장 생활을 좋아해서 개들이 지쳐 납작히 엎드려 있는 동안 울어대는 양 떼 뒤를 따라서 말을 몰았다.

메기는 몇 마일 동안 먼지를 들이 마신 후에 기분 좋은 안도감을 느끼며 목장문을 열었다. 그녀가 참을성 있게 기다리는 동안 개들은 자기들 만의 능력을 보여줄 기회를 한껏 즐기며 양들을 몰아댔다.

호루라기를 불어 개들을 세운 다음 메기는 문을 닫고서 말머리를 집쪽으로 돌렸다. 근처에는 유칼리나무와 회양목들이 높이 치솟았고, 언저리에는 월가나무가 드문드문 늘어서 있었다.

그녀는 울창한 나무들의 고마움을 느끼며 그늘 속으로 말을 타고 들어갔는데, 이제는 한가해서 즐거운 듯 눈을 두리번거렸다. 나무가지 사이사이에는 잉꼬들로 가득했는데, 새들은 삑삑거리며 휘파람을 불었고, 피리새들은 이 나무에서 저 나무로 분주히 날아다녔고, 머리가 노란 앵무새 두 마리는 마주 앉아서 눈을 깜박였고,

꼬리새들은 개미를 찾아 흙을 파며 우스꽝스럽게 엉덩이를 까딱거렸다.

물론 어디에나 파리 투성이여서 메기는 모자 위에 베일을 썼지만 벗은 팔은 쉴새없이 파리 떼에 시달렸으며, 말은 끊임없이 꼬리를 휘저었다. 가죽과 털이 그토록 두터운 말이 파리처럼 가냘픈 존재를 감각으로 느낄 수 있다니 메기는 놀라지 않을 수 없었다.

또한 하늘은 벌 소리로 가득했고, 샘물을 찾는 화려하고 재빠른 잠자리들과 오묘한 빛깔의 나비와 나방들은 분주하게 사방으로 날아다녔다. 천천히 걷던 말이 썩어가는 통나무를 발굽으로 엎었는데, 그 밑을 본 메기는 그만 소름이 끼쳤다.

그곳엔 통통하고 하얗고 흉측한 굼벵이와 커다란 그리마와 거미들이 우글거리고 있었다.

한편 움푹 파진 구덩이 같은 곳에서는 토끼들이 튀어나와 도망을 치다가 코를 벌름거리면서 눈치를 살폈다. 또 두더지 한 마리가 먹이를 찾다가 그녀가 가까이 가자 땅을 파고 흙 속으로 달아났다.

그녀는 저택으로 가는 큰길로 말을 천천히 몰았다. 그러자 갈라 앵무새들이 벌레를 쪼아먹고 있다가 인기척에 놀라 떼지어 하늘로 날아올랐다. 가슴과 날개를 머리보다 높이 올리더니 마술을 부리듯 회색에서 분홍빛으로 바뀌었다.

만일 내가 드로게다를 떠나 다시는 돌아올 수 없게 된다면 꿈속에서라도 분홍빛 갈라 앵무새로 뒤덮인 드로게다를 생각하리라. 더 먼 곳은 무척 건조한 모양이었는지, 캥거루들이 점점 더 많이 모여들고 있었다.

넉넉히 2천 마리는 됨직한 캥거루 떼가 한가하게 풀을 뜯다가 갈라 앵무새에게 놀라 우아하고 긴 다리로 뛰어 급히 도망쳤다. 제 아무리 빠른 말들일지라도 그들을 따라갈 수 없었다.

이렇게 즐거운 자연을 관찰하는 틈틈이 그녀는 늘 그렇듯 랠프 신부를 생각했다. 메기는 속으로 그에 대해 자신이 느끼는 감정을 풋사랑이라고 판단한 적은 없었고, 책에서처럼 그저 사랑이라고만 여겼다.

성직자라는 인위적인 장벽이 그를 남편으로 삼으려는 자신의 소 망을 가로막는다는 현실에 대해 공정하게 생각되지 않았다. 그렇 다. 그녀는 신부를 남편으로 삼는다는 것이 금단이었음을 알았지 만, 그래도 그에게서 종교적인 직책을 제거하려는 새로운 버릇을 꿈꾸기 시작했다.

그녀는 지금 몽상을 하면서 아빠와 엄마의 일상처럼 그와 함께 살고 그와 같이 잔다는 환희 속에서 들판을 거닐었다. 그러자 그와 의 밀착감이 그녀를 흥분시켜 말 위에 앉아 초조하게 몸을 뒤채이 게 만들었다.

초조와 불안이 수반되는 미성년기의 그리움과 끝없는 갈망, 욕망 을 달성하려는 특정한 생각 가운데 어느 것이 나쁜지를 판단할 능 력을 갖춘 사람은 아마 한 명도 없을지 모른다.

메기는 꼭 무엇인지는 잘 몰랐어도 분명 그리움 같은 막연함을 느꼈는데, 본능적인 힘이 그녀를 랠프 신부 쪽으로 질질 끌고 갔 다. 그래서 메기는 그를 꿈꾸었고 그리워하게 되었으며, 그가 자기 에 대한 사랑을 겉으로는 표현했음에도 불구하고 아무런 의미가

없다고 여겨서였는지 만나러 오지도 않는다는 생각에 큰 슬픔을
느꼈다.

 랠프 신부는 어느 젊은 신부와 마주 앉아 있었다. 그의 목소리는
냉정했지만, 조심스럽게 딱딱한 음성으로 얘기하면서 젊은 신부의
창백한 얼굴로부터 한 번도 떼지 않던 그 눈길보다는 부드러웠다.
 "당신은 예수 그리스도께서 성직자들이 처신하기를 바라는 대로
행동하지 않았습니다. 내 생각에는 스스로 더 잘 알 것이라고 믿어
지지만, 그래도 난 당신의 윗사람인 대주교를 대신해서 당신을 견
책해야 합니다. 당신은 자신과 교구민들과 특히, 교회에 범한 부끄
러운 행동을 알고 있나요? 당신이 한 순결의 맹세는 당신의 다른
맹세 못지 않게 엄숙한 것이니까, 그것을 어긴다면 중한 죄를 저지
르는 행위가 됩니다. 당신은 물론 그 여자를 다시는 만나지 않으리
라고 생각하지만, 유혹을 극복하려는 당신을 돕는 일이 우리의 임
무입니다. 따라서 우리는 당신이 당장 북부의 다윈 교구로 떠나도
록 조처했습니다. 당신은 오늘밤 급행열차 편으로 브리스베인으로
가서, 다시 기차를 갈아 타고 롱 리치로 가야 합니다. 당신을 위로
하고 돌봐주기 위해 존 신부가 다윈까지 함께 동행합니다. 자, 이
젠 가 보세요."
 행정을 담당한 성직자들은 현명한 판단력이 있어서 젊은 여자를
다시 만날 기회를 죄인에게 허락하지 않았다. 그 사건은 그가 담당
하고 있는 교구의 추문이 되어 무척 난처한 입장에 놓이게 해주었
던 것이다.

지금부터 다윈에 도착할 때까지는 지시 받은 존 신부가 감시할 터이고, 그 다음부터는 다윈에서 보내는 그의 모든 편지를 뜯어볼 것이며, 장거리 전화는 절대로 하지 못하게 된다. 그가 어디로 갔는지 그녀는 전혀 모르게 되고, 또한 그 역시 자신의 행방을 그녀에게 알려줄 수 없으리라.

또한 그는 다른 여자를 만날 기회가 전혀 주어지지 않을 것이다. 만일 그가 나약해서 자신을 견제하지 못한다면, 교회가 그 일을 대신 맡게 될 것이다.

젊은 신부와 그의 감시자가 방에서 나가는 것을 본 다음, 랠프 신부는 안쪽 방으로 걸어갔다.

대주교는 자기 의자에 앉아 있었고, 자주빛 허리띠를 두른 다른 남자가 그 오른쪽에 자리잡고 있었다. 대주교는 몸집이 컸고, 백발 머리에 푸른 눈은 생기가 돌았으며, 유머 감각이 날카롭고 박력 있는 남자였다. 하지만 그의 손님은 대조적이어서 작고 가냘폈으며 얼굴은 모가 나고 금욕적인 용모를 지니고 있었다.

"앉아요, 신부님. 차를 한 잔 드시지요. 그 젊은이는 버릇을 고칠 만큼 잘 꾸짖어서 보냈나요?"

대주교가 호탕하게 말했다.

"예, 대주교님."

랠프 신부는 짤막하게 대답하고 의자에 앉았다.

"그건 한심한 일입니다만, 대주교님 사실 서품을 받은 우리들조차도 나약하고 너무나 인간적인 존재들이죠. 난 마음 속으로 그를 깊이 동정하고, 앞으로 더 큰 힘을 발견할 수 있도록 기도 드리겠습니다."

손님이 말했다.

그의 억양은 외국인 티가 났고, 목소리는 약간 쉿소리를 냈다. 사실 그는 이탈리아 사람이었는데, 직책은 오스트렐리아 천주교회에 배속된 로마의 교황 사절 대주교였다. 이름은 빅토리오였고, 그가 맡은 일은 오스트렐리아 성직자들과 바티칸 수뇌부 사이에 유대를 맺어주는 임무였다. 그것은 그가 이 지역에서는 가장 중요한 성직자임을 의미했다.

교황 사절은 무척 세심한 사람이었다. 그의 눈은 대주교가 아니라, 곧 그의 비서가 될 랠프 신부에게 고정되었다. 대주교가 저 신부를 무척 좋아한다는 것은 잘 알려진 사실이었지만, 자기라면 저런 남자를 얼마나 좋아하게 될지 교황 사절은 조금 궁금하게 여겼다.

현재 그가 섬기고 있는 사람에 대한 랠프 신부의 처신은 완벽해서 경쾌하고 무리가 없고 존경심을 보이지만, 남자 대 남자라는 태도를 갖고 있으며 유머가 풍부했다. 과연 성격이 판이한 주인에게 그는 얼마나 잘 적응할 수 있을까?

교황 사절 비서는 관습적으로 이탈리아 천주교회에서 골라 임명하는 것이 보통이었지만, 랠프 신부는 바티칸에 대해 관심이 컸다. 그는 개인적으로 돈이 많다는 명성이 있을 뿐만 아니라, 혼자 힘으로 굉장한 재산을 교회로 끌어들였다. 그래서 바티칸 교황청은 그를 비서로 받아들이고 세심히 관찰하여 정확히 어떤 사람인지를 알아 내야 한다는 결정을 내렸다.

천천히 차를 마시는 랠프 신부는 희한할 만큼 조용했다. 교황 사절은 그가 다른 맛있는 것들은 삼가면서도 차는 석 잔이나 마시는 것을 눈여겨보았다.

그렇다. 보고서에 적혀 있는 것처럼 개인적인 생활 습관을 보면 저 신부는 음식을 무척 삼가지만, 한 가지 취약점이 있다면 멋지고 빠른 자동차를 좋아한다는 점이었다.

"당신 이름은 프랑스계군요. 신부님, 내가 알기로는 아일랜드 사람이라고 믿고 있습니다."

랠프 신부는 머리를 저으면서 미소를 지었다.

"노르만 계통의 이름입니다. 유서 깊고 명예로운 빌헬름 대제 때 남작이었던 라눌프 드 브리카싸르트 직계 자손입니다."

"랠프라는 이름은요?"

"라눌프의 줄임말입니다."

"잘 알았습니다."

"당신이 떠나고 나면 난 당신 생각을 무척 많이 할 거예요, 신부님."

대주교가 말했다.

랠프 신부는 조용히 웃었다.

"저를 아주 난처하게 만드는군요. 대주교님! 나는 옛 주인과 새 주인 사이에 앉아있는데, 만일 한 분을 즐겁게 해 드리면 다른 분이 기분 나빠하게 되죠. 하지만 새 주인을 모시게 되기를 고대하면서, 옛 주인을 그리워하게 되리라는 말을 제가 해도 되겠습니까?"

'말 한번 잘 하는군. 외교관 같은 대답이야.'

교황 사절은 저런 비서라면 잘 협조할 수 있을지도 모른다는 생각을 하기 시작했다. 하지만 저렇게 말끔한 용모에 빼어난 몸매를 생각하면 너무 미남이었다.

랠프 신부는 다시 침묵을 지키면서 물끄러미 탁자를 바라보았다. 그는 자기가 지금 막 훈계하고 떠나보낸 젊은 성직자를 여자에게 작별 인사조차 못하게 해서 괴로워하던 그 눈빛을 머리 속으로 그려보고 있었다.

'하느님 맙소사, 만일 그가 사귀고 있던 여자가 메기였다면 어떻게 되었을까?'

드로게다로 가는 기차를 타지 않기 위해서 육체적인 고통으로 온몸이 얼어붙도록 해질 무렵까지 성당의 대리석 바닥에 꿇어앉아 자기 자신을 억제하던 때가 있었다. 그럴 때마다 그는 자기가 단순히 고독의 제물로서 드로게다에서 알았던 인간적인 애정이 그리울 뿐이라고 자신을 타일렀다. 그는 자기가 일시적인 나약함에 굴복해서 키스를 했을 뿐이며, 그녀에 대한 사랑은 아직도 환상의 세계로까지는 전달되지 않았다고 믿었다.

그러나 그는 잘못 생각하고 있음을 나중에서야 깨닫게 되었다. 고통은 사라지지 않고 점점 더 심해졌다. 과거에는 고독감이 막연한 것이었고, 그것을 채워줄 어떤 인간도 존재한다고 얘기할 수가 없었다. 그러나 이제 그 고독감엔 필연적으로 떠오르는 이름이 있었으니, 그것은 메기였다.

그는 환상에서 깨어나 눈도 깜박하지 않고 자기를 응시하는 교황 사절을 보았다. 서투른 표정을 짓기에는 너무나 영리했던 랠프 신부는 그의 주인이 될 사람에게 자기를 꿰뚫듯 쳐다보는 눈초리 못지 않게 강한 눈길을 보내며 희미한 미소를 지으면서, 마치 모든 사람의 마음 속엔 슬픔이 있으며 과거를 회상한다는 것은 죄가 아니라고 말하려는 듯 어깨를 추스렸다.

"얘기를 좀 해 봐요, 신부님. 경제 사정이 갑자기 침체돼서 당신의 일에 영향이 있나요?"

교황 사절이 물었다.

"지금까지는 염려할 것이 없었어요. 내 생각엔 카슨 부인만큼 투자에 조심을 보인다면 별로 손해를 보지 않을 것 같아요. 제 생각 같아서는 시골의 농장뿐 아니라 주요 도시의 주택이나 땅을 사 두기에는 지금이 기막힌 시기죠. 가격이 한심할 정도로 싸지만, 영원히 그렇게 싼값으로 눌러있지는 않을 테니까요."

"그렇겠죠."

그러고 보니 랠프 신부는 뛰어난 외교관일 뿐만 아니라 세심한 사업가이기도 했다. 정말이지, 그를 잘 살펴보는 일이 좋을 것 같다는 생각이 들었다.

그러나 그 때는 1930년이었고, 오스트렐리아는 경제적 공항에 빠져 있었다. 어디서나 일자리를 찾아 헤매는 사람 투성이었다. 스스로 생계를 유지해야 했던 여자들은 배급품을 받으려고 줄을 지었고, 남편들은 고된 날품팔이 유랑의 길을 떠났다. 남자들은 몇 가지 필수품을 꾸려서는 등에 걸머지고 떠나며 고용되지는 못하더라도 들러가는 농장들이 적어도 먹을 것이나마 동냥해 주기를 바랐다.

클레어리는 드로게다의 창고에 식품을 가득 저장해 두었다. 드로게다에 도착하기만 하면 누구나 한 자루씩은 얻어갈 수가 있었다. 이상한 점은 떠돌이들의 행렬이 쉴새없이 변해서 따뜻한 음식으로 배가 부르고 여행을 할 식량만 넉넉해지면 남아 있으려고 애쓰지 않고 그들만이 아는 그 무엇을 찾아 방랑을 계속하는 것이었다.

어느모로 보나 드로게다처럼 너그럽지는 않았는데 어째서 머물려고 하지 않는지 아리송한 노릇이었다. 아마도 무료함과 집 없고 갈 곳이 없다는 목적의 결여가 그들로 하여금 방랑을 계속하게 만들었는지도 모른다. 대부분은 겨우 살아 남았지만, 어떤 사람들은 죽었고 시체가 발견되면 곧 까마귀와 돼지들이 깨끗하게 먹어 치우기 전에 묻어 주었다.

뛰어난 목동들을 구하기가 비교적 쉬워져 늙은 일꾼들의 막사에 아홉 명의 젊은 독신 남자들을 수용했기 때문에 스튜어트는 고된 목장일에서 풀려나게 되었다.

휘오나는 아무 데나 현금을 놓아둘 수가 없어서 스튜어트는 예배실 계단 뒤에 비밀 찬장을 만들어 금고로 쓰게 했다. 무엇보다도 다행스러운 것은 떠돌이들 가운에는 건달이 거의 없었다. 건달들은 방랑생활이 너무 고독하여 탈취할 것이 많지 않은 목장보다는 읍내나 도시에 머물기를 더 좋아했다.

하지만 드로게다는 너무 유명해서 다소의 건달들이나마 끌어들일지도 모르는 일이기에 미리 방비를 튼튼히 했다.

살을 깎는 듯한 추위와 더불어 건조한 폭풍의 계절이 되돌아왔지만, 울창한 풀숲은 먼지를 최소한으로 막아주었으며, 파리는 다른 때처럼 극성을 부리지 못했다. 털을 갓 깎은 양들은 때를 잘못 만나 벌벌 떨었다.

큰 폭풍이 불어오던 그날, 클레어리는 홀로 들판 멀리까지 나가 있었다. 그는 말에서 내려 나무에다 고삐를 단단히 매고는 바람이 잘 때까지 기다리려고 그 옆에 앉았다. 개 다섯 마리는 두려움에 벌벌 떨면서 근처에 옹기종기 모였고, 다른 목장으로 이동시키려고 했던 양떼는 무리를 이루어 사방으로 돌아다녔다.

그 폭풍은 아주 심해서 큰 소용돌이가 바로 머리 위에 올 때까지는 맹렬한 기세를 드러내지 않았다. 클레어리는 손가락으로 귀와 눈을 감고 기도를 했다.

점점 심해지는 바람 속에서 나뭇잎들이 불안스럽게 맞부딪쳤다가 떨어지는 가운데, 그가 앉아 있는 자리에서 그다지 멀지 않은 곳에 키가 큰 풀에 둘러싸인 죽은 나무 그루터기가 모여 있었다. 하얗고 해골같은 무더기 한가운데 죽은 거대한 고목나무 몸통이 시커먼 구름을 향해 40피트나 치솟아 있었다.

클레어리는 감은 눈꺼풀 사이를 통해 밝은 파란불이 꽃처럼 피어오름을 느끼고 벌떡 일어섰는데, 순간 거창한 바람결에 밀려 그 자리에 자빠졌다. 그는 얼굴을 들고 고무나무 줄기를 오르내리면서 파랑과 자주빛을 눈부시게 반짝이는 번갯불을 보았고, 다음에는 무슨 일이 벌어지는지를 미처 이해할 수 없을 정도로 급속히 모든 것에 불이 붙었다.

썩어가는 풀잎은 이미 오래 전에 수분이 모두 증발했기 때문에 종이와 마찬가지였다. 나무들과 그루터기들은 순식간에 타올랐으며, 거대한 불길은 소용돌이를 일으키며 빙글빙글 돌았다. 클레어리는 말을 묶어둔 곳까지 갈 시간조차 없었다.

바싹 마른 나무에 불이 붙었고 눈이 닿는 모든 방향에는 불길의 벽이 장막처럼 타오르고 있었으며, 발밑의 마른 풀잎들은 요란한 소리를 내며 불길에 휩싸였다.

그러자 놀란 말이 비명을 지르며 길길이 날뛰자, 그는 그 가엾은 짐승이 묶인 채로 죽게 내버려둘 수가 없었다. 그 울부짖음은 거의 인간과 같은 고뇌의 비명으로 바뀌었다. 휘몰아치는 바람 속에서 날개가 달린 그 어떤 것보다도 빨리 줄달음치는 불에 포위된 개들이 또 아우성을 쳤다.

말이 있는 쪽으로 가려면 어느 방향이 좋을까를 생각하며 서 있던 잠깐 사이에 무엇이 그의 머리카락을 태우며 스쳤는데, 발밑을 보니 커다란 앵무새 한 마리가 지글지글 타고 있었다.

클레어리는 이것이 자신의 마지막임을 순간적으로 깨달았다. 말이나 자신이 이 지옥에서 빠져나갈 길은 어느 곳에도 없었다. 그런 생각을 하고 있는 동안에도 섬유질의 나무들이 수액을 터뜨리면서 활활 타올랐다.

클레어리의 팔뚝을 싸고 있는 피부는 쪼그라들고 시커멓게 되었으며, 머리카락은 더 밝은 빛깔을 만나 광채를 잃었다. 불은 밖에서 안으로 타올랐는데, 그런 죽음은 형언할 수도 없을 것이다. 결국 익어버려서 마지막으로 기능을 멈춘 것은 머리와 심장이었다.

그의 비참한 울부짖음은 아내를 찾는 애끓는 소리였다.

다른 사람들은 폭풍이 닥치기 전에 모두 저택으로 돌아와서는 말을 방목장에 풀어놓고 숙소로 갔다.

불빛을 환히 밝힌 휘오나의 거실에서 클레어리 아이들은 밖으로 나가 구경을 하고 싶은 유혹을 느끼지 않게 해 주는 맹렬한 폭풍우 소리에 귀를 기울이고 있었다. 대리석 벽난로에서 통나무를 태우는 불꽃소리가 요란했다.

네 시쯤 되자 구름은 동쪽으로 밀려갔고, 모두들 무의식적으로 숨쉬기가 쉬워졌음을 느꼈는데, 드로게다의 모든 건물에는 저마다 피뢰침이 갖추어져 있었지만 폭풍이 부는 동안에는 어쩐지 마음을 놓을 수가 없었다.

재크와 바브는 신선한 공기를 좀 쐬어야 되겠다고 말하면서 밖으로 나갔지만, 사실은 답답한 기분을 풀기 위해서였다.

"저기 좀 봐!"

바브가 서쪽을 가리키며 말했다.

저택을 둘러싼 나무들 위로 연기 기둥이 솟아오르고 있었다.

"불예요, 불!"

재크가 안으로 뛰어들어 가면서 외쳤다. 방 안에 있던 다른 사람들은 입을 딱 벌린 채 밖으로 뛰어나왔다. 드로게다에 온 이후 큰 불은 한 번도 없었지만, 모든 사람들은 자신들이 해야 할 바를 알았다.

아들들은 말을 가지러 흩어졌고, 목동들이 막사에서 쏟아져 나오는 동안 하녀들은 창고를 열어 굵은 삼베 자루를 수십 개나 풀어

냈다. 연기는 서쪽에서 났고 바람이 그쪽에서 불어왔으므로 불길은 저택 쪽을 향하고 있는 셈이었다.

휘오나는 치마를 벗어버리고 클레어리의 바지를 입은 다음 메기와 함께 마굿간으로 뛰어갔다.

연기 냄새를 맡고 불안해 하는 말에 안장 놓기가 힘들었으므로 휘오나와 메기는 발을 구르는 순혈종 두 마리를 마굿간에서 뒷걸음질을 시켜 다루기가 훨씬 쉬운 마당으로 끌고 나왔다.

메기가 말과 씨름을 하고 있으려니까, 떠돌이 두 명이 헐레벌떡 뛰어왔다.

"큰일났습니다. 남는 말 없어요! 자루도 몇 개 주세요."

"어서 저 아래 방목장으로 내려가 봐요. 아, 한 사람이라도 저 안에 갇히지 않았어야 하는데."

아버지가 어디 있는지를 알지 못했던 메기가 말했다. 두 남자는 하녀가 내주는 굵은 삼베 자루와 물을 담은 자루들을 움켜잡았다. 바브와 다른 사람들은 이미 5분 전에 떠났으며, 두 떠돌이가 그 뒤를 따랐고, 마지막으로 휘오나와 메기가 개울을 건너 연기 나는 쪽을 향해 말을 달렸다.

뒤에 남은 정원 일꾼 톰은 샘물 펌프에서 커다란 물탱크 차에 가득 채우고는 시동을 걸었다. 하늘에서 마구 쏟아지는 비와 같은 양의 물이 아니고서는 이렇게 큰 불을 끄기가 힘겹겠지만, 사람들이 자루를 적셔서 휘둘게 하려면 그것이나마 필요했기 때문이다.

개울 건너편 둑을 올라가기 위해 트럭의 기어를 내리면서 그는 잠깐 동안 텅 빈 목동 우두머리 집과 그 너머의 빈 집 두 채를 바

라보았다. 그것은 저택 지대의 취약점이 노출된 곳으로 개울 건너
편의 나무들로부터 불이 붙을 가연성 물건들이 있는 유일한 장소
였다.

늙은 톰은 서쪽을 쳐다보다가 갑자기 결심을 내린 듯 트럭을 다
시 개울 건너편으로 끌고 가서 둑을 거꾸로 올라갔다. 사람들은 저
불을 절대로 끌 수 없을 터이므로, 그냥 돌아오리라고 믿고는 그가
하는 대로 내버려두었다. 그는 목동 우두머리집 바로 옆에 차를 세
우고 물탱크에 연결된 호스로 건물을 적시기 시작했다. 다음에는
그 너머의 작은 두 집으로 가서 물을 뿜어댔다. 그 세 집이 절대로
불붙지 않도록 잔뜩 적셔두는 것이 그가 할 수 있는 가장 큰 일이
었다.

메기가 어머니와 나란히 말을 타고 가는 사이에 서쪽의 불길한
구름은 점점 더 커졌고, 불타는 냄새가 역겨울 만큼 강하게 흘러왔
다. 어둠이 깔리기 시작했으며, 서쪽으로부터 도망치는 짐승들은
점점 더 많이 목장을 향해 건너 왔다. 캥거루와 멧돼지, 놀란 양떼
와 소떼, 도마뱀들과 토끼들이 무수히 몰려왔다.

그들이 도착했을 때는 불이 1마일이나 퍼졌고 시시각각으로 그
언저리가 확대되어 가고 있었다. 이 나무에서 저 나무로 불길이 더
해 메마른 풀에 옮겨 붙어 강풍에 실려 퍼지는 동안 그들은 날뛰
는 말들을 진정시키며 안타깝게 서쪽을 쳐다보았다. 도저히 멈출
수 없는 형편이어서 작은 인원으로 몇 통의 물로 저렇듯 엄청난
큰 불을 끄려고 한다는 것은 어리석은 일이라는 생각이 들었다.

저택으로 되돌아 가서 그 곳이나마 지켜야 했다. 불길은 이미 폭

이 6마일이나 되어서, 만일 말들을 몰아내지 않는다면 또한 불길에 휩싸이게 될 터였다. 양들이 가엾지만 별 도리가 없었다.

그들이 개울을 건너갔을 때, 톰은 아직도 개울가 집에 물을 뿌려대고 있었다.

"잘 하네요, 톰! 너무 뜨거워서 버틸 수 없을 때까지 계속하다가 충분히 시간을 가지고 피신해요. 알겠죠?"

바브가 소리쳤다.

얼마 후 저택의 마당은 자동차로 가득 찼으며, 더 많은 차가 헤드라이트를 번쩍거리면서 달려왔다.

"얼마나 크게 났어요, 바브?"

"끌 수 없을 정도인 것 같아요."

바브는 절망적으로 말했다.

"하기야, 큰불을 한 번 치를 때도 됐지. 마지막으로 큰불이 났던 게 1919년이었어. 이제는 사람도 많고 앞으로 또 올 거요."

바브가 히죽 웃었다.

"마음이 든든해요. 고맙습니다, 여러분."

"아버지는 어디 있어요, 바브?"

"새끼를 칠 암컷 양들을 모으느라고 윌가로 나갔는데, 내 짐작으로는 윌가라면 불이 난 곳에서 적어도 5마일은 서쪽이죠."

"걱정될 만한 사람은 또 없어요?"

"그래요, 하느님 덕분에."

어떻게 보면 전쟁을 맞은 것이나 마찬가지라고 메기는 집으로 돌아오며 생각했다. 일꾼들의 통제, 힘과 용기의 유지, 음식과 식수에 대한 걱정, 그리고 예측을 불허하는 재난, 사람들이 더 도착하자, 그들은 합세해서 개울의 둑 가까이에 서 있는 나무들을 자르고 목장 주변의 키 큰 풀을 모두 베어 버렸다.

첫 목장주였던 마틴 킹은 드로게다를 방어하려고 남자 3백 명의 지휘를 맡게 되었다. 그는 50년 동안이나 불 끄는 일을 해왔다. 그가 말했다.

"난 부겔라에 15만 에이커가 있답니다. 그런데 1905년에 그 곳에 있는 양과 나무들을 모두 잃었어요. 그것을 회복을 하는데 5년이 걸렸지요. 그 무렵에는 양털이 그다지 비싸지 않고 쇠고기도 마찬가지여서 난 복구를 못하는가 생각했었죠."

아직도 바람은 울부짖었고 불냄새는 어디에나 가득했다. 밤이었지만 서쪽 하늘은 성스럽지 못한 빛으로 환했고 휘몰아치는 연기에 사람들은 기침을 하기 시작했다.

한 시간 가량이 지나자, 처음으로 교대된 사람들이 비틀거리며 들어와서는 음식과 물을 단숨에 먹고는 다시 힘을 모아 불과 싸웠다. 이들을 위해 농장의 여자들은 스튜와 빵이 떨어지지 않도록 애썼다. 남자들이 3백 명이나 되었지만, 먹고 마시는데 충분하도록 뒷바라지를 한 것이다.

불이 나면 모든 남녀는 각자가 지닌 가장 훌륭한 기능을 발휘하게 되는데, 여자들은 남자들의 우월한 체력을 유지시키기 위해 열심히 요리를 했다. 검댕으로 시커멓고 지쳐서 비틀거리는 남자들은 선 채로 빵덩어리를 입 안에 쑤셔 넣었고, 럼 주를 한 잔 마신 다음에 다시 불이 난 쪽으로 달려갔다.

메기는 취사장을 드나드는 틈틈이 놀란 눈으로 불길을 바라보았다. 하늘과, 그리고 너무나 멀리 떨어져 있어서 그 빛이 차가운 태양과 하느님과 악마와 관련이 있는 그 어떤 것이었기 때문에 불은 그 나름대로 초월한 아름다움을 지니고 있었다.

머리 위 하늘에서는 장난이 심한 유령들처럼 빨간 불씨들이 떠다니다가 급회전했고, 타버린 나무들의 지친 마지막 불길은 노랗게 고등을 쳤으며, 고무나무가 폭발을 하면 진홍빛 불티들이 맴을 돌았고, 불길은 그 옆의 나무를 핥아대기에 바빴다.

아, 그렇다. 죽을 때까지 저 광경을 잊지 않으리라. 다들 애쓰고 있었지만, 바람이 시속 40에서 60마일로 빨라지자, 사람들은 옛날에도 몇 주일 씩이나 타오르며 토지 수백 평방 마일을 황무지로 바꿔놓은 이 불을 끌 수 있는 마지막 힘은 하늘의 비 뿐임을 알았다.

탱크트럭을 채우고, 호스로 물을 뿌리고, 다시 채우고, 또 다시 물을 뿌려대는 말없는 톰 덕분에 개울가의 집들은 가장 심한 불길도 견뎌냈다.

그러나 바람이 심해지는 순간 그 집들마저 불길이 삼켜 버렸기 때문에 톰은 흐느껴 울면서 트럭을 철수시켰다.

마틴 킹은 젊은이는 아니었지만, 도움이 필요할 때까지 불과 싸우다가 나중에는 물러서는 노련한 솜씨로 작전을 지휘했다.

휘오나는 깨끗한 럼 주를 커다란 유리잔에 따라 그에게 주었다.

"우스운 얘기지만, 모든 것이 다 끝장인 듯싶었을 때 난 정말 묘한 생각들을 했어요. 나는 죽는다는 거나, 아이들이나, 잿더미가 될

이 집에 대해서는 생각하지 않았어요. 내 머리에 떠오르는 것이라고는 낡을 대로 낡은 바느질 그릇과, 반쯤만 하다가 내버려둔 뜨개질과, 몇 년 동안 내가 모아온 이상한 단추들을 담아둔 상자와, 여러 해 전에 프랭크가 만들어준 하트 모양의 과자상자였어요. 아시겠어요? 어느 누구에게나 쉽게 얻을 수도 없고, 가게에서 살 수도 없는 그 모든 사소한 것들 말예요.”

“사실은 대부분의 여자들도 그런 생각을 합니다. 마음이 왜 그런 쪽으로 생각을 돌리는지 우스워요. 참 생각이 나는데, 1905년에 내가 미친 사람처럼 고함을 지르는데도 아내는 집으로 다시 뛰어들어가더니 자수틀 하나만을 들고 나왔어요.”

그는 빈 술잔을 내려놓았다.

“난 그만 가보야 되겠어요. 나렝강에서는 데이비스가 우리의 도움이 필요할 테고, 루드나 후니쉬의 앵거스도 마찬가지일 겁니다.”

휘오나는 얼굴이 창백했다.

“오, 그렇게 멀리까지 번졌어요?”

“부르우와 부르크에서도 야단들이래요.”

불길은 사흘 동안 더욱 더 번지면서 날뛰다가 갑자기 심한 비가 나흘 동안 계속 내려 퍼붓자 마지막 불씨까지 자연의 힘에 의해 완전히 꺼졌다. 그러나 불은 백 마일이나 훑어가면서 길란본 지역의 동쪽 경계선인 루드나 후니쉬 쪽으로 폭이 20마일이나 되는 숯길을 만들어 놓았다.

그들은 클레어리가 불탄 지역의 건너편에 안전하게 있을 거라고 생각하면서 비가 내리기 시작할 때까지 그에게서 아무 소식도 기대하지 않았다. 틀림없이 아버지는 서쪽으로 가서 부겔라 저택으로 피신했을 터이므로 전화선이 두절되지만 않았더라면 마틴 킹에게서 전화가 왔으리라고 바브는 생각했다. 그러나 끝내 그의 모습이 나타나지 않자, 비로소 걱정을 하기 시작했다.

"이제는 돌아올 때가 되었는데……"

거실에서 서성거리며 바브가 말했다.

"어떻게 생각해, 바브?"

재크가 받았다.

"우리가 찾아 나설 때가 된 것 같아. 아버지는 부상당했거나, 말을 잃고 먼 거리를 걸어오고 있는지도 몰라."

휘오나는 거의 난폭할 정도로 들뜬 표정으로 떨고 있었다.

"난 바지를 입겠어. 여기 가만히 앉아 있을 순 없으니까."

"어머닌 집에 계세요."

바브가 애원하면서 어머니를 말렸다.

"부상당했더라도 어디를 다쳤는지도 모르잖니. 어떤 상태인지도 알 수가 없어. 그리고 목동들을 나렝강으로 보냈으나 수색대를 구성하려면 사람이 너무 모자라. 만일 내가 메기와 짝을 지으면, 우리는 어떤 사태를 만나더라도 처리할 수가 있겠지만, 만일 메기 혼자라면 너희들 중의 누군가와 함께 다녀야 하고, 그러면 아무 일도 할 수 없잖니."

결국 바브는 굴복했다.

"그렇다면 좋습니다. 말을 타세요."

그들은 개울을 건너 황폐해진 땅의 복판으로 들어갔다. 초록이라고는 어디에도 남아있지 않았고 촉촉이 젖은 숯덩이들의 검은 광활한 들판이었다.

나무들은 모두 잎사귀들이 곱슬곱슬 꼬여 흐늘흐늘한 줄을 이루었으며, 풀밭엔 타 죽은 양들이 검은 덩이를 이루어 흩어졌고, 송아지나 돼지가 죽은 큰 무더기도 있었다. 그들의 얼굴은 눈물과 빗물로 범벅이 되었다.

그들은 먼 곳을 향해 나갈 때마다 지평선 위에 나타나는 클레어리의 모습을 보기를 기대했지만, 많은 시간이 흘러도 그는 모습을 나타내지 않았다.

그들은 화재가 처음 상상했던 것보다도 훨씬 멀리, 월가 목장에서 났음을 깨닫고는 가슴이 철렁했다. 불이 상당히 멀리 퍼져 나갈 때까지는 폭풍과 구름이 연기를 가리고 있었음이 분명했다. 바브는 가던 길을 멈추고 모든 사람들에게 얘기했다.

"우린 여기서 시작한다. 난 여기서부터 곧장 서쪽으로 가겠어. 그쪽이 가장 확률이 크니까. 탄약은 모두 충분히 가지고 있겠지? 만일 무엇을 발견한 사람은 공포를 세 발 쏘고, 그 소리를 들은 사람은 저마다 한 발씩 쏘아 대답을 해. 재크, 넌 화재가 난 선을 따라 남쪽으로 가. 휴이, 넌 남서쪽으로 가고, 어머니는 메기와 북서쪽으로 가세요. 스튜어트, 넌 북쪽으로. 난 불탄 선을 따라 가겠어. 비가 왔어도 시야는 조금도 더 앞을 밝게 해주지 않아. 이 곳에는 수목들이 많으니까 자주 소리를 질러. 아버지는 보이지 않더라도 소리는 들으실 수 있을 꺼야. 행운을 빈다. 하느님의 가호가 있기를."

그들이 줄기차게 내리는 빗발 속으로 뿔뿔이 흩어져서 점점 멀어지고 더 작아지더니 마침내 서로의 시야에서 완전히 사라졌다.

스튜어트는 반 마일쯤 가다가 화재 경계선에 가까이 선 채 타버린 나무를 보았다. 그의 눈에 띈 것은 커다란 나무 옆에 널브러진 말과 막대기 같은 네 다리가 삐져나온 딱딱하고 검은 덩어리가 된 개 두 마리가 확인되었다.

그는 말에서 내려 안장 총집에서 장총을 꺼냈다. 그의 입술은 기도를, 다른 손으로는 저고리 주머니의 탄환을 잡았다.

그러나 멧돼지는 탄알이 미끄러져 들어가는 소리를 들었고, 마지막 순간에 공격 방향을 스튜어트에게로 돌렸다. 멧돼지가 막 덮치는 순간 그는 짐승의 가슴팍에 정통으로 한 방을 쏘았지만, 돌진해 오는 멧돼지를 멈출 수 없었다. 앞니는 그의 허벅지를 찔렀다. 곧 그는 쓰러졌고 피가 사방에 튀어 옷을 적시고 땅바닥을 물 들였다.

박힌 탄알을 느끼면서 몸을 돌린 멧돼지는 다시 공격해 오다가 멈칫하더니 비틀댔다. 5백 파운드나 나가는 몸 전체가 그의 가슴을 덮쳤고, 잠깐 동안 그는 미친듯 헛되이 몸을 빼내려고 두 손으로 땅바닥을 움켜잡았다.

그는 이렇게 되리라는 사실을 이미 예측하고 있었으며, 그래서 희망이나 계획을 가져본 적 없이 그저 삶의 세계에 깊이 취해 운명을 슬퍼할 시간이 없었다고 마지막으로 생각했다.

"어머니, 어머니! 아, 어머니!"

그러는 사이 그의 심장이 속에서 터졌다.

"어머니 어떻게 됐을까요?"

진흙 때문에 더 빨리 가지는 못하고 마음만 조급해서 말을 끌고 가며 메기가 물었다.

"글쎄, 나도 걱정이구나."

휘오나가 걱정스런 어조로 말했다.

한편 재크와 바브가 먼저 도착하여 들판의 화재가 시작된 가까운 곳을 건너 오려던 여자들을 다른 장소로 가게 했다.

"가지 마세요, 어머니."

그녀가 말에서 내리자 황급히 바브 말했다. 재크는 메기에게로 가서 그녀의 손을 잡았다.

그의 두 눈은 당황하거나 두려워서가 아니라 불길한 사건이 벌어졌음을 예감으로 깨달았기 때문에 옆으로 돌려졌고, 아무런 설명도 해줄 필요가 없었다.

"아버지가?"

타인의 목소리 같은 음성으로 휘오나가 말했다.

"예. 스튜어트도요."

그녀는 아들을 바라볼 수가 없었다.

"스튜어트가? 무슨 소리야. 스튜어트라니? 아, 맙소사! 무슨 일이야? 둘 다 당하지는 않았겠지. 아냐!"

"아버지는 불 속에 갇혀서 돌아가셨어요. 스튜어트는 멧돼지의 성미를 건드렸는지 그놈이 공격했구요."

이때 메기는 비명을 지르면서 재크의 손아귀를 벗어나려고 발버둥을 쳤지만, 휘오나의 수정알처럼 맑는 눈이 돌처럼 굳어져 초점을 잃었고, 바브의 팔에 안겨 있었다.

"아! 너무하구나. 난 한 아이의 어머니이고, 아버지의 아내이지 않니? 날 이렇게 매어놓을 수는 없어. 그 곳에 가게 해 줘."

그녀의 얼굴에서는 눈물과 빗물이 함께 흘러내렸고 황금빛 머리카락은 목덜미에 엉겨 붙었다.

메기는 재크의 품 안에 머리를 묻은체 흐느꼈다.

짐마차나 바퀴가 달린 어떤 것도 진흙 위로 끌고 가기가 불가능하여, 결국 재크와 톰은 두 마리 말 뒤에다 함석을 매달아서 시신을 운구해야만 했다.

메기는 끝끝내 고집하는 어머니를 남겨두고 집으로 돌아와 거실의 벽난로 앞에 앉았는데, 하녀는 그녀가 울지도 않으면서 표정에 담은 조용한 충격을 보고는 눈물을 흘리며 위로했다.

이때 초인종이 울리는 소리에 하녀는 몸을 돌려 손님을 맞으러 나가면서 소식이 전해지는 그 빠른 속도에 놀라며 대체 누가 흙탕길을 왔는지를 궁금하게 생각했다.

그때 승마복 차림에 비에 젖고 흙투성이의 랠프 신부가 베란다에 우뚝 서 있었다.

"들어가도 될까요?"

"아, 신부님! 어떻게 알았어요?"

"클레어리 부인이 전보를 쳤기에 휴가를 얻어왔죠. 그렇게 울지 말아요. 아무리 크고 심하다고 해도 화재 하나로 세상이 끝나지는 않아요."

“그럼 모르시는군요.”

하녀가 흐느꼈다.

“뭘요? 뭘 몰라요? 무슨 일이죠. 스미드 부인?”

“클레어리 어른과 스튜어트가 죽었어요.”

얼굴에 핏기가 가시면서 그는 가정부를 밀어 냈다.

“메기는 어디 있죠?”

“거실예요. 클레어리 부인은 시신들과 함께 아직 목장에 계셔요. 재크하고 톰이 운구하러 갔어요.”

랠프 신부는 곧장 거실로 들어가면서 흙탕물 자국을 뒤에 남겼다.

“메기?”

그녀에게로 와서 젖은 손으로 메기의 차가운 두 손을 잡으면서 그가 소리쳤다.

그녀는 의자에서 미끄러져 나와 그의 품 안으로 기어들며 물이 뚝뚝 떨어지는 셔츠에 머리를 얹고는 고통과 슬픔에도 불구하고 너무나 행복해서 눈을 감았다. 그가 돌아옴으로 해서 그녀의 염원과 소원이 현실로 나타났고, 자신의 인생에서 실패하지 않은 삶의 모습을 발견한 것이다.

“난 젖었어. 메기, 너까지 흠뻑 젖겠다.”

“상관없어요. 당신이 왔으니까요.”

“그래, 내가 왔어. 난 네가 어떻게 지내는지 확실히 알고 싶었고, 내 눈으로 확인을 하고 싶었다. 아, 메기. 아버지하고 스튜어트가 어쩌다가 그렇게 되었지?”

"아버지는 불 속에 갇히셨고, 스튜어트는 멧돼지한테 당했어요. 재크하고 톰이 데려오려고 나갔어요."

그는 손으로 그녀의 턱밑을 받쳐들고, 아무런 생각도 없이 키스를 했다. 그녀의 두 팔이 그의 겨드랑이 밑으로 미끄러져 들어가 등 위에서 엇갈려 잡자, 그는 고통을 참으면서 몸을 흠칫하지 않을 수 없었다.

그래서 그녀는 약간 몸을 뒤로 뺐었다.

"왜 그래요?"

"비행기가 착륙할 때 갈비뼈를 다친 모양이야. 우린 진흙 속에 동체까지 쳐박혔고 착륙하기가 상당히 어려웠어."

"어디 좀 봐요."

그녀는 떨리는 손가락으로 젖은 셔츠의 단추를 풀어 소매를 벗겨 내고 아래단을 바지에서 빼냈다. 매끄러운 피부 밑에 자주빛 반점이 선명하게 흉곽 한쪽에서 다른쪽 끝까지 번져 있어서 숨을 멈추었다.

"아, 랠프! 이런 몸으로 말을 타고 왔나요? 얼마나 아팠을까! 아무렇지도 않나요? 속이 많이 다쳤을지도 몰라요!"

"아냐, 난 아무렇지도 않아. 정말이지, 난 아무것도 느끼지 않아. 난 어서 이 곳에 도착해서 네가 별일 없는지 알고싶어 어찌나 조바심을 했던지. 아마 그런건 머리 속에서 지워져 버렸는지도 몰라. 맙소사, 메기. 그러지 마!"

그녀는 머리를 숙이고 조심스럽게 상처에 입술을 대면서 의도적으로 그의 정신이 아찔해지게끔 육감적인 손바닥으로 가슴에서 어깨로 쓸어올렸다. 황홀해지고, 두렵고, 어떻게 해서라도 자기 몸을 빼내려는 생각에서 그는 메기의 머리를 밀어냈지만, 어떻게 된 노릇인지 성공한 행동이라고는 그녀를 다시 품에 안았다는 사실 뿐이었다.

거기에서 그는 고통을 망각했고, 교회를 망각했고, 하느님을 망각했다. 마침내 그는 그녀의 입술을 찾아 애타게 강제로 벌렸으며, 점점 더 그녀를 원했으나 마음 속으로 솟구치는 무서운 욕망을 진정시킬 만큼 그녀를 힘껏 끌어안을 수가 없었다.

"메기, 난 널 사랑해. 언제까지나 그럴 거야. 하지만 난 성직자이니까…… 그럴 수가 없어!"

그녀는 재빨리 일어서더니 옷깃을 다시 가다듬고는 그를 내려다보면서 어색한 미소를 지었다.

"걱정 마세요, 랠프. 난 당신한테 먹을 것이 있는 지 알아보러 갈 것이고, 근육통에 필요한 약을 가져오겠어요. 키스 보다 훨씬 잘 아픔을 아물게 하는데는 그게 기가 막히게 잘 듣고 멈춰 주겠죠."

메기는 약을 가지고 돌아왔지만, 그것을 발라 주려고 나설 기색은 보이지 않은 채 조용히 그에게 약병을 넘겨 주었다.

회색의 새벽빛 속에서 시체를 옮기는 행렬이 개울에 이르러 멈추었다. 물이 아직 둑을 넘지는 않았어도 홍수를 만난 강이 되어 빠른 속도로 흘렀다.

랠프 신부는 긴 옷을 목에 두르고 직책에 필요한 물건들을 안장의 가방에 넣은 다음 말을 물 속으로 몰았다. 휘오나와 바브와 재크, 휴이, 그리고 톰이 둘러서 있는 동안 그는 시체를 싼 범포를 벗기고 기름을 바를 준비를 했다.

클레어리는 불에 타고, 스튜어트는 질식당해 둘 다 시커멓게 되었지만, 신부는 사랑과 존경심으로 그들에게 키스했다. 드로게다가 겨우 1마일 밖에 남지 않았는데 소용돌이치는 개울물 때문에 반대 편에 잠시 멈출 수밖에 없었다.

"좋은 수가 있어요."

랠프 신부에게로 돌아서면서 바브가 말했다.

"신부님, 튼튼한 말을 탄 사람은 당신 뿐이니까, 신부님이 해야만 되겠어요. 우리 말들은 겨우 한 차례 헤엄을 쳐서 개울을 건널 수밖에 없어요. 돌아가서 빈 드럼통 몇 개를 찾아 내어 새 거나 빠져나가지 않도록 뚜껑을 단단히 닫아주세요. 더 구할 수가 없다면 열 개 정도라도 되겠지만, 실은 열 두 개가 필요해요. 그것들을 함께 묶어 가지고 오세요. 그걸 밧줄로 매서 뗏목처럼 띄워 건너면 될 거예요."

랠프 신부는 더 이상 묻지도 않고 그가 시킨대로 했는데, 어떤 생각보다도 가장 훌륭했기 때문이었다.

랠프 신부와 일꾼은 드럼통을 말 뒤에 매고 개울로 내려가 헤엄을 쳐서 건너갔다.

그들은 한쪽에 여섯 개씩 드럼통을 철판 밑에 밧줄로 묶고는 시신을 단단히 붙잡아 맨 다음 뗏목을 잡아끌어 말을 몰았다. 말이 움직이기 시작했고, "이랴, 이랴!" 소리를 지르자 뗏목이 뜨기 시작했다. 그것은 불안하게 꺼떡거리고 기우뚱거렸지만 끌어 낼 때까지 떠 있었다.

이리하여 시신은 무사히 옮겨졌고, 이윽고 장례 준비가 시작되었다. 다들 분주히 움직였다. 그래서 다음날엔 의식을 거행할 수가 있었다.

두 개의 관은 꽃으로 뒤덮이지 않았고 성당의 화병들은 모두 비어 있었다. 불기운이 강한 공기를 견디어 낸 꽃들까지도 빗발에 져서 죽은 나비들처럼 진흙 위에 깔렸다. 쇠뜨기나 일찍 핀 장미조차도 없었다.

그리고 모두들 너무나 지쳐 있었다. 이미 죽은 사람을 좋아했음을 보여주느라고 진흙길 몇 마일을 달려온 남자들도 지쳤고, 시신을 끌고 온 사람들도 지쳤으며, 요리와 그밖의 일을 한 사람들도 지쳐 있었다.

랠프 신부 역시 꿈 속에서 헤매는 기분으로 휘오나의 야위고 희망 잃은 얼굴에서 슬픔어린 메기의 얼굴로, 그리고 한데 모여 서 있는 바브와 재크의 얼굴로 번갈아 가면서 눈길을 돌렸다.

마틴 킹이 문상객을 대표해서 짤막하고 감동적인 연설을 하자, 신부는 곧 진혼을 시작했다.

그리고는 밖으로 나가 구슬픈 빗속의 타버린 풀밭을 지나 하얗고 작은 난간으로 에워싸인 묘지로 갔다.

어느 무덤에서 작은 종이 음산하게 울어댔다.

일은 간략하고 빠르게 진행되어 끝났다. 문상객들은 말을 타고 폐허가 된 땅을 걱정스럽게 둘러보며 떠나갔다.

랠프 신부는 갈 수가 없게 될 입장에 놓이기 전에 떠나려고 몇 가지 안 되는 물건들을 꾸린 뒤 휘오나를 만나러 갔다.

"괜찮겠어요?"

마주 보이는 자리에 앉으면서 그가 물었다.

"네, 신부님. 난 별일없을 거예요. 생활을 조금이라도 편하게 뒷바라지해 주는 사람들이 있다는 걸 생각하면 무척 마음이 놓입니다."

"나한데 한 가지 약속을 해주겠어요. 휘오나?"

"뭐지요?"

"메기를 잘 돌봐주고 그녀를 잃어버리지 마세요. 메기가 젊은 남자들을 만나서 결혼과 자신의 가정을 가질 생각을 가지도록 좀 격려해 주세요. 난 오늘 이곳 젊은이들이 메기를 곁눈질하는 걸 보았어요."

"바라시는 대로 하겠어요, 신부님."

그는 한숨을 짓고 가만히 거실을 나왔다.

메기는 랠프 신부의 말이 건초와 겨를 배불리 먹고 있는 마굿간으로 그와 함께 걸어갔다. 그는 낡아빠진 안장을 말등에 얹고는 메기가 밀짚더미에 기대어 자기를 지켜보는 사이에 몸을 구부리고 힘껏 배띠를 잡아맸다.

"신부님, 내가 뭘 찾아 냈는지 보세요."

그가 준비를 마치고 허리를 펴자, 그녀가 말했다. 메기가 한 손을 내밀었는데, 연한 분홍빛 장미 한 송이가 손에 들려 있었다.

"이것 하나뿐이었어요. 난 이 뒤쪽 덤불 속에서 찾아 냈죠. 별로 열기를 받지 않아서 비 속에서도 무사했던 것 같아요. 이걸 보고 제 생각을 하세요."

그는 손을 내밀어 반쯤 핀 꽃을 받아 쥐고는 내려다보았다.

"메기, 널 기억하기 위한 추억거리는 필요가 없어. 너를 내 마음속에 간직하고 있다는 걸 너도 알고 있지?"

"하지만 간직하는 추억거리는 때때로 현실감을 주죠. 제발 받으세요, 신부님."

그녀는 고집을 부렸다.

"내 이름은 랠프야."

그는 작은 영성체 가방을 열고는 자기의 유일한 소유물이며 고상하게 장정한 커다란 미사 전서를 꺼냈다. 커다랗고 하얀 리본이 끼어 있는 책장이 저절로 펼쳐졌고, 그는 몇 장을 더 넘기더니 장미꽃을 책갈피에 넣고는 다시 덮었다.

"나에게서도 추억거리를 받고 싶겠지, 메기?"

"그래요."

"난 네게 아무것도 주지 않겠어. 난 네가 나를 잊기를 바라고, 네 주변에 눈을 돌려 착하고 건실한 남자를 찾아내 그와 결혼해서 아기들을 낳기를 바래. 너를 위해 아주 솔직하게 얘기하겠는데, 난 절대로 교회를 버릴 수는 없어. 난 남편으로서 널 사랑할 수가 없기 때문에 절대로 교회를 떠나고 싶지 않아. 이해하겠어? 나를 잊어버려, 메기!"

"작별 키스를 해주지 않으시겠어요!"

그는 아무 말도 하지 않고 몸을 돌리더니 말을 몰고 가 버렸다.

|제 4 부|
장미빛 은하수

땅의 회복력은 정말 놀랄 정도여서 한 주일 안에 작은 풀잎들이 여기저기서 돋아 올랐는데, 두 달이 지나자 불에 탄 나무들에서도 초록빛을 보여주기 시작했다.

사람들이 곧 기운을 되찾을 수 있었던 것은 땅이 그들에게 다른 삶의 선택권을 주지 않았기 때문이었는데, 인내력이 부족한 사람은 이런 곳에서 오래 견딜 수가 없었다.

그러나 상처가 아물려면 더 많은 시간이 지나야 할 것이다. 나무는 여러 해 동안 다시 자라서 묵은 껍질이 떨어진 다음에야 다시금 제 모양을 찾으며, 그 일부는 전혀 태어나지 못하고 죽은 채로 까맣게 남아 있으리라.

드로게다는 화재로 토지의 5분의 1과 세월이 좋았던 최근 몇 해에는 거의 12만 5천을 헤아리는 양을 소유했던 것에 비해서는 적은 숫자이기는 해도 2만 5천 마리의 양을 잃었다.

사람들이 자연의 재난을 어떻게 받아들이든 운명에 대해 푸념을 해 봤자 아무런 소용이 없었다. 할 수 있는 일이라고는 다시 시작하는 것 뿐이다. 어떤 생각을 해 봐도 이번이 처음은 아니었으며, 또한 마지막이라고 생각하려는 사람도 없었다.

그러나 봄철인데도 생기 잃은 헐벗은 드로게다 저택의 정원을 보면 누구라도 마음이 아팠다. 가뭄 동안에는 물탱크 덕분에 견딜 수 있었지만, 화재에서는 아무것도 살아 남을 수 없었다. 불길이 닿았을 때 부드러운 싹들은 막 움트려다가 그냥 오그라들었으므로 생명력이 강한 등나무까지도 꽃이 피질 않았다.

장미는 바싹 말랐고, 팬지는 줄기가 타고 말라 누런 지푸라기가 된 채 죽었고, 바늘꽃은 재생시킬 수 없을 만큼 쪼그라들었으며, 스위트피 덩굴은 연기에 그을려 향기를 잃었다. 드로게다의 모든 사람들은 톰을 도와 밭을 다시 살리느라고 한가한 시간을 모두 소비했다.

바브는 드로게다를 관리하려면 사람을 더 써야 한다면서 목동 세 사람을 새로 고용했다.

개울에서 조금 떨어진 곳에 지어진 집엔 결혼한 남자들이 기거하도록 되어 있고, 늙은 톰은 방목장 뒤에 있는 후추나무 밑의 새 오두막을 차지하게 되어 집안으로 들어갈 때마다 유쾌한 기분으로 웃곤 했다.

메기는 계속해서 안쪽 목장들 중의 몇 곳을 돌보았고, 휘오나는 장부를 맡았다. 랠프 신부가 떠나자마자 휘오나는 자기가 한 약속을 금새 잊어버렸다.

메기는 무도회나 파티 초청장에 대해 공손한 거절의 답장을 보냈는데, 그것을 알면서도 휘오나는 그녀를 타이르거나 꼭 가야 한다는 말은 하지 않았다. 멋장이 오루크는 기회만 생기면 차를 타고 찾아왔으며, 데이비스는 줄기차게 전화를 걸었고, 마이클과 알라스테어도 마찬가지였다.

그러나 메기는 그들이 관심을 끌 희망을 잃을 때까지 모두 따돌리고 무뚝뚝하게 대했다.

어느날 휘오나가 전화를 받더니 얼굴을 돌리며 말했다.

"바브, 가축농장 대리 사무실에서 널 찾는구나."

바브는 수화기를 받아들었다.

"안녕, 지미. 나 바브야…… 아, 좋아! 추천서는 제대로 되어 있고? 그럼 곧 와서 날 만나라고 보내…… 좋았어. 그 정도로 훌륭하다면 일자리가 있을 거라고 얘기해 줘도 되겠지만, 그래도 직접 만나 보고싶어. 고마와. 잘 해봐."

바브가 다시 자리에 앉았다.

"새 목동이 오는데, 지미 말로는 아주 훌륭한 녀석이래요. 서부 퀸슬랜드 평원의 샤를르 빌에서 일했다는군요. 추천서도 훌륭하고 믿을 만하다고 합니다. 다리가 넷이고 꼬리가 달린 건 뭐든지 다룰 줄 알고 말을 길들이기도 했대요. 그 전에는 양털깎이도 했다고 그러는데 하루에 백 마리는 처리했다는군요. 그렇지만 난 좀 수상한 생각이 들어요. 수렵 양털깎이가 왜 목동의 보수를 받고 일하겠다

고 할까요? 아무튼 목장에서 쓸만한 사람이라면 무슨 상관이 있어
요."

바브의 억양은 세월이 지남에 따라 길게 끄는 오스트렐리아 말
투로 바뀌었지만, 대신 문장은 매우 짧아졌다. 그는 나이가 서른이
다 되었어도 참석해야 하는 몇 번 안 되는 모임에서 만났던 여자
들 중의 누구에게도 끌리는 기색을 보이지 않았다. 땅에 완전히 사
로잡힌 듯싶었다.

"그 새로 오는 일꾼이 결혼은 했다더냐?"

빨간 잉크를 넣은 만년필과 자로 단정하게 선을 그으며 휘오나
가 물었다.

"그건 몰라요. 내일 오면 알게 되겠죠."

"좋아. 그 사람이 얼마동안이나마 머물기를 바라겠니. 결혼하지
않은 남자라면, 아마 몇 주일 있다가 다시 떠나버릴 거다."

며칠 후 메기는 새로 채용한 목동을 만났다. 그의 이름 루크 오
닐은 정식으로 명부에 올랐고, 평범한 다른 목동들과는 달리 그에
대한 얘기가 많이들 오고갔다. 한 가지 특이한 것은 그는 일꾼들의
막사에서 같이 거처하기를 거절하고 개울가의 제일 끝 빈 집을 잠
자리로 삼았다는 사실이었다. 이런저런 이야기를 들었으므로 메기
는 만나기 전부터 왠지 그에게 호기심을 느꼈다. 그녀는 남자들 보
다 목장에 늦게 나갔기 때문에 고용인들과 자주 마주칠 기회가 드
물었다.

나무들 위로 여름 태양이 빨갛게 타오르고 길다란 그림자들이

뻗어나가는 어느날 오후, 작은 개울가에서 그녀는 마침내 루크 오닐을 만났다.

그는 남동쪽으로부터 오는 길이라 햇빛에 눈이 부셨기 때문에 그가 보기 전에 메기가 먼저 그를 보았다. 그는 꼬리와 갈기가 검고 까만 점이 박힌 성미 고약한 말을 타고 있었는데, 밭일을 쓰는 말들을 교대시키는 것이 그녀의 임무였으므로 그 말은 낯이 익었고, 요즘 어째서 별로 눈에 띄지 않는지를 궁금하게 여기던 터였다. 다른 남자들은 아무도 그 성미 고약한 말을 좋아하지 않았고, 가능하다면 절대로 타지 않았다. 새로 온 목동은 분명히 그 말을 꺼리지 않는 것 같았는데, 악명 높게 성미가 나쁜 데다가 탔던 사람이 내리기만 하면 공격하는 버릇이 있는데도, 그는 그 말을 탈 수 있음이 분명했다.

새로 온 남자는 키가 커 보였지만, 때로는 앉은 키만 크고 다리는 짧게 보이는 일도 있어서 메기는 판단을 미루었다. 하지만 다른 목동들처럼 회색 프란넬보다는 하얀 셔츠를 더 좋아해서 멋을 좀 부리는 남자인가 보다고 그녀는 재미있게 생각했다. 빨래와 다리미질을 그렇게 많이 해도 귀찮지 않다면 부지런한 성품의 젊은이가 틀림없다고 판단되었다.

"안녕하세요, 마님!"

그들이 서로 엇갈리게 되자, 낡은 헬트 모자를 슬쩍 들어다가 뒤통수에 다시 내려놓으면서 그가 소리쳤다. 웃음을 머금은 푸른 눈은 노골적인 감탄을 드러내며 메기를 바라보았다.

"이런 큰 실수를 했군. 보아하니 마님은 아닌 것 같은데, 마님댁

딸이 틀림없군요. 난 루크 오닐입니다.”

메기는 뭐라고 우물쭈물했지만, 너무나 당황하고 화가 나서 아무 말도 못하고 다시는 그를 쳐다보려고 하지 않았다.

‘아, 이건 좋지 않아! 어떻게 감히 랠프 신부의 얼굴과 눈이 똑같을 수 있단 말인가!’

그녀를 바라보는 그의 시선은 랠프와는 달라서 즐거움은 자기만이 누리는 것 같은 표정이었고, 그녀를 위해 타오르는 사랑은 없었는데, 정거장 마당의 먼지 속에서 무릎 꿇고앉아 있는 랠프 신부를 처음 본 순간 메기는 그의 눈에서 사랑을 보았던 것 같은 고즈녁함이 엿보였다. 그의 눈을 들여다보는데도 그를 볼 수가 없다니!

상대방 머리 속의 생각을 의식하지 못하면서 루크는 그의 못된 말을 메기의 새침 떠는 암말과 나란히 걷게 하면서, 아직도 물살이 센 개울을 철버덕거리며 지나갔다.

‘쓸만한 미인인 걸! 저 머리카락!’

클레어리 집안의 남자들에게는 그저 빨강머리 계집애에 지나지 않아도 이 남자의 눈엔 유달리 보이는 모양이었다. 만일 그녀가 얼굴을 들고 그에게 자기의 얼굴을 더 잘 볼 수 있는 기회를 주기만 했더라면! 바로 그때 그녀는 얼굴을 쳐들었는데, 꼭 그를 미워하는 듯한 표정은 아니었지만, 마치 무엇인가를 찾고 싶어도 찾을 수 없다는 듯한, 아니면 보고싶지 않은 무엇을 본 것 같은 그런 표정을 지었다. 웬지는 모르지만, 어쨌든 그녀는 마음이 산란해 보였다.

그래도 그녀는 분홍빛 입술을 약간 벌린 채 날씨 탓으로 윗입술과 이마엔 투명한 땀방울이 맺히고 눈썹은 불가사의를 추적하듯 반원을 그린 모양으로 아직도 그를 쳐다보고 있었다.

그는 랠프 신부와 같은 하얀 이빨을 보이며 히죽 웃었지만, 그것은 랠프 신부의 미소가 아니었다.

"당신은 눈을 크게 뜨고 놀라기만 하는 아기와 똑같아 보인다는 걸 아세요?"

그녀는 눈길을 돌렸다.

"미안해요. 난 노려볼 생각은 없었어요. 당신을 보니 어떤 사람이 생각났기에……."

"원하신다면 언제까지라도 노려봐요. 내 머리 위의 허공이나 쳐다보는 것보다는 나으니까. 나를 보면 누가 생각나는데요?"

"특별한 사람은 아녜요. 비슷하면서도 너무나 다른 사람을 보니 기분이 이상하군요."

"이름이 뭐죠. 아가씨?"

"메기."

"메기라…… 위엄이 모자라서 당신에겐 좀 어울리지 않는군요. 차라리 매들라인이라고 한다면 좀 낫겠지만, 기껏해야 메기 정도라고 해도 난 받아들이겠어요. 메기는 무슨 이름의 애칭인가요?"

"메간요."

"아, 그러니까 좀 낫은 것 같군요! 난 이제부터 당신을 메간이라고 부르겠어요."

"아니, 그러지 말아요. 난 그 이름을 혐오해요!"

그는 웃기만 했다.

"당신은 제멋대로 구는 버릇이 있는가 보군요. 미스 메간! 만일 내가 당신을 오거스타라고 부르고 싶으면 난 그렇게 부를 겁니다.
그게 바로 나의 잘못된 성격이죠.”

이윽고 방목장에 다다르자, 그는 말에서 미끄러져 내려와 물려고
덤비는 놈의 머리를 주먹으로 겨누었고, 그러자 말은 졌다는 듯 머
리를 끄덕였으며, 그녀가 말에서 내리도록 도와 달라고 손을 내밀
기를 기다리며 서 있었다. 그러나 메기는 옆구리를 뒤꿈치로 차자,
밤색 암말은 곧장 길을 걸어갔다.

“고상한 아가씨라 목동은 상대도 안 하나요?”

“물론이죠!”

그녀는 뒤도 돌아보지도 않고 대답했다.

‘아, 이럴 수가 없다!’

서 있는 모습까지도 랠프 신부와 같아서 키도 똑같이 크며, 어깨
도 똑같이 넓고, 그 분위기는 다르지만 똑같은 어떤 우아함을 지니
고 있음에 메기는 속으로 놀라지 않을 수 없었다.

랠프 신부는 무용가처럼 움직였고, 루크는 운동선수같이 움직였
다. 머리카락은 똑같이 숱이 많고, 눈은 똑같이 푸른 빛깔이었고,
코는 똑같이 직선적이며, 입은 똑같이 선이 분명했다. 그러면서도
그는 키가 크고 하얀 유령고무 나무가 같은 키의 푸른 고무나무와
같지 않듯 랠프 신부와 또 다른 모습을 하고 있었다.

메기는 그 후로 루크에 대한 의견을 줄곧 귀담아 들었다. 오빠들
은 그의 일솜씨가 마음에 들고 또 사이도 좋은 듯싶었는데, 바브의
말을 빌면 확실히 그는 게으름이라고는 모르는 남자였다.

심지어 휘오나까지도 어느날 밤의 대화에서 그의 이름을 들며

무척 잘 생긴 남자라고 했다.

"그 사람을 보면 누가 생각나지 않아요?"

양탄자 위에 엎드려 책을 읽던 메기가 짐짓 물었다.

휘오나는 무심히 대답했다.

"글쎄, 내 생각엔 랠프 신부님을 좀 닮은 것 같더구나. 골격도 비슷하고, 피부빛도 같고, 하지만 놀랄 정도로 닮진 않았어. 그들은 서로 다른 남자들이니까. 메기, 책을 읽을 때는 여자답게 의자에 앉으면 좋겠구나! 바지를 입었다고 해서 예절을 잊을 필요까진 없어."

"누가 알아주기나 하나요."

그러고는 그만이었다. 닮긴 했지만, 그 얼굴 뒤에 숨은 남자들은 너무나 달라서, 그녀는 그들 가운데 한 사람만을 사랑했고, 그 연민으로 하여 마음이 아파 혼자 고민을 했다.

그로부터 한 주일쯤 후, 그녀는 개울에서 다시 루크와 마주쳤다. 그녀는 그가 혹시 숨어서 자기를 기다리고 있지 않았나 의심했지만, 사실 그랬다고 해도 어떻게 해야 할지 알지 못했다.

"안녕하세요, 메간."

"안녕하세요."

밤색 암말의 두 귀 사이를 똑바로 노려보면서 그녀는 말했다.

"다음 토요일 저녁에 브레이크 프월의 양털 깎는 헛간에서 무도회가 열려요. 함께 가겠어요?"

"초청해 줘서 고맙지만, 난 춤을 출줄 몰라요."

"내가 눈깜짝 할 사이에 가르쳐 줄 테니까 문제없어요. 내가 당신을 데리고 가면 바브가 롤스로이스를 빌려줄까요?"

"난 안 가겠다고 그랬어요!"

"당신은 춤출 줄 모른다고 그랬고, 난 가르쳐 주마고 그랬죠. 당신은 나하고 같이 가지 않겠다는 소리는 하지 않았으니까, 난 당신이 내가 아니라 춤 때문에 그런다고 생각했는데요."

그녀는 화가 난 눈으로 무섭게 노려보았지만, 그는 그저 태연하게 웃기만 했다.

"길이 잘못 든 것 같군요, 어린 메간. 이젠 만사를 제멋대로 하려는 버릇을 고칠 때도 되었어요."

"난 길을 잘못 들진 않았어요!"

"아무렴요. 어디 당신같은 여자가 또 있으려고요! 외동딸에다가 뒷바라지해 줄 오빠들이 잔뜩 있고, 이 넓은 땅과 돈에다 기막힌 집에 하녀들이 있으니까 말예요."

'바로 이것이 그들 사이와 다른 점이로구나!'

그녀는 의기양양해서 생각했다.

그를 만난 후 그녀는 줄곧 그가 한 말에 대해서 제대로 파악할 수가 없었다. 랠프 신부라면 겉으로 드러난 함정에는 빠지지 않았겠지만, 이 남자는 그런 것이 결여되어서 표면 밑에 숨어 있는 것을 파악할 감수성을 가지고 있지 못했다. 그는 인생의 복잡성이나 고통을 머리 속에 느끼지 않으면서 자기 나름대로 살아가는 것 같았다.

그러나 솔직한 성격은 좋은 장점이 되기도 하는 지, 바브는 속으로 무척 놀랐지만, 전혀 투덜거리는 모습을 보이지 않고 자동차 열쇠를 넘겨주었다. 그는 말없이 루크를 잠깐 노려보더니 히죽 웃었다.

"메기가 춤을 추러간다니 정말 놀라운 일이군. 그 애는 별로 바깥 구경을 한 적이 없어요. 잘 부탁합니다."

메기는 입을 만한 옷이 없어서 장미빛 드레스를 입었는데, 그녀의 이름으로 랠프 신부가 은행에 예금해 준 돈을 좀 써서 무도회를 위한 옷을 맞출 생각이 전혀 떠오르지 않았다.

거울에 비친 자신의 모습을 물끄러미 바라보면서 그녀는 다음 주일에 어머니가 정기적인 나들이때 함께 따라가서 부인복 몇 벌을 마출까 하는 생각을 했다.

사실 그녀는 이 장미빛 드레스를 입기가 싫었다. 만일 다른 옷이 한 벌만 더 있었더라도 당장에 버렸을 것이다.

다른 시절, 머리카락이 검은 다른 남자—그것은 사랑과 꿈, 눈물과 고독이 너무나 깊이 연결되어서 루크같은 남자를 위해 입는다면 모욕처럼 여겨지리라.

나는 모든 감정으로부터 단절되어, 결국은 엄마처럼 되려는가? 프랭크의 아버지를 알았을 때에 엄마도 이랬을까? 그리고 프랭크에 대한 진실을 메기가 알고 있다면, 엄마는 대체 무슨 말을 하고 어떤 행동을 했을까?

아, 주교관에서의 그 일! 아빠와 프랭크가 서로 맞서고, 신부가 자기를 안고 있던 때가 어제일처럼 여겨졌다.

이제는 모든 일에 납득이 가는 것 같았다. 일단 알고나니 처음부터 알았던 듯한 기분이 들었다. 그녀는 아기를 배는 데 있어 다른 무엇이 있음을 깨달았는데, 그것은 결혼한 부부 외에는 어떤 금지된 접촉이었다. 가엾은 엄마는 프랭크 때문에 어떤 수치와 부끄러움을 겪었을까!

만일 자기에게 그런 일이 일어난다면 죽고 싶었으리라고 생각했다. 책을 보면 가장 천하고 값싼 여자들만이 결혼하지 않고도 아기를 낳았는데, 엄마는 천하지 않았고 절대로 값싼 여자가 아니었다.

메기는 거울에 비친 자신의 모습을 보고 한숨을 짓고는 그런 일이 자기에게는 절대로 일어나지 않기를 바랬다.

하지만, 그녀는 젊었으며 장미빛 드레스를 입은 자신을 바라보는 지금 같은 순간이면, 때때로 강렬한 감정이 휘몰아치기를, 그런 감정을 느끼기를 원했다.

그녀는 평생 동안 작은 자동인형처럼 타박거리며 세상을 걸어다니고 싶지가 않았고 무한한 변화와 생명과 사랑을 바랬다.

'아, 절대로 소유할 수 없는 남자를 그리워해야 무슨 소용이 있는가?'

그는 그녀를 원치 않았으며, 앞으로도 결코 원치 않을 것이다. 그는 그녀를 사랑하지만 남편으로서 사랑하지는 않으리라고 말했다. 그는 교회와 결혼했기 때문이다. 여인보다 더 사랑할 수 있는 훨씬 가까운 것이 있다니, 모든 남자들이 그럴까? 아니다. 분명히 무엇보다도 여자를 더 사랑하는 남자들이 더욱 많이 있으리라.

예를 들면 루크 같은 남자가……

"내가 이제껏 만난 여자 가운데 당신이 가장 아름다운 것 같아요."

시동을 걸면서 루크가 말다.

찬사는 메기의 세계에서 무척 생소한 것이어서 그녀는 놀라 곁눈질만 하고는 대꾸를 하지 않았다.

그녀의 성의가 부족해도 루크는 당황하지 않았다.

"이 차 멋있지 않아요? 열쇠를 돌리고 계기판의 단추 하나만 누르면 출발해요. 손잡이를 돌리거나 사람이 지칠 때까지 애쓸 필요도 없어요. 이것이 인생이에요, 메간."

"날 혼자 내버려두지는 않겠죠?"

그녀가 물었다.

"맙소사, 그럴 리가! 당신은 나와 함께 가는 거예요. 그건 밤새도록 당신이 내 차지라는 뜻이고, 난 어느 누구에게도 양보할 생각이 없어요."

"당신 몇 살이죠. 루크?"

"서른. 당신은?"

"스물 셋이 다 되었어요."

"그래요? 아기같아 보이는데."

"난 아기가 아녜요!"

"아하, 그렇다면 사랑을 해본 적 있어요?"

"한 번요."

"그것뿐예요? 나이 스물 셋에? 난 그 나이에 수십 번쯤 사랑을 하다말다 했어요"

"나도 그럴 수 있었겠지만, 드로게다에선 사랑을 할 만한 남자들을 거의 만날 수 없어요. 인사 이상으로 나한데 얘기를 해준 목동은 당신이 처음이죠."

"그래요? 그런데 만일 춤을 못 추기 때문에 무도회에 가지 않는다면, 당신은 겉도는 셈이죠. 안 그래요? 걱정 말아요. 그건 당장 해결해 줄 테니까."

"당신은 정말 못 말리겠군요."

그는 힐끗 그녀를 쳐다보았다.

"하지만 다른 젊은이들이 무도회에 당신을 끌고 가려고 한 적이 없었다는 소리야 할 수 없겠죠. 분명히 당신한테 집적거렸을 녀석들이 있었을 거예요."

"몇 명은 있었어요. 하지만 난 가고 싶었던 때가 정말 없었어요. 그런데 당신은 날 강제로 끌어넣었어요."

"난 훌륭한 물건을 제대로 볼줄 알아요."

그녀는 그의 말투가 마음에 걸리는지 분명히 판단할 수가 없었지만, 아무튼 물리치기 어려운 남자여서 앞으로의 나날이 걱정되었다.

그 무도회엔 농장 주인들의 아들딸은 물론 목동, 하녀, 가정교사 등등의 나이와 성별이 다른 읍내 주민들이 참석해 있었다.

그러나 그것은 메리 카슨의 생일잔치에서 메기가 본 그런 무도회가 아니었다. 이는 힘찬 단체춤이어서 시골춤과 지그춤과 폴카와 마주르카와처럼 상대방의 손을 겨우 스치고 지나가거나 거칠게 팔을 잡아 마구 맴도는 춤이었다. 밀착감이나 꿈같은 느낌은 전혀 없었다.

모든 사람들이 이 과정을 욕구 불만의 간단한 해소로 여기는 듯

싶었고, 낭만적인 미묘함은 바깥의 조용한 곳에서 이루어졌다.

메기는 남들이 자기의 동반자를 무척 부러워한다는 사실을 곧 깨달았다. 그는 옛날에 랠프 신부가 그랬듯 수많은 유혹적인 눈길의 표적이 되었다.

자기가 한 말 그대로 루크는 화장실에 가야 할 때 이외에는 그녀를 혼자 남겨두지 않았다. 데이비스와 오루크도 왔는데, 그들은 루크 대신 그녀 곁에 머물고 싶어서 기회를 엿보며 애를 태웠다.

하지만 그는 그들에게 기회를 주지 않았고, 메기는 너무나 얼이 빠져서 동반자 외의 다른 남자들로부터 춤의 신청을 받아들이는 것이 당당한 권리임을 깨닫지 못하는 듯싶었다.

비록 그녀는 듣지 못했지만 루크는 남들이 하는 얘기를 웃으면서 들었다. 보잘것 없는 목동인 주제에 그녀를 빼앗아가다니 더럽게 뻔뻔스런 녀석이야! 그런 반발이 루크에겐 아무런 의미가 없었다. 그들에게도 기회는 있었는데, 만일 그 기회를 최대한으로 살리지 못했다면 누굴 탓하랴.

마지막 춤은 왈츠였다. 그는 춤솜씨가 훌륭했다. 루크는 메기의 손을 잡고 허리를 팔로 껴안아 자기 몸쪽으로 끌어당겼다. 놀랍게도 그녀는 그가 이끄는 대로 따라 가기만 하면 되었다. 그리고 남자에게 그렇게 몸을 대고, 가슴과 허벅지의 근육을 느끼고 체온을 흡수하는 감촉은 무척 이상스러웠다.

랠프 신부와의 짧은 접촉은 너무나 강렬했기 때문에 별개의 사실을 분별할 시간이 없었고, 그래서 그녀는 그의 품안에서 느꼈던 것은 어느 누구의 품에서도 결코 느끼지 못하리라고 생각했었다.

그러나 지금 그녀는 느낌이 무척 다르기는 해도 흥분을 했고, 맥박은 더 빨리 뛰고 있음을 느끼면서 이런 변화에 스스로 놀라지 않을 수 없었다.

돌아오는 길에 그들은 별로 얘기를 하지 않았다. 그 곳은 드로게다에서 70마일쯤 떨어진 풀밭이었는데, 그 중간의 목초지에는 집이 한 채도 보이지 않았다. 드로게다를 가로지른 언덕은 나머지 땅보다 높이가 백 피트를 넘지 못했지만, 그 등성이에 올라서면 알프스 꼭대기에 올라선 것과 같은 기분이 들었다.

루크는 차를 세우고 내리더니 메기쪽의 문을 열어주려고 다가왔다. 그녀는 약간 떨면서 땅으로 내려섰다. 모든 사람들로부터 멀리 떨어져 있어서 무척 조용했다. 풍경을 바라다본 그녀는 말문이 막혔다. 처음에는 무서움에서, 그리고 그가 더 이상 접근하려는 행동을 하지 않자 이상하게도 전율이 사라지고 경이감에서 오히려 그를 존경하고 싶은 마음까지 생겼다.

선명하고 창백한 달은 잿빛 풀밭을 은빛으로 반짝거리게 했고, 초조한 한숨처럼 물결치며 광활하게 펼쳐진 들판을 고즈넉하게 비추었다. 나무에 달린 잎사귀들은 바람이 불자 갑자기 반짝였고, 거대하게 입을 벌린 웅덩이들은 지하세계의 입처럼 신비하게 거목들 밑에 펼쳐졌다.

루크는 담배 쌈지와 종이를 꺼내 솜씨있게 말기 시작했다.

"여기서 태어났나요, 메간?"

그가 물었다.

"아뇨, 난 뉴질랜드에서 태어났어요. 13년 전에 이 곳으로 왔어요.”

그는 모양을 갖춘 담배를 입에 물더니 성냥을 그어 불을 붙였다.

“오늘밤 재미있었죠, 안 그래요?”

“정말 그랬어요!”

“난 당신을 또 데려가고 싶어요.”

“고마와요.”

그는 다시 잠잠해지더니 조용히 담배를 피우며, 아직도 새가 시끄럽게 울어대는 나무를 올려다보았다. 그의 얼룩진 손가락들 사이에서 담배 토막이 짤막해진 다음, 그는 그것을 땅바닥에다 버리고는 완전히 불이 꺼졌다고 여겨질 때까지 장화 뒤축으로 밟아 비틀었다. 오스트렐리아 사람들처럼 담뱃불을 철저하게 끄는 사람도 이 세상에는 다시 없을 것이다.

그는 한숨 지으며 달빛 아래 펼쳐진 풍경으로부터 얼굴을 돌리는 그녀를 데리고 자동차로 갔다. 그는 가능하다면 그녀와 결혼할 계획이었기 때문에, 이렇게 이른 단계에서 키스를 강요하지 않을 것을 스스로 자제하고 있었다.

여름이 먼지 투성이의 찬란한 열기 속에서 흘러가는 동안 드로게다 저택에서는 메기에게 미남 친구가 생겼다는 사실에 점점 익숙해졌다. 그녀의 오빠들은 그를 꽤 좋아하는 편이어서 놀리는 짓은 삼갔다.

루크는 어느 누구보다도 열심히 일했으며, 그보다 더 훌륭한 추천서는 없었다. 보다 비판적으로 그를 따져볼 만한 위치였던 휘오나는 그 정도로 밖에 더 이상의 관심을 보이지 않았다.

어쨌든 보통 목동들과는 다르다는 루크의 침착한 자존심은 열매를 맺었고, 그리하여 그는 그들과 똑같은 대우를 받게 되었다.

밤에 목장을 돌봐야 할 특별한 일이 없는 경우에는 길을 올라와 큰집을 방문하는 일이 그의 습관이 되었고, 얼마 후에는 식탁에 먹을 것도 많은데 혼자 식사를 하다니 어리석은 짓이라고 바브가 말해 그는 그들과 함께 식사를 하게 되었다.

그 다음에는 늦게까지 메기와 함께 얘기를 나누기 위해 머물겠다고 할 만큼 착한 그가 1마일이나 먼 밤길을 걸어 내려가야 한다는 것은 말도 안 된다는 식구들의 의견이 모아져서 그는 큰집 뒤에 있는 작은 손님채로 이사하라는 지시를 받았다.

메기는 처음과 달리, 별로 얕보지 않고 랠프 신부와 비교하며 그에 대한 생각을 많은 면에서 검토해 보기도 했다. 옛날의 상처는 서서히 아물어갔다. 얼마 후 그녀는 랠프 신부가 이렇게 웃었지만 루크는 저렇게 웃는다는 차이를 의식하지 않았으며, 랠프 신부의 파란 눈에는 고요함이 담겼고, 루크의 눈은 열정으로 반짝인다는 차이점도 잊었다. 그녀는 짧은 순간에 그 맛을 보기는 했어도 사랑을 제대로 음미하지는 못했다.

이제 그녀는 그것을 혓바닥에 감고, 그것으로 만든 꽃다발을 가슴에 집어넣고, 그것을 어지럽게 머리 속에서 회전시키고 싶었다. 랠프 신부는 주교가 되었다는 통지가 왔고, 그는 이제 절대로 그녀에게 돌아오지 않을 것이라는 확신이 더욱 강해졌다.

그는 그녀를 은닢 1천 3백만 개에 팔아 버렸으며, 그것이 마음에 사무쳤다. 만일 그날밤 샘터에서 그가 그 어휘를 사용하지 않았더라면 그녀는 의심하지 않았겠지만, 그러나 그는 그 말을 끝내 입밖에 냈고, 그것이 무슨 뜻인지 궁금히 여기며 그녀가 누워 보낸 밤은 수없이 많았다.

이제 그녀의 두 손은 무도회에서 그녀를 안았던 루크의 등을 만졌던 감촉으로 간질거렸고, 그의 산뜻한 활력에 마음이 설레였다. 그녀는 그에 대해 어둡고 축축한 삶과 사라질 듯한 불꽃을 전혀 느끼지 않았고, 만일 그를 다시 보지 못한다면 자기가 말라 비틀어지리라는 생각을 절대로 하지 않았고, 그의 눈길을 받으면 경련을 일으키거나 떤 적이 한 번도 없었다.

그러나 그녀는 날이 갈수록 루크를 따라 점점 자주 행사에 나가게 되었고, 데이비스나 오루크, 알라스테어 같은 남자들을 알게 될 만큼 성숙했지만, 그들 가운데 누구도 루크 만큼 그녀의 마음을 움직이지 못했다. 만일 그들이 키가 크더라도 그들은 루크와 같은 눈을 지니지 못했고, 또는 그들이 똑같은 눈을 가졌다면, 그들에게는 그의 머리카락이 없었다. 루크가 지닌 것이 과연 무엇인지 그녀는 알지 못했지만, 어쨌든 루크에게는 있어도 무엇인가 다른 남자들에게는 없었다.

그들은 얘기를 많이 나누었지만, 항상 땅이나 양이나 그의 인생에서 무엇을 기대한다 거나 또는 어떤 정치적인 사건들처럼 일반적인 것에 대한 얘기뿐이었다.

그는 가끔 책을 읽었지만, 메기처럼 철두철미한 독서는 아니었기 때문에 그런 것에 대한 이야기도 별로 없었다. 가끔 그녀는 양이나 소보다 그녀의 마음에 훨씬 가까운 얘기들을 나누고 싶었지만, 얘기를 꺼내더라도 그는 보다 객관적인 쪽으로 이끌어 나가는데 능숙했다.

루크는 침착하고 자부심이 강하고 일을 지극히 열심히 하는 부유함을 무척 갈구했다. 그는 서부 퀸슬랜드의 롱리치 외곽에 있는 오두막에서 태어났다. 그의 아버지는 용서할 줄 모르는 아일랜드 집안의 숫양과 같았으며, 어머니는 윈톤에 사는 독일인 백정의 딸이었는데, 루크 아버지와 결혼하겠다고 고집을 부리다가 집에서 쫓겨났다.

그 오두막엔 아이가 열 명이나 되었는데, 신발이 있는 아이는 하나도 없었다. 대부분의 경우 그가 하고 싶은 것이라고는 럼 주를 마시는 일 뿐이었지만 먹고 살기 위해 기분이 나면 양털을 깎았던 루크 아버지는 그가 열두 살이었을 때 블랙 술집에 난 화재로 죽었다. 그래서 루크는 될 수 있는 대로 일찍 양털깎이패와 함께 길을 떠나 조수 노릇을 했다.

루크가 두려워하지 않는 것이 있다면 그것은 일이었는데, 아버지가 술꾼이었기 때문인지 아니면 독일인 어머니의 근면성을 물려받아서 그런지 아무튼 그는 남들이 일을 피하는 것 만큼이나 열심히 일에 매달렸다.

나이가 들게 되자, 그는 조수일을 졸업하고 헛간 일꾼이 되어 커다란 덩어리를 이루어 널빤지를 타고 내려오는 묵직한 양모말이를 탁자로 가져가는 고된 일을 했다. 거기에서 그는 다듬기를 배워 양모에서 똥이 말라붙은 언저리를 떼어 내어 분류하는 사람이 검사할 수 있도록 옮겨 담았다. 그러다가 그는 돈을 더 많이 벌기 위해 직접 양털깎기나 다지기를 했다.

이제 그는 훌륭한 일꾼이라는 소문이 자자해서 일자리를 찾기에는 문제가 되지 않았다. 루크는 백 마리에 1파운드씩을 받으며 일주일에 엿새 동안 일당 2백 마리 이상으로 털을 깎았는데, 이 일은 가느다랗고 도마뱀을 닮은 칼로 해 냈기 때문에 수렵 양털깎이라는 이름이 붙었다.

그는 하루에 3갤런 이상의 물을 마셔야 할 만큼의 심한 갈증과 땀과 무더위에도 전혀 개의치 않았고, 원래 파리가 많은 곳에서 태어났기 때문에 극성스러운 파리 떼도 전혀 무관심했다. 또 그는 양털깎이에게는 악몽이나 마찬가지인 오줌과 너무 긴 털과 뻣뻣한 털과 파리똥과 모래투성이 가죽도 마다하지 않았다.

일을 많이 할수록 더 기분이 좋아지는 그는 일을 마다하지는 않았지만, 그를 괴롭히는 것은 갇혀 있다는 기분과 악취였다. 이 세상 어느 곳도 양털깎기 헛간 같은 지옥은 없었다. 그래서 그는 자기 소유인 양털을 벗겨 내는 양털깎이들이 허리를 굽히고 일하는 곳을 오르락내리락거리는 우두머리가 되겠다고 마음먹었다.

수숫대로 만든 높은 의자에 앉아
감독은 어디에나 눈길을 주며 살피더라

루크는 옛날 양털깎이 노래에 나오는 그런 사람이 되고 싶은 것이 자기 인생의 전부라고 생각했고, 바로 그것이 소원이었다. 십장, 일꾼 우두머리, 목장 주인! 영원히 허리를 굽히고 평생 동안 양털을 깎아 팔이 길어질 생각은 없었으며, 돈이 들어오는 것을 구경하며 밖에서 일하는 즐거움을 누리고 싶었다.

하루에 3백 마리 이상의 털을 하나같이 기준에 맞게 깎을 수 있는 최고참 양털깎이가 되겠다는 기대만이 루크로 하여금 무덥고 추운 헛간 안에서 지낼 수 있게 했다.

그는 목마르게 원하는 바를 달성하는 새로운 방법을 자신의 한 계점 안에서 찾으려고 했는데, 인생의 이 시기에서 자기가 여자들에게 얼마나 매력을 주는지를 차츰 깨닫게 되었다.

그의 첫번째 시도는 상당히 젊고 예쁜 여자가 상속자인 어느 농장의 목동으로 일할 때 행해졌다. 그 여자가 끝에 가서 숲지대의 전설이 되다시피 편력이 심한 영국인 일꾼을 더 좋아하게 된 것은 다만 악운 탓이었다. 그는 자리를 옮겨 말을 길들이는 일을 얻었지만, 그의 눈은 홀아비가 된 아버지와 함께 여자 상속인이 사는 저택만 살폈다. 그 여자는 그의 손에 거의 떨어지다시피 했지만 끝에 가서는 아버지의 소원에 굴복해 정력 좋은 늙은 농장주와 결혼을 해 버렸다.

두 번째의 이 시도로 그는 3년 이상이라는 세월이 소비되었고, 그 후부터 그는 한 여자에 20개월이라면 너무 길고 따분하다는 판단을 내리게 했다.

그리하여 그는 얼마동안 멀리 여행을 하고 줄곧 이동하면서 보다 그럴 듯한 대상을 찾기에 남다른 노력을 기울였다.

드로게다에 관한 얘기는 누구에게서나 다 들었지만, 루크는 그 곳에 외동딸이 있다는 얘기에 더 귀가 솔깃해졌다. 그는 자기를 태워다준 가축 농장 대리사무실의 지미에게서 이런저런 얘기를 들었는데, 드로게다를 교회가 소유하고 있음을 알고는 가슴 아픈 충격을 받았다.

그러나 그는 여자가 상속 받기가 얼마나 드문 일인가를 알았으며, 외동딸이 현금을 왜 많이 지니고 있다는 얘기를 듣고는 곧 계획대로 진행시키기로 결심했다.

사실 마음 속으로 그는 돈으로 살 수 있는 것보다는 만져볼 수 있는 현금을, 땅의 소유나 그에 따른 권력보다는 통장에 쌓이는 깨끗한 숫자를 더 사랑했다. 목장주가 되려는 욕망을 지닌 남자라면 토지가 없는 메기 클레어리와 정착하려는 생각은 하지 않았으리라. 또한 루크처럼 열심히 일하는 행위를 사랑하지도 않았으리라.

길란본의 홀리 크로스 회관에서 열린 무도회는 13주일 사이에 루크가 메기를 열 세 번째로 데리고 간 무도회였다. 어디에서 무도회가 열리고 그 초청장을 어떻게 얻어내는지를 메기는 순진해서 알지 못했지만, 정기적으로 토요일이면 그는 바브에게 자동차 열쇠를 얻어서 어딘가로 그녀를 데리고 갔다.

오늘은 유난히 날씨가 추웠고 별이 반짝이는 풍경을 구경하고 있노라니까, 그녀는 발밑에서 서리가 으스러지는 감촉을 느낄 수 있었다. 겨울이 오는 중이었다.

루크의 팔이 그녀를 끌어당겼다.

"추워하는구먼. 집으로 빨리 가야겠어."

그가 말했다.

"아녜요, 이젠 괜찮아요."

그녀는 그에게 몸을 기대고, 그의 몸에서 발산되는 따뜻함을 느끼게 되자 기분이 좋았다. 털실 스웨터를 통해 그녀는 실험적이고 답을 묻는 맛사지처럼 조그맣게 애무하는 동그라미를 그리며 움직이고 있는 그의 예민한 손을 의식했다.

만일 이 단계에서 춥다고 말하면 그는 손을 멈출 것이고, 아무 얘기도 하지 않는다면 계속하라는 말없는 허락으로 여길 것이다. 그녀는 젊었고, 랠프를 제외하면 관심을 느낀 사람이라고는 오직 루크 뿐이었는데, 그의 키스가 어떤지 알아보는 것이 어떻다는 말인가?

그녀의 침묵을 묵인으로 받아들였는지 루크는 손을 그녀의 어깨 위에 얹고 자기 쪽으로 그녀를 돌려세웠다.

'아, 이것이 참된 입술의 감촉이었나? 이건 기껏해야 일종의 압박감에 지나지 않는데! 좋아한다는 뜻을 그녀는 어떻게 표시해야 하나?'

그녀는 입술을 움직거렸고, 그러지 말았어야 했는데 하고 당장 후회했다. 내리누르는 힘이 강해졌고, 그는 그녀의 입술을 강제로 열고 혓바닥을 밀어넣어 이리저리 굴렸다. 아, 메기는 속이 뒤집힐 것 같았다. 랠프가 키스했을 때는 왜 그토록 다른 것 같았을까?

그때 그녀는 키스가 얼마나 구역질 나는 짓인지를 의식하지 못했고, 전혀 아무런 생각도 하지 않은 채 자신을 열어주었다. 이 사람은 도대체 무엇을 하고 있는가? 그녀의 마음은 그토록 물리치고 싶은데도, 어째서 육체는 이토록 경련을 일으키며 매달리는 것일까?

루크는 그녀의 옆구리를 계속 손가락으로 만져 그녀로 하여금 꿈틀거리게 했는데, 그때까지만 해도 그녀는 꼭 열이 올랐다고는 할 수 없었다. 그는 키스를 중단하고 그녀의 목덜미를 입으로 힘차게 눌렀다.

그러자 그녀는 그 행위를 더 좋아하는 듯싶어서 두 손은 그를 감싸고 숨을 헐떡였지만, 그의 입술이 목을 타고 미끄러져 내려가 어깨에서 드레스를 밀어 벗기려고 하자, 순간 사납게 그를 밀쳐버리고 재빨리 물러섰다.

이 사건은 그녀를 실망시켰고 얼마만큼은 역겨움을 느끼게 했다. 멋적은 기분이 된 루크는 그녀를 부축해서 차에 태우고 담배를 말면서 그 사실을 아주 잘 깨달을 수 있었다.

메기는 다루기 힘든 여자였으며, 섣불리 두려움이나 역겨움을 느끼게 해서도 안 되었다. 재미난 놀이는 남겨두었다가 천천히 즐겨야 한다. 그는 분명히 그녀가 원하는 대로 희롱을 하는 대신 꽃과 관심으로 환심을 사야만 했다.

얼마동안 거북한 침묵이 흐른 뒤 메기는 한숨을 쉬더니 뒷좌석에 몸을 푹 파묻었다.

"미안해요, 루크."

"나도 미안해. 기분을 상하게 할 생각은 없었어."

"아녜요, 기분이 상하진 않았어요. 난 그저 익숙하지가 못한 것

같아요. 겁이 나긴 했어도 기분은 나쁘지 않았어요.”

“아, 메간!”

그는 한쪽 손을 운전대에서 떼어 그녀의 손 위에 놓았다.

“잊어버리기로 하지.”

“그래요.”

“딴 남자와 키스해 보지 않았어?”

루크가 호기심을 보이며 물었다.

“네?”

그녀의 목소리에는 두려움이 담겨 있었던가? 하지만 목소리에 두려움이 담길 이유는 무엇인가?

“당신은 언젠가 사랑을 했었다고 나한테 말한 적이 있는데, 그래서 난 당신이 알고 있겠거니 생각했어. 미안해, 당신같은 집안이라면 어떠리라는 걸 내가 이해했어야 하는데. 당신이 한 얘기는 당신을 거들떠보지도 않던 녀석에 대한 풋사랑을 의미했다는 걸 말야.”

그렇다! 그렇게 생각하도록 내버려두자.

“당신 말이 맞아요. 그건 그저 풋사랑이었죠.”

집으로 돌아오자 메기는 몸을 제대로 가누지 못하고 끌듯 침대로 가서는 포근한 잠자리에 누웠다. 그렇다, 한 가지 사실은 분명했다.

루크의 키스는 랠프를 연상시키는 점이 하나도 없었다. 그리고 끝나가는 순간 그가 손가락으로 허리를 짓누르고 목에다 키스했을 때, 그녀는 놀라운 흥분의 불꽃을 느꼈다. 그녀는 더 이상 루크와 랠프를 연결지울 필요가 없었고, 이제는 그러고 싶은 생각도 없었다.

 랠프는 남편이 될 수가 없는 사람이므로 잊는 편이 좋다. 하지만 루크는 남편이 될 수 있었다.

 루크가 두 번째로 키스했을 때 메기는 상당히 다른 행동을 취했다. 그들은 루드나에서 열린 어느 멋있는 파티에 갔었고, 루크는 어찌나 농담을 했던지 그녀는 걷잡을 수 없을 정도로 웃어댔다.
 집까지는 너무 멀었고, 날씨는 차가왔다. 루크는 늙은 주인의 비위를 맞춰주고 샴페인 한 병과 샌드위치 한 꾸러미를 얻어냈는데, 거의 3분의 2쯤 왔을 때 차를 멈추었다.
 "아, 이런 날 밤에 외투도 입지 않고 앉아 있으니 기분이 좋죠?"
 루크가 준 작은 은제 샴페인 컵을 받아들고 샌드위치를 씹으며 메기가 미소를 지었다.
 "아, 그래. 당신은 오늘밤 무척 아름다워보이는군."
 샴페인 기운이 코를 간지럽혔고 뱃 속에서 거품을 일으키자, 그녀는 기분이 한결 좋아졌다. 그들이 처음 만났을 때 그랬듯이, 그녀는 부드러운 분홍빛 입술을 약간 벌리고 그를 물끄러미 바라보며 앉아 있었고, 그는 손을 내밀어 그녀에게서 빈 잔을 받았다.
 "당신은 아마 샴페인이 조금 더 필요할 거야."
 잔을 채우면서 그가 말했다.
 "길에서 멈춰 잠시 휴식을 취하니까 기분이 좋다는 걸 인정해야 되겠어요."
 히터가 만든 따뜻한 공기가 통풍구를 통해 소리없이 흘러나왔고,

롤스로이스의 엔진은 고요함 속에서 조심스럽게 윙윙거렸는데, 그 두 가지 소리는 더욱 마음을 가라앉게 해주었다.

루크는 넥타이를 풀어 잡아당기고는 셔츠의 옷깃을 벌렸다.

"아, 기분 좋구나! 어떤 놈이 넥타이를 만들어 내서 그것을 매야만 제대로 옷을 입은 것이라고 주장했는지 모르지만 말야."

그가 갑자기 몸을 돌려 그녀에게로 얼굴을 숙이자 기다렸다는 듯이 입술과 입술의 동그란 곡선이 하나로 겹쳐졌는데, 비록 껴안거나 다른 곳은 만지지를 않았어도 그녀는 그와 한 덩어리가 된 기분을 느꼈다. 그의 두 손은 그녀의 머리를 황홀하고 놀랄 만큼 반응 깊은 입술 속으로 더 빨아들이기 위해 움켜쥐었다.

이윽고 그 보드라운 아기의 입술이 자기 입술과 빈틈없이 겹쳐지자, 그는 다른 어떤 것도 느끼지 않으며 자신을 포기하고 한숨을 지었다. 그러자 그녀의 팔이 기어올라 그의 목을 감았고 떨리는 손가락이 머리카락 속으로 파고들었으며, 그녀의 다른쪽 손바닥은 그의 목밑의 매끄러운 피부로 움직여 가더니 멈추었다.

결코 그는 서두르지 않았다. 그는 그녀의 머리를 놓아주지 않으면서 두 뺨과 감은 두 눈과 턱에 키스를 했으며, 너무나 부드러웠기 때문에 다시 뺨으로 돌아갔고, 그 어린애 같은 생김새가 그를 미치게 만들었던 입술로 다시 돌아갔다.

그리고는 그녀의 목덜미, 무척이나 섬세하고 시원한 어깨의 살갗…… 멈출 힘을 잃고 그녀가 멈추라고 할까봐 겁이 나서 정신이 나갈 지경이었던 그는 한쪽 손을 옮겨 드레스 뒤쪽에 길게 줄지은 단추들을 풀고는 그 드레스를 팔에서 벗겨낸 다음 비단 슬립의 어깨끈마저 서슴없이 밀어내렸다.

그는 그녀의 목과 어깨 사이에 얼굴을 묻고 손가락 끝으로 목줄기를 따라 내려가자 놀라서 움찔거리며 떠는 경련을 감촉했고, 그리고는 갑자기 젖가슴에 닿았다.

그는 맹목적이며 충동적으로 얼굴을 밑으로 끌어내렸고, 입술을 벌려 팽팽한 젖꼭지를 가볍게 물면서 지그시 눌렀다. 그의 혀가 아찔한 순간 떨듯 움직거렸고, 그러더니 그의 두 손은 고뇌에 찬 쾌감을 느끼며 그녀의 등을 움켜잡았다. 그는 빨고 물며 키스를 하고 또 빨았다.

이윽고 포식을 한 어린애처럼 그는 입에서 젖꼭지를 밀어내고 젖가슴 옆에다 한없는 사랑과 고마움의 키스를 하고는 숨을 식식거리는 이외에 머리카락 속에서 그녀의 입을, 셔츠 속에서 그녀의 손을 느꼈고, 그리고 그는 갑자기 눈을 떴다.

그는 벌떡 일어나 앉았으며 슬립의 어깨끈과 드레스를 팔 위로 끌어올렸고 재빨리 단추를 채웠다.

"당신은 나와 결혼해야 되겠어, 메간."

부드럽게 웃음을 머금은 눈으로 그가 말했다.

"그래요, 나도 결혼하는 게 좋다는 생각이 들어요."

눈을 내리깐 채 뺨에 섬세한 홍조를 띠며 그녀가 동의했다.

"내일 아침에 오빠들에게 얘기를 하지."

"못할 것도 없겠죠. 빠를수록 좋아요."

"다음 토요일에 내가 당신을 성당으로 데리고 가겠어"

"고마워요, 루크."

그러면 이제 모든 것은 끝이 난 것이다. 그녀는 일을 저질렀으며, 그것은 돌이킬 수 없는 노릇이었다. 몇 주일 동안이나, 아니면 준비하는데 아무리 오랜 시간이 걸리더라도 그녀는 루크 오닐과 결혼할 것이다.

얼마나 이상한 일인가! 왜 승낙했을까? 내가 그래야 된다고 그가 말했기 때문에, 아니면 그는 그래야만 한다고 내가 말했기 때문일까. 하지만 어째서? 그를 위험에서 건져주기 위해서? 그 자신을, 아니면 나를 보호하기 위해서?

'랠프 신부님, 난 가끔 당신이 밉다고 생각돼요……'

결혼 얘기에 크게 놀란 사람은 아무도 없었으며, 반대는 생각조차 해본 적이 없는 공공연한 사실이었다. 그들을 놀라게 한 것이라고는 랠프 주교에게 편지를 써서 결혼 소식을 알리는데 대한 메기의 완강한 거절과 거의 히스테리에 가까운 반발이었다. 한 번도 언성을 높이지 않던 메기는 그들에게 발악을 했다.

그래서 휘오나는 편지에다 아무 얘기도 하지 않겠다고 약속했는데, 그녀는 이러건 저러건 관심도 없었고 딸이 선택한 신랑감에도 흥미가 없다는 태도였다.

드로게다 농장의 장부들을 기록하려면 하루의 시간을 다 바쳐야 했다. 휘오나의 기록은 숫자로만 되어 있지가 않아서 농장 생활에 대한 완벽한 묘사를 제공할 수가 있었다. 그 기록에는 모든 양떼의 이동과 계절의 변화와 심지어는 저녁식사는 무엇을 장만했는지 꼼꼼히 적어 놓기까지 했다.

1934년 7월 22일, 일요일의 일지에는 이렇게 적혀 있었다.

맑은 하늘, 구름 없음. 동틀녘 기온 3도 6부. 바브가 들어오고, 재크가 목동과 나가고 휴이, 웨스트, 댐 나감. 오후 3시에 기온이 높아 29도 5부. 바람은 서풍. 저녁 식사 메뉴는 소금 절임 쇠고기, 삶은 감자, 홍당무와 양배추. 메기 길란본의 성당에서 8월 25일 루크 오닐 씨와 결혼 예정. 저녁 9시 현재 기온 7도 2부, 달 뜸.

루크는 메기에게 하트 모양의 보석을 박은 수수하지만 예쁜 약혼 반지를 사 주었다. 청첩장에는 홀리 크로스 성당에서 8월 25일 토요일 정오에 식을 올린다고 되어 있었다. 식이 끝난 다음에는 임페리얼 호텔에서 가족 만찬을 열기로 예정되었다.

될 수 있는 대로 조촐하게 치르자는 메기의 병적인 고집에 바브는 낙심을 했는데, 그는 하나뿐인 여동생이 많은 사람들의 찬탄을 받는 결혼식을 올리기를 바랬었다.

그러나 메기는 소란한 법석에 어찌나 반대를 했던지 신부 화관조차 쓰기를 거부했고, 나중엔 그냥 입을 만한 평상복과 평범한 모자 차림으로 결혼을 하고 싶다고까지 했다.

"신혼여행을 어디로 갈지 결정했어."

결혼식 계획을 세운 날 맞은편 의자에 앉은 루크가 말했다.

"어디로요?"

"북부 퀸슬랜드. 당신이 옷을 맞추는 사이에 난 임페리얼 바에서 몇 친구와 얘기해 봤는데, 남자가 튼튼하고 힘든 일을 꺼리지만 않는다면, 그곳 사탕수수밭이 돈벌이가 좋다는 얘기를 하더군."

"하지만 루크, 당신은 여기서 벌써 좋은 일자리를 구했잖아요!"

"처가집에 붙어 사는 남자는 떳떳하지가 못해. 난 우리가 서부 퀸슬랜드에서 땅을 살 돈을 구하고 싶고, 너무 나이먹기 전에 그것을 마련하고 싶어. 북부 퀸슬랜드에는 사람이 모자라서 여기서 일하는 것보다 적어도 열 배의 돈을 벌 수 있어."

"무얼 해서요?"

"사탕수수를 베어서."

"사탕수수를 베다뇨? 그건 쿨리들이나 하는 일이에요!"

"아냐, 쿨리들은 그 일을 해낼 만큼 덩치가 좋지 않아."

"그렇다면 우리들은 신혼살림을 북부 퀸슬랜드에다 꾸려야 한다는 거예요?"

"그래."

그녀는 그의 어깨 너머로 드로게다의 커다란 창문들을 통해 저편에 펼쳐진 광활한 숲을 물끄러미 내다보았다.

드로게다에서 살지 않다니! 랠프 주교가 절대로 찾아내지 못할 곳으로 가고, 그를 다시는 만나지 못하면서 살고, 다시는 되돌이킬 수 없는, 지금 마주 앉은 이 낯선 사람과 결합되고……

그녀의 두 눈은 루크의 생기있고 초조한 얼굴에 머물더니 더욱 아름다워지면서, 지금은 더욱 슬퍼졌다. 눈물이 없었고 눈꺼풀이나 입가가 처지지 않았으므로 그는 다만 눈치만 챘을 뿐이었다.

그러나 그녀를 위해 걱정을 하게 될 만큼 그녀가 자신에게 중요해지기를 바라지 않았기 때문에 그는 어떤 슬픔에도 관심이 없었다. 어떤 여자라도, 심지어는 메기처럼 아름답고 다정한 여자라도, 이래라 저래라 할만큼 그에 대해 영향력을 갖게 되지는 않으리라.

"메간, 난 구식 남자야."

그녀는 어안이 벙벙해서 그를 물끄러미 쳐다보았다.

"그러세요?"

그것이 무슨 상관이 있느냐는 투로 그녀가 물었다.

"내가 믿기로는 남자와 여자가 결혼을 하면 여자의 모든 재산은 남자의 소유가 되어야 할 것 같아. 난 당신한테 돈이 좀 있다는 걸 아는데, 우리가 결혼을 하면 그것을 나에게 넘겨준다고 서명해야 해."

메기는 자기의 돈을 그대로 소유하리라는 생각을 전혀 한 적이 없었고, 그저 결혼하면 그 돈이 당연히 루크의 것이 되리라고 생각했었다.

"서명을 한다는 게 필요할 줄은 몰랐어요. 난 결혼을 하면 내 것은 모두 자동적으로 당신 것이 된다고 생각했어요."

"전에는 그랬지만 여자들에게 투표권을 준 다음에는 달라졌어. 난 우리들 사이에 모든 것이 공정하고 솔직하기를 바래."

그녀는 웃었다.

"상관없어요, 난 아무렇지도 않아요."

"당신 얼마나 가지고 있지?"

그가 물었다.

"지금은 1만 4천 파운드예요. 해마다 2천씩 더 받죠."

그는 휘파람을 불었다.

"그건 굉장히 많은 돈이구먼, 메간. 당신을 위해 내가 그걸 관리해 주는게 좋겠어. 내가 그 돈에서 한푼도 건드리지 않으리라는 건 당신도 알겠지. 그건 나중에 우리 농장을 살 돈이니까. 우린 앞으로 몇 년 동안 열심히 일하고 버는 돈은 모두 저축을 할 거야. 알겠지?"

그녀는 머리를 끄덕였다.

"그래요. 루크."

결혼식은 치루어졌다. 메기는 루크의 부인이 되어 북부 퀸슬랜드로 떠났고, 신혼여행은 그 곳에 가는 시간 때문에 약간 늦어졌다.

기차에는 사람이 많았다. 그들은 침대차가 없었기 때문에 은밀한 시간을 가지지 못하고 앉은 채 밤을 보냈다. 기차는 몇 시간씩이나 북서쪽으로 울퉁불퉁한 길을 굴러갔다.

그들은 브리스배인을 거쳐 사우드 브리스역으로 가서 시내를 가로질러 스트리트역을 지나 다시 케언스행 기차로 바꾸어 탔다. 여기서 메기는 루크가 2등 좌석을 예약했음을 알아냈다.

"루크, 우린 돈이 모자라지 않아요."

그녀가 말하자, 그는 물끄러미 내려다보았다.

"하지만 사흘 밤, 사흘 낮만 타면 돼. 우린 다 젊고 튼튼한데 뭣하러 1등차에 돈을 들이지? 기차 안에서 얼마동안 앉아있는다고 해서 죽는건 아냐, 메간! 목장주가 아니라 일꾼과 결혼했다는 사실은 당신이 알 때도 되었는데!"

그래서 메기는 루크가 잡아준 창가의 좌석에 널브러지게 앉아서 떨리는 턱을 손으로 괴고 루크가 눈물을 눈치채지 못하도록 창밖을 내다보았다. 그는 철없는 아이를 다루는 듯한 투로 그녀에게 얘기했고, 그녀는 이것이 정말로 자기에 대한 그의 참된 태도가 아닌가 궁금하게 여기기 시작했다.

그들은 퀸슬랜드 해안을 따라 뻗어간 노선의 북쪽 끝 종착역인 케언스에서 겨우 50마일 모자라는 덩글로라는 도시로 가고 있었다. 협궤 철도를 달리는 천 마일이 넘는 거리를 흔들리면서 다리를 뻗을 기회도 없이 달려온 그녀는 그 곳이 길란본 보다 훨씬 다채로운 고장이기는 해도 아무런 흥미를 느낄 수 없었다.

그녀는 머리가 찌근거리도록 아파왔고 먹은 음식이 올라오려는 것을 참을 수가 없었다. 더위 역시 무척 심했다. 그녀의 분홍빛 드레스는 바람에 날라온 검댕으로 더러워졌고 피부는 땀으로 끈적거렸는데, 이런 신체적인 불편보다 더 속을 상하게 한 것은 자신이 루크를 거의 증오하기에 이르렀다는 사실이다.

그는 조금도 지치거나 불편함을 느끼지 않는지 속편하게 앉아 두 남자와 잡담을 즐기고 있었다.

그는 메기가 자기 못지 않게 즐겁고 편안하며 스쳐 지나가는 해안의 평야가 그녀를 매혹시키고 있다고 생각하는 듯싶었다. 발 한 번 디뎌보기도 전에 벌써 그것을 증오하면서 제대로 거들떠보지도 않는데도 말이다.

카드웰에서 잡담 상대였던 두 남자가 내렸고, 루크는 역 옆에 있는 생선가게로 달려갔다가 신문지로 싼 꾸러미를 들고 돌아왔다.

"사람들 얘기로는 카드웰 생선은 직접 먹어봐야 그 진미를 안다고 하더군. 메간, 세계에서 제일 가는 생선을 좀 먹어봐. 정말이지 퀸슬랜드 같은 곳은 또 없어.”

메기는 반죽에 담근 미끈미끈한 생선 토막을 힐끗 보고는 손수건으로 입을 가린 채 화장실로 달려갔다. 얼마 후 창백한 얼굴로 그녀가 나왔을 때, 그는 복도에서 기다리고 있었다.

“왜 속이 불편해?”

“난 아까부터 몸이 좋지 않았어요.”

“아니, 왜 나한테 그렇다고 얘기하지 않았어?”

“당신은 눈치도 채지 못 했나요?”

“내가 보기에 당신은 말짱했어.”

“얼마나 남았어요?”

한숨을 쉬며 그녀가 물었다.

“약간 차질이 있겠지만, 세 시간에서 다섯 시간 정도야. 이 곳에서는 시간표대로 운행하는 일이 별로 없지.”

“날 너무 어린애처럼 취급하지 말아요.”

그녀는 정말 성난 음성으로 대들 듯 말했다.

“조금만 참아. 거의 다 왔어.”

다소 놀라와 하는 눈치로 그가 말했다.

그들이 기차에서 내렸을 땐 늦은 오후였다. 메기는 제대로 걸을 수가 없다고 하기에는 자존심이 너무 강해서 결사적으로 발을 옮겼다.

루크는 역장에게 노동자들을 위한 호텔의 이름을 물어보고는 가방을 집어들고 앞장 서서 걸어갔고, 메기는 그 뒤에서 술취한 사람처럼 비틀거리며 따라갔다.

"길 건너편에서 골목 하나만 끝까지 가면 돼. 하얀 2층 건물이
야."

그가 안심을 시켰다. 그들의 방은 작은 데다 커다란 가구들이 빽
빽하게 들어찼지만, 지친 메기에게는 천국처럼 여겨져서 더블베드
의 가장자리에 털썩 주저앉았다.

"저녁 먹기 전에 좀 누워있지 그래, 여보. 난 나가서 좀 둘러보
고 올테니까."

결혼식 날 아침처럼 여전히 생기있고 기운이 난 듯 그가 방에서
걸어나가며 말했다.

그날은 토요일이었고, 지금은 목요일 늦은 오후이니 복작대는 기
차 안에서 닷새를 보낸 셈이었다.

철로변에 위치한 간이호텔이라 철로의 연결 지점을 쇠바퀴들이
지나가는 소리의 박자에 맞춰서 침대는 단조롭게 흔들렸지만, 메기
는 푸근한 마음으로 머리를 베개에 파묻고 자고 또 잤다.

누군가 스토킹을 벗기더니 홑이불을 덮어주는 것을 느끼고 메기
는 몸을 뒤채이다가 눈을 뜨고 주위를 둘러보았다.

그때 루크는 다리를 포개고 창턱에 앉아서 담배를 피워 물고 있
었다. 그녀의 움직임을 쳐다보며 그가 미소를 지었다.

"당신은 정말 착한 신부이구먼 그래! 난 이렇게 신혼여행에 기대
를 걸고 기다리는데, 거의 이틀 동안 곯아 떨어져 있으니 말야! 당
신을 깨울 수 없어서 난 다소 걱정했지만, 호텔 주인이 기차 여행
과 습도 때문에 여자가 그렇게 녹초가 되기도 하니 내버려두라는

거야. 이젠 기분이 어때 ? 메간."

그녀는 뻣뻣하게 일어나 앉아 기지개를 켰다.

"훨씬 기분이 좋아졌어요. 고마워요. 루크, 내가 젊다는 건 나도 알지만, 난 여자예요!"

그는 침대가로 와서 앉더니 그녀의 팔을 쓰다듬었다.

"미안해, 메간. 정말 미안해, 난 당신이 여자라는 걸 잊었었어. 아내와 함께 산다는 것에 내가 익숙하지 못했기 때문에 그랬을 뿐이야. 여보, 배고파?"

"그럼요. 내가 식사를 안한 지가 거의 일주일이라는 걸 아시겠어요?"

"그렇다면 목욕을 한 다음 깨끗한 드레스를 입고 빨리 외출하는 게 어떻겠어?"

호텔 바로 옆에 중국 음식점이 있었는데, 루크는 메기를 그 곳으로 데리고 가서 난생 처음으로 동양 음식을 맛보게 했다. 그녀는 어찌나 배가 고팠던지 무엇이나 다 맛있었을 터이지만, 이 음식은 특히 좋았다.

루크는 호텔에서 맥주 두 병을 가지고 왔었는데, 그녀가 맥주를 싫어했음에도 불구하고 꼭 한 잔만 마시라고 고집을 피웠다.

"처음이니 물을 조심해야지. 맥주라면 아무 탈이 없을 거야."

그런 다음 그는 그녀의 팔을 잡고 자기의 소유물이라는 듯 이곳저곳을 자랑스럽게 돌아다녔다.

도시의 주변은 온통 정글 같았다. 포도덩굴들은 어디에서나 기어다녀서 말뚝에까지 오르고, 지붕을 가로질러 벽을 타고 뻗어갔다.

나무들은 멋대로 돋아나 집을 그 둘레에 지었거나, 아니면 나무들이 집을 뚫고 자랐는지도 모를 일이었다. 크고 곧은 코코야자 나무는 깊고 푸른 하늘을 배경 삼아 잎을 흔들고 있어 숲의 바다였다.

메기의 눈에 띄는 모든 것은 불꽃같은 빛깔이었다. 이 곳은 갈색과 회색의 고장이 아니라, 온갖 종류의 나무에 꽃이 핀 듯싶어서 보라빛과 오렌지빛, 분홍과 파랑, 하얀 빛깔이 대지를 물들이고 있었다.

그녀는 거리의 남자와 여자들을 보고 충격을 받았다. 남자들은 맨발에 맨다리, 대부분 가슴까지도 노출시켰고 칙칙하고 짧은 카키색 바지만 걸쳤으며 가슴을 가린 남자들은 셔츠가 아니라 내의만 입었을 따름이다.

여자들은 더 형편없었다. 몇 사람은 속옷 위에다 하늘하늘한 옥양목 드레스 외엔 분명히 아무것도 입지 않았으며, 스토킹도 없었고 샌들은 엉성했다. 대다수의 여자들은 아주 짧은 핫팬티 차림에 맨발로 돌아다녔으며 젖가슴은 얇고 소매 없는 웃옷으로 겨우 가렸을 뿐이다.

"루크. 난 견딜 수가 없어요! 제발 돌아갈 수 없을까요?"

1마일도 채 걷지 못하고 그녀가 숨을 헐떡거렸다.

"원한다면 그러지."

"왜 이렇게 날씨가 후덥지근하죠. 여름에 비가 많은가요?"

"일년 내내 내리지. 계절풍 영향으로 비가 많이 내려."

"밤이면 서늘해지지 않을까요?"

호텔에 다다르자 메기가 물었다. 이 곳의 더위에 비하면 길란본의 무더운 밤들이 차라리 견딜 만했다.

"당신도 곧 익숙해지겠지."

그는 방문을 열고는 그녀가 들어가도록 뒤로 물러섰다.

"난 맥주 한 잔 마시러 내려갔다가 반 시간 후에 돌아오겠어. 그만하면 당신은 시간이 충분하겠지."

그녀는 의아스러운 눈으로 그를 바라보았다. 루크가 돌아왔을 때, 메기는 불을 끄고 홑이불을 턱까지 끌어올리고는 침대에 누워 있었다. 그런 그녀의 모습을 보자 그는 웃으면서 손을 뻗어 이불을 잡아채서 던졌다.

"그러지 않아도 더울 거야, 여보!"

그녀는 그가 서성거리는 소리를 들었고 이어 옷을 벗어 던지는 그의 그림자를 볼 수 있었다.

"잠옷은 화장대 위에 다 있어요."

그녀는 나지막이 말했다.

"잠옷이라니, 이런 날씨에! 길란본에선 잠옷을 입지 않으면 기겁한다는 걸 알지만, 여긴 덩글로야. 당신 정말 잠옷을 입고 있어?"

"그럼요."

"어서 그걸 벗어. 그런건 귀찮기만 할테니까."

메기는 더듬더듬하면서 어두워 그가 보지 못하는 것만 다행으로 생각하며 신혼 초야를 위해 아름답게 수를 놓은 나이트 가운에서 몸을 뺐다.

그의 말은 옳았다. 벌거벗고 누워 활짝 열어놓은 창으로 들어오는 산들바람을 받으니 한결 시원했다.

  침대가 삐걱거렸고 메기는 축축한 살갗이 자기 몸에 닿는 감촉
에 흠칫했다. 그는 그녀를 품어 끌어안고 키스를 했다. 처음에 그
녀는 가만히 누워 잔뜩 벌린 입과 그 속을 더듬어대는 혀를 생각
하지 않으려고 애썼지만, 미리 자유로와지고 싶어서, 열기 속에서
밀착되기가 싫어서, 키스를 당하기가 싫어서, 루크가 싫어서 반항
하기 시작했다. 그것은 무도회에서 돌아오던 길의 그날밤과는 조금
도 같지 않았다.

  무슨 이유에서인지 그녀는 그에게서 자기를 생각해 주는 그 어
떤 감정도 느낄 수가 없었다.

  그의 몸 어느 한부분은 끈질기게 그녀의 허벅지를 밀어댔으며,
그러는 사이에 두려움은 공포로 변했고, 그녀는 그의 육체보다도
더욱 자신에 대한 그의 의식 결여에 아득해졌다.

  그는 갑자기 그녀를 놓아주고 일어나 앉더니, 무엇인가 부시럭거
리고 잡아당기며 자기 몸을 더듬어 댔다.

  "안전하게 하는 게 좋아. 이제 때가 되었으니 얌전히 누워. 아니,
그렇게가 아니고! 이런 세상에 다리를 벌리란 말야! 당신은 아는게
하나도 없군."

  '그래요, 그래요. 난 몰라요!'

  그녀는 이렇게 소리 지르고 싶었다.

  그러자 그는 그녀의 몸 위로 올라가 엎드려서 자기의 엉덩이를
움직이며 한쪽 손으로는 그녀를 만져대고 다른 손으로는 그녀가
꼼짝 못하도록 머리카락을 움켜잡았다.

  그러자 그녀는 두 다리 사이에 생소하면서도 강렬한 물건을 느

껐는데, 뭔가 꿈틀거리며 그가 원하는 대로 다리를 더 벌리려고 했지만, 그것은 훨씬 굵어서 그녀의 사타구니 근육은 얼얼한 경련을 일으켰다.

그녀는 마지막으로 그에게서 어떤 벅찬 기운의 응축을 의식할 수 있었고, 그가 그녀 속으로 들어오자 길고 높은 비명이 저절로 흘러나왔다.

"시끄러워."

그는 신음을 하며 그녀의 머리카락에서 손을 빼더니 입을 틀어막았다.

그녀는 그 무시무시한 물건을 제거해 버리려고 신 들린 것처럼 반항했지만, 그의 몸무게는 꼼짝없이 그녀를 찍어 눌렀고, 그의 손은 계속해서 그녀의 입을 막으며 고통은 더욱 더 계속되었다.

그가 그녀를 흥분시키지 않았기 때문에 건조했으므로, 그가 숨을 씩씩 몰아쉬며 점점 빨리 들락날락하자, 더욱 건조하기만한 고통은 참을 길이 없었다.

이윽고 어떤 변화에 그는 몸이 굳어지더니 부르르 떨고는 침을 꿀꺽 삼켰다. 하지만 그녀가 처음으로 경험한 고통은 생생한 쓰라림이었고 자비롭게도 그는 몸에서 굴러내려가더니 숨을 길게 몰아쉬며 지친 듯 바로 옆에 누웠다.

"다음 번엔 덜 아플 거야. 처음엔 누구나 아파하지."

'그렇다면 왜 진작 나한테 그 얘기를 해줄 만한 아량을 베풀지 않았을까?'

그녀는 소리를 지르고 싶었지만, 그럴 기운도 없었고, 그저 죽고

싶을 따름이었다.

여러 해 전, 아기를 낳는 일과 관계 있는 비밀 통로라는 얘기를 랠프 신부가 말했을 때, 그는 이를 뜻했다는 것일까? 그가 한 말의 뜻을 정말 멋있는 방법으로 알아내는구나 하고 생각했다.

그가 그것을 보다 분명하게 설명하지 않았다는 것은 조금도 이상한 일이 아니었다. 그러나 루크는 재빨리 연달아서 세 차례를 할 만큼 그것을 좋아했다. 그에게는 그것이 분명 고통스럽지 않은 모양이었다.

움직이면 더욱 쓰라리고 지쳐버린 몸으로 메기는 루크에게 등을 돌리고 조금씩 자기 자리로 움직여 가서는 베개에 얼굴을 파묻고 알 수 없는 슬픔에 흐느껴 울었다.

루크는 그녀의 겁먹은 움직임에 약간의 반응도 보이지 않고 금새 곤하게 잠을 잤지만, 그녀는 잠들 수가 없었다.

아침이 되자 루크는 잠이 깨어 돌아누웠고, 그녀는 어깨에 입이 닿는 것을 느꼈지만, 어찌나 피곤하고 집이 그리웠던지 점잔을 빼는 일도 잊고 몸을 가리려고도 하지 않은 채 그냥 누워있었다.

"이봐, 메간. 어디 당신 몸매를 좀 구경해야지. 착한 소녀답게 발랑 누워 봐."

그녀의 엉덩이에 손을 얹으며 그가 명령했다.

이제는 아무것도 상관 없어서 메기는 몸을 뒤집고는 둔감하게 그를 올려다보았다.

"난 메간이란 말이 싫어요. 난 당신이 메기라고 불러주기를 바래요."

"난 메기가 싫어. 당신 몸매는 정말 기막히군."

그는 분홍 젖꼭지가 흥분이 되지 않아 납작한 그녀의 젖가슴을 만졌다.

"이리 와 메간. 나한테 키스를 해. 이제 당신이 나한테 사랑놀이를 해줄 차례야."

근육이 묵직한 육체와 가슴으로부터 배로 미끄러져 내려가서는 수풀처럼 활짝 퍼지는 검은 털과 그 곳에 솟아난 보기에는 순진하고 작지만 그토록 심한 고통을 주는 작은 물건을 바라보면서 그녀는 생각했다.

'죽는 날까지 난 당신한테 키스하고 싶지가 않아요!'

"시킨대로 해! 어서 나한테 키스하라니까."

그녀는 몸을 굽혀 그에게 키스를 했고, 그는 손바닥으로 그녀의 젖가슴을 감싸고는 키스를 계속하게 하면서 그녀의 손을 잡아 자기 사타구니로 밀어내렸다. 깜짝 놀란 그녀는 마음이 내키지 않은 입술을 떼고 손바닥 밑에서 커지는 물체를 바라보며 외쳤다.

"아, 제발 이러지 마세요! 제발 그러지 말아요! 제발, 제발!"

그의 푸른 두 눈이 가만히 그녀를 응시했다.

"그렇게 심하게 아파? 그렇다면 좋아, 다음부터는 좀 다른 방법으로 해보기로 하지."

그는 그녀를 자기 몸 위로 끌어올린 다음 그녀의 두 다리를 벌리고는 어깨를 잡고 자신을 그녀의 젖가슴에다 밀착시켰다. 그러한 행위는 육체적으로는 견딜 수가 있었다. 다행스럽게도 그는 그것을 집어넣지는 않았으므로 몸을 움직이는 것 이상의 고통은 느끼지 않았다. 세상에서 그것이 가장 즐거운 일이기라도 한듯 그토록 밝히는 남자들은 정말 이상한 짐승들이다.

그것은 구역질나는 사랑에의 모욕이었다. 그것이 아기를 만들 것이라는 희망이나마 지니고 있지 않았더라면, 메기는 두 번 다시 그 짓을 하지 않겠다고 악을 쓰며 거절했으리라.

"난 일자리를 구했어."

호텔 식당에서 아침을 들며 루크가 말했다.

"아니 루크, 우리 집을 마련하기도 전예요?"

"메기, 집을 세 낼 필요가 없어. 난 사탕수수를 베러갈 거야. 일주일에 엿새 동안 해 뜰 때부터 해질녘까지 일을 해야만 돼. 열심히 베면 일주일에 20파운드 이상을 받을 수 있어. 그렇게 많은 줄 상상도 못했지?"

"당신 말은…… 우리가 함께 살지 못한다는 뜻인가요?"

"그래, 우린 당분간 함께 살 수 없어. 여자를 막사로 데려갈 수는 없거든. 그리고 당신도 일하는 게 좋을 거야. 이게 다 우리가 목장을 살 돈을 벌기 위해서지."

"하지만, 난 어디서 살죠? 그리고 내가 무슨 일을 해요? 여긴 가축도 없던데."

"그래서 내가 일자리를 마련해 두었어. 당신은 힘멜 호프의 루드비히 뮬러 씨네 가정부로 일하게 될 거야. 그는 큰 사탕수수밭 주인이야. 그런데 그 사람 부인이 불구자라 집안일을 할 수가 없어. 내일 아침 그 집에 가는 거야."

"그러면 우리는 언제 만나죠?"

"일요일에. 루드비히는 당신이 결혼한 줄 아니까, 일요일엔 외출을 해도 상관하지 않을 거야."

"당신 편리한 대로 모두 일을 꾸며 놓았군요. 안 그래요?"

"내겐 생각이 있어서 그래. 우린 열심히 일하고 악착같이 모아서 부자가 되어야지. 멀지 않았어. 내가 약속할게. 내 말대로 참고 견딜 수 있겠지?"

"좋을 대로 해요."

그녀는 자기 지갑을 열어보았다.

"여기 있는 돈 모두 가져갔어요?"

"은행에 넣었어."

"하지만 돈을 전부 가져가면 어떻게 해요! 갑자기 돈 쓸 일이 생기면 어떻게 하라구?"

"당신이 돈 쓸 일이 뭐 있어? 당신은 내일 아침에 힘멜 호프로 갈 거야. 거기 가면 돈 쓸 일이 없어. 한가지 특별히 당부하고 싶은 건 당신은 일꾼과 결혼했다는 사실을 인식해야 돼. 뮬러 씨는 당신 월급을 내 구좌에 넣기로 했어. 메기, 나도 그 돈엔 절대 손대지 않을 거야. 알겠어? 누구도 그 돈을 쓰면 안돼. 그것은 우리들 미래를 위한 거야."

"당신은 아주 치밀하시군요. 하지만 내가 아기를 갖게 되면 어떻게 하죠?"

그 순간 그는 그녀에게 꿈이 실현될 때까지는 어린애를 낳게 되지 않을 것이라고 말할 뻔했으나, 그녀의 진지한 표정 때문에 입을 다물기로 했다.

"그 문제는 그때 가서 해결하도록 하자구. 나로선 농장을 갖기 전에는 어린애가 생기지 않았으면 좋겠어."

집도 없고, 돈도 없고, 어린애도 없다. 그리고 남편도 없는 셈이다. 그녀는 어이없어 웃고 말았다.

루크는 찻잔을 들며 말했다.

"콘돔에 축배를……"

다음날 아침 그들은 힘멜 호프로 갔다. 힘멜 호프 농장의 주인집은 언덕 위에 있는 흰색의 큰 건물이었다. 커다란 야자수와 바나나 나무, 그리고 좀 작은 종려수들이 집을 성곽처럼 에워싸고 있었다.

뮐러 씨는 집에 없었다. 그들이 계단을 올라갈 때 그 집의 부인이 두 개의 지팡이로 몸의 균형을 유지하면서 베란다로 나왔다. 부인의 친절하고 곱상한 얼굴을 보자 메기는 기분이 좀 풀렸다.

"어서들 와요."

부인은 부드럽게 말했다.

루크는 메기의 옷가방을 내려놓고 부인과 악수를 했다. 그리고는 곧 돌아가는 버스를 타기 위해 급히 계단을 뛰어내려갔다.

"이름이 뭐예요?"

부인이 물었다.

"메기예요."

"좋은 이름이군요. 나는 앤이에요. 앞으로 그저 앤이라고 불러요. 식구라고는 남편과 나뿐이에요. 우린 아기가 없어요. 메기, 우리와 함께 사는 것이 마음에 들었으면 좋겠어요."

메기는 말없이 고개를 끄덕였다.

“내가 새댁방을 보여줄께요.”

그 방은 다른 방들과 마찬가지로 가구가 별로 없었다. 한쪽에 큰 창문이 있고 거실과 같은 길이의 베란다가 있었다.

“이 곳은 너무 더워서 벨벳이나 무명으로 만든 옷은 입지 못해요. 모시류를 입고 흉이 되지 않을 정도로 가볍게 입어야 견딜 수 있어요.”

메기는 곧 시원한 옷을 빌어 입었다.

“새댁이 내 짧은 바지를 입으니까, 더 멋있어 보이는군.”

부인이 부럽다는 시선을 주며 말했다.

메기도 가벼운 미소를 지었다.

“새댁과 함께 있으니까 벌써부터 흐뭇하군요. 우리 앞으로 재미있게 지내도록 해요. 독서를 좋아해요? 남편과 나는 독서광이에요.”

메기의 얼굴이 밝아졌다.

“네, 저도 좋아해요.”

“잘 됐군요! 미남 남편을 못 보아도 견딜 만하게 될 거예요.”

메기는 대답하지 않았다. 그가 미남이라고? 그를 보고 싶다고? 그녀는 다시 그를 보지 않으면 좋을 것 같았다. 그러나 그녀는 그의 아내이며, 도덕은 그를 따를 것을 명하고 있었다.

그녀는 눈을 멍청히 뜨고 그만 덫에 걸렸던 것이다. 그러나 그녀는 다른 사람을 원망하지는 않았다. 다만 자신을 책망할 뿐이었다. 아, 그는 정녕 나쁜 사람은 아닐 것이다. 다만, 다른 사람과 함께 살 줄을 모르는 것이 흉이라면 큰 결점이었다.

루크는 동료인 얀과 함께 낡은 트럭을 타고 사탕수수 베는 곳으로 떠났다. 그는 빨리 일하고 싶어 안달이 날 정도였다.

루크는 얀을 따라 밭으로 나갔으나 누구 하나 쳐다보지 않고 사탕수수 베는 일에 열중했다. 그들은 모두 짧은 바지에 두꺼운 털양말과 장화를 신고 있었으며 모자를 쓰고 있었다. 그들은 얼굴부터 발까지 검정으로 덮여 있었고, 온몸에서 땀이 비오듯 줄줄 흘러내렸다.

"사탕수수진 때문에 저렇게 새까맣게 되는 거야."

얀이 설명했다.

그는 허리를 굽혀 낫 두 개를 집어 하나는 루크에게 주고 다른 하나는 자기가 가졌다.

"사탕수수를 이것으로 베는 거지. 사용법을 알면 아주 간단해."

얀은 시범을 보이면서 앞으로 나아갔다. 그 모습은 일이 아주 쉬운 듯 보이게 했다. 그는 시범을 끝내며 말했다.

"한 가지 중요한 점은 매일 일어나가기 전에 날을 잘 갈아둬. 그럼 잘 해봐."

얀은 자기 일터로 갔다. 루크는 일을 시작했다. 처음이라 그런지 양털깎는 일보다 훨씬 어려웠다.

허리를 굽히고, 칼질하고, 허리를 펴고, 잎들을 쳐 내고, 잘 쌓아두고, 새 사탕수수에 가서 또 그렇게 하고……

사탕수수밭에는 독이 있는 작은 동물들이 많았다. 뱀, 들쥐, 바퀴, 거미, 장수말벌, 벌, 파리 등이 헤아릴 수 없을 정도로 우글거렸다.

그래서 일하기 전에 밭에다 불을 질렀다. 사탕수수가 그을음 투성이가 되었지만 별 수 없었다.

그렇게 불을 질렀어도 물리거나 쏘이는 것이 다반사였다. 만약 장화를 신지 않았다면 발은 손보다 더 엉망이 되었을 것이다. 그러나 일꾼들은 장갑을 끼지 않았다. 그것은 동작이 느려지기 때문이었다.

이 일에서는 시간이 곧 돈이었기 때문이다.

해가 저물자, 얀은 작업 중지를 외치고 루크가 얼마나 사탕수수를 베었는지 보러왔다.

"5톤이라, 첫날 치고는 괜찮은데?"

그는 루크의 등을 치면서 말했다.

일꾼들 가운데 그 주일의 식사 당번이 음식을 만들어 식탁 위에 잔뜩 쌓아 놓았다. 그날의 메뉴는 스테이크와 감자, 빵, 잼 등이었다. 일꾼들은 음식을 보자 덤벼들어 게걸스럽게 하나도 남기지 않고 먹어치웠다.

양철로 만든 막사 양쪽 벽에 잇대어 허술한 침대들이 주욱 일렬로 놓여 있었다.

일꾼들은 누워서 한숨을 쉬며 고된 하루하루의 노동을 저주했다. 그리고는 모기장을 치고 곧 잠이 들었다.

얀이 루크에게로 왔다. 그는 루크의 손을 보더니 약을 발라 주면서 문지르라고 했다.

일주일이 지나자 그의 손은 굳었으며, 하루 8톤의 사탕수수를 베게 되었다. 그것은 일꾼들에게 요구하는 최소량이었다. 그 후 루크는 누구보다 더 잘 베게 되었다.

그는 더 많은 돈을 원했으며 능률적으로 생산량을 높일 수 있게 동업을 원했다. 그러나 그가 가장 바란 것은 모든 일꾼들이 자기를 존중해 주는 일이었다.

4주일이 지나서 메기는 루크를 만날 수가 있었다. 그 동안 일요일만 되면 그녀는 엷은 화장을 하고 예쁜 비단 옷을 입고 남편을 기다렸으나 그는 오지 않았다.

그럴 때마다 앤과 뮬러는 아무 말도 하지 않았다. 그들은 매주 일요일이 저물어갈 무렵이면 메기의 얼굴에서 생기가 사라지는 모습을 그저 지켜볼 뿐이었다.

그녀가 항상 그를 기다리면서 나날을 보내는데도 그가 그녀를 생각조차 하지 않는다는 것은 아무래도 슬픈 일이었다.

그녀는 호텔에서의 밤을 무척 저주했었지만, 그래도 그때는 남편과 함께 있었다. 차라리 그때 아픔 때문에 소리치기 전에 혀를 깨물어 죽어 버렸더라면 얼마나 좋았을까……

네 번째 일요일에 그녀는 짧은 바지와 조끼를 입은 채 주인 내외의 아침을 마련하느라고 부엌에 있었다. 그때 뒤쪽 계단에서 발소리가 나더니, 잠시 후 키가 크고 털이 많은 남자가 문 옆에 서 있는 것이 보였다.

'아, 저 사람이 루크란 말인가?'

그는 돌로 만든 장승같아 사람처럼 보이지 않았다. 그러나 그는 부엌으로 들어와 그녀의 볼에 키스를 했다.

이때 앤이 부엌으로 들어왔다.

"색시가 있다는 것을 생각하니 기쁘겠군요."

그녀는 웃음을 띠었으나 비꼬아 말했다.

"자, 모두 베란다로 나와서 함께 식사합시다."

주인 뮬러가 말했다. 그와 그의 부인은 메기가 집안일을 거들어 주게 된 것을 큰 다행으로 여겼다. 금발 머리의 젊은 여자가 집안에 들어온 이후 아내가 아주 즐거워했기 때문에 그는 늘 감사히 생각하고 있었던 것이다.

"루크, 사탕수수 일은 어때?"

"내가 그것을 좋아한다고 말하면 내 말을 믿겠어요?"

루크가 웃으면서 말했다. 뮬러는 루크의 잘 생긴 얼굴을 살펴보면서 고개를 끄덕였다.

"당신은 기질도 그렇고, 체격도 좋아서 아주 적격이라고 생각해. 당신은 그런 것 때문에 다른 사람보다 우월하다고 여기겠지."

뮬러는 생활에 묶여 있었지만, 여전히 인간성에 관해 열심히 연구하며 책도 많이 읽고 있었다.

"난 당신이 색시를 영영 잊어버린 줄 알았어요."

"저어, 나는 당분간 일요일에도 일하기로 했어요. 우리는 내일 잉감으로 떠나요."

"그러면 색시는 당신을 더 못 보겠군요."

"그 사람은 날 이해해요. 한 2년 밖에 안 걸릴 거예요."

"루크, 뭣 때문에 그렇게 정신없이 일해야 하죠?"

"농장을 사기 위한 돈을 벌기 위해서죠. 그 사람이 말하지 않던

가요?”

“색시는 별로 말이 없어요.”

식사가 끝난 후 루크는 메기가 접시 씻는 일을 도와주고는 그녀
를 데리고 가장 가까운 사탕수수밭으로 걸어내려갔다. 그는 계속
사탕수수에 관한 이야기만 했다.

그들은 다시 돌아서서 언덕 위로 올라갔다. 메기는 그를 집 추녀
밑에 만들어 놓은 온실로 데리고 들어갔다. 이 곳은 그녀가 혼자
즐겨 찾는 장소였다.

“루크, 멋있는 곳이죠? 나도 이런 온실을 직접 가꾸어 봤으면 정
말 좋겠어요! 일년 후에는 우리도 집을 마련해서 살 수 있게 되겠
지요?”

“혼자 사는데 무슨 집이 필요해? 우리가 꿈을 이룰 때까진 현재
와 같은 상태로 만족해야 돼.”

그는 그녀의 볼에 가볍게 키스하고는 언덕을 걸어내려갔다. 좀
떨어진 나무 밑에 자전거가 서 있었다.

그는 버스값을 아끼기 위해 30킬로의 길을 자전거를 타고 왔던
것이다.

“그럼 잘 있어.”

그는 이렇게 왔다가 그렇게 가 버렸다.

메기는 입술을 깨물며 그의 뒷모습을 바라보다가 이윽고 하늘
쪽으로 눈을 돌렸다.

어느덧 1월이 지났다. 1월은 사탕수수를 베는 사람에게 연중 가

장 한가한 때였다. 하지만 루크는 끝내 모습을 나타내지 않았다.

그는 메기에게 시드니로 데리고 가겠다고 말한 적이 있었지만, 그녀를 놓아두고 얀과 함께 시드니로 갔다. 얀은 그때 미혼이었으며, 제당 공장 근처에 이모네집이 있어 임시 그 곳에서 숙소를 정하고 일자리를 얻기로 했다.

연줄이 있는 사탕수수 베는 사람들은 이 공장에 일자리를 구할 수가 있었기 때문이었다.

루크와 얀은 이 곳에서 설탕 부대를 나르는 일을 했다. 쉬는 날은 해변에 나가 수영을 하거나 파도타기를 즐겼다.

메기는 뮬러 씨네 집의 가정부 생활을 하면서 장마철을 맞아 고생했다. 열대성 계절풍 시즌에 접어들자 하늘에서 비가 순식간에 쏟아지곤 했다. 하루 종일 비가 오는 것이 아니라 가끔 발작적으로 쏟아졌다.

폭우가 그친 뒤의 대지는 다시 녹아내릴 듯 지글지글 끓었다. 사탕수수밭, 정글, 산등에서 흰 수증기가 거대한 구름이 되어 하늘로 올라가서는 또 폭우가 되어 그대로 쏟아져 내렸다.

시간이 흐를수록 그녀는 점점 더 고향집이 그리워졌다. 정말 이 곳은 그녀가 살 곳이 못 되었다. 무엇보다도 기후가 그녀에게 맞지 않았다.

그녀는 잘못하면 평생을 이 곳에서 보내게 될지도 모른다고 생각하기 시작했다.

메기는 드로게다를 동경하고 꿈꾸고 있었으나 그녀의 자존심 때문에 남편이 자기를 버리고 있다는 말을 가족에게 알릴 수가 없었다. 그녀는 가족들에게 사실을 알리느니 차라리 평생을 그대로 보내겠다고 생각했다.

메기는 한 달에 한 번씩 드로게다의 가족들에게 안부의 편지를 써서 보냈다.

새로운 생활을 시작한 땅의 이모저모를 소개한 조심스러운 편지였다. 그러나 루크와의 생활의 변화에 대해서는 한 마디도 언급하지 않았다. 그것은 어찌할 수 없는 그녀의 자존심 때문이었다.

드로게다에서는 루크가 주로 여행을 하며 일하기 때문에 메기가 루크의 친구인 뮬러 씨의 집에 기거하는 것으로만 알고 있었다. 그래서 가족들은 아무도 메기에 대한 걱정을 하지 않았다. 다만 메기가 한 번도 다녀 가지 않는 것이 섭섭할 따름이었다.

하지만 돈이 없어서 못 간다는 사연을 누구에게 말할 수 있단 말인가? 결혼 생활이 비참해졌다는 말을 어떻게 할 수 있단 말인가?

메기는 편지에서 가끔 랠프 주교의 안부를 넌지시 묻는 경우가 있었다. 그러면 보브가 이따금 조금씩 적어 보내곤 했다. 이제까지 그 정도가 고작이었다. 그러던 어느날 좀 색다른 소식이 왔다.

메기야, 신부님이 갑자기 이 곳에 오셨단다. 그 분은 네가 여기 없는 것을 알고 몹시 섭섭해 하더라. 왜 한 마디도 알리지 않았느냐고 말이다. 그는 네가 어디서 불쑥 나타나기를 기다리는 것 마냥 농장의 이곳저곳을 산책하더구나. 네가 아기를 낳았느냐고 묻길래, 아직 없다고 말했다. 결혼한 지 벌써 2년이 되었는데, 빨리 아기를 낳기 바란다. 그러면 그 분도 기뻐하실 거다.

네 주소를 가르쳐 주려고 했더니, 그는 그리스 아테네로 무슨 출장을 간다며 소용없다고 하더라. 그는 네가 집에 없는 것을 확인하자, 이 곳에 별로 애착이 없는지 미사를 몇 번 드리고는 엿새 만에 떠났단다.

메기는 편지를 내려놓았다.

이제 그 분은 내가 결혼한 걸 알았구나! 속으로 어떻게 생각했을까? 왜 결혼을 하라고 강요했을까?

결혼해 봤자, 좋은 일은 아무것도 없다. 정말 나는 루크를 사랑하고 있는 것일까?

아니다. 앞으로도 그럴 것이다. 그는 다만, 랠프 주교와 비슷한 아들을 낳게 해줄 대용품에 지나지 않는다.

아, 하느님! 이 무슨 조화입니까……

랠프 주교는 교황 사절 대주교와 함께 아테네에 도착했다. 대주교의 사명은 중요한 것이었다. 그것은 그리스 정교가 신교를 싫어하면서도 완전히 천주교와 동일한 것이 아니어서 교리와 포교의 화해를 도모하기 위한 사명이었다. 대주교로서는 어떤 일이 그의 외교적 수완의 시험대였고 승진의 가늠대였다.

대주교가 오스트렐리아를 떠날 때, 비서인 랠프가 동행하지 않는다는 것은 있을 수 없는 일이었다.

랠프는 세월이 흐름에 따라 더욱 대주교의 신임을 받게 되었으며, 대주교는 랠프 신부가 거듭 승진되기를 바랬다.

아테네의 날씨는 더웠다. 그러나 랠프 주교는 시드니의 습한 기후에 진저리가 났기 때문에 아테네의 건조한 기후가 싫지 않았다.

아득히 멀리 떨어진 이 곳에 와서야 그는 비로소 담담하게 메기를 생각할 수 있었다. 그러나 그녀를 생각하는 순간 잠시 눈시울이 뜨거워져서 감정을 억제할 수가 없었다.

자기가 결혼을 하라고 권유했으면서 왜 이렇게 가슴 아파해야 한단 말인가? 그녀가 결혼 소식을 알려주지 않은 이유를 그만은 알 수 있었다. 분명 그녀는 자기 남편을 보는 것을 원치 않았을 것이다.

루크라는 남편과 함께 사는 한, 그녀는 영원히 그에게 돌아오지 않을 것이다.

랠프 주교는 아크로폴리스와 파르테논 신전을 등지고 아테네의 거리로 들어섰다. 숙소는 오모니아 거리에 있는 일류 호텔이었다.

대주교는 발코니의 창가에 앉아 명상에 잠겨 있다가 그를 보자 미소로 맞았다.

"재미있었나요? 난 지금 기도를 드리려는 참이었어요."

"덕분에 이런 여행도 하게 되었습니다."

"그런데 오늘 몬테베르디 추기경으로부터 급한 편지가 왔어요. 교황의 소망을 전달하는 편지였지요."

"그래요, 뭡니까?"

"회담이 끝나는 대로 날더러 가급적 빨리 로마로 오라는 분부입니다. 나는 추기경이 되어 로마에서 일하게 되죠. 바로 교황 폐하

밑에서 일하게 돼요."

"축하드립니다. 그럼 저는 어떻게 됩니까?"

"아마 대주교님이 되어 큰일을 맡게 될 거예요. 내 후임이 되는 거죠."

랠프 주교의 얼굴이 홍조를 띠었다. 정신이 없었다. 자신에게 그런 위치가 돌아오다니! 분명히 추기경도 될 수 있는 전망이 보였다.

"물론 로마에 가서 6개월간 교육을 받아야 합니다. 그 동안 내가 많은 인사들에게 소개할 것입니다. 그리고 때가 되면 아주 로마로 불러들이게 될 거예요."

"어떻게 감사를 드려야 할지, 모든 것이 대주교님의 은혜인 줄 압니다."

"그럼 우리 함께 기도합시다."

기도를 마치고 어쩌다가 랠프 주교의 성경 갈피에 끼워둔 마른 장미가 눈에 띠었다.

"참, 이상한 일이군요! 이 마른 장미꽃은 고향에 대한 추억인가요."

"아닙니다. 하느님 아버지에 대한 사랑처럼 순결한 사랑에 대한 기억입니다. 그 꽃은 성경을 모독하지 않고 더욱 빛나게 합니다."

"그래요? 그런데 그 청순한 사랑이 교회에 대한 충성심을 위태롭게 하지는 않을까요?"

"그럴 리 없습니다. 그녀를 버린 것도 교회를 위한 것이었습니다."

"남 몰래 우수에 젖어 있던 표정의 원인을 이제야 알겠군요. 그런 사랑으로 인해 더 많은 인간들에게 선행을 베풀 수 있을 겁니다."

"그녀는 제가 이것을 간직하고 있는 것조차도 결코 알 수도 이해하지 못할 것입니다."

"아니, 이해하겠죠. 그 소녀도 이제 그 사랑을 이해할 만큼 숙녀가 되어 있을 거예요."

"정말 무릎을 꿇고 기도하는 고행의 행복이 없었다면 신부복을 벗고 그녀에게로 달려갈 뻔했습니다."

"그랬을 테죠. 하지만 당신은 교회를 떠나지 못할 겁니다. 나는 그 점을 잘 알고 있어요. 당신의 사명은 신성한 것입니다. 자, 이제 같이 기도합시다."

8월 말, 메기는 루크의 편지를 받았다. 편지의 사연은 웨일즈라는 병에 걸려 병원에 입원했지만, 생명의 위험은 없으며 곧 퇴원할 것이라는 내용이었다.

그 병은 약간의 휴양을 하면 되니까 안톤태브랜드에 있는 호수로 가서 함께 휴가를 즐기자는 내용이었다.

메기는 그와 함께 휴가를 즐겨야 되는 건지, 어떤 건지 도대체 분간할 수가 없었다.

메기가 뮬러 부부에게 이 소식을 알렸을 때 그들은 기쁜 빛을 보였지만, 메기가 가고나자 루크의 성실성을 회의적으로 생각했다.

루크는 약속대로 어디선가 자동차를 빌어 타고왔다. 메기는 가방을 남편에게 건네주고는 차에 올라 옆자리에 앉았다.

"웨일즈병이 뭐지요? 위험하지는 않다고 했는데, 당신 아주 많이 앓았던 사람같이 보이는군요."

"그건 사탕수수 밭에서 일하는 사람은 누구나 걸리기 마련이지. 일종의 황달병이야. 들쥐가 옮기는데 나는 워낙 건강했기 때문에 괜찮았어. 의사가 이제 완쾌되었다고 하더군."

목적지인 호수는 숲지대의 꼭대기에 위치해 있었고 목가적인 곳이었다. 그들은 숙소에 여장을 풀고 어두워지기 전에 조용한 호수를 구경하러 베란다로 나갔다. 날으는 여우라는 별명이 붙은 거대한 박쥐들이 수백 마리씩 떼를 지어 물가를 빙빙 돌고 있었다.

그들이 묵은 힘멜 호프 호텔의 침대는 고급이었고 시원하고 푹신했다. 침대에 눕는 순간 메기는 그 동안의 긴장이 다 풀리는 느낌이었다.

루크는 자기 가방에서 조그마한 곽을 꺼내더니 그 속에서 작고 둥근 물건을 꺼내 침대에 붙은 탁자 위에다 놓았다.

"그게 뭐예요."

그녀가 손을 뻗어 그것을 집어들었다.

"프랑스제 콘돔이야. 당신과 사랑할 땐 이것을 꼭 껴야 돼."

루크는 피임하겠다고 결심하여 그것을 사용하면서도 그녀에게 비밀로 했던 사실을 잊은 양, 아니면 그런 비밀이 거추장스러운 듯 설명해 주었다.

"이걸 사용하지 않으면 애가 생겨. 우리가 아직 애를 가질 여유가 없어서 이러는 거야."

루크는 수척해진 알몸으로 침대가에 앉아 있었다. 그는 손을 뻗어 콘돔을 쥐고 있는 메기의 손을 잡았다.

"메기, 이제 거의 되었어. 5천 파운드만 더 모으면 우리 농장을 살 수 있어."

"꼭 그래야 한다면 랠프 주교님에게 편지를 해서 좀 빌려 달라고 할 수도 있잖아요."

메기의 음성은 침착했다.

"그건 절대로 안돼! 우리가 가질 것은 우리가 벌어서 손에 넣어야 돼. 빚지고 살고 싶진 않아."

이 말을 듣는 순간, 메기의 가슴은 억제할 수 없는 분노로 들끓어 올랐다. 이런 경우는 처음이었다.

'사기꾼! 거짓말장이! 이기주의자! 속여서 아기도 못 갖게 한 남자!'

그러나 그녀는 말없이 그 타오르는 분노의 불덩이를 삼켰다. 자신이 생각해도 신기했다. 그녀는 다시 손에 쥐고 있는 물건으로 시선을 돌렸다.

"이것이 어떻게 아기를 못 낳게 하죠?"

"정말 들어보지도 못했어?"

"네."

루크의 손은 그녀의 젖가슴을 애무하고 있었다.

"아무것도 끼지 않고 하면 그 어떤 액체 같은 것이 당신 몸 속으로 들어가는데, 이것을 끼면 그것이 이 속에 남기 때문에 아기를 갖지 않게 돼."

‘아, 그랬구나······. 이기주의자 같으니!’

루크는 불을 끄고 그녀를 침대에 눕혔다. 그는 자기 몸에 그 물건을 끼더니 메기를 껴안았다.

‘사기꾼!’

그것이 그녀를 얼마나 아프게 하는지를 숨기기 위해 그녀는 고통을 참았다.

“이걸 끼면 기분이 좋지 않아?”

“아프지만 않았으면 좋겠어요.”

“당신이 너무 작아서 아픈 모양이야. 이제 이걸 빼고 조심스럽게 해볼 참이야.”

“아프지만 않다면야 아무래도 괜찮아요.”

메기는 역겹다는 투로 대꾸했다.

“대신 좀 더 열중해 줘.”

그는 조심을 했지만, 다시 흥분하고 있었다. 여자와 관계해 본 지도 오래인지라 정력이 축적되어 있었다.

그들의 몸은 다시 하나가 되었다. 그녀는 문득 그가 사정하는 순간에 몸을 빼지 못하도록 해야겠다고 생각했다. 그녀는 이를 악물고 아픔을 참았다. 전보다는 조금 덜 아픈 것도 같았다.

루크는 마지막 순간 눈을 뜨고 그녀를 떠다 밀려고 했다. 그러나 너무 흥분되어서 그럴 자제력을 잃고 말았다. 이물질에 익숙해 있던 루크는 사정이 매우 빨랐다. 비명을 지르는 것이 남자답지 못하다는 것을 알았지만, 그는 어쩔 수 없이 비명을 지르고 말았다.

그는 잠시 후 그녀에게 부드럽게 키스했다.

"루크!"

그녀가 불렀다.

"응?"

"왜 늘 지금처럼 하지 않죠? 그 물건을 쓰지 않아도 되잖아요."

"그렇게 해서는 안 되는 걸 하고만 거야. 또 다시 그렇게 하면 안돼."

그녀는 그의 위로 몸을 굽혔다.

"이렇게 앉으니까 도로 다 나오는데 무슨 염려가 있어요."

"그럴까?"

완전한 쾌락이 따르고 임신할 염려도 없다면야 더 좋을 게 또 어디 있겠는가? 성에 대해 완전한 지식이 없는 그는 보아하니 그럴 듯도 했으므로 고개를 끄덕여 동의했다.

그 후의 행위 때엔 그것이 끝나고 남자가 물러나면 메기는 내부의 근육에 힘을 주어 흘러나가지 않고 몸 속에 그대로 남아 있도록 의식적으로 노력을 했다.

그는 그녀와 휴가를 즐기는 동안 완전히 몸을 회복했다. 게다가 메기가 그 일에 적극성을 띠고 나섰기 때문에 2주일 예정했던 휴가가 3주일로 연장되었다.

"메기, 이제 돌아가야겠어."

"루크, 다시 생각해 보세요. 당신이 농장을 사고 싶다면 살 수 있는 길이 있잖아요?"

"여보, 당분간 더 노력해 보고 생각하기로 하지."

그는 이렇게 말하고 다시 사탕수수밭으로 돌아갔다. 그는 결코 사탕수수의 유혹을 뿌리칠 수가 없었다. 젊음이 있는 한 그는 그것에 자신의 삶을 집착시킬 것이리라.

메기는 다시 힘멜 호프로 돌아가서 아기가 생기리라는 희망을 안고 하루하루를 열심히 살아갔다

드디어 아기가 생겼다는 소식을 뮬러 부부에게 전하게 되었을 때, 그들은 무척 기뻐했으며 메기는 얼굴을 붉혔다.

다만 입덧이 오래 가는 것이 문제였다. 체중은 별로 늘지 않았는데 혈압이 몹시 올랐다.

메기는 루크에게 임신했다는 편지를 냈다. 그러나 그의 답장은 기쁨이 아니라 분노에 찬 것이었다. 하지만 이제 와서 그 역시 어찌할 수 없는 결과였다.

그녀의 건강은 점점 나빠졌다. 배 속에 든 아기까지도 그녀를 사랑하지 않는 듯 몹시 괴롭혔다. 날이 지남에 따라 사랑할 아기를 얻겠다든 열망은 약해지고, 다만 짐스러운 존재가 하루하루 자신의 몸을 파먹고 있다는 생각만이 지배했다. 그렇게 바라던 아기인데, 이제는 갖고 싶지 않은 존재가 되고 말다니……

시간이 흐를수록 결혼은 잘못이라는 결론을 내릴 수밖에 없었다. 그것은 처음부터 잘못된 삶의 낭비와 같은 것이었다. 사랑과 사랑하는척 하는 것과는 본질적으로 다른 것이다.

지금 그녀가 더 미워하고 있는 사람은 이상하게도 랠프 신부였다. 왜 그에게 분노를 느끼는 것일까? 그 이유는 그녀가 그렇게 원하고 사랑했는 데도 그가 한결같이 사랑을 거부했었기 때문일까?

그를 사랑했기 때문에 그를 닮은 루크와 결혼했다는 자신의 어

처구니 없는 실수, 그것으로 인한 자책감인가?

메기는 눈을 크게 뜨고 침대에 누워있었다. 앤이 들어오자, 메기는 미소를 지어보였다.

그러나 앤은 그녀의 눈에서 공포를 직감할 수 있었다.

"너무 걱정하지 말아요. 의사 선생님이 올 것이니까요."

"고마와요. 정말 고마와요."

앤은 그녀의 머리카락을 쓸어올려 주고 밖으로 나왔다.

앤이 베란다에서 보니 한 대의 택시가 이쪽으로 오고 있었는데, 그 안에는 검은 옷을 입은 남자가 앉아 있었다.

앤은 안도와 기쁨의 환성을 질렀다.

"내 눈을 의심해야겠군! 루크가 이제야 철이 든 모양이야."

택시가 가까이 와서 멈춰 섰다. 운전사가 먼저 내려 뒤로 돌아가서는 손님이 내리도록 문을 열어주고 있었다. 이 곳의 택시 운전사는 보통 손님에게 그런 대접을 하지 않는 것이 상례였다.

검은 옷을 입고 허리에 자색 띠를 두른 남자가 차에서 내렸다. 그 남자는 한 걸음에 두 계단씩 급히 올라왔는데, 앤이 여지껏 보아온 남자들 중에서 가장 잘 생긴 남자였다.

"뮬러 부인이십니까?"

그가 물었다. 그의 푸른 눈엔 속세에서는 볼 수 없는 초연한 빛이 흐르고 있었다.

"저는 랠프 주교입니다. 루크 오닐 부인이 댁에 계시다고 해서 왔습니다만……"

“아, 여기서 살고 있어요.”

“난 그녀의 옛 친구입니다. 지금 좀 만날 수 있습니까?”

“네, 주교님. 하지만 지금은 진통 중입니다.”

랠프 주교로서도 그 순간 감정의 동요를 억제치 못하는 듯했다.

“그 동안 무언가 잘 되어가지 않고 있다는 것을 짐작은 하고 있었지요. 그녀의 생활이 불행하다는 것을 육감으로 알고 있었어요. 아, 메기는 어디 있지요? 내가 직접 만나봐야겠어요.”

“주교님, 이리 오세요.”

앤은 그를 안으로 안내했다.

랠프는 메기의 침대로 가서 바닥에 무릎을 꿇고앉아 그녀의 손을 잡았다.

“메기!”

메기는 점점 심해지는 진통을 참으며 눈을 뜨고 낯익은 목소리가 들리는 쪽을 바라보았다. 그녀는 관자놀이 근처에 흰 머리가 약간 있는 귀족적인 용모를 한 사랑하는 얼굴이 자신의 얼굴 가까이에 있는 것을 발견했다.

그는 주름이 전보다 더 선명할 뿐 여전히 준수한 모습을 하고 있었다. 그의 푸른 눈은 사랑과 동경으로 그녀의 눈을 깊숙이 들여다보고 있었다.

‘아! 이 남자와 루크를 혼동하다니!’

루크는 거울로 치면 뒷면에 불과하며, 이 사람은 태양이 비치는 거울의 전면과 같은 존재였다.

“랠프, 저를 도와주세요.”

그녀가 속삭이듯 말했다.

랠프는 그녀의 손에 가만히 키스하고는 그 손을 자신의 볼에 갖다 댔다.

"메기, 언제라도 도와주겠어."

"저와 아기를 위해 기도해 주세요. 우리를 구할 수 있는 사람은 랠프, 당신 뿐이에요. 우리를 원하는 사람은 아무도 없어요. 심지어 당신도 그럴 거예요."

"루크는 어디 있지?"

"모르겠어요. 알고 싶지도 않아요."

메기는 눈을 감고 얼굴을 옆으로 돌렸다. 그러나 그의 손을 쥔 그녀의 손가락은 점점 힘이 가해지며 좀처럼 놓아줄 생각을 하지 않는 듯싶었다.

"주교님, 이제 그만 밖으로 나가 계십시오."

이때 의사가 그의 어깨를 두드리며 말했다.

"이 여자의 생명이 위독하면 나를 불러주십시오."

"네, 그러겠습니다."

"앤, 산모는 어때?"

앤과 대주교가 밖으로 나오자 방금 귀가한 뮬러 씨가 물었다.

"아직은 괜찮아요. 참, 이 분은 랠프 주교님이세요. 메기의 옛 친구분이시래요."

뮬러는 바닥에 한쪽 무릎을 꿇고 그에게 내민 랠프 주교의 손가락에 입을 맞췄다.

"주교님, 앉으십시오. 앤과 잠깐 얘기하고 계십시오. 제가 차를 끓여 오겠습니다.”

그는 자리에 앉았다.

“당신이 그 분이었군요.”

앤이 말을 꺼냈다.

“네?”

“진통이 시작되면서 메기는 계속 당신의 이름을 불렀어요. 정말 저도 어리둥절했답니다. 평소엔 입밖에 내지도 않았거든요.”

랠프 주교는 씁쓸한 미소를 지으며 두 손을 합장했다.

“나는 그녀가 열 살 때부터 알고 지냈습니다. 메기는 속세의 삶을 비춰보는 나의 거울이었다고 해도 무방할 겁니다.”

“그녀를 사랑하고 계시군요.”

앤은 랠프 주교의 눈을 가만히 들여다보며 말했다.

“영원히, 언제나……”

“두 사람 모두에게 비극이군요.”

“나만의 비극이 되길 원했는데…… 메기가 결혼한 후의 생활을 좀 들려주시겠습니까?”

“메기에 대한 주교님의 이야기부터 듣고 싶군요. 두 분 사이의 사적인 이야기가 아니고, 이 곳에 오기 전의 메기의 생활을 들려주세요. 우리 부부는 그녀를 몹시 아끼고 사랑하기 때문에 알고 싶은 거예요. 그런데 그녀는 자존심 때문인지 전혀 그런 얘기를 않더군요.”

뮬러가 차와 음식을 가지고 들어와 자리를 같이 했다.

랠프 주교는 그들에게 메기가 결혼하기 전의 생활을 들려주었다.

이야기를 듣자 앤이 분개한 음성으로 말했다.

"그런 줄은 꿈에도 몰랐어요. 루크는 정말 뻔뻔스런 남자로군요. 그런 자가 인간의 탈을 뒤집어 쓰고 다니다니! 불쌍한 메기는 언제나 돈이 없었답니다."

"그녀에게 동정은 마십시오. 그녀가 괴로워하는 것은 돈이 없어서가 아닙니다. 그것은 남편의 무관심에서 비롯된 것일 겁니다. 가엾은 메기!"

뮬러 부부는 랠프 주교에게 메기의 결혼 생활에 대해 상세히 들려주었다. 이야기를 듣는 그의 얼굴은 잠잠했으며, 깊고 푸른 눈으로 창밖의 먼 곳을 응시하고 있었다. 이야기를 다 듣고난 그는 뮬러 부부를 슬픔에 찬 눈으로 바라보았다.

"남편이, 그러니 우리가 도와 줘야 되겠습니다. 루크가 메기를 원하지 않으면 그녀는 드로게다로 돌아가야 합니다. 그녀를 놓치기 싫으시겠지만, 그것이 그녀를 돕는 현명한 방법입니다. 그녀는 오빠들에게 돈을 보내 달라고 할 사람이 아니니, 내가 시드니에 가서 이 곳으로 수표를 우송하겠습니다."

랠프는 말을 끊었다가 메기가 진통 중인 방쪽을 바라보며 초조하게 중얼거렸다.

"하느님, 아기가 무사히 태어나게 해주십시오!"

그러나 아기는 만 하루가 지나도 태어나지 않았다. 메기는 피로와 고통 때문에 거의 죽은 사람이나 다름없었다. 그 당시에는 다른 방법이 없었기 때문에 의사는 다량의 진통제만을 투약했다.

산파에게 메기를 맡기고 좀 쉬려고 밖으로 나온 의사도 메기의 과거를 단편적으로나마 들었다.

"그런데 주교님, 산모와 아기의 생명 중에서 한쪽을 선택하라면 주교님의 양심은 어느 쪽을 택하라고 하겠습니까?"

의사가 돌연 곤란한 질문을 던졌다.

"교회는 그 점에 대해서 강경합니다. 선택은 용납되지 않습니다. 산모를 구하기 위해 아기를 죽여서도 안 되고, 아기를 구하기 위해 산모를 죽게 해서도 안 됩니다. 그러나 만일 오늘 그런 사태에 직면한다면, 나는 서슴지 않고 메기를 구하라고 하겠습니다."

"네, 신부님께서 말씀하신 것을 저만 알고 있겠습니다."

의사는 잠시 앉았다가 다시 산모에게로 달려갔다.

세 시간 후, 해가 서산으로 기울 무렵에야 의사가 침실에서 나왔다.

"아, 이제 끝났군. 하느님 덕택으로 겨우 아기가 태어났군요. 다행히 산모도 무사합니다. 딸이에요."

랠프 주교는 급히 안으로 들어갔다.

메기의 지친 얼굴을 본 랠프의 고통은 말로 표현할 수가 없었다.

"오, 메기!"

갓난아기는 왕골로 짠 침대에 누워 고마운 것도 모르고 울음을 터뜨리고 있었다.

랠프 주교는 침대 끝에 앉아 메기의 손을 잡으며 미소를 지었다.

"갓난아기도 세상에 태어난 것을 달갑게 여기지 않는가 봐요."

메기가 힘없는 음성으로 말했다.

"무슨 소리. 그런데 아기의 이름을 뭐라고 하면 좋을까."

"저스틴이라고 부르겠어요."

"아주 좋은 이름이군. 어떻게 그런 이름을 생각해 냈지?"

"책에서 본 이름인데 마음에 들었어요."

"메기, 갓난아기가 귀엽군."

"하지만 저스틴은 아무에게도 마음을 주지 않을 아기 같아요."

잠시 침묵을 지키고 있던 랠프 주교가 말했다.

"메기, 난 이만 가 봐야겠어."

그러자 메기의 눈이 굳어졌다.

"메기, 이런 기분으로 메기를 두고 떠나고 싶지는 않지만, 나는 가야 될 몸이라는 것을 메기도 잘 알거야. 나는 메기의 청순하고 밝은 면을 늘 사랑했었어. 그러니 제발 변하지 말아줘. 루크의 행동은 지나치지만 그렇다고 메기까지 원한에 찬 모진 여자로 변해선 안돼. 메기가 그렇게 되면 나의 메기는 영원히 사라지고말 거야."

메기의 입술이 떨렸다.

"아, 마음에도 없는 소린 하지 마세요. 난 당신의 메기가 아니에요. 현재도 그렇고 과거에도 그랬어요. 당신은 나를 원하지 않았어요. 하지만 난 당신을 사랑했고, 그러면서 당신을 잊으려고 노력했어요. 그래서 결국은 당신과 조금 비슷하다고 생각되는 남자와 결혼하고 말았지요. 그 남자도 나를 원하지도 필요로 하지도 않더군요. 랠프, 나를 사랑해 달라는 것이 지나친 부탁인가요?"

메기는 흐느껴 울었다.

"메기, 내가 떠날 때 준 장미꽃을 기억해?"

"네, 기억하고 있어요."

메기의 음성에는 활기가 없었고, 눈은 희망을 잃은 영혼처럼 물기에 젖어 그를 응시하고 있었다.

"난 그 꽃을 항상 성경 갈피에 보관하고 있어. 나는 그것을 볼 때마다 메기를 생각할 거야."

그는 곧 몸을 돌려 그 곳을 떠나갔다.

루크에게서는 아버지가 되었다는 사실을 알린 후에도 아무런 회답이 없었다. 메기는 서서히 회복되었고, 저스틴은 무럭무럭 자랐다.

메기는 자신의 젖으로 기르고 싶었지만 그렇게 할 수가 없었다. 루크가 항상 만지고 물기를 좋아하던 젖가슴에선 이상하게도 젖이 나오지 않았다.

4개월이 되자, 붉은 머리에 투명한 피부를 지닌 이 아기는 별로 울지도 않고 혼자서도 잘 놀았지만, 사람을 보고 웃는 일이 거의 없었다.

12월 초 어느 날, 앤은 베란다에 앉아 있는 메기의 곁으로 갔다. 메기는 수척하여 생기가 없었다.

"메기, 우리는 걱정을 많이 했어. 아기를 낳고 회복이 잘 안 되는 것 같아. 게다가 이 곳의 공기마저 습해서 건강이 더 나빠지는 모양이야. 무슨 대책을 세우지 않으면 큰일 나겠어."

그녀는 메기의 눈치를 살피고 나서 말을 계속했다.

"그래서 내가 몇 주일 전에 여행사에 있는 친구에게 편지해서 휴가 여행을 예약해 놨어. 비용은 걱정하지 마. 랠프 주교님이 메기 앞으로 큰 액수의 수표를 보내왔어. 오빠께서는 모든 것을 털어버리고 드로게다로 돌아왔으면 하는 암시를 하셨다더군. 그래서 우리는 메기에게 휴양 여행을 마련하는 것이 가장 좋은 방법이라고 판단했지. 드로게다로 간다는 것은 휴양으로는 적합하지 않은 것 같아. 메기에게는 좀 더 생각할 시간이 필요할 것 같아서 그랬던 거야. 우리 판단이 맞지? 그래서 호젓한 매트로크 섬에 있는 별장 하나를 예약해 뒀어. 저스틴은 우리가 돌볼 테니까 염려 말아요. 그 곳에는 전화가 있으니까 무슨 일이 있으면 그때마다 연락할께."

"앤의 말이 맞아요. 내 건강이 나쁘다는 것 말이에요. 그래서 나는 저스틴에게 좋은 엄마 노릇도 못하고 있어요. 그 애에겐 미안한 일이에요. 내가 아기를 갖기로 원했지, 그 애가 자청해서 태어난 것도 아닌데 말이에요."

그녀는 한숨을 지었다.

1937년도 저물어 가는 어느날, 메기는 타운즈빌행 기차에 올랐다. 휴가는 시작도 되지 않았는데 그녀는 벌써 몸이 많이 나아진 기분이었다.

타운즈 빌은 번화한 도시였다. 기차에서 내리자 바로 배를 타야 했기 때문에 자세히 구경할 여유가 없었다. 16년 전에 타스만 해협을 건너 오스트렐리아로 올때 지겨운 항해를 한 후 처음 타 보는 배였다.

그러나 이번 항해는 전번과는 달랐다. 잔잔한 수면을 미끄러지듯 나아가는 여행이었고, 이제는 열 살이 아니고 26살인 것이다.

갑판 위에서 보는 바다 풍경은 새로운 기분을 갖게 해주었다. 수면이 어찌나 투명한 지 속이 훤히 들여다보였다. 붉은 산호림과 그 사이를 지나가는 물고기떼들이 뚜렷하게 보였다. 사방은 모두 야자수가 늘어선 해변이었는데, 그 곳의 모래는 솜처럼 하얀 빛깔이었다. 가끔 거대한 산호가 수면 위까지 솟아올라 오색찬란한 빛을 발하고 있었다.

"저렇게 평평한 것이 진짜 산호섬입니다."

한 선원이 설명해 주었다.

"매트로크 섬이 어디지요?"

메기가 물었다.

선원은 이상한 듯이 그녀를 쳐다보았다. 신혼부부들이나 가는 휴양지를 여자 혼자 가는 것이 이상해 보인다는 눈치였다.

"우리는 지금 월트선디 패시지를 통과하는 중이니 해질 무렵이면 그 곳에 닿게 됩니다."

해지기 한 시간 전이었다. 메기가 탄 배는 곡예하듯 파도를 헤치며 조수를 따라 육지로 다가갔다. 육지로부터 반 마일 가량 바다 가운데로 제방이 뻗어있었다.

어떤 노인이 제방 위에 서 있다가 메기를 부축하여 내리게 했고 짐을 받아들었다.

"잘 오셨습니다. 오닐 부인. 저는 로브 월터입니다. 바깥어른이 곧 오셔야겠습니다. 원래 겨울 휴양지라서 지금은 사람이 없답니다."

그들은 육지로 나왔다. 바다는 석양을 받아 현란한 파도가 철썩 댔다.

그들은 차에 올라 야자수 사이로 난 해변길을 천천히 달렸다. 산호 가루가 길바닥을 덮고 있어 타이어 밑에서 오도독 오도독하는 소리가 들렸고, 야자수 아래서 또 다른 열대식물이 자라고 있었으며, 한편으로는 깎아지른 듯한 절벽을 이룬 아름다운 산이 솟아 있었다.

"정말 아름답군요!"

메기가 감탄했다.

"이 섬은 폭이 4마일에다 길이가 8마일입니다."

로브가 말했다. 그들은 베란다와 쇼 윈도우가 있는 하얀 건물 옆을 지나고 있었다.

"이 곳은 작은 잡화상입니다. 저도 이 집에서 살고 있죠. 주인 아주머니의 일을 봐주고 있습니다. 저쪽에 한 신혼부부가 살고 있고, 이쪽엔 사람이라곤 전혀 없어요. 해변을 걸으실 때 실오라기 하나 걸치지 않으셔도 됩니다. 볼 사람이 없으니까요. 그리고 필요한 것이 있으시면 오시지 말고 전화만 하십시오. 제가 가져다 드리겠습니다. 그리고 해질 무렵에 한 번씩 별일이 없나 살펴보러 들르겠습니다."

메기의 숙소는 단층에 방이 셋이나 달려 있었다. 이 오두막 방가로와 아늑한 해변이 골짜기를 이루며 펼쳐져 있었다. 아주 후미진 곳이었다. 그러나 문화 시설은 모두 갖추어져 있었다.

로브가 돌아가자 메기는 짐을 풀고 집안을 살펴보았다. 침대의 이불과 요는 고급이었고 깨끗했다. 냉장고에는 신선한 음식들로 가득 차 있었다. 잠을 자지 않을 수 없었고 식욕이 왕성해지지 않을 수가 없었다.

첫 주일에 메기는 먹고 자기만 했다. 물 속에 들어갈 때도 시고 달콤한 망고열매를 안고 들어갔다. 하긴 망고를 먹기에는 목욕탕이나 바닷물 속이 가장 좋은 곳이었다. 그 곳은 파도가 작았고 수심도 얕아 수영을 할 줄 모르는 그녀의 마음에 들었다.

앤의 말에 따르기를 잘 했다. 사람이 없어도 전혀 고독을 느끼지 않았다.

날이 지나감에 따라 메기는 옷을 입을 필요를 느끼지 않았다. 처음에는 벌거벗고 해안으로 나오면 몹시 수줍어서 나뭇가지의 끝이 흔들리거나 코코넛이 떨어지는 소리에도 깜짝 놀라 타올을 가지러 달려가려는 동작을 취했었다.

그러나 이제 아무도 근처에 오지 않는다는 확신을 갖게 되어 알몸으로 바닷가를 걷고 모래찜질도 하고 따뜻한 물 속에서 아이들처럼 물장구를 치기도 했다.

아주 오랫만에 그녀는 일에서 벗어나 자유로운 생각과 상상의 나래를 마음껏 펴고 있었다.

나는 도대체 무엇을 원하는 것일까? 왜 나는 이 세상에 태어났을까? 어쩌다가 여기까지 오게 됐을까? 그러나 싫든 좋든 이제 옛 시절로 돌아갈 수는 없었다.

이 곳에는 평화와 안식과 무위가 있고 모래 위에 누워 생각할 수 있는 시간이 있지 않은가.

랠프, 랠프가 생각났다. 이렇게 벌거벗고 누워서 그를 생각하다 니 뭔가 잘못된 기분이 들었다.

메기, 메기여, 솔직히 인정하라! 그대가 원하는 남자는 랠프가 아 닌가? 그러나 그 남자는 손에 넣을 수가 없다.

메기는 여기까지 생각하고는 세 살 때 아그네스를 오빠들에게 빼앗긴 채 울어보고는 지금까지 한 번도 울어 보지 못했던 그런 울음을 터뜨렸다. 울음소리를 듣고 있는 것은 고독한 게와 새 뿐이 었다.

그런데 앤이 매트로크 섬을 택한 데는 그럴만한 이유가 있었다. 먼저 보내놓고 루크도 그 곳으로 보낼 계획이었던 것이다. 메기가 떠나자, 앤은 루크에게 급한 일이 생겼으니 빨리 오라는 전보를 띄 웠다.

앤은 남의 일에 간섭하는 성질이 아니었지만, 메기를 사랑했기 때문에 저스틴을 극진히 보살펴 주었다.

루크는 이틀 후에 도착했다. 그는 시드니로 가는 도중에 들렀다 고 말했다. 아들을 낳았다면 곧 달려왔을 텐데 계집아이이어서 실망 했다는 것이다.

"메기는 어떻습니까?"

루크는 베란다로 올라가며 물었다.

"괜찮아요. 그 얘기는 나중에 할테니 우선 당신의 예쁜 딸이나 보구려."

그는 물끄러미 어린애를 내려다보았다. 재미있다는 표정이었지 만, 진지한 부성애는 보이지 않았다.

"눈빛이 이상한데, 누굴 닮았을까?"

"가족 중에 이런 눈은 없다고 메기가 말하더군요."

"우리 가족 중에도 이런 눈은 없는데…… 주워 온 아이군. 참 우습게 생겼구나?"

그는 딸의 머리를 토닥이며 말했다.

"아버지를 봤나, 또 집이 있나, 그렇다 보니 애기인들 행복할 수 있겠어요?"

앤의 말투에는 가시가 돋혀 있었다.

"제발 그런 소리 말아요. 난 지금 저축하고 있어요."

"시시한 소리 말아요. 당신이 얼마나 돈을 모았는지도 알고 있고, 마음만 있다면 은행에서 돈을 찾아 아담한 농장을 살 수 있어요. 마음이 없으니까 안 사는 거지."

그 말에 루크는 시무룩해졌다.

"난 아직 사탕수수에서 손을 뗄 생각은 없어요."

"이제야 진실을 말하는군요. 루크, 왜 솔직히 고백하지 못해요? 사랑하지 않는다고 말예요. 무엇보다 그녀의 돈을 보고 결혼했다고 말예요."

앤은 멸시하는 눈으로 루크를 쳐다보았다. 그러자 그의 얼굴이 벌개졌다.

"그녀의 돈이 나에게 도움이 되었다는 것은 인정합니다. 하지만 그녀를 좋아했기 때문에 결혼한 것 또한 사실입니다."

"좋아했다고요? 사랑은 어디 가고?"

"사랑이라고요? 여자들의 한가한 공상이 만들어낸 오물 같은 것이 사랑이란 말입니까? 대체 메기는 어디 있습니까?"

"몸이 좋지 않아서 잠시 어디로 보냈어요. 당신 돈으로 보낸 건 아니니까 걱정하지 마세요. 당신을 그 곳으로 보내려 했는데 틀렸군요."

"안 돼요. 나는 오늘밤 시드니로 가야 해요."

"메기가 돌아오면 뭐라고 전할까요?"

"좋을 대로 하십시요. 좀 오래 있으라고 말해 주시고…… 그리고 난 아들도 바라지 않는다고 전해 주세요."

그때 애기가 보채자 앤이 들어올렸다. 그러나 루크는 그녀를 도와주려는 기색이 전혀 없었다. 딸이 싫은 모양이었다.

"저리 비켜요. 보기 싫어요. 사탕수수밭에 가서 혼자 실컷 살아요."

문쪽으로 가던 루크가 발을 멈추고 물었다.

"애 이름이 뭐라고 했죠? 깜박 잊어버렸어요."

"저스틴, 저스틴이에요!"

"별난 이름이군."

그는 바람처럼 뒤도 돌아보지 않고 나가 버렸다.

앤은 저스틴을 침대에 눕히고는 울음을 터트렸다.

"나쁜 놈 같으니!"

어쨌든 다음날 앤의 분노는 가라앉았다. 메기로부터 엽서가 왔다. 매트로크 섬의 아름다운 풍경 덕분에 건강이 아주 좋아졌다는 것이었다. 그리고 계절이 바뀌면 돌아오겠다고 덧붙여 써 있었다. 앤은 그녀에게 루크 얘기는 하지 않기로 마음먹었다.

임시로 고용한 하녀 낸시는 저스틴을 안고 베란다로 나갔고, 앤은 장난감 바구니를 들고 뒤따랐다.

그때 빨간 영국제 스포츠 카 한 대가 집 앞에서 멈추었다. 운전하는 사람은 스포츠 셔츠를 입고 있었는데, 그는 차에서 내리자 계단을 한 번에 두 계단씩 밟으며 올라왔다. 그 모습은 그야말로 멋있었으며 낯이 익었지만, 금방 누구인지 기억할 수 없었다.

다가선 남자의 고요하고 초연한 눈을 보고, 그가 섰을 때에야 비로소 앤은 누구인지 기억해 냈다.

"어머나, 주교님!"

그녀는 손에서 장난감 바구니를 떨어뜨리며 외쳤다.

그러자, 그가 장난감 바구니를 집어들었다.

"주교님, 웬일이십니까? 이렇게 갑자기 옷차림도 전혀 다르게 하시고…… 너무나 잘 어울리시는군요!"

앤은 재미있다는 듯이 그의 복장을 아래위로 훑어보며 말했다.

"지금은 주교가 아니라 휴가를 얻은 성직자에 불과합니다. 그냥 랠프라고 불러주십시오. 어디, 아기 좀 안아볼까요?"

랠프는 앤의 옆에 있는 의자에 앉아 아기를 받아서는 우유를 먹였다.

"아기 이름이 저스틴이라죠?"

"네, 맞아요."

"이름이 좋군요. 머리 빛깔이 외할아버지를 많이 닮았어요."

"메기도 그렇게 말하더군요."

"그런데 메기는 어디 갔습니까?"

"지금 여기 없어요. 몸이 좋지 않아서 두 달 동안 휴양을 보냈지요. 아마 3월 초엔 돌아올 거예요. 아직 7주쯤 남았군요."

앤의 말을 듣는 순간, 랠프의 표정에는 큰 변화가 일고 있었다. 그는 한숨을 쉬었다.

"작별 인사를 하지 못하고 가는 게 이번이 두 번째군요. 아테네로 갈 때 하고, 지금 또……"

"어디로 가시는 건데요?"

"로마의 바티칸으로 떠납니다. 콘티니 추기경이 최근에 작고하신 몬테베르디 추기경의 후임으로 임명되었지요."

"그 곳에서 얼마나 계실 건가요?"

"오랫동안 있게 될 겁니다. 지금 유럽엔 전운이 감돌고 있어요. 그래서 로마 교회는 될 수록 많은 외교관이 필요합니다. 신임 추기경의 배려로 나도 외교관에 임명되었습니다."

"대주교님, 만일 내일 떠나시지 않는다면 아직 메기를 만나실 수 있어요."

앤이 얼떨결에 말했다. 그렇게 오랫동안 떠나 있을 사람이 사랑하는 메기를 못 보고 가서는 안될 것 같았기 때문이었다.

랠프는 그녀를 바라보았다. 그 푸른 눈엔 지혜로움이 듬뿍 깃들어 있었다. 그는 앤의 말뜻을 잘 알고 있었고, 그녀의 깊은 마음까지 굽어보고 있었다.

앤은 그의 반응을 기다렸다. 그러나 그는 한참 동안 아무 말도 않고 사탕수수밭을 끝없이 바라보고 있었다. 그는 타고 있는 담배를 입으로 가져갔는데, 손가락이 가늘게 떨리고 있었다.

로브의 자동차가 길을 따라 털털거리며 왔을 때, 메기는 별장 베란다에 한가롭게 앉아 있었다. 그녀는 모든 일이 무사하고 필요한 것도 없다는 뜻으로 손을 쳐들었다.

로브는 항상 방향을 돌리는 장소에서 차를 멈추었는데, 짧은 바지와 셔츠와 샌들 차림의 남자가 가방을 들고 차에서 내렸다.

"재미있게 지내세요, 오닐 선생님!"

차를 몰고 가면서 로브가 소리쳤다.

그러나 메기는 루크 오닐과 랠프를 결코 혼동하지 않았다. 그녀는 얼이 빠져서 선 채로 랠프가 다가오기를 기다렸다. 그녀는 다리, 마음 그 어느 것 하나도 기능을 제대로 발휘하고 있는 듯 싶지가 않았다.

저 사람은 자기를 요구하러 온 랠프인데, 어째서 그녀는 그것을 의식하지 못 하는가? 그를 만나게 되어 한없이 기쁘기만 한데, 어째서 달려내려가 그의 품안에 안기지를 못하는가?

그 사람은 랠프였으며, 자신의 삶에서 그녀가 원하던 소망이 바로 이 사람이었는데, 그 사실을 머리 속에서 지워버리기만 하는데도 일주일 이상을 보내야 하지 않았던가?

하느님, 저주를 내리소서. 그에게 저주를! 마음 속으로는 아니라고 하면서도, 드디어 머리 속으로부터 몰아내기 시작한 지금, 왜 그가 찾아와야만 하는가? 아, 모든 일이 처음부터 다시 시작되려 하는구나!

"안녕, 메기."

"안녕하세요, 랠프."

그를 쳐다보지도 않은 채 그녀는 이를 악물고 말했다.

"건강하군."

"가방을 안으로 들여놓으세요. 차를 드시겠어요?"

이렇게 말하면서 그녀는 앞장 서서 거실로 들어갔다.

"그게 좋겠구만."

그는 그녀를 따라 부엌으로 가서 전기 주전자를 얹어놓고, 조리대 위의 온수 장치에서 찻주전자를 채우고, 찬장에서 잔과 접시들을 내리느라고 분주하게 돌아다니는 그녀를 지켜보았다.

그녀가 비스킷 깡통을 내밀자, 그는 과자를 두어 주먹 꺼내 접시 위에 놓았다. 주전자가 끓었고, 그녀는 찻잔에 뜨거운 물을 가득 부었다. 메기는 과자 접시와 찻주전자를 날랐으며, 그는 잔과 찻잔 접시를 들고 거실로 그녀의 뒤를 따라 들어갔다.

세 개의 방은 나란히 붙어 있었고 침실 한쪽은 부엌으로 문이 통했다. 또 다른 쪽은 거실로 통했으며 그 뒤엔 목욕탕이 있었다. 그러니까 베란다가 둘이어서 하나는 길 쪽에 그리고 다른 하나는 바닷가 쪽으로 나 있었다.

따라서 두 사람은 서로 마주 쳐다볼 필요없이 눈길을 피할 수가 있었다. 적도의 어둠이 갑자기 깔렸지만 열어놓은 창문으로 들어온 공기는 찰싹거리는 파도와 산호섬의 먼 파도와 오락가락하는 부드러운 바람으로 가득찼다.

그들은 침묵을 지키며 차를 마셨지만, 차를 다 마신 다음에도 침묵은 그대로 계속되었다. 그는 그녀에게로 눈길을 돌렸으나, 메기는 길쭉 베란다 문밖의 산들바람에 흔들리는 어린 종려나무에 시선을 고정시켰다.

"왜 그러지, 메기?"

그가 물었는데, 그 소리가 어찌나 조용하고 부드러웠던지 마치 슬픔 속에서 죽어가는 듯한 애틋함이 있었다. 그는 호흡을 멈추고는 유리알처럼 눈동자가 맑은 성숙한 여인을 보아야만 했다.

그는 그녀를 만나보는 일 이외에는 전혀 다른 뜻이 없었다. 비록 마음 속으로 그녀를 한없이 사랑하고 있으나 그는 그녀의 연인이 되려고 찾아온 것은 아니었다. 다만 그녀를 보고 그녀와 대화를 나눔으로써 자신에 대한 위안과 그녀가 지니고 있는 그 영원한 매혹의 뿌리를 확인하고 싶었던 것이다.

'메기의 눈. 아, 하느님, 메기의 눈이!'

젖가슴과 허리와 엉덩이를 지닌 메기라는 개념에 적응을 하기는 어려운 노릇이었지만, 그녀의 눈동자를 들여다보았을 때 그 속에는 그의 어릴 적 메기가 빛나고 있었으므로 곧 그는 적응할 수 있었다.

처음 그녀를 만났을 때부터 그가 한 번도 벗어나지 못했던 힘은 그 처량할 만큼 변모한 육체 속에서 아직도 변하지 않고 있었는데, 그녀의 눈에서 그것들이 간직된 증거를 볼 수 있었으므로, 그는 그녀를 현실로 받아들일 수 있었다.

인정하라. 첫 키스 때부터 그는 그녀를 육체적으로 원했지만, 그것은 그녀에 대한 마음의 사랑처럼 그를 괴롭힌 적은 없었다. 그러나 그녀는 이해를 못하는 가엾은 존재에 대해서 또한 자기 자신의 어리석음에 절대로 굴복하지 않았다. 만일 섬에서 도망칠 방법만 있다면 그 순간 그는 그녀에게서 도망을 쳤을 것이다. 그러나 그가 섬에서 벗어날 길은 없었고, 그리고 무턱대고 밤 속을 걸어다니기보다는 그녀가 있는 자리에 남아있을 용기를 가졌다. 나는 어찌해야 하며, 과연 어떤 보상의 길이 있겠는가?

난 진정 메기를 사랑한다! 그리고 내가 만일 그녀를 사랑한다면, 그녀의 어릴 적 모습 때문이 아니라 현재의 상태 때문에 사랑하는 것이리라. 그러므로 랠프여, 네 눈가리개들을 벗어버리고 오래 전의 모습이 아니라, 현재의 참된 모습으로서 그녀를 보라.

오랜 세월인 16년 전……: 나는 마흔 네 살이고, 지금 그녀는 스물 여섯, 우리 두 사람은 다 어린아이가 아니지 않은가?

그는 그녀의 눈을 들여다보았고, 그녀의 눈엔 부드러움과 부끄러움이 가득했지만, 결국 그녀는 자신이 범한 실수의 무서움을 깨닫는 듯싶었다.

가라, 달아나라! 메기. 내가 일어서기 전에 네가 먼저 일어서서 나가라! 그런 생각이 드는 순간 그녀는 정말 의자에서 몸을 일으켰고 도망을 쳤다.

그녀가 베란다에 닿기 전에 그는 그녀를 붙잡았고, 그녀의 저항하는 힘이 어찌나 세었던지 그는 비틀거렸다. 영혼의 순수성을 간직하려는 뼈아픈 투쟁과 욕망을 짓누르는 의지력, 그 어느 것도 상관없었고, 그는 짧은 순간에 평생을 바쳤다.

육체의 강렬한 욕망의 불꽃이 이성을 태워버렸고 정열을 추종하는 혼돈을 우발시키는 인간의 탐욕스러움이 그를 사로잡았다.

그녀의 팔은 그의 목으로 미끄러져 올라갔고, 그의 팔은 경련을 일으키며 그녀의 등뒤로 돌아갔다. 그는 머리를 숙여 그녀의 입술을 더듬어 찾았다.

이제는 더 이상 원하지 않는 추억이 아니라 현실이 된 그녀의 입, 놓아주지 않으려는 듯 휘감은 그녀의 팔, 뼈가 없어지는 듯한 그녀의 태도, 추억과 욕망이 뒤엉킨 그녀에게는 밤처럼 어두운 고통의 슬픔과 절망의 쓴 잔을 마시는 것 같은 순간이었다. 틀림없이 그리워했고, 그리워하면서도 부정했던 그 긴 세월……

그가 그녀를 침대로 안고 갔는가, 아니면 함께 걸어갔는가? 그는 틀림없이 그녀를 안고 갔다고 생각했지만 확실하지가 않았고, 그녀는 그냥 누웠고 그 역시 그 위에 누웠다. 그의 손 밑에 그녀의 피부가 있었다. 또한 그녀의 손 밑에 그의 피부가 닿았다.

시간은 흐르기 시작했으며, 그는 그녀를 자기 자신과의 결합으로, 자기 자신의 한부분으로 만들고 싶었다. 치켜올리며 밀어내는 젖가슴과 배와 엉덩이와 그 사이의 틈을 그는 결코 잊지 않으리라.

그는 그녀를 두 팔로 감싸안고 눈물을 가득 머금은 눈으로 그리웠던 얼굴을 내려다보았다. 장미꽃 봉오리 같은 입이 저절로 벌어지고 놀라운 쾌락으로 울먹거렸다. 그를 감싼 그녀의 두 팔과 두 다리는 살아 있는 밧줄이 되어 비단처럼 매끄럽게 그를 괴롭혔다. 그는 턱을 그녀의 어깨에 묻고, 자기의 얼굴을 부드러운 그녀의 뺨에다 대고, 운명과 씨름하는 격렬한 힘에 자신을 내맡겼다.

그의 마음은 표류하기 시작했으며, 완전히 어두워졌다가 다음 순간에 찬란한 환희가 찾아오더니 사라지면서 잿빛이 되고 깊은 심연으로 꺼져갔다. 이것이 바로 인간이 되는 길이었다. 그는 그 이상이 될 수가 없었다.

잠이란 무엇일까? 메기는 생각해 보았다. 축복, 삶으로부터의 휴식, 죽음의 메아리……. 그것이 무엇이었든 간에, 그는 그것에 굴복해서 나른한 잠 속에서도 소유욕을 보이며 팔을 그녀의 몸 위에 얹고 가만히 누웠다.

그녀 역시 피곤했지만, 잠에 빠지도록 가만히 있고 싶지 않았다. 어쩐지 그녀는 만일 의식을 풀어놓는다면 다시 의식을 차릴 땐 이미 그가 옆에 없을지도 모른다는 생각이 들었다. 나중에 그가 잠이 깨어서 그 은근하고 아름다운 입으로 첫마디를 한 다음에 그 말을 듣고 그녀는 잠들 수 있으리라.

그는 무슨 얘기를 하고 싶은가? 그는 후회할 것인가? 그녀는 그가 포기한 것을 만족시킬 만한 즐거움을 과연 주었을까?

그토록 오랜 세월에 걸쳐 그는 그것과 싸워왔고 그녀로 하여금 함께 싸우게 했는데, 마침내 그가 무기를 버렸음을 그녀는 믿기 어려웠지만, 오랜 동안의 거절을 지워버린 밤의 말들을 이제는 기억에 남길 수 있었다.

그녀는 이토록 행복했던 때를 기억할 수 없을 만큼 무한한 행복에 빠져 있었다. 그가 끌어당겼던 순간부터 그것은 한 편의 육체의 시와 같은 것이어서, 오직 감미로운 쾌감뿐이었다. 나는 그를 위해서, 오직 그를 위해서만 만들어졌다……. 그랬기 때문에 나는 루크와는 그토록 느끼지 못했던 것이다!

그는 이윽고 잠에서 깨어났다. 그녀는 그의 눈을 내려다보았고, 어렸을 때부터 자신의 삶에 목적을 불어넣고 따뜻하게 해주었던 바로 그 푸른 눈이 있었다.

"기운이 있다면 우선 수영을 하러 가고, 아침 식사는 그 다음에 마련하는게 좋겠어."

무슨 할 말이 없을까 하다가 그가 말했고, 그녀는 고운 미소를 지었다.

"아침 식사는 내가 마련할 테니까, 수영이나 하도록 하세요. 그리고 여기선 옷을 하나도 걸칠 필요가 없어요."

"정말 낙원이구만! 상쾌한 아침이야. 이것이 무슨 불길한 징조나 아닌지 모르겠어."

그는 침대에서 일어나 앉아 힘껏 기지개를 켰다.

겨우 침대에서 일어난 것으로 벌써부터 이별의 아픔을 느끼며, 그녀는 그가 바닷가로 통하는 미닫이문으로 가서 걸음을 멈추는 것을 슬픈 눈빛으로 지켜보았다.

그러자 그가 몸을 돌리고 손을 내밀었다.

"나하고 함께 가겠어? 아침 식사는 같이 만들 수 있으니까."

"네!"

파도가 몰려오자 산호초가 덮였고, 이른 해는 뜨거웠지만 살랑이는 바람은 시원했다.

"여지껏 이런 세상을 본 적이 없는 듯한 기분이 들어."

물끄러미 바다를 바라보면서 그가 말했다.

메기는 그의 손을 잡았다. 그녀는 이 햇빛 밝은 장면을 보니 지난 밤이 꿈처럼 여겨졌다. 그녀의 눈은 가벼운 통증을 느끼며 그에게서 멈추었다. 그것은 분명 마음을 벗어난 영혼의 시간이며, 다른 세계였다.

그런 감정을 느끼며 그녀가 말했다.

"이와 같은 세상은 본 적이 없겠죠. 그럴 수밖에 없잖아요? 여기는 언제까지나 우리들만의 세계예요."

이른 아침의 해변은 한없이 싱그러움을 가져다주었다. 밝고 투명한 자연의 축복······

"루크는 어떤 사람이지?"

아침 식사를 하면서 그가 물었다.

그녀는 머리를 갸우뚱하면서 생각에 잠겼다.

"그 무렵 난 당신을 무척 그리워했고, 당신 없이 지내는 생활에 익숙하지 않았는데, 내가 생각했던 당신과 육체적으로 너무나 닮았었요. 당신을 연상시켰기 때문에 난 그 남자하고 결혼했던 것 같아요. 후에 깨달은 것이지만, 그 사람도 여자는 필요로 하지 않아요."

"나를 그렇게 생각해, 메기?"

"솔직히 얘기하면 그런 것 같아요. 왜 그런지는 모르겠지만, 난 그렇게 생각해요. 루크와 당신에게는 여자를 필요로 한다는 나약함이라고 생각되는 어떤 면이 있어요. 내 얘기는 같이 잔다는 것이 아니라, 필요로 한다는 것, 정말로 필요로 한다는 뜻이죠."

"그런 점을 인정하면서도 메기는 루크나 나를 원해?"

메기는 약간 어깨를 으쓱해 보이고 연민이 가득 찬 눈길로 그를 바라보았다.

“아! 랠프! 그것이 나에게 많은 불행을 가져다주었지만, 이치가
그렇다는 거예요.”

“지혜로운 나의 메기!”

낮이 아침의 꼬리를 물고 밤이 낮의 뒤를 따랐다. 심지어는 격렬
한 여름비까지도 아름다와서 두 사람은 알몸으로 그 속을 거닐었
다. 그리고 해가 나도 그들은 역시 산책을 하고 바닷가에서 마음껏
게으름을 피우고 수영을 했으며, 그는 그녀에게 헤엄치는 법을 가
르쳐 주었다.

어느날, 바다를 피로 물들이고 산호모래를 갈색으로 보이게 할
만큼 해가 진 다음, 그들이 바닷가에 누워 있는 동안 그는 그녀에
게로 몸을 돌렸다.

“메기, 난 이토록 행복하고 이토록 불행했던 적이 없었어.”

“알아요, 랠프.”

“이해하리라고 믿어. 그것이 내가 메기를 사랑하는 이유일까? 메
기는 별로 평범함에서 벗어나지는 않았지만, 그러면서도 전혀 평범
하지가 않아. 그 오래 전부터 난 그것을 의식하고 있었던 것 같아.
황금색 머리카락에 대한 내 정열! 그것이 나를 어디로 이끌어 갈
지, 나는 전혀 알지 못 했어. 난 분명히 메기를 사랑해.”

“떠나시려는 건가요?”

“내일은 꼭 가야 해. 내가 탈 배가 제노바로 떠나.”

“제노바요?”

“사실은 로마지. 오랜 동안 아마 죽을 때까지 못 보게 될는지,

그건 나도 모르겠어.”

“걱정 마세요, 랠프. 난 조용히 당신을 보내드리겠어요. 이게 나도 갈 때가 다 되었으니까요. 난 루크와 헤어지고 드로게다로 돌아가겠어요.”

“아, 메기. 나 때문에 그러는 건 아니겠지?”

“아뇨, 그렇지 않아요. 당신이 오기 전에 난 벌써 그럴 결심을 했었어요. 루크는 나를 원하거나 필요로 하지 않으니까 응할 거예요. 하지만 나는 나 자신의 터전이 필요하고, 내 생각에는 드로게다가 그 터전이죠.”

“편지하겠어, 메기.”

“그러지 마세요. 내가 편지를 필요로 할 것 같아요? 난 당신이 위험에 처하는 일이 우리들 사이에서 벌어지는 것이 싫어요. 그러니까 편지 같은 것은 보내지 마세요.”

그는 그녀를 품에 안고 머리카락을 쓰다듬었다.

“메기, 난 내가 결혼을 하고, 다시는 떨어지지 않을 수 있었으면 하고 진심으로 바래. 난 메기하고 헤어지고 싶지가 않아…… 그리고 어떤 면에서는 난 절대로 메기에게서 벗어나지 못해.”

다음날 랠프는 일찍 일어나서 떠날 채비를 서둘렀다.

“잘 있어. 메기.”

“안녕히 가세요. 그리고 몸조심하세요.”

“그래, 메기도……”

그는 몸을 굽혀 그녀에게 키스했는데, 결심을 했음에도 불구하고 그녀는 마음이 아팠다.

그가 두 손을 목에서 떼자, 메기는 그대로 서 있었다. 그가 차에 오르자 로브는 방향을 바꾸었고, 그는 한 번도 뒤돌아보지 않고 차 창을 통해 앞만 내다보았다. 이 때부터 랠프 대주교의 눈에서는 초연함이 영원히 사라졌다.

메기가 집으로 돌아왔을 때, 앤은 그녀를 잃으리라는 사실을 당장 알게 되었다. 그렇다. 똑같은 메기이기는 했지만, 어딘가 너무나 많이 달라져 있었다. 랠프 주교가 가기 전에 무슨 얘기를 했던지 간에, 섬에서는 적어도 그가 아니라 그녀의 뜻대로 일이 진전되었음을 깨달을 수 있었다. 그럴만한 때도 되었다고 판단했다.

메기는 저스틴을 낳은 의미를 이제야 깨달았다는 듯이 애를 품에 안고 흔들어 주면서 미소 띤 얼굴로 방을 둘러보았다.

"뭐라고 감사를 드려야 할지 모르겠어요, 앤."

"뭣 때문예요?"

"랠프를 보내줘서요. 내가 루크와 헤어지리라는 걸 이미 당신은 알았고, 그래서 난 더 고마와요. 아시겠지만 난 루크와 살아보겠다고 결심했었어요. 하지만 이제는 드로게다로 돌아가서, 다시는 그 곳을 떠나지 않겠어요."

"난 당신이 떠나는 것이 싫지만, 앞날을 위해 기쁘게 생각해요. 메기, 루크는 당신한테 불행 말고는 줄 것이 아무것도 없어요."

"그 이가 어디 있는지 아세요?"

"아마 잉감 근처에서 사탕수수를 베고 있을 거예요."

"찾아가서 만나야 하니까 좀 알려주세요. 그리고 생각만 해도 끔찍하지만, 난 그이 하고 자야겠어요."

"뭐라구요?"

메기의 두 눈이 빛났다.

"두 주일을 함께 지냈지만, 단 하루밖에 지나지 않은 것이나 마찬가지죠. 지난번 꼭 한번 일이 있은 후 난 임신을 했어요. 난 그걸 알아요!"

"맙소사! 잘못 안 건 아니겠죠?"

메기는 단호하게 머리를 저었다.

"아녜요. 임신했어요. 그냥으로도 알 수 있는 것들이 있으니까요."

"그렇다면 입장이 아주 거북하게 되었네요."

"아! 앤. 아니예요! 난 결코 랠프를 소유할 수가 없다는 걸 항상 알고 있었어요. 하지만 난 소유했어요. 난 소유 했다니깐요!"

그녀는 웃으면서 어찌나 힘있게 저스틴을 잡았는 지 앤은 아기가 비명을 지를까봐 겁이 났지만, 이상하게도 저스틴은 그대로 조용히 있었다.

"난 교회가 절대로 소유할 수 없는 랠프의 한부분을 소유했어요. 난 아들이 태어나리라는 것을 확신하고 있어요. 그러므로 그는 나를 통해서 살아가게 되죠. 그리고 그 아들이 아들을 낳을 것이고, 그 아들들이 또 아들들을 낳고…… 난 하느님을 물리칠 수 있어요. 난 열 살 때부터 랠프를 사랑해 왔고, 죽을 때까지 그를 사랑하리라고 믿어요. 그는 내 소유가 아니지만, 그의 아이는 내 소유죠. 앤, 내 것이에요!"

"아, 메기."

앤이 절망적인 목소리로 말했다.

열정과 그리고 환희가 가셨고, 그녀는 다시금 조용해졌지만, 어느 새 강철 같은 삶을 가진 강인한 메기로 변모되어 있었다.

잉감까지의 먼 거리를 달려가는 기차가 흔들리고 덜컹거리는 동안 메기의 달아나려는 용기를 계속지켜준 것은 오직 랠프의 아기에 대한 생각뿐이었다.

자기의 몸 속에서 자라고 있음을 확신한 새 생명만 아니었더라면, 다시금 루크와 잠자리에 든다는 사실은 궁극적인 의미나 행동에 있어서도 죄악임이 확실했지만, 랠프의 아기를 위해서라면 그녀는 정녕 악마일지라도 손을 잡았으리라.

가장 깨끗해 보이는 잉감 여인숙에 메기가 숙소를 잡은 것은 토요일 낮이었다. 북부 퀸슬랜드의 작은 도시에는 한 가지 특징이 있었는데, 즉 구간마다 구석구석에 여인숙들이 자리잡고 있었다.

그녀는 방에다 작은 가방을 던져두고 전화를 찾기 위해 휴게실로 갔다. 시즌 전의 훈련을 위한 연습 경기를 하려고 축구팀이 와 있었는데, 복도에는 반쯤 발가벗고 잔뜩 취한 선수들로 가득 차 있었다. 그녀가 나타나자 함성을 올리며 등과 엉덩이를 다정하게 쓰다듬어 댔다.

그녀는 벌벌 떨고 있었으며, 이 모두가 시련처럼 여겨졌다. 그녀는 겨우 루크가 사탕수수를 베고 있는 농장에 전화를 걸고, 그의 아내가 지금 잉감에 와 있으며 만나고 싶어 한다는 애기를 전해 달라는 전갈을 남겼다.

그녀가 무서워하는 모습을 보고 여인숙 주인은 메기를 방까지 데려다주었다.

다소 안도감으로 맥이 풀린 메기는 문에 몸을 기대고서 그들이 떠나기 전에 식사를 하지 못하게 되는 한이 있더라도 식당으로는 섣불리 내려가지 않겠다고 생각했다.

다행이 주인은 메기에게 여자화장실 바로 옆에 다시 방을 잡아 주었으므로 필요할 때는 다녀올 수가 있었다.

어느 만큼 기운을 차리자, 그녀는 비틀거리며 침대로 가서 힘겹게 걸터앉았다.

이 곳으로 오는 동안 그녀는 줄곧 어떻게 해야 최선의 방법인가를 궁리했는데, 머리 속에서는 온통 "어서! 어서!" 하는 소리만 들려올 뿐이었다.

힘멜 호프에 가기 전까지 그녀는 유혹의 장면을 한 번도 책에서 읽어본 적이 없었고, 지금도 그런 면에 대한 몇 가지 지식으로 각오가 되어 있기는 했지만, 자연스럽게 일을 치를 능력이 있을 지 사뭇 두려웠다.

무더운 공기 속에서 그녀는 부르르 몸을 떨며 옷을 벗고 침대에 누워 눈을 감고 랠프의 아기를 안전하게 하려는 방법 이외에는 아무 생각도 하지 않으려고 자신을 억제했다.

밤 아홉 시쯤 여인숙로 들어선 루크는 축구 선수들에 대해서는 조금도 걱정할 필요가 없었다. 그 무렵에는 그들 대부분이 의식을 잃었고, 몇 안 되는 남자들도 맥주잔 이상은 그 어떤 것도 의식하지 못할 만큼 잔뜩 취해 있었다.

루크가 문을 두드리는 소리를 들은 메기는 초조하게 벌떡 일어나 조심스럽게 문으로 갔다.

"누구예요?"

그녀가 물었다.

"나야, 루크야."

그의 목소리가 들렸다.

그녀는 열쇠를 돌려 문을 조금 열었으나, 루크가 더 활짝 열자 뒤로 물러섰다. 그가 안으로 들어서는 순간 그녀는 가만히 그를 쳐다보며 서 있었다. 루크는 그 어느 때보다도 더욱 육감적으로 크고 풍만한 그녀의 젖가슴을, 이제는 연분홍빛이 아니라 아기를 낳아 검붉은 빛이 된 젖꼭지를 탐욕스럽게 바라보았다. 그는 돌발적으로 팔을 뻗어 그녀를 안고 침대로 갔다.

아침이 밝아올 때까지 그는 숨을 헐떡거렸고, 그녀는 단 한마디의 얘기도 하지 않았지만 손길은 그가 여지껏 경험해 본 적이 없었을 만큼 들뜬 욕구의 폭발로 남자를 맞아들였다.

드디어 그녀는 그에게서 멀리 떨어져 묘하게 이혼을 한 상태로 잠자코 누워 있었다. 루크는 기지개를 켜고 하품을 하고는 목청을 가다듬었다.

"무슨 일로 이 곳까지 왔어, 메간?"

그녀는 머리를 돌려 커다랗게 뜬 눈으로 쳐다보았다.

"어쩐 일로 여기까지 왔냐니까?"

짜증 섞인 목소리로 그가 되물었다.

그녀로부터 아무 대답이 없고, 마치 귀찮아서 대답조차하기 싫다는 듯 빤히 쳐다보는 똑같은 그녀의 눈초리. 밤을 함께 보내고 나서 저러다니 한심한 노릇이라고 그는 못마땅하게 생각했다.

그러자 문득 입술이 벌어졌고 그녀는 미소를 지었다.

"난 고향 드로게다로 돌아가겠다는 얘기를 하려고 당신을 찾아왔어요."

"왜?"

잠깐 동안 그는 믿으려 하지 않았고, 그러더니 그녀의 얼굴을 더 자세히 살펴보았는데, 그것은 진심으로 하는 말 같았다.

"날 시드니로 데리고 가지 않으면 무슨 일이 벌어지리라는 건 예상했어야죠."

그녀가 차디 차게 말했다.

그의 놀라움엔 전혀 거짓이 없었다.

"하지만 메간! 그건 벌써 지난 일이야! 그리고 난 당신한테 휴가를 즐기게 해줬어. 거지같이 돈이 많이 드는 애터톤에서 3주일 동안을 말야! 그랬기 때문에 당신을 시드니로 데리고 갈 여유가 내겐 없었어."

"그 이후로 당신은 두 차례나 시드니엘 갔지만, 한 번도 날 데리고 가지 않았어요."

그녀는 고집스럽게 말했다.

"아, 맙소사!"

"당신은 정말 구두쇠예요, 루크. 당신과 돈! 당신을 보면 난 속이 뒤집혀요."

"난 한푼도 건드리지 않았어. 믿어줘. 오히려 더 보태져서 그냥 그대로 있어."

"그래요, 그 말이 맞아요. 은행에 처박혀 언제까지나 그대로 있겠죠. 당신은 그 돈을 쓸 생각이 전혀 없어요. 당신은 그걸 금송아지처럼 숭배하고 싶기만 하겠죠. 당신은 정말 용서 받지 못할 한심한 위인이에요. 짐승조차 꿈도 꾸지 못할 정도로 아내와 딸을 심하게 취급하고 우리들의 존재마저도 무시하고 있어요!"

그녀의 비난에 담긴 부당함에 그는 소름이 끼쳤지만, 자기의 동기가 순수했음을 납득시킬 방법은 하나도 없을 듯싶었다. 그녀는 여자답게 표면적인 것만 보았고, 그 모든 것들의 뒤에 있는 큰 뜻을 터득하지 못했을 따름이라고 생각했다.

그는 자포자기적인 어조로 부르짖었다.

"오, 메간! 난 당신에게 나쁘게 한 적이 없어. 난 정말 그러지 않았어! 내가 당신에게 한 번이라도 잔인하게 굴었다고 얘기할 사람은 없어. 당신에게는 먹을 것이 충분히 있었고, 잠을 잘 집과 따뜻하게……"

"그래요."

그녀는 말을 가로막았다.

"그것 하나만은 인정을 해드리죠. 하지만 그게 무슨 소용이 있어요? 그건 벽돌담에 대고 얘기하는 격이죠."

"나에게도 할 말은 있어."

"난 당신하고 절대로 이혼하지는 않아요. 또 이혼을 설사 당신이 원한다고 해서 마음대로 될 수 없다는 것을 알아두기 바래요."

"난 결코 당신을 버리지 않았어."

"늦었어요. 내 돈 1만 파운드는 당신이 가져도 좋아요. 하지만 다시는 나한데서 한푼도 받지 못하게 될 거예요. 루크, 기운을 내셔야 되겠어요! 난 지난 3년 반 동안 사탕수수로 당신이 번 돈보다 더 많은 돈을 당신한테 벌어주었어요. 혹시 아이가 또 태어난다면, 그건 당신하고 아무 관계도 없는 일이죠. 지금 이 순간부터 죽는 그날까지 난 당신을 만나고 싶지 않아요."

그녀는 옷매무새를 고치고 문간에 있던 작은 가방을 집어들고는 몸을 돌렸다.

"한마디만 마지막으로 충고해 드리겠어요. 루크, 어쩌다가 당신이 너무 늙고 더 이상 사탕수수 일을 못할 정도로 지쳤을 때, 여자를 구할 경우에 말예요. 그런 키스로는 여자 비위를 맞추지 못해요. 당신은 입을 너무 크게 벌리고 구렁이처럼 여자를 통째로 삼키죠. 구역질이 나요!"

그녀가 나간 뒤 그는 침대끝에 걸터앉아 닫힌 문을 얼마동안 물끄러미 쳐다보았다. 그러다가 그는 어깨를 추스리며 옷을 입기 시작했다. 그렇다. 섹스와 일, 그것은 별개의 문제라고 루크는 생각했다.

|제5부|
태양은 다시 떠오른다

메기는 자신의 귀향을 아무에게도 알리고 싶지 않아서 조용히 윌리암즈 노인의 우편 마차를 타고 드로게다로 향했다. 저스틴은 바구니에 담아 옆자리에 놓았다.

배달부 영감은 그녀를 보고 퍽 반가와 했으며, 지난 4년 동안 어떻게 지냈는지 몹시 궁금해 하는 눈치였다. 그러나 집에 가까이 오자 조용히 돌아오고 싶었던 메기의 마음을 알았음인지, 그 역시 아무 말도 하지 않았다.

그녀는 갈색과 은색, 그리고 북부 퀸슬랜드에서는 찾아볼 수 없는 순수와 절제의 다른 세계로 돌아온 것이다. 방탕과 무절제는 이곳에서 숨쉴 수가 없었다. 다만 자연스럽고 완만한 필연성의 회전만이 있을 뿐이었다.

전보다 캥거루의 수가 늘어 있었다. 토끼들이 먼지를 일으키며 마른 풀밭 사이로 달아났다. 잊을 수 없이 그리웠던 휘파람새의 울음소리도 들려왔다.

'아, 드로게다!'

거대한 고무나무와 향나무에는 벌들이 어지럽게 날아들고 있었다. 자갈이 깔린 뒷마당, 입을 벌린 채 놀랐다가 웃으며 고함치는 사람들……. 드로게다는 역시 그녀의 아름다운 고향이었다.

밖의 소란한 소리에 휘오나가 나왔다.

"어머니, 저예요."

휘오나의 표정에는 변화가 없었지만, 메기는 그 무표정 속에서도 어머니가 자신의 귀가를 반가와 한다는 것을 금새 알 수 있었다.

"루크는 어떻게 지내니?"

휘오나가 물었다.

"헤어졌어요. 그 남자는 가정이나 자식들이 필요없는 사람이에요."

"자식들이라니?"

휘오나의 무표정한 눈이 깜박였다.

"전 또 아기를 가졌어요."

그러자 주위에서 기쁨의 환성이 터져 나왔다.

메기의 방은 예전 그대로였다. 옆방은 저스틴과 앞으로 태어날 아기의 방이 되리라.

'아, 고향은 역시 포근한 곳이다!'

보브도 메기의 귀가를 기쁘게 생각했다. 그는 아버지와 비슷해 보였지만, 자식을 많이 두었던 아버지에 비해 의젓함이 결여되어 있었다.

그는 또한 말이 없었고 자아 의식이 강한 점에서는 어머니와 비슷했다. 벌써 30대 중반인데도 오빠가 아직 독신이란 것을 알고 메기는 새삼 놀랐다.

재크와 휴이도 들어왔다. 그들은 다소 뜻밖이라는 듯한 미소로 그녀를 환영했다.

그날 저녁 클레어리 가족이 모두 모인 셈이었다. 제임스와 패트릭까지 얼마 후에 왔다.

"요즘은 어때요?"

메기가 물었다.

"이렇게 가물기는 난생 처음이야. 비가 2년 동안이나 안 왔어. 들토끼들이 어쩌나 극성을 부리는지, 이제는 풀을 베어서 양의 입에 넣어주는 수밖에 없어. 양이 어떤 동물인지 너도 알지?"

보브가 말했다.

양은 도무지 투쟁심이 없는 동물이었다. 더구나 곡식은 안 먹고 꼭 풀만 먹었다. 그러나 수십만 마리의 양을 먹일 풀을 인간의 손으로 베어다 먹인다는 것은 어려운 일이었다.

"저도 돕겠어요."

메기가 말했다.

"그랬으면 얼마나 좋겠니. 너야 말을 타고 농장으로 들어가면 한 사람 몫은 톡톡히 하겠지."

이튿날부터 메기는 새로운 생활 속으로 뛰어들었다.

랠프가 타던 말과 자신이 타던 밤색 말은 얼마 전에 죽어서 외양간은 비어 있었다. 메기는 아무 말이나 타려고 했으나, 보브가 좋은 말을 사다 주었다.

가뭄은 정말 지독했다. 아무리 가물었어도 드로게다의 풀은 잘 견뎌냈었는데, 이번 가뭄에는 그저 바삭바삭 먼지처럼 부서지고 광활한 대지가 쩍쩍 갈라졌다.

좋아하는 것은 토끼들 뿐이었다. 메기가 떠나기 전에도 들토끼로 인한 피해는 컸었지만, 지금은 눈만 돌리면 토끼였고, 그것들이 귀한 가축용 풀을 축 내고 있었다.

귀엽게 생긴 동물에게는 슬픈 일이었지만, 메기는 토끼 덫 놓는 법을 배웠다.

"고향을 생각하느라고 영국에서 토끼를 가져온 포미라는 사람을 원망해야지 별 수 있니."

보브가 씁쓸하게 말했다.

원래 오스트렐리아에는 토끼가 없었다. 따라서 토끼의 천적이 되는 동물도 없었다. 여우를 수입해 보았으나, 이 동물은 번식이 잘 되지 않았다. 그리하여 오직 인간만이 토끼의 천적이었다.

시간이 흐름에 따라 몸이 점점 무거워지자 메기는 집안에 들어앉아 바느질과 뜨개질에 전념했다. 새로 태어날 아기를 위해서였다.

그녀는 아들이—메기는 배 속의 아기를 꼭 아들이라고 생각했다.—저스틴과는 달리 자신의 일부라고 생각했다. 그리하여 임신으로 인한 고통을 전혀 느낄 수 없었다. 오직 새 생명이 태어날 날만을

학수고대했다. 될 수 있는 대로 안정과 휴식을 마음껏 취했다.

저스틴도 이제는 영리한 계집아이로 성장하고 있었다. 메기는 그 애를 귀여워해 주고 있었으나, 딸이 사랑의 표시를 외면할 때는 심한 충격을 받았다.

저스틴은 걷고 말하게 되자 제멋대로였으며, 또한 고집이 대단했다. 그 애는 정말 이상하게도 웃는 일이 없었다.

저스틴이 16개월 되던 10월 1일, 메기는 마침내 아들을 낳았다. 예정보다 4주가 빨랐으나 랠프를 쏙 빼어놓은 것 같아 메기는 정녕 기뻤다.

랠프와 루크가 비슷하다는 것이 무엇보다도 다행이었다. 아무도 아기의 모습에 대해 시비하려 들지 않을 테니까 말이다.

"아기의 이름은 뭐라고 할까?"

휘오나가 물었다.

메기는 아기를 안고 있는 어머니의 모습을 보고 마음 속으로 감사했다. 휘오나는 프랭크를 사랑하던 것 만큼은 않겠지만, 아기에 대해 무엇인가를 느끼고 있는 것 같았다.

"데인이라고 부르고 싶어요."

"좀 이상하지 않니?"

"아니예요. 이름은 부르기 좋고 듣기 좋으면 되는 거예요."

메기는 눈을 돌려 자기 가슴을 내려다보았다. 저스틴을 낳았을 때는 나오지도 않던 젖이 이번에는 아주 풍부했다.

"어머니, 애를 이리 주세요. 젖을 먹여야겠어요. 젖이 너무 많아서 젖 짜는 기구도 하나 있어야겠어요."

젖을 빠는 아기를 내려다볼 때 메기의 가슴에는 사랑이 넘쳐 흘렀다. 이만하면 내 인생도 실패는 아니다. 이제 그녀에게 있어 데인이면 자신의 삶에 더 바랄 것이 없었다.

'아가야, 넌 이제 내 것이야! 누구에게도 너를 빼앗기지 않겠다. 네 아버지에게도 주지 않을 테다. 아가야, 네 아버지는 성직자란다.'

랠프 주교는 지중해의 봄이 무르익고 있는 4월에 제노아에 입항했다. 그 곳에서 그는 로마행 열차를 탔다. 전화로 요청한다면 바티칸의 전용차가 왔겠지만, 그는 번잡한 것을 바라지 않았다.

영원과 낭만의 도시 로마. 그러나 그에게는 로마의 일부인 바티칸이 더 중요했다.

신부 한 사람이 그를 안내했다. 양탄자와 벽의 그림과 프랑스 융단과 가구로 인해 풍요한 색체가 지배하는 방 한가운데에 콘티니 추기경이 앉아 있었다.

랠프 주교는 방을 가로질러 걸어가서 무릎을 꿇고 그의 손가락에 끼어 있는 반지에다 입을 맞추었다. 그리고 자신의 볼을 그 손에 댔다. 나중에 고백하려 했으나, 그는 거짓을 숨길 수 없음을 깨달았다.

추기경은 다른 손을 랠프 주교의 어깨 위에 얹더니 안내한 신부에게 나가라는 손짓을 했다.

랠프 주교는 굽혔던 등을 펴고 그를 쳐다보았다.

얼굴이 많이도 변했구나! 고통을 맛본 얼굴이군! 그렇게 아름다웠던 눈에 변화가 있음을 콘티니 추기경은 곧 깨달을 수 있었다.

추기경은 주교의 눈이 전보다 침착해졌고, 모든 것을 이해하는 한 인간의 그림자가 깃들어 있다고 생각했다. 인간에 대해 연민을 느끼고, 그로 인해 수난을 받을 때 어찌 그것이 눈에 나타나지 않겠는가?

"이리 앉아요."

"추기경님, 전 고해성사를 하고 싶습니다."

"그건 나중에 하고 얘기나 나눕시다. 하도 귀가 많아서 영어로 얘기해야 되겠어요. 이곳 사람들은 영어를 모르니까요. 정말 오랜만에 보니 기쁘기 그지없습니다. 현명한 조언과 합리성, 그리고 재치있는 대화가 그리웠지요."

"오, 추기경님! 저는 신성한 선서를 어겼습니다."

랠프 주교는 한순간 몸을 떨었다.

"주교님! 우리는 성직자지만, 한가지 분명한 것은 성직자이기 전에 인간이라는 사실을 부인할 수가 없지요. 주교님은 오랫동안 인간의 연약성을 인정치 않고 잘 견뎌왔어요. 그러나 나는 주교님도 인간이란 약한 것이며, 실수를 저지를 수 있다는 것을 깨달을 날이 올 것이라는 사실을 알고 있었지요."

"하지만 그것은 신성을 모독한 일이었습니다."

"그것은 아마 우리 주님의 의지였을 겁니다. 이번 경험을 통해 자신이 인간이며 성직자라는 교훈을 깨달았겠지요?"

"네, 그러나 달리 어떻게 할 수가 없었습니다. 그녀를 사랑했기 때문에 다른 길을 택할 수가 없었어요."

"장미꽃을 준 여자입니까?"

"그렇습니다."

"그녀가 사랑에 응했으므로 더 큰 상처를 입는 일은 없을까요?"

"글쎄요. 그건 모르겠습니다만, 그땐 그럴 수밖에 없었습니다. 그녀는 저를 몹시 필요로 했고, 저 역시 그랬습니다. 그녀와 지낸 시간을 후회하지는 않습니다. 다만 엄숙히 선서를 저버린 것을 후회하고 있을 뿐입니다."

"그런 솔직한 고백은 하느님의 눈으로 볼 때 큰 죄라도 용서할 수 있는 힘을 지닌 장점이라고 생각합니다. 자기 자신의 마음을 잘 살펴서 앞으로 더욱 정진할 수 있는 계기가 되길 바랄 뿐입니다."

세상은 무척 빠른 속도로 변모하고 있었다. 드로게다에 라디오가 생겼다. 개화의 바람이 불어와 길란본에도 오스트렐리아 방송 지국이 생긴 것이다. 프로그램도 제법 다양하고 재미있었다.

메기와 휘오나는 매일 아침 라디오의 지방 뉴스와 일기 예보를 들었고, 저녁에는 중앙방송을 들었다. 집안에 앉아 유럽과 오스트렐리아의 정세는 너무 먼 곳에 있었기 때문이다.

그러나 9월 1일, 저녁 뉴스 시간에 히틀러가 폴란드를 침공했다는 보도가 있었다. 집안에는 휘오나와 메기가 있었으나, 그들은 이 소식에 별 관심을 보이지 않았다. 그러나 이에 따라 오스트렐리아도 전시 체제로 들어간다는 방송이었다.

마침내 전쟁의 그림자는 드로게다에도 몰려왔다. 참전하기 위해 목동들이 하나하나 농장을 떠났다. 그와 동시에 토끼는 무섭게 번식했다. 보브는 필사적으로 드로게다를 보호하려고 노력했다.

전쟁 물자 생산을 위한 지원병이 수천 명씩 보충부대로 투입되었다. 제임스와 패트릭도 그 중에 끼여 있었다. 군대에서는 목동 출신을 환영했다. 총을 잘 쏘고 건실하고 명령에 잘 복종하며 체력이 강했기 때문이다.

"부디 잘 다녀 와! 몸조심하고!"

야간열차로 떠나는 이 쌍둥이들을 환송하기 위해 온 식구가 역에 나갔다. 마을 사람들은 소리치며 손을 흔들었다.

그들은 같은 소대에 편입되어 짧은 훈련을 받고 오스트렐리아군 제 9사단에 편입되어 이집트로 떠났다.

독일의 명장 롬멜이 북아프리카를 장악하자, 이에 오스트렐리아군이 롬멜과 대치한 지 8개월이 속절없이 흐르고 있었다.

"자네, 왜 여기 와서 이러고 있는지 알고 있나?"

콜 일병이 담배를 물었다. 그는 끝없는 공전 상태가 지루한 모양이었다.

"화초에 물이나 주는 것보다 나으니까, 이러는 거지."

제임스 일병이 패트릭의 배를 베개 삼아 누운 채 대꾸했다.

"아, 총알이라도 날아와서 골통에 맞고 죽는 편이 낫겠다."

이 곳에도 파리는 많았다. 역시 더웠기 때문이다. 그러나 참호에 들어있는 네 명의 병사들은 목동 출신이어서 이 정도의 더위에 놀랄 남자들이 아니었다.

"어이, 제임스. 너희들은 쌍둥이라 누가 누군지 구별할 수가 없구나. 그렇게 꼭 붙어서 떨어지지 않는 이유가 뭐야?"

"질투하지 마. 패트릭은 이 세상에서 제일 좋은 베개지."

제임스가 웃으며 패트릭의 배를 쓰다듬었다.

"임마, 너는 편하겠지만 베개의 기분이 어떤지 물어보기나 했니?"

패트릭이 말했다. 그 순간 수류탄이 참호 가장자리에서 폭발했다. 그들은 날쌔게 엎드렸다가 소총과 기관총을 들고 일어섰다.

"지겨운 수류탄 같으니! 공연히 소리만 요란하단 말야."

팝 상사가 말했다.

십자군 작전이 시작되자, 오스트렐리아군은 바다를 이용해서 카이로까지 철수했다. 고달픈 포위에서 벗어나 겨우 숨을 돌릴 수 있었다. 영국은 오스트렐리아군 덕택에 서서히 병력을 증가하여 제8군단을 구성하고 몽고메리를 신임 사령관으로 임명했다.

휘오나는 아들 둘을 군대에 보냈기 때문에 국가에서 준 은브로치를 달고 있었다. 자식을 전쟁터에 보냄으로써 국가에 이바지하고 있다는 것을 상징하는 포상이었다. 그러나 그녀는 자식들 걱정으로 늘 말이 없었고 매일 무슨 생각에 잠긴 듯했다.

가끔 편지가 왔다. 편지는 검열을 받아서 여기저기가 가위로 잘려 뜻이 통하지 않았다. 그러나 분명한 것은 그들이 살아있다는 사실이다.

드로게다에는 계속 비가 내리지 않았다. 은행의 예금 잔고는 아직 넉넉해서 양에게 먹일 풀이나 건초를 다른 지방에서 사올 수 있었으나, 양들은 그 풀은 잘 먹으려 들지 않았다.

풀은 씨도 없이 사라지고, 땅은 말 그대로 황무지였다. 목동들은 비실거리는 짐승을 볼 때마다 총으로 쏘아 죽였다.

가뭄이 너무 혹심해서 일하기가 힘들게 되자 목동들은 군대에 가는 쪽을 택했다. 그래서 메기는 일주일 내내 농장의 뙤약볕에서 일을 해야만 되었다.

데인을 볼 때마다 메기의 가슴에는 동요가 일곤했다. 데인은 정말 아름다운 아이였다. 낯선 사람들도 데인을 보면 잘 생겼다고 감탄을 연발했다. 데인의 인상은 항상 웃는 모습이었으며, 벌써 나름대로 사물을 구별할 줄 아는 것 같았다.

다른 모습은 모두 랠프를 닮았으나, 머리칼은 랠프의 검은색이 아니라 엷은 금발이었다.

저스틴은 동생이 귀여워서 어쩔 줄 몰라 했다. 메기로서는 이보다 더 다행한 일이 없었다.

어느 일요일, 메기는 저스틴을 무릎에 안아올리며 말했다.

"엄마는 집에 있는 시간이 거의 없으니까, 데인을 돌볼 수 없단다. 그러니까 네가 잘 봐줘야 한다. 데인은 하나밖에 없는 동생이니 다치면 큰일이지."

저스틴은 고개를 끄덕였다.

"엄마, 걱정 마. 엄마 대신 내가 잘 돌봐 줄께."

요즈음에 와서야 저스틴은 웃음을 알게 되었다. 이런 변화는 필경 데인으로 인한 것이리라. 데인이 웃으니까 저스틴도 따라 웃었다. 애들은 서로에게서 자신들을 배우고 있었다.

드로게다의 어려움은 그런대로 이점도 있었다. 만일 이런 수난이 없었다면 재크와 휴이도 군대에 지원하여 아프리카 전투에 참가했을 것이다. 이번 가뭄은 전무후무한 대한발로 기록될 만한 자연의 이변이었다. 그러나 국민들은 가뭄 뿐만 아니라 전쟁에 대해서도 깊은 관심을 쏟고 있었다.

1940년에서 1941년에 걸쳐 일본에 대한 불안감이 증가하고 있었는데, 루즈벨트와 처칠이 일본에 대한 석유 공급 중단을 선언하자 그 불안은 현실로 나타났다.

오스트렐리아는 워낙 멀어서 히틀러의 공격을 받을 염려는 없었지만, 일본은 아시아에 있고 두 나라 사이에는 섬이 많아서 원정하기가 용이했다. 마침내 일본은 진주만을 기습, 연합군에 선전포고를 해왔다.

새 뉴스가 들렸다. 북아프리카에 주둔한 모든 오스트렐리아군이 본국으로 귀환한다는 소식이었다. 커틴 수상이 처칠의 분노에도 불구하고 오스트렐리아군을 철수시키기로 결정한 것이다. 오스트렐리아는 누구보다도 자국 군대를 필요로 한다고 수상이 주장했기 때문이다.

이 소식을 들은 휘오나의 얼굴에 미소가 번지고, 메기는 기뻐서 어쩔 줄을 몰랐다.

그러나 모두들 돌아오는데 제임스와 패트릭만은 돌아올 수가 없었다. 그것은 6사단과 7사단을 오스트렐리아까지 후송해 주는 대신, 쌍둥이가 속해 있는 9사단은 아프리카에 남는다는 조건을 처칠이 내세웠기 때문이다.

1942년 10월 23일 밤, 사막은 고요했다. 패트릭은 형의 어깨에 몸을 기댔다. 제임스는 팔로 동생을 안아주었다.

"쌍둥이 단짝이라니까."

콜 일병이 놀렸다.

"쓸데없는 소리하지 마."

팝 상사가 쏘아주었다.

이때 몇 야드 밖에 있는 아군들이 조용히 하라고 신호했다. 모두 숨을 죽이고 경계에 돌입한 후였기 때문이다.

정각 9시 40분, 영국군 대포와 속사포가 일제히 포문을 열었다. 고막을 찢는 굉음을 발하며 포탄들이 롬멜의 진지에 명중되어 그 일대의 지뢰밭을 폭파시키고 있었다. 포탄이 폭발하며 발하는 섬광이 태양처럼 밤을 밝혔다.

몽고메리는 자기가 가지고 있는 모든 화력을 롬멜의 진지와 지뢰밭에 승패를 걸고 쏟아 부었다.

9시 55분 포격이 중지되고 다시 고요가 찾아들었다. 9사단 병사들은 참호로부터 나와 전진했다. 아직도 먼지와 구름이 적진 상공에 두터운 장막을 드리우고 있어 탈출은 안전했다. 영국군의 포탄이 지뢰밭을 쑥밭으로 만들었던 것이다. 그들은 먼지와 탄약 냄새로 자욱한 사막을 조심스럽게 탈출했다.

9사단은 이제 조국인 오스트렐리아로 돌아올 수 있게 되었다. 하지만 뉴기니아에 상륙한 일본군과 싸우기 위해 태평양으로 부대를 이동시키는 새로운 임무를 띠고 있었다. 그다지 신통치 않게 훈련된 군대였지만 혁혁한 전과를 올리고 귀국하는 중이었다.

제임스와 패트릭도 귀로에 올랐다.

고국에 돌아온 쌍둥이들은 휴가를 얻었다. 온 가족이 역으로 마중을 나갔다.

역 구내의 잔디밭에서 기다리고 있을 때 기차가 들어왔다. 그들은 기차가 완전히 멎기도 전에 뛰어내렸다.

쌍둥이 형제는 많이 변해 있었다. 얼룩무늬 정글복을 입은 그들은 낯선 타국의 군인 같았고 키도 더 자란 것 같았다. 피부색은 북아프리카의 태양에 타서 갈색으로 빛나고 있었다. 하지만 눈에는 젊음의 천진스러움이 없어지고 불안한 애수가 감돌았다.

온 가족이 그들을 에워싸고 웃고 또 눈물을 흘리며 쌍둥이를 환영했다. 집으로 돌아온 쌍둥이는 무척이나 먹어댔다. 군대에서 주는 것은 아무리 먹어도 양이 차지 않는다는 것이었다. 잔치가 벌어지고 그들은 고향의 음식을 한없이 배 속으로 집어넣었으나 드로게다에는 훌륭한 소화제인 홍차가 있어서 걱정이 없었다.

그들은 북아프리카의 이국적인 도시와 인종과 음식과 카이로의 박물관 등에 관해서 오랫동안 이야기했다. 그러나 멀고 지루했던 전투에 관한 이야기는 별로 하지 않았다. 영원히 기억에서 말살시키고 싶은 모양이었다.

잔치가 끝나고 남자들만 남았을 때 쌍둥이는 형들과 마주 앉아 그 동안 쌓였던 오랜 회포를 토론하는 시간을 보냈다. 7년째 접어든 가뭄에 고생이 많았겠다며, 자기들도 남아서 형들을 도왔어야 옳았을 거라고 말했다.

가뭄 때문에 농장은 메말라 버렸지만 그들에게 드로게다는 더할 수 없이 사랑스런 땅이었다. 그들은 떠나기 전에 고향을 듬뿍 눈 속에 담아가서 영원히 잊고 싶지 않은 모양이다.

메기가 기뻐한 것은 쌍둥이 동생들이 데인을 몹시 사랑하며 데리고 놀았기 때문이었다. 저스틴의 경우는 그렇지 못했다. 쌍둥이는 여자애를 어떻게 달래야 될지를 몰랐고, 저스틴도 데인을 빼앗아간 삼촌들이 못 마땅한 모양이다.

"누나, 데인은 정말 귀여워요."

어느날 제임스가 메기에게 말했다. 그때 데인은 잔디밭에서 패트릭과 놀고 있었다.

"그래, 정말 귀엽단다. 예쁘고······"

메기는 동생을 바라보며 말했다.

랠프 교주는 교황청의 복도를 급히 달려 내려갔다. 놀라서 쳐다보는 사람들에 대해서는 아랑곳없이 그는 뛰어갔다. 추기경이 폴란드의 망명 정권대사 파페이 씨를 영접하고 있었다.

"웬일인가요?"

추기경이 물었다.

"추기경님, 올 것이 왔습니다. 뭇솔리니가 패망했어요."

"저런! 교황께서도 알고 계신가요?"

"제가 카스텔에게 전화했으니까 아시겠지요. 이제 곧 라디오 방송으로도 나올 겁니다."

"교황께서는 짐을 꾸리셔야 되겠군요."

파레이 대사가 약간 안도가 된다는 듯 말했다.

"우리가 교황님을 보통 신부처럼 위장시키면 탈출할 수 있을 겁니다."

“교황께서 허락하지 않으실 거야.”

추기경은 한숨을 쉬었다.

“전 이만 가 봐야겠습니다. 정리할 서류도 있고 해서, 그럼……”

파레이 대사는 세련된 동작으로 방을 나갔다. 방에는 성직자 두 사람만이 남게 되었다.

“그는 박해 받는 자기네 국민들을 위해 중재해 달라고 왔나요?”

“네, 안 됐어요. 자기네 국민을 그렇게 사랑하다니……”

“우리는 안 그런가요?”

“물론 우리도 마찬가지죠! 하지만 그 사람의 부탁은 너무 곤란한 점이 많아요.”

“그 사람은 그런 사정을 믿지 못할 겁니다.”

“주교님, 그게 무슨 말인가요?”

“사실이 그렇지 않습니까? 교황께서는 유년 시절을 독일 뮤니히에서 보내실 때 독일인들을 사랑하셨을 겁니다. 그래서 독일인처럼 교양있고 문화적인 국민은 다시 없다는 믿음을 갖고 계시니 말입니다. 그것은 교황께서 잘못 판단하고 계신 점입니다. 그 분은 온 신경을 공산주의에만 쏟고 계세요. 독일이 공산주의의 가장 강한 방벽이라고 생각하시지요. 그리고 이탈리아는 뭇솔리니가 지배하길 바라고 계십니다.”

“설마, 그럴라고요. 그 분은 교황이시고 틀림없이 판단하시는 분입니다. 그것을 부정하면 신앙을 부정하는 일이겠죠. 랠프 주교.”

이때 문이 조심스럽게 열렸다.

“케셀링 장군의 방문입니다.”

두 성직자는 동시에 의자에서 일어났다.

"장군님, 어서 오십시오. 이렇게 찾아주셔서 영광입니다. 차를 드시겠습니까?"

"고맙습니다. 한 잔 주십시오."

대화는 독일어로 진행되었다. 바티칸의 간부들은 대개 독일어로 조금씩 대화를 나눌 수 있었다.

"무슨 용무로 오셨는지요?"

추기경이 물었다.

"뭇솔리니의 운명을 이미 들으셨을 줄 믿습니다."

"예, 방금 들었습니다."

"그러시다면 제가 온 목적도 약간은 짐작하시겠군요. 모든 것이 잘 되어가는가를 확인하고, 이 소식을 교황께 알리러 왔습니다. 제가 바빠서 직접 만나뵐 시간이 없으니 잘 전해 주십시오."

"교황님께 곧 보고하겠습니다. 그런데 그렇게 바쁘십니까?"

"바쁠 수밖에요. 이 곳은 독일의 적국이 되었습니다."

"예? 그게 무슨 말씀입니까? 이 곳은 이탈리아의 영토가 아닙니다. 여기에는 적이 없습니다. 오직 악인만이 적입니다."

"착오가 있었다면 용서하십시오. 바티칸을 말하는 것이 아니라 이탈리아는 점령 치하에 두게 될 것입니다. 본관의 군대는 지금까지 동맹군으로 주둔했었습니다만, 이제부터는 경찰권을 발동하게 될 것입니다."

"친애하는 장군님, 이 유서 깊은 로마만은 보다 자유롭고 개방적인 장소로 남을 수 있게 배려해 주십시오. 찬란한 문화 유산이 파손되지 않도록 각별히 노력해 주시길 바랄 뿐입니다."

"사실 로마의 건축물을 요새로 쓰지 않으면 전세가 불리하겠습니다만, 되도록 파괴되지 않도록 최선을 다해 노력하겠습니다. 본관도 문화란 것을 다소 알고 있습니다. 단 우리를 배신하지 않는다는 조건을 명심하십시요."

장군은 이 말을 던지고 황급히 방을 나갔다. 그날밤 랠프는 피로하고 초조했다. 그는 자신이 전쟁을 종식시키는데 전혀 영향력이 없는 위치임을 절감하고 있었다. 그 역시 보수적인 성격이긴 했지만, 바티칸 고위층이 너무 몸을 사리는 것을 볼때 메스껍고 역겨웠다. 신도 이젠 지칠대로 지쳐 있어서 인간들에게 마음대로 파괴하며 즐기라고 허용한 것 같았다.

랠프 주교는 심란한 마음으로 성 베드로 성당의 거대한 회랑을 따라 걷고 있었다. 그는 발자국 소리 사이 사이로 희미한 신음소리를 들었다. 그의 손에 들렸던 플래시에 불이 켜졌다. 그는 신음소리가 나는 곳으로 불을 비추었다.

불은 훌륭한 예술품인 미켈란젤로의 피에타상을 눈에 들어오게 했다. 그러나 바로 동상 밑에 또 하나의 얼굴이 있었는데, 그건 틀림없는 사람의 얼굴이었다.

"누구요?"

아무 대답이 없었다. 그러나 그것은 분명 독일군 사병이었다. 평범한 인간이었다. 독일군이라도 그의 양임에 틀림없었다.

"무슨 일이 생겼소?"

불빛 속에서 움직이는 병사의 이마에는 땀방울이 맺혀 있었다.

그러나 독일 병사는 겁먹은 얼굴로 대답이 없었다.

"어디가 아프오?"

"아닙니다."

마침내 그 병사가 입을 열었다.

"무슨 일이오? 자, 대답해 봐요."

"전 이 곳에 기도하러 왔습니다."

"무슨 일이 있었나요? 문이 잠겨져 있어 빠져나가지 못했오?"

"예, 하지만 그런건 문제가 아닙니다."

"그럼, 여기서 하룻밤 묵고 가도록 해요. 나도 저 문을 열 열쇠는 없으니까. 자, 따라 와요."

주교와 병사는 아무 말없이 걸었다. 독일 병사는 불안한 표정을 씻어버리고 랠프에게 바싹 붙어 따라오고 있었다. 랠프는 그를 자기 방으로 인도했다.

그들은 방에 들어서자 상대를 자세히 볼 수 있었다. 랠프 앞에 서 있는 키 크고 잘 생긴 얼굴과 푸르고 지혜로운 눈을 보았다.

랠프는 온 유럽이 벌벌 떠는 독일군 그러나, 너무나 어린 병사를 보았다. 소년병은 이탈리아인 같기도 하고 독일인 같기도 했다. 잘 생긴 얼굴이었다.

"앉으시오."

랠프는 포도주를 두 잔 따라 한 잔은 병사에게 주고 자기도 한 잔을 든 채 의자에 앉아 앳띤 얼굴을 유심히 바라보았다.

"아이들까지 입대시킬 정도가 되었나요?"

"잘 모르겠습니다. 전 고아원에 있었는데 갑자기 뽑혀 나왔습니다."

"이름이 뭐죠?"

"라이너 하르타임입니다."

소년병은 자랑스러운 듯이 대답했다.

"아주 좋은 이름이군요."

"제가 저 좋을 대로 지은 겁니다. 고아원에서는 라이너 슈미트라고 불렀는데, 군대 나올 때 바꿨습니다."

"라이너, 왜 조금 전에 그렇게 겁을 먹고 거기에 있었지요?"

"저는 고아원에 있을 때 수녀님들에게서 성 베드로 성당에 대한 이야기를 많이 듣고 사진으로도 보았습니다. 그런데 막상 와 보니 생각과는 달랐습니다. 주님을 가까이 느낄 수 없었습니다. 어쩐지 크기만 하고 냉기만 감돌았습니다."

"무슨 뜻인지 알겠습니다. 나도 이 곳에 친숙해지는 데는 많은 시간이 필요했지요."

"저는 제 가슴 속의 소망을 기도 드리기 위해 왔었습니다."

소년은 진지하게 말했다. 랠프 주교는 어린 병사의 눈을 가만히 들여다보았다.

"공포심을 주는 것들 때문이었나요?"

"예, 성 베드로 성당이 저를 도와줄 줄 알았어요.'"

"공포감을 갖게 하는 것이 무엇이지요?"

"저를 유태인으로 낙인 찍으려고 해요. 그리고 우리 부대가 러시아 전투에 투입된다나 봐요."

"알겠습니다. 공포에 사로잡힐 만도 하군요. 그렇다면 유태인으로 단정될 단서라도 있나요?"

"고아원의 수녀님들을 조사하면 당장에 탄로가 날 거예요."

"수녀님들은 알고 있다고 해도 절대로 말하지 않아요. 왜 그런 일을 조회하는지 알고 계실 테니까요."

"그럴까요? 그랬으면 좋겠는데……."

그는 기어드는 목소리로 말했다."

"너무 염려하지 말아요."

"저는 독일인이며 카톨릭 신자입니다. 독일이 인종이나 종교를 박해하지 않는 나라가 되기를 바라고 있습니다. 전쟁 후에 살아남는다면 그런 일에 제 일생을 바칠 작정입니다."

"그렇게 되도록 기도해 드리지요."

"정말이십니까? 제 이름을 넣어서 말입니까?"

"물론이지요."

"신부님은 누구십니까?"

"나는 랠프 주교라고 합니다."

"아! 전 보통 신부님인 줄 알았어요."

"나 역시 그냥 신부일 따름이오. 더 이상의 아무것도 아닙니다."

"주교님께 맹세하겠습니다. 저를 위해 기도해 주십시오. 제가 소망하는 것을 달성할 때까지 제 목숨이 붙어있다면, 저는 꼭 로마로 돌아와 주교님의 기도에 어긋나지 않았다는 것을 보여드리겠습니다."

"함께 기도합시다."

제 9사단이 재편성되어 뉴기니아로 출항할 무렵이 되자, 전세는 역전되어 일본군은 도처에서 패주하고 있었다. 일본군은 인도네시아로 밀려가고, 더 이상 오스트렐리아를 향해 내려올 생각은 엄두도 못 냈다.

과달카날 전투에서 대패한 일본군은 오스트렐리아에 대한 환상과 미련을 버리고 말았다. 퇴각하는 일본군은 부나 섬과 고나 섬을 버리고 북쪽 연안에 있는 라에 섬에서 전력을 갖추고 주둔해 있었다.

1943년 9월 5일, 제 9사단은 라에 섬 동쪽으로 기습 상륙했다. 더운 날씨에다 습기도 많았다. 매일 비가 내렸기 때문에 습도가 내려갈 전망은 조금도 없었다.

유럽이나 다른 전선에서는 대포와 대형 화기의 사용이 특징이었지만, 이 곳에서는 박격포 정도의 싸움도 없었으며 고작해야 백병전이 전부였다. 제임스와 패트릭은 그것이 마음에 들었다. 훨씬 남자다운 싸움이었기 때문이다. 9사단이 라이 섬에 상륙한 지 보름이 지나자 일본군은 두더지처럼 어디로인가 숨어버렸다.

어느날 쌍둥이 형제는 한 조가 되어 시내를 벗어나 긴 풀이 가지런히 자란 초원을 정찰하고 있었다. 정글 숲은 사람 키를 넘도록 무성히 자라서 드로게다를 연상시켰다.

"이제 돌아갈 날도 얼마 안 남았어. 고향으로 영원히 돌아가는 거야. 생각을 하니까 더 기다리기가 어렵구나!"

제임스가 말했다.

"나도 그래."

패트릭이 말을 받았다. 그들은 다정히 산책하듯 걷고 있었다. 정말 드로게다가 생각나는 순간이었다.

그때 별안간 그들 주위의 숲이 일렬로 쓰러지며 기관총탄이 날아왔다. 제임스는 허공으로 팔을 올리고 몸을 뒤틀며 엎어지는 패트릭의 모습을 보았다. 그의 허리에서 무릎까지 유혈이 낭자했다.

"패트릭! 괜찮아?"

제임스는 동생을 보고 외쳤다.

"응……"

힘없는 대답이 들려왔다.

제임스는 납작하게 엎드려 패트릭에게로 다가갔다. 그는 피를 흘리는 동생의 어깨에 머리를 대고 울었다.

"울지 마! 나 안 죽었어."

제임스는 피에 젖은 동생의 바지를 내려 상처를 살폈다. 피 범벅이 된 살은 경련하고 있었다.

"죽을 것 같지는 않은데."

패트릭이 중얼거렸다. 이때 다른 곳을 정찰하고 있던 소대원들이 총소리를 듣고 몰려왔다. 몇 명은 돌아가서 들것을 가지고 왔고, 다른 몇 명은 기관총이 발사된 곳으로 수색을 나갔다.

의무반에서 패트릭을 살펴본 군의관이 말했다.

"운이 좋군. 내 판단으론 내장은 말짱한데 한 가지가……"

군의관이 잠시 입을 다물었다.

"그래서요?"

제임스가 끝까지 말할 것을 종용했다.

"지금 단계에서는 확실히 말하기 어렵지만…… 생식기 근처의 상처는 외과치료는 할 수 있겠지만, 신경이 끊겼으면 고치기 어려워. 그 부분의 기능을 잃게 될런지 모르겠어."

"그렇다면 생명은 건질 수 있군요."

제임스는 동생이 야전 병원으로 후송될 때 따라갈 수 있는 장기 휴가를 허락 받았다. 그는 동생이 위험한 고비를 넘길 때까지 병원에 함께 있었다.

그의 부상은 기적적인 것이었다. 총알이 관통하지 않고 스쳐갔을 뿐이었다. 그러나 군의관의 말이 옳았다. 훗날 그것이 얼마나 회복될지 지금으로서는 아무도 장담할 수가 없었다.

"상관없어. 난 결혼하고 싶지 않으니까. 형이나 조심해. 나만 고향에 가긴 싫은데……"

패트릭이 들것에 실려 공항으로 나가면서 말했다.

일본 천황이 미드리함 선상에서 정식 항복 문서에 서명한 뒤에야 비로소 길란본 사람들은 전쟁이 끝났다는 것을 사실로 받아들였다.

1945년 9월 2일 월요일, 전쟁이 시작된 지 만 6년만에 이 희소식이 전해졌다.

괴로운 세월이었다. 많은 사람들이 목숨을 잃었다. 다리를 잃어 영원히 걷지 못하게 된 사람, 두 눈을 잃어 일생 동안 암흑 속에서 살게 된 사람 등등 많은 사람들이 불구자가 되었다.

패트릭은 영원히 성불구자가 되었다. 외형적인 부상 말고도 보이지 않은 깊은 상처를 입은 사람이 더 많았다. 웃으면서 명령하게 전쟁터로 나갔으나 귀향한 후부터 말이 적어지고 웃음을 잃은 젊은이들……. 전쟁 초기에는 아무도 그렇게 오래 계속될 줄 몰랐다. 이렇게 슬픈 종이 울릴 줄 누가 알았겠는가?

길란본은 특별히 미신을 믿는 곳은 아니었다. 그러나 9월 2일에는 아무리 세상 물정에 닳아빠진 사람들도 몸서리를 쳤다. 긴 전쟁이 끝난 것도 이 날이었고, 우연의 일치랄까 가장 혹심했던 가뭄이 끝난 것도 같은 날이었기 때문이다.

거의 10년 동안 내리지 않던 비가 일본의 패망 소식과 함께 쏟아지기 시작했다. 목마른 땅 위에 순식간에 3백밀리의 폭우가 쏟아졌다. 이것은 곧 풀과 대지가 소생한다는 것을 뜻하는 사건이었다.

드로게다의 사람들은 모두 베란다에 서서 어둠 속으로 쏟아져 내리는 빗줄기를 바라보고 있었다. 그들은 갈라진 땅 위에 쏟아지는 비의 그윽하고 깊은 향기를 들이 마셨다.

가축들 역시 기나긴 시간 동안 메말라 있던 땅이 비에 젖어 보드라운 흙에 발을 힘껏 디뎌보며 철버덕거리고 있었고, 빗물이 온몸을 적시는 기쁨을 만끽하고 있었다.

지붕에 쌓여있던 뿌연 먼지도 말끔히 씻겨내려갔고, 나무들도 깨끗한 몸을 선명히 드러내고 있었다. 냇물은 불어 포효하듯 흘렀다. 그것은 축복의 비였으며, 생명을 의미하는 환희였다.

이윽고 연두색 싹이 나타나더니 춤추듯 하늘을 향해 힘껏 뻗어 올랐다. 풀잎이 성장하자, 초원은 다시 푸른색이 되었다.

보브와 재크와 휴이는 목장을 돌아보며 어떻게 양과 소를 방목할까를 궁리하기 시작했다. 휘오나는 새 잉크의 병마개를 열었다.

그리고 이제부터 메기는 말을 타고 농장을 돌아다닐 필요가 없게 되었다. 제임스가 돌아오면 그녀가 하던 일을 떠맡게 될 테니까.

얼마 후 메기는 루크의 편지를 받았다.

'여보! 이제 얼마 안 남았어. 이삼 년만 더 일하면 우리의 꿈이 이루어질 거야. 요즈음은 자주 등골이 쑤시지만 아직은 해낼 수 있어. 메그, 우리들의 농장을 살 날도 얼마 안 남았다니까. 내가 모든 준비를 하면 나에게로 돌아오겠지. 당신이 갖고싶어 하던 아기도 낳게 해주었잖아? 여자들은 아기라면 그저 좋아한단 말야. 어떻게 지내는지 소식이나 전해 줘. 당신의 루크로부터.

메기가 편지를 읽은 뒤 아무 생각없이 푸른 초원을 내려다보고 있는데, 휘오나가 나왔다.

"루크는 어떻다고 하니?"

"여전해요. 조금도 변하지 않았어요. 사탕수수밭에서 몇 년 더 일해서 농장을 하나 사겠대요."

"그가 정말 농장을 살까?"

"언젠가 사긴 살 거예요."

"그렇다면 애야, 넌 그 사람과 같이 살 거니?"

"결코 그런 일은 두 번 다시 없을 거예요."

"메기, 왜 넌 그 사람과 정식으로 헤어지고 재혼하지 않니? 널 좋아하던 데이비스가 아직도 기다리고 있다더라."

메기는 생각에 잠긴 눈으로 휘오나를 바라보았다.

"어머니는 저를 성숙한 여자로 대해 주시는군요."

휘오나는 가볍게 웃었다. 그녀는 요즘도 별로 미소를 짓지 않는 편이었다.

"이제껏 여자가 되지 않았다면 앞으로는 무슨 일로 세상을 살아 가겠니? 너도 이제는 한 사람의 성인 여자가 된 것이야. 내가 늙으니까 좀 수다스러워지는 것 같구나."

메기는 어머니의 말투가 재미있어서 웃음을 터뜨렸다.

"어머니, 모두 비가 온 탓인가 봐요. 드로게다에 다시 풀이 자라니 멋있죠? 푸른 잔디밭도 그렇고요."

"그래. 그런데 넌 왜 화제를 자꾸 바꾸려 하니? 그만 루크와 이혼하고 재혼하지 않느냐니까?"

"그건 하느님 말씀에 어긋나잖아요."

"말 같지 않은 소리를 하는구나. 그런 얼토당토 않은 이유는 내 앞에서 입에 담지도 마라."

"전 아이들과 이 곳에서 마음껏 행복하게 살 수 있어요."

그때 메기의 웃음소리와 매우 닮은 또 다른 웃음소리가 나무숲 쪽에서 명랑하게 들려왔다.

"들어보세요, 데인이에요! 데인은 저렇게 어린 데도 나만큼 말을 탈줄 안다니까요."

그녀가 밖을 향해 크게 소리쳤다.

"데인, 거기서 뭘 하니? 어서 나오너라."

그러자 데인은 입에 흙을 잔뜩 묻힌 모습으로 나타났다.

"엄마, 흙이 맛있어. 엄마도 흙 먹어봤어?"

데인이 말했다. 일곱 살인데도 꽤 키가 컸다. 몸은 어린아이답지 않게 늘씬하고 우아했으며, 얼굴 또한 섬세한 아름다움을 지니고 있었다. 저스틴이 나타나서 데인 바로 옆에 섰다. 그 애도 키가 컸다. 그러나 좀 여윈 편이었고 얼굴에는 주근깨가 많았다. 예쁘지는 않았지만, 이 애를 한번 본 사람이라면 그 얼굴을 잊을 수가 없으리라. 그만큼 강렬한 개성이 얼굴에 나타나 있었다. 저스틴은 데인을 마치 자신의 전유물처럼 애지중지했다. 때문에 메기와 저스틴 사이에는 정신적인 갈등이 있었다. 메기가 농장일을 그만두고 어머니 역할을 한다는 것이 저스틴에게는 싫었다. 엄마를 데인과의 즐거운 생활에 끼어든 방해자로 생각했기 때문이었다.

"내가 말렸는데도 막 먹었어요."

저스틴이 변명하듯 말했다.

"저스틴, 흙을 먹어도 죽지는 않아. 하지만 몸에는 좋지 않지. 데인! 넌 왜 흙을 먹었지?"

"거기 있길래 먹었어. 몸에 나쁘면 아무 맛도 없을 텐데 맛이 있었어."

"맛이 있다고 모두 좋은 건 아냐. 어떤 것은 맛은 좋은데 독이 있는 것도 있단다."

"그런 게 어디 있어."

"당밀이 그렇지."

저스틴이 끼어들었다. 데인은 전에 당밀을 잔뜩 먹었다가 마구 토하고 설사를 한 적이 있었다.

"하지만 난 죽지 않고 이렇게 있잖아. 그러니까 당밀에는 독이 없는 거야."

"토해서 살아났지, 토하지 않았다면 큰일 날뻔 했을 거다."

저스틴은 다시 데인을 데리고 잔디밭을 가로질러 향나무가 있는 곳으로 뛰어갔다.

"저 애들은 성격이 너무 달라요. 그런데도 사이가 좋거든요. 참 신기해요."

메기가 말했다. 그러나 휘오나는 다른 말을 했다.

"데인은 꼭 제 아비를 닮았어."

메기는 순간 가슴이 철렁했다. 물론 가슴 깊이 도사린 죄의식의 소산인 것이다. 루크를 닮았다는 얘기겠지……

"어머니, 그 애가 제 아빠를 닮았다고요? 데인은 성격이나 외모가 루크를 닮은 데는 없어요."

휘오나는 갑자기 웃음을 터뜨리며 메기를 바라보았다.

"넌 나를 바보 취급하는구나. 내가 지금 루크 이야기를 하는 줄 아니? 랠프 주교님 이야기를 하는 거야."

순간 메기의 얼굴이 하얗게 변했다.

"참, 어머니도, 무슨 그런 망측한 말씀을 하시는 거예요!"

그녀의 목소리는 납처럼 무겁게 가라앉아 있었다.

"저 애의 아버지는 확실히 루크가 아냐. 랠프의 아들이 틀림없어. 내 눈은 정확해. 나는 네가 저 아이를 낳는 순간부터 알고 있었어."

"그럼 왜 이제껏 아무 말씀도 않으셨어요? 이제 와서 엉뚱한 소리 꺼내시다니."

"나도 이젠 늙은 모양이다. 그런데 늙는다는 것에도 나름대로의 축복이 있어. 드로게다가 다시 옛날의 랠프가 드나들던 드로게다로 되돌아간다는 것이 여간 흐뭇한 게 아니다."

"그런 엉뚱한 말씀으로 사람 놀라게 하지 마세요. 그건 사실이 아니란 말예요!"

메기가 필사적으로 부인하고 있었다. 갑자기 휘오나가 메기의 무릎 위에 손을 얹었다. 모든 것을 이해하고 용서할 수 있다는 뜻의 미소를 짓고 있었다. 멸시나 증오의 기색없이 오히려 동정의 뜻이 담겨 있는 그런 미소였다.

"애야, 나한테까지 거짓말을 할 셈이냐? 나에게만은 거짓말을 안 해도 좋아. 분명 그 애는 랠프 주교의 자식이야."

메기는 한참만에 한숨을 쉬었다.

"그 이의 아이란 것이 그렇게 뚜렷하게 나타나나요? 다들 그렇게 느끼고 있을까요?"

"다른 사람이야 알 턱이 있니? 다들 루크와 비슷하다고 말할 거다. 그러나 나는 랠프와 너를 여러 해 동안 관찰했기 때문에 알 수 있는 거지. 너는 꼭 나를 그대로 닮았어."

"프랭크 오빠 얘기를 하시는 거예요?"

의자 잡아당기는 소리가 나더니 휘오나가 몸을 바로잡으며 말했다.

"저 말이다…… 프랭크의 아버지는 기혼자였단다. 나보다 훨씬 나이가 많은 유명한 정치가였지. 나는 미칠 정도로 그 분을 사랑했어. 그 분 이외에는 누구도 사랑할 수 없다고 생각했었단다. 나는 그 환상을 아주 오래 품고 있다가 너무 때늦게 버린 거야. 난 죄도 많고 책임질 것도 많은 여자란다.”

“그래서 오빠를 더 사랑했군요.”

“아니, 더 사랑한다고 착각하고 있었을 뿐이야. 역사는 반복되는 모양이지. 데인을 보았을 때 웬지 웃음이 나오더구나.”

“어머니도 보통 여자가 아니시군요!”

“내가 말이냐? 난 불행한 여자였어. 파케아 씨를 만나던 날부터 나는 곧 불행한 삶을 걸어가게 되었던 거야. 다 내 잘못이었지. 난 너의 아버지에게 감사하고 있단다. 그 분은 결국 자신이 얼마나 훌륭한 남자인가를 증명하고 가셨거든. 다 지나간 얘기야. 내가 하고 싶은 말은 내 행동이 잘못되었다는 것 뿐이다. 메기, 이해하겠니?”

“모르겠어요. 난 잘못이 없어요. 교회가 잘못이에요. 신부에게서 여자를 사랑할 권리를 빼앗다니……”

“네 입장을 정당화하려고 하지는 말아라. 대답은 다 알고 있으니까. 나도 그 때는 너처럼 생각했었단다.”

드로게다의 생활은 사소한 일로 갑자기 유쾌해졌다. 철망으로 창을 가려서 집안에서는 파리를 구경할 수가 없었다. 개구리들도 철망을 좋아했다. 파리나 나방들이 집안의 불을 보고 철망을 친 창으로 달려들면 개구리는 대기하고 있다가 재빨리 혀로 잡아먹는 것이었다.

데인과 저스틴은 개구리들이 곤충을 잡아먹는 장면이 퍽 재미있는 모양이었다. 또한 이 집안의 독서열은 두 아이에게 많은 낱말을 알게 하는데 커다란 도움을 주었다. 그들은 영리하고 모든 것에 깊은 호기심을 가지고 있었다.

데인이 열 살, 저스틴이 열 한 살 되던 해에 그들은 시드니의 기숙학교에 들어가게 되었다. 데인은 리버뷰 학교에, 저스틴은 킨코팔 여학교에 입학했다.

메기는 시드니까지 따라가 보고 싶었지만, 과잉 보호는 나쁠 것 같아 그냥 길란본의 역에서 두 아이를 떠나보냈다. 창을 통해 손수건을 흔드는 아들과 딸의 모습을 보는 순간 메기의 눈에는 눈물이 반짝였다.

그러나 교통이 편리했고 여객기도 수시로 발착하는 시대라서 방학이나 짧은 연휴만 되어도 아이들은 드로게다에 와서 지냈다.

아이들은 모두 학업에 홍미를 느끼는 것 같았다. 데인은 리버뷰에서 모범생이었다. 그러나 킨코팔의 수녀들은 저스틴을 탐탁치 않게 여겼다. 저스틴같이 날카롭고 비판적인 아이가 그녀들의 마음에 들 리가 없었다. 그러나 성적은 저스틴이 한 학년 위라서 비교하기는 어렵지만, 데인을 웃도는 것 같았다.

1952년 8월 4일자 1면에 시드니 『헤럴드』지는 홍미있는 기사를 싣고 있었다. 그것은 랠프 주교에 관한 내용이었다. 그가 오늘 날짜로 추기경으로 승진되었으며, 현재 58세로서 교황의 정책 수립을 좌우하는 극소수의 일원이라는 보도였다.

더구나 『헤럴드』지는 길란본과 드로게다에 기자를 파견하여 랠프 추기경이 오스트렐리아에서 지내던 때의 활약상과 인간성을 취재해 게재했다.

길란본의 주민들은 아직도 그를 생생하게 기억하고 있었으며, 한 편 굴지의 농장인 드로게다 농장의 지배인인 휘오나 클레어리 부인은 다음과 같이 회상하고 있었다고 적고 있었다.

"그 분은 제가 본 사람 가운데 가장 잘 생긴 분이었습니다. 무엇보다도 이곳 주민들의 정신적 지주였죠. 특히 드로게다로 이사한 우리 가족의 정신적 기둥이었습니다. 정말 비범한 분이었습니다. 이 곳을 떠나신 지 20년이 되었지만, 아직도 그 분을 그리워하는 사람이 더러 있을 것입니다."

메기가 휘오나에게 신문을 넘겨주며 미소를 지었다.

"어머니의 찬사만 장황하게 늘어놨군요. 이런 말을 하면 동네 사람들이 이상한 눈으로 보지 않을까요?"

"이상하게 보긴 누가 봐? 추기경이 이 기사를 본다면 오히려 짚이는 데가 있을 거다."

"그 분은 아직도 우리를 기억하고 있을까요?"

요즈음에 와서 휘오나는 딸을 대하는 태도가 많이 변해 있었다. 메기의 마음을 이해하려고 애썼고 온화하게 대했다.

"메기, 그 양반이 다시 이 곳에 오게 된다면 어떻게 하겠니?"

"그럴 리 있겠어요?"

"그는 꼭 올 거다."

휘오나는 수수께끼 같은 말을 던졌다.

사실 그는 왔다. 12월의 어느날, 그는 아무도 모르게 조용히 모습을 나타냈다. 하지만 그가 오스트렐리아에 온다는 소식이 신문에는 보도되지 않았기 때문에 드로게다에서는 그를 직접 볼 때까지는 꿈에도 생각지 못했다.

랠프 추기경은 길란본으로부터 드로게다로 오는 동안 구석구석
에 담긴 추억의 향기를 들이마시며 과거를 회상할 수 있었다.

변한 것은 아무것도 없었다. 파리막이 창틀을 제외하고는 베란다
도 옛 모습 그대로였다.

벌써 겨울로 접어들어 크리스마스를 두 주일쯤 남겨놓고 있었다.
드로게다의 장미는 만발하여 절정을 이룬 느낌이었다.

그 장미를 보는 순간 랠프 추기경은 메기의 웃음소리를 들었다.
그는 소리가 난 방향으로 발을 옮겼다. 어릴 때의 웃음소리와 똑같
았다.

'옳지, 저기구나!'

분홍빛 장미덤불 속에서 웃음이 터져나오고 있었다. 그는 장미덤
불을 헤쳤다.

그러나 메기는 그 곳에 없었다. 다만 어린 소년 하나가 잔디 위
에서 연분홍색 새끼 돼지를 데리고 놀고 있었다. 소년은 열 두서너
살쯤 되어 보였는데, 랠프를 보자 깜짝 놀라며 올려다보았다. 밤색
바지를 입은 소년은 아주 날씬한 몸매였다.

"안녕하세요?"

소년이 미소 지으며 먼저 인사했다.

"안녕! 이름이 뭐지?"

"저는 데인 오닐입니다. 아저씨는 누구세요?"

"나는 랠프란다."

데인 오닐이라……. 그럼 메기의 아들이란 말인가? 그렇다면 결

국 메기는 루크 곁을 떠나지 않았구나!

"애야, 네 아버지도 여기 계시냐?"

"아버지요? 그런 분은 없어요. 여기 온 적도 없구요."

"그래? 그럼 어머니는 계시겠구나?"

"어머니는 길란본에 가셨는데 곧 돌아오실 거예요. 할머니는 집에 계세요. 만나보시겠어요? 제가 안내해 드릴께요."

소년은 스스럼없이 말하고 앞장을 섰다. 랠프는 그 뒤를 따라갔다.

그때 휘오나는 책상 앞에 앉아 있었다.

"안녕하십니까, 휘오나?"

고개를 처든 그녀의 모습은 많이 변해 있었다. 그녀가 어느덧 72살이라는 것을 실감할 수 있었다.

"오, 랠프! 어서 와요. 다시 뵙게 되어 반갑군요!"

휘오나는 매일 드나드는 손님을 대하듯 했다.

"다시 뵙게 되어서 정말 반갑습니다."

"오스트렐리아에 오신 줄은 몰랐어요."

"제가 온 지 아무도 모르고 있습니다. 몇 주간의 특별 휴가를 얻었길래……."

"저희 집에서 머무르시겠죠?"

"나에게 이곳 말고 달리 머물 곳이 있겠습니까?"

"정말 기뻐요? 헤럴드 지에 실린 기사를 보셨나요?"

"읽었습니다. 당신의 말도 날카로와졌더군요."

"그래요. 게다가 요즘은 그 날카로운 말을 사용하기를 즐기기까지 한답니다. 오랫동안 입을 봉하고 써 먹지 못했거든요. 살아오면서 뭔가 잊어버린 게 있다고 생각했더니 혀를 너무 써 먹지 않았지 뭐예요."

그녀는 제법 소리내어 웃기까지 했다.

이때 데인과 저스틴이 창문가에 나타났다.

"할머니, 지금 말 타고 놀러갔다 와도 되나요?"

"범절을 알면서 무슨 소리냐? 어서 들어와서 손님께 인사해라."

"벌써 만나 뵈었는 걸요."

"그래."

"난 네가 학교에 간 줄 알았지."

랠프가 미소 지으며 말했다.

"지금은 방학이에요."

"아! 그렇구나."

"저, 추기경님이시죠? 아까는 몰라 뵈었어요. 추기경님, 여기 오래 계실 건가요?"

데인은 왠지 친근감이 깃든 어조로 물었다.

"추기경님은 휴가가 끝날 때까지 이 곳에 머무르실 것이다. 그리고 자꾸 추기경님, 추기경님 하고 부르면 지루하실 테니까, 랠프 아저씨라고 부르면 어떨까?"

휘오나가 말했다.

"아저씨라구요? 그건 규칙 위반이에요. 우린 아저씨들에게도 그냥 이름을 부르잖아요? 그러니까 이 분도 그냥 랠프예요."

저스틴이 끼어들었다.

“저스틴, 그게 무슨 말버릇이냐!”

“괜찮아요. 그냥 랠프라고 부르는 게 좋아.”

추기경이 웃으며 말했다.

“전 그렇게는 못 부르겠어요.”

“데인, 괜찮다. 죄될 것 없단다.”

추기경은 소년을 지그시 바라보며 말했다.

“데인, 그만 우리들은 나가 놀자.”

저스틴이 말했다.

휘오나는 랠프 추기경과 데인이 함께 서 있는 모양을 바라보더니 저도 모르게,

“어머나, 저런……. 아니지, 데인! 너는 나가서 누나와 같이 놀아라.”

하고 말했다. 그녀는 하마터면 어쩌면 그렇게도 닮았느냐고 탄성을 지를 뻔했던 것이다.

데인은 저스틴의 뒤를 따라 나갔다. 휘오나는 잠시 후 습관대로 하던 일을 계속했다.

랠프는 노년임에도 불구하고 그녀가 장부 정리하는 모습을 안쓰럽게 바라보았다.

그러다가 잠시 산책이나 하겠다고 말하곤 거실을 나와 잔디밭을 지나 냇물이 있는 곳까지 걸었다. 모든 것이 옛날과 다름없이 평화스러웠다.

나도 이 곳에 묻혀야지. 잊지 않고 있다가 이 곳에 묻어 달라고 로마 당국에 일러줘야지…….

그가 고개를 돌려 하늘을 바라보려는 순간 메기가 저쪽에서 오
고 있었다.

'아, 메기!'

메기가 흰 울타리를 넘어 어떻게 다가왔는지, 그는 메기의 눈밖
에 볼 수가 없었다. 그녀는 양 팔로 랠프의 목을 힘껏 감싸안았다.
오랜 세월 동안 그리던 시간이요, 체온이었다.

"메기 ····· 메기!"

그는 얼굴을 그녀의 향긋한 금빛 머리칼에 파묻고 으스러지게
껴안았다. 그녀의 모자가 풀밭에 뒹굴었다.

"그렇게 오랫동안 못 만났는데도 변하시지 않았군요."

메기가 눈을 감은 채 말했다.

"웅, 난 변하지 않았어."

"오, 랠프! 이 드로게다에서는 당신이 하느님 것이 아니라, 제 것
이에요. 아시겠어요."

"알아! 인정해."

랠프는 메기를 풀밭에 앉히며 말했다.

"메기, 왜 그랬지?"

"뭘요?"

메기의 손은 그의 머리칼을 어루만지고 있었다.

"왜 루크에게로 돌아갔지? 왜 그 사람의 아들을 가졌지?"

자못 질투의 감정이 섞인 말투였다.

메기의 눈은 투명한 하늘을 바라보고 있는 중이어서 그가 순간
그녀의 진실을 알 수 없었다.

"강제로 당했어요. 딱 한번…… 하지만, 데인을 얻었어요. 후회하진 않아요. 데인은 이제까지 치른 모든 희생이 슬프지 않으리 만큼 좋은 아이예요."

"미안해. 내게 말할 권리가 없다는 것은 알고 있어. 메기를 루크에게 준 장본인이 바로 나니까."

"그건 사실이에요. 당신이 나를 그에게 주어버렸어요."

"그놈 정말 잘 생겼더군. 루크를 닮았나?"

메기는 속으로 미소 지으며 풀잎 하나를 뜯었다.

"아니, 그를 닮진 않았어요. 저를 닮은 것도 아니고……"

"난 그 애들을 사랑해. 당신의 아이이기 때문에……"

"여전히 감상적이군요. 당신을 처음 본 후 30년이 지났는데 한달 밖에 안된 것 같아요."

"아, 벌써 그렇게 오래 되었나?"

"그래요. 그렇게 되었어요. 제 나이가 벌써 마흔 하나예요."

그들은 천천히 집을 향해 걸었다.

"데인의 웃음은 당신의 웃음과 똑같더군. 난 당신이 웃고 있는 줄로 착각했지."

"랠프, 데인이 마음에 드세요?"

메기가 진지하게 물었다.

"아주 귀여워. 당신의 아들인데 그렇지 않을 수 있겠어? 하지만 웬일인지 저스틴은 나를 좋아하지 않더군."

"그 애는 좀 특이해요. 제가 요즘엔 욕을 입에 담는 버릇이 생겼는데, 모두 그애 때문이에요. 그리고 조금은 당신 때문이기도 해요……: 루크도 좀 그렇고, 전쟁 때문에도 그렇지요."

"메기, 그 동안 많이 변했군."

"제가요? 제 생각엔 하나도 변하지 않은 것 같은데요. 저는 옛날의 메기 그대로예요. 당신이 과거에 저의 참모습을 보지 못한 것뿐이에요."

"솔직히 말해 나로서는 메기의 다른 면을 볼 수 없었어."

그녀의 손이 살며시 그의 손을 잡았다.

"랠프, 그때는 당신을 이해할 수 없어서 야속했지만, 이젠 이해할 수 있을 것 같은 느낌이 들어요. 인간은 무엇인가 떼어버릴 수 없는 것을 마음속 깊이 간직하고 있는 존재인가 봐요. 가슴을 가시에 찔려 붉은 피를 흘리며 아름다운 노래를 부르면서 죽어간다는 켈트족의 전설에 나오는 새가 바로 우리들인 거예요. 그 새는 스스로의 노래를 위해 그렇게 하지 않고는 못 견디는 거예요. 이래서는 안 되지 하면서도, 해서는 안 되는 그 일을 하고야 마는 존재들……: 사람은 누구나 스스로 작은 노래를 부르고 있는 거예요. 그것이 이 세상에서 가장 아름다운 노래라는 확신을 갖고 말이에요. 제 말의 뜻을 이해하시겠어요? 우리는 모두 자기 자신의 가시를 창조하고 있어요. 남은 것은 그 아픔을 감수하는 일, 그리고 그것은 가치 있는 것이라고 스스로 다짐하는 일이에요."

"메기, 그 아픔이라는 고통 말이야. 왜 인간은 그런 고통을 당해야 하지?"

"하느님께 물어보세요. 그 분은 아픔에 관한한 권위자가 아니신가요? 신은 현재의 우리를, 온 우주를 창조하셨으니까요."

보브, 재크, 휴이, 제임스, 패트릭 등 다섯 명의 형제가 저녁 식사를 하러 집안으로 들어왔다.

이들 다섯 형제는 나이가 먹을수록 클레어리를 닮아가고 있었다. 또한 그들은 조카 데인을 몹시 사랑했다. 그들의 눈은 데인이 움직이는 곳으로 자주 쏠렸다.

데인이 빨리 자라 드로게다의 당당한 일원이 될 날을 손꼽아 기다리는 것 같았다.

랠프는 저스틴이 자기를 싫어하는 이유를 곧 알 수 있었다. 그것은 다름 아니라 데인이 자기를 너무 좋아했기 때문이었다. 저스틴은 샘이 많은 아이여서 그것을 참지 못했다.

데인과 저스틴이 이층으로 올라간 후 랠프는 메기와 휘오나, 그리고 다섯 형제를 둘러보았다.

"휘오나, 잠깐 쉬었다 일해요. 할 이야기가 있어요."

그가 말했다.

휘오나는 책상 앞에서 일어나 가족들이 앉아 있는 탁자 한가운데에 자리를 잡고 앉았다.

"다름 아니라, 프랭크에 대한 이야기입니다."

"프랭크에게 무슨 일이 있나요?"

휘오나가 물었다.

"그가 복역한 지 30년이 되었어요. 프랭크는 그 동안 공허하고 고독한 생활을 해왔습니다. 복역 초기에 정신 이상이라는 사유로 일찍 출옥할 수도 있었는데, 그게 잘 안 되었습니다. 사실은 본인이 출옥을 거부한 것이 큰 원인이었습니다. 죄값을 받겠다고요."

"그 아이의 성격이 그래요."

휘오나가 감정을 드러내지 않고 말했다.

랠프는 알맞는 말을 찾느라고 무척 애를 썼다.

"내가 오랜만에 갑자기 찾아와서 여러분들은 무척 당황했을 겁니다. 제가 오스트렐리아에 온 이유 중의 하나는 프랭크를 위해 무엇을 할 수 있을까 모색해 보기 위해서였습니다. 휘오나, 클레어리와 스튜어트가 죽은 뒤 내가 한 말을 기억하세요? 20년 전의 일이지만, 지금도 당신의 눈에 감돌던 표정을 잊을 수 없군요."

랠프는 잠시 입을 다물었다가 말했다.

"프랭크는 곧 석방됩니다."

순간 휘오나의 눈동자 깊은 곳에서 여린빛이 흔들렸다. 그러나 다섯 형제의 눈 속에서 그 어머니의 눈빛이 확대되어 번쩍이는 것을 랠프는 놓치지 않고 볼 수 있었다.

"추기경님 고마와요."

이윽고 휘오나가 긴 한숨처럼 말했다.

"프랭크가 드로게다로 돌아오는 것을 환영한다는 뜻입니까?"

랠프가 모든 사람을 돌아보며 물었다.

"이 곳은 그의 집입니다. 형이 있어야 할 곳은 바로 이 집입니다."

보브가 강조했다. 휘오나를 제외한 모든 사람들이 그 말에 찬성했다.

하지만 휘오나는 자기만의 생각을 반추하고 있었다.

"그는 처음 투옥될 당시의 프랭크가 아니더군요. 난 여기 오기 전에 몇 번 찾아가서 그를 만났습니다. 가족 모두가 그에 대한 일을 알고 있다고 말했더니 별로 괴로워하진 않더군요. 특히 어머니가 보고 싶다고 했습니다."

"언제 석방됩니까?"

보브가 물었다.

"한 주일 후쯤, 기차편으로 올 거야. 내가 비행기로 오라고 했는데 한사코 사양하더군."

"패트릭과 제가 마중 나가겠습니다."

제임스가 말했다. 그러면서 어깨를 으쓱했다.

"참, 난 프랭크 형이 어떻게 생겼는지 모르지."

"아니다. 내가 직접 나가겠다. 혼자서 말이다."

휘오나가 침착하게 말했다.

"어머니 말씀이 옳아. 어머니가 가장 먼저 보셔야 하니까."

메기의 말이었다.

"그럼 난 일어나야겠다."

휘오나가 먼저 자리에서 일어섰다.

"이제 잘 시간이군. 내일 아침엔 옛날처럼 미사를 드릴 수가 있겠군요. 추기경님, 안녕히 주무십시오."

보브가 형제들을 대표해서 말했다.

"저도 안녕히 주무시라고 인사해야겠군요."

메기가 미소 지으며 말했다.

랠프는 메기를 따라 곧바로 이층으로 가기가 어색했다. 그래서 그는 산책을 하기 위해 밖으로 나왔다. 밤하늘엔 별이 반짝이고 있었다. 한참 동안이나 그는 밖에 서 있었다. 장미 향기가 코끝을 간지럽혔다.

그가 갔을 때 메기의 방문은 반쯤 열려 불이 밖으로 새어 나오고 있었다. 문은 그가 들어가자 굳게 잠겼다.

"이리 오세요. 구두를 벗겨드릴께요."

메기가 기다렸다는 듯이 말했다.

"메기, 그 옷을 일부러 입고 있는 거야?"

"잿빛 장미라서요? 제가 제일 좋아하는 옷이에요."

"오늘밤 내가 오리라고 믿고 있었어?"

"드로게다에서의 당신은 언제나 제것이에요. 당신이 오지 않았으면 제가 갔을 거예요."

메기는 랠프의 셔츠를 벗겨주고 등불을 껐다. 그녀의 옷이 흘러내리는 소리가 들렸다.

랠프가 온 지 사흘째 되는 날은 무더웠다.

랠프는 데인과 함께 양떼를 몰러 나갔고, 저스틴은 샐쭉해서 향나무숲에서 혼자 어슬렁거리며 놀고 있었다.

메기는 베란다에 나와 등의자에 편안히 몸을 기대고 앉아 대지 위로 쏟아지는 햇빛을 즐기고 있었다. 그녀는 온몸으로 행복감을 느꼈다.

여자란 남자와의 육체적 접촉없이도 오랜 세월을 견딜 수 있다. 그러나 어느날 문득 진정으로 그리던 남자의 사랑을 받게 되면 그 행복감은 지상의 어느 것과도 비교할 수 없다. 정녕 지금 메기는 새롭고 충만한 삶을 얻은 기분이었다.

그러나 한 가지 그녀의 행복을 손상시키는 일이 있었다. 그것은 랠프가 데인을 알아보지 못한다는 사실이었다. 그러나 메기는 입을 다물고 비밀에 붙여두기로 했다.

이때 전화벨이 울렸다. 메기는 수화기를 들었다.

"휘오나 부인 계십니까?"

메기는 어머니를 불렀다. 휘오나가 급히 와서 수화기를 받았다.

"전화 바꿨습니다."

휘오나는 전화에서 울려오는 전갈을 듣고 있었다. 그녀의 얼굴에서 차츰차츰 핏기가 가셨다.

"고맙습니다."

그녀는 수화기를 내려놓았다.

"무슨 일이에요?"

"프랭크가 석방되어 오늘 오후에 온다는구나. 지금 몇 시지? 빨리 출발해야겠구나."

"어머니, 저도 함께 갈까요?"

"아니야, 나 혼자 가는 게 좋겠다. 너는 저녁 준비나 거들어라."

"어머니, 오빠가 크리스마스 때에 돌아오니 기쁘죠?"

"그래, 기쁘기는 하다만……."

휘오나는 급히 떠났다.

역장은 휘오나에게 알겠다는 듯이 가벼운 인사를 건넸다. 열차가 작은 역에 가쁜 숨을 몰아쉬며 천천히 정차했다.

그녀가 프랭크를 알아보기 전에 먼저 그가 어머니를 알아봤다. 프랭크도 이미 쉰 둘의 나이였다. 여위고 병색이 너무 짙었다.

휘오나는 감정을 억제하고 그에게 다가섰다.

"프랭크야, 오랜만이구나."

그는 눈을 들었다. 반짝이던 눈동자엔 생기가 없었다. 옛날 프랭크의 눈이 아니었다. 그러나 휘오나의 모습을 완전히 인식한 순간 특이한 빛이 그의 눈에 감돌았다.

"오! 내 아들 프랭크!"

휘오나는 두 팔로 아들을 힘껏 끌어안았다.

"상관없다. 염려할 것 없어. 마음을 푹 놓아라."

그녀는 아들의 머리를 쓰다듬었다.

차에 올라 탄 프랭크는 아무 말도 하지 않았다. 그러나 차가 드넓은 초원을 뚫고 달리자 주변 풍경에 관심을 나타내며 조금씩 표정이 변하기 시작했다.

"늙지 않으신 것 같군요."

"그렇게 보이니? 이 곳의 시간이 천천히 흐르니까 그럴 거다."

집으로 돌아온 프랭크는 어머니와 형제들의 도움으로 새 생활에 적응해 나갔다.

그는 자라나는 식물의 모습에서 환희를 느끼는 모양이었다. 그래서 휘오나는 그에게 정원 가꾸는 일을 맡겼다. 그는 남의 일을 방해하지 않았다. 옛날의 프랭크 그 이상도 그 이하도 아니었다.

가족들은 서서히 프랭크가 집으로 돌아왔다는 사실에 익숙해졌고, 그들 자신에 대해 프랭크가 과거에 의미했던 위협은 모두 착각이었음을 이해하기 시작했다. 무엇보다도 중요한 사실은 프랭크가 있기 때문에 휘오나가 행복하다는 점이었다.

프랭크가 귀가한 지 6개월이 지난 어느날이었다. 메기가 응접실로 들어가니 휘오나는 창가에 서서 밖에서 꽃을 가꾸고 있는 프랭크를 물끄러미 바라보고 있었다.

그 옆모습이 너무나 처량해 보여 메기는 저도 모르게 다가가서 어머니의 손을 꼭 잡았다.

"어머니, 제가 뭐 도와드릴 일은 없어요?"

그녀는 울먹이는 목소리로 물었다.

휘오나는 고개를 저었다.

"난 괜찮다, 메기. 그저 전처럼 하던 일이나 잘 해다오…… 정말 고맙구나, 얘야. 이제 우리는 같은 편이란다."

|제 6부|
아름다운 유산

"난 앞으로 무엇을 할 것인지, 이미 결정했어요."

저스틴이 어머니에게 말했다.

"그건 벌써 결정된 줄로 알았는데, 시드니 대학에서 미술을 공부하겠다고 하지 않았느냐?"

"아, 그건 제가 계획을 세우는 동안 엄마를 유도하기 위한 눈가림에 지나지 않았어요. 하지만, 이제 다 결정됐으니 말씀드릴 수 있어요."

"듣고 있으니까, 어서 얘기하거라."

메기는 케익을 만들던 손을 멈추고 의아스러운 눈빛으로 딸을 보며 말했다.

"난 배우가 되겠어요."

“뭐가 되겠다고?”

“연극 배우가 되겠다니까요.”

“하느님 맙소사! 이것 봐, 저스틴. 난 네 앞날을 방해하고 싶은 마음은 조금도 없어. 하지만 말이다, 얘야. 넌 정말 네 스스로 여배우가 될 신체적인 조건을 갖추었다고 생각하니?”

저스틴은 기분이 상했다.

“엄마! 영화배우가 아니라 연극배우란 말예요. 난 엉덩이를 흔들거나 젖가슴을 뽐내거나 축축한 입술을 내밀고 싶진 않아요. 난 연기를 하고 싶어요. 나한테는 돈이 충분히 있어요, 안 그래요?”

“그래, 랠프 추기경님 덕분에.”

“그렇다면 문제는 해결된 셈이에요. 난 컬로덴 극장의 앨버트 밑에서 연기 공부를 하겠어요. 그래서 대연기자가 되겠어요.”

메기는 그녀에게 다 만든 케익 한 쟁반을 넘겨주었다.

“이걸 빵 가마 속에 넣지 않겠니? 그 얘긴 생각지도 못하던 거로구나. 난 여배우가 되려는 소녀들은 좀 못미더워.”

“엄마! 영화와 연극을 혼동하는 그런 얘기를 또 하시는군요!”

“영화배우들은 배우가 아니란 말이냐?”

“수준이 낮죠. 먼저 무대에 선 경험이 없는 경우라면 말예요. 로렌스 올리비에도 가끔 영화에 나오긴 하지만요.”

저스틴의 화장대 위엔 로렌스 올리비에의 사진이 하나 걸려 있었는데, 메기는 그것이 다만 어린애 같은 동경을 보여주는 것이라고만 그 동안 생각했었다.

“난 아직도 이해를 못 하겠어.”

머리를 저으면서 메기가 말했다.

저스틴은 어깨를 추스렸다.

"엄마, 내가 무대 위가 아니라면 어디서 비명을 지르죠. 난 그런 짓은 여기서나 학교에서나 전혀 할 수가 없어요! 아아, 난 비명을 지르고 닫힌 마음의 문을 활짝 열고 싶어요."

"하지만 넌 그림을 잘 그리지 않니, 저스틴! 왜 화가가 되지 않지?"

"정말 엄마는 비현실적이에요. 한 가지 말씀을 드리겠는데요. 난 초라한 다락방에서 굶어 죽은 후에야 유명해지는 건 바라지 않아요. 난 아직 내가 살아 있는 동안에 조금씩 명예를 누리고 경제적으로 풍족한 생활을 하고 싶어요."

메기는 절망적인 마음으로 말했다.

"너에겐 드로게다에서 생기는 수입이 있어, 저스틴. 그 돈이라면 구석 다락방에서 굶어 죽는 일은 절대로 없을 거다. 네가 그림을 그리고 싶다면 그건 상관없다."

저스틴은 흥미를 느끼는 표정이었다.

"내 돈은 얼마나 되나요, 엄마?"

"그럴 생각이라면 평생 일을 안 하고도 먹고 살기에 충분할 정도지."

"그건 따분한 생활이에요! 내 친구들의 어머니를 보면 대부분이 그렇듯 전화로 잡담이나 하고 브릿지 놀이를 하는 게 고작이겠죠. 난 드로게다가 아니라 시드니에서 살고 싶어요. 그 새로운 전기 치료로 내 주근깨를 없애버릴 만큼 여유가 있나요?"

“아마, 그럴거다.”

“그만하면 됐어요. 난 주근깨 때문에 괴로와요.”

“넌 화가가 될 생각이 정말 없단 말이냐?”

“그건 확실해요. 난 배우가 되겠어요.”

그녀는 조금 춤을 추었다.

“길로덴엔 어떻게 들어갔지?”

“시험을 치뤘어요.”

“그들이 널 받아줬단 말이지?”

“물론 날 받아줬죠! 엄만 모르시겠지만, 난 아주 우수한 성적을 받았어요.”

“넌 결혼할 생각은 없니?”

저스틴은 비웃는 표정을 지었다.

“눈꼽 만큼도 없어요. 애들의 더러운 코와 똥 묻은 엉덩이나 닦아주면서 평생을 보내긴 싫어요.”

“넌 참, 아찔한 애다! 그런 말버릇을 어디서 배웠니?”

“물론 내가 다닌 여자대학에서죠. 사실 난 아빠인 남편을 떼어버린 엄마가 뛰어난 판단력을 보여주었다고 생각해요. 남편이라는게 도대체 무슨 필요가 있어요? 결혼은 멍청이들이나 하는 고통스러운 일이에요.”

“넌 꼭 아버지를 닮았구나!”

“엄마는 내가 기분을 상해 주기만 하면 꼭 아버지를 닮았다는 말을 하는군요! 글쎄, 난 그 분을 본 적이 없으니까, 엄마 얘기를 믿어야죠, 뭐.”

"언제 떠날 생각이냐?"

메기가 다소 엄숙하게 물었다.

저스틴은 히죽 웃었다.

"내가 없어지기를 손꼽아 기다리시는 것 같군요. 그렇죠? 괜찮아요, 엄마. 난 조금도 탓하지 않으니까요. 내일 비행장으로 데려다 주셨으면 좋겠어요?"

"모레로 하자. 내일은 널 은행에 데리고 가겠어. 그리고, 저스틴……"

저스틴은 밀가루를 저었지만, 메기의 목소리가 달라지자 얼굴을 들었다.

"뭐예요?"

"만일 네가 난처한 문제에 부딪히면 제발 이 곳으로 돌아오너라. 드로게다에서는 너를 맞아줄 여유가 있으니까. 그걸 잊지 않기 바란다."

저스틴의 눈초리가 부드러워졌다.

"고마와요, 엄마. 엄마는 마음 속까지 나쁜 늙은 여자는 아닌가 봐요, 그렇죠?"

"늙다니?"

메기는 가벼운 숨을 몰아쉬었다.

"난 늙지 않았어! 지금 내 나이 쉰세 살이야."

"맙소사, 그렇게 많아요?"

메기가 던진 과자가 저스틴의 코에 맞았다.

"나쁜 것 같으니라구! 넌 정말 한심한 괴물이야."

딸은 히죽 웃었다.

시드니로 간 저스틴이 가장 먼저 한 일은 주근깨를 없애는 일이었다. 그리고 두 번째는 그녀가 아파트를 구하는 일이었는데, 그 무렵 시드니에서는 대체로 독립주택을 지었고 큰 건물에서 무더기로 모여 사는 것을 탐탁잖게 여기던 터여서 단독으로 쓸 알맞은 방을 구하기란 쉬운 노릇이 아니었다.

그러나 마침내 그녀는 음침한 아파트 하나를 찾아냈다. 집세는 한 주일에 5파운드였는데, 화장실과 부엌을 공동으로 쓰는 것을 고려하면 엄청난 값이었다.

저스틴은 만족했다. 그녀는 집안 살림에 대해 훈련을 잘 받았기는 했어도 가정을 꾸려가는 본능은 별로 발달되지 못했다.

무대 장치 뒤에서 남몰래 서성거리며 사람들을 구경하거나 가끔 한 번씩 테스트를 받거나 세익스피어를 외는 일로 이루어진 연기 수습 과정보다는 그 곳에서의 삶이 그녀에겐 훨씬 더 매력적이었다.

저스틴의 방을 포함해서 그 아파트에는 여섯 가구에다가 집주인 디바인 부인의 숙소가 있었다.

디바인 부인은 예순 살난 런던 빈민가 출신이었고, 기껏해야 세 들어 살고 있는 사람들에게서 도둑질이나 하는 꼴이었는데도 오스트렐리아 사람들을 무척 경멸했다.

그녀의 인생에서 가장 중요한 관심은 요금이 얼마냐 하는 것이었고, 그녀의 가장 큰 약점은 저스틴의 옆방에 살면서 자신의 국적을 한껏 유쾌하게 이용하는 젊은 영국 남자에 대해서였다.

그의 이름은 피터 윌킨스였는데, 떠돌이 판매원이었다. 어느날 그가 저스틴에게 말했다.

"난 옛날을 회상하면서 가끔 한 번씩 그 늙은 오리의 가려운 데를 긁어주는 것쯤 별로 개의치 않아. 당신도 알겠지만, 그것은 그 여자가 성가시게 굴지 않도록 하는데 도움이 된단 말야. 당신들은 겨울에도 난방기구를 틀지 못하게 되어 있지만, 난 기분이 내키면 여름이라도 사용할 수가 있어."

"돼지 같으니라구."

저스틴이 맥없이 말했다.

"언제 한번 들리면 내가 차 대접을 해드리지."

그는 저스틴의 투명하고 오묘한 눈에 사로잡혀 등 뒤에다 대고 큰소리로 말했다.

그녀는 피터를 방어하는데 상당히 익숙해진 다음에 디바인 부인이 질투하며 근처에서 배회하지 않을 만한 시간에 그의 초대에 응했다.

드로게다에서 말을 타고 여러 해를 보낸 그녀는 아랫배를 차는 솜씨 정도는 아무것도 아니었다.

"이게 무슨 짓이야."

피터는 고통을 참기 어렵다는 듯이 눈물까지 닦아내며 당황한 목소리로 말했다. 저스틴은 그런 그의 모습을 쳐다보면서 재미있어 했다.

"항복 좀 해보지 그래, 아가씨. 가끔 굴복도 할 줄 알아야지! 지금은 빅토리아 왕조 시대가 아니니까 그런 건 결혼 때까지 간직하지 않아도 돼. 이 말괄량이 아가씨야!"

"결혼 때까지 간직할 생각은 없어요. 단지 누구에게 그 영광을 베풀어야 할지 모를 뿐이죠."

"당신은 부모에게 소개할 그런 여자는 절대로 아냐."

그가 볼멘 소리로 얘기했고, 그러자 그녀는 정말 기분이 상했다.

"그래요, 난 그렇지 못해요. 피터! 말로 내 기분을 상하게 한다는 건 어림도 없는 일이에요. 그리고 처녀라면 만사를 젖혀놓을 남자는 얼마든지 있어요."

"여자도 얼마든지 있어! 저 앞집에서 무슨 일이 있는지나 잘 봐두라구."

"아, 그건 나도 알아요."

저스틴이 말했다.

바로 앞 아파트의 두 여자는 레스비언이었는데, 저스틴이 관심을 보이지 않는다는 사실을 알게 될 때까지는 그녀의 등장을 환영했었다. 처음에는 그들이 암시하는 바가 무엇인지 알지 못했지만, 이윽고 대담하게 털어놓자 그녀는 조금도 감탄하지 않고 머리를 저었다. 따라서 적응 기간이 지난 다음, 저스틴은 그들의 상담역과 해결사가 되어 주었다.

그리하여 저스틴은 친구가 많았으며, 그녀 자신도 훌륭한 친구의 역할을 다했다. 그들이 그녀에게 그런 것처럼 그녀는 그들에게 자신의 고민거리를 털어놓지는 않았다. 그럴만한 상대로 그녀에게는 데인이 있었지만, 스스로 인정한 몇 안 되는 걱정거리조차도 그녀를 별로 괴로워하지 않는 듯했다. 친구들이 그녀에 대해 가장 신기하게 여긴 것은 비범한 자제력이었는데, 마치 환경이 어떤 영향을 주지 못하도록 어릴 때부터 스스로 훈련을 쌓아온 듯싶었다.

친구라고 불리우는 모든 사람들의 관심은 저스틴이 언제, 누구를 애인으로 삼느냐 하는데 있었지만 그녀는 서두르지 않았다.

아더 레스트렌지는 연출자 앨버트가 아끼는 주연이었는데, 그는 저스틴이 킬로덴에 도착하던 해 보다 일년 앞서 희망에 찬 마흔 번째의 생일을 맞이했다. 그는 체격이 좋았고, 노란 곱슬머리의 말끔하고 사내다운 얼굴은 관객으로부터 박수 갈채를 받을 만했다.

첫 해에 그는 조용하게 시키는 대로만 하던 저스틴을 눈여겨 보지 않았다. 그러나 일 년이 지났을 무렵에는 주근깨 치료도 완전히 끝났으므로 그녀는 상당히 두드러지기 시작했다.

눈썹과 속눈썹을 진하게 강조하는 화장을 한 그녀는 이제 장난스럽고 과소평가를 받긴 했지만 잘 생긴 여자였다. 그녀의 몸매는 약간 가냘픈 편이었지만 그런대로 관심을 끌만큼 괜찮았다.

아더가 그녀를 처음으로 눈여겨 본 때는 저스틴이 콘래드의 대사를 암송하던 연습 시간 중이었다. 그녀는 사실 비범했으며, 그는 앨버트가 느꼈던 흥분을 같이 느꼈고, 앨이 왜 그녀에게 그토록 많은 시간을 바치는지 이해하게 되었다. 그녀에게는 그 누구보다도 흉내를 내는데 천부적인 재능이 있었으며 발음하는 모든 어휘에는 개성이 드러났다.

그는 무릎에 책을 펴놓고 앉은 그녀 곁으로 가서 앉았다.

"무얼 읽고 있지?"

그녀는 얼굴을 들고 미소 지었다.

"프루스트요."

"좀 지루하지 않아?"

"지루하냐구요? 잔소리를 생각지 않는다면 물론 지루하지 않죠. 아시겠지만, 무척 잔소리가 많은 늙은이예요."

이지적인 면에서 그녀가 짐짓 어른 티를 낸다는 생각이 들었지만, 그는 그녀를 용서했다. 기껏해야 극단적인 젊은 기질이겠지 하는 생각이 들어서였다.

"얘기 들으니까 콘래드를 하고 있다던데, 훌륭해."

"고마와요."

"언제 틈나면 같이 차나 마시며 계획을 들어볼까?"

"원하신다면 언제든지 좋아요."

다시 책으로 눈을 돌리며 그녀가 말했다.

그는 저녁식사가 아니라 커피를 약속한 것이 다행이라고 생각했는데, 그것은 그의 아내가 항상 열심히 감시했기 때문이었다.

어쨌든 그는 약속을 지켰고, 아내가 찾지 못하리라고 확신한 일리저버드 거리 아래 쪽에 있는 작은 카페로 그녀를 데리고 갔다.

저스틴은 자신을 방어할 필요가 있을 경우에는 담배를 피웠고, 권하는 담배를 거절할 만큼 항상 얌전한척 했다. 자리에 앉은 다음 그녀는 핸드백에서 새 담배를 한 갑 꺼내고는 꼭대기에서부터 조심스럽게 셀로판지를 벗겼다.

아더는 재미있다는 표정으로 그 꼼꼼한 행동을 지켜보았다.

"대체 뭣하러 그런 것까지에도 그처럼 공을 들이지? 한꺼번에 찢어버리지 않고……저스틴."

"깨끗하지 못 하잖아요!"

"만일 내가 지그문트 프로이트의 제자라면……"

"그렇다면 어쩌겠다는 거예요?"

그녀는 눈을 들고 도전적인 어조로 말했다.

"아마, 당신이 처녀막을 그대로 간직하고 싶어한다는 생각을 하겠지, 안 그럴까?"

그녀는 담배갑을 신경질적으로 열고는 한 개비를 꺼내 그가 성냥을 찾을 틈도 주지 않고 스스로 불을 붙였다.

보랏빛 연기 속에서 그녀의 웃음소리가 요란했다.

"그 말은 혹시 내가 아직도 처녀냐고 완곡하게 묻는 게 아녜요, 아더?"

그는 혀를 찼다.

"저스틴, 다른 것들도 있지만 우선 얼버무리는 기술을 내가 가르쳐 줘야 되겠는 걸."

"다른 것들이란 뭐죠?"

희미한 불빛 속에서 그녀는 두 눈을 반짝이며 탁자에 팔꿈치를 괴고 몸을 앞으로 수그렸다.

"뭐랄까, 당신이 배워야 할 게 뭐지……?"

"사실 난 교육을 상당히 잘 받았어요."

"모든 면에서?"

"세상에, 당신은 말할 때 어디에 힘을 줘야 하는지 잘 알고 있군요. 네, 아주 좋아요. 당신이 어떻게 얘기하는지 배워두어야겠어요.”

“직접 경험해야만 배울 수 있는 것들이 있지.”

그녀의 곱슬머리로 손을 뻗으면서 그가 조용히 말했다.

“난 관찰로도 충분하다고 믿어왔는데요.”

“아, 하지만 사랑이라는 문제는 어떻고?”

그는 섬세한 표정에 무게를 주며 말을 이었다.

“사랑이 무엇인지도 모르면서 어떻게 줄리엣 역을 해 내지?”

“호호, 나도 거기엔 전적으로 동의해요.”

“사랑해 본 적 있어?”

“아뇨.”

“그럼 사랑에 대해 하나라도 아는 게 있어?”

그는 이번에는 사랑보다 하나라도라는 말에 힘을 주었다.

“전혀 몰라요.”

“아, 그렇다면 프로이트의 예견이 맞았군.”

그녀는 담배갑을 바라보며 미소지었다.

“글쎄요, 어떤 면에서는 그럴지도 모르죠.”

“저스틴, 만일 그래도 좋다면 여자가 된다는 게 어떤 것인지 내가 가르쳐 주고싶어.”

잠시 동안 그녀는 아무 말없이 셀로판지를 응시하더니 조심스럽게 성냥을 그어 불을 붙였다.

“호호, 안될 것도 없겠죠.”

“그건 달빛과 장미꽃과 구애로 이루어진 신비한 것이라고 생각해? 아니면 화살처럼 짧고 날카로운 것이라고 생각돼?”

가슴에 손을 얹고 그가 시를 낭송하듯 말했다.

그녀가 매혹스럽게 웃었다.

"가요, 아터. 내 마음이 달라지기 전에 어서 여자가 되는 일을 치루어 볼까요?"

"지금?"

"대체 못할 건 뭐예요? 당신 사정이 좋지 않다면 호텔비는 나한테 있어요."

호텔은 멀지 않았고 그들은 팔짱을 끼고 잠든 거리를 따라 걸어갔다. 그는 저스틴을 잠시 세워두고 약방으로 뛰어들어 가더니 곧 미소를 지으며 나왔다.

"무얼 샀어요? 콘돔요?"

그가 얼굴을 찌프렸다.

"그걸 쓸 필요가 없기를 바래. 난 당신을 위해 젤리를 샀어. 그런데 콘돔을 어떻게 알지?"

"천주교 학교에서 몇 년을 보낸 걸요. 우리들이 기숙사에서 뭘 했다고 생각해요? 기도만 드렸을까요? 우린 실천을 하지 않았지만, 안한 얘기가 없어요. 그렇게 해서 어른을 아는 것 아니겠어요."

방은 무척 컸고 밤바다가 바로 창문 아래서 출렁거렸다. 물론 목욕탕은 없었지만, 대리석 물그릇과 대야가 있었다.

"난 어떻게 하죠?"

커튼을 당기면서 그녀가 물었다.

"당신을 어떻게 하느냐 하는 문제는, 물론 팬티를 벗어야지."

"다른 옷은요?"

그녀는 장난스럽게 물었다.

"다 벗어. 저스틴, 살과 살이 맞닿지 않으면 흥분이 덜해."

조금도 수줍음을 떨지 않으며 그녀는 깨끗하고 부지런히 옷들을 벗고 침대로 올라가 두 다리를 약간 벌렸다.

"이렇게 하는 거죠, 아더?"

"맙소사!"

아내는 바지가 구겨지지 않았나 늘 살펴보는 버릇이 있었기 때문에 그는 그것을 조심스럽게 접으며 말했다.

"아니, 왜 그래요?"

"당신은 진짜 빨강머리로구만,"

"그럼 어떠리라고 생각했어요? 보랏빛을 좋아하시나요?"

"익살은 분위기를 조성하지 못하니까, 그만둬."

그는 아랫배에 힘을 주며 침대로 올라가 그녀의 얼굴과 목과 왼쪽 가슴에 능숙하게 조금씩 키스로 애무했다.

"음! 당신 기막히군."

그의 손이 그녀의 온몸을 더듬었다.

"어때! 좋지 않아?

"그런 것 같아요."

침묵이 흘렀고 키스와 가끔 중얼거리는 소리만이 두 사람 사이의 침묵을 깨뜨렸다. 침대 발치에는 커다랗고 오래된 화장대가 놓여 있었는데, 앞서 이 방을 썼던 어떤 손님이 그 거울을 침대가 비치도록 기울어 놓았다.

"불을 꺼요, 아더."

"아냐! 사랑학 제1과를 명심해. 빛을 받지 못할 사랑의 모습은 하나도 없다."

손가락으로 젤리를 바른 다음에 아더는 저스틴의 두 다리 사이에 자리를 잡았다. 약간 아프기는 했지만 상당히 편안하게, 황홀감을 느끼지는 못했지만 여자다운 기분을 느끼면서 저스틴은 아더의 어깨 너머로 침대 발치의 거울을 넘겨다 보았다.

거무스럼한 털이 잔뜩 난 그의 다리는 그녀의 매끄러운 다리 사이에 끼었지만, 거울에 비친 영상의 거의 전부는 아더의 엉덩이였고, 그가 몸을 놀림에 따라 그것은 벌어졌다가 오므러 들었다가 하면서 아래위로 들썩들썩했다.

저스틴은 보고 또 보았다. 그녀는 목젖이 닿는 듯한 괴성으로 신음하면서 입을 손으로 꽉 막았다.

"됐어, 이젠 됐어. 내 사랑, 괜찮아. 내가 너를 벌써 파열시켰으니까, 별로 아프지 않을 거야."

그가 헐떡거림으로 속삭였다.

그녀의 가슴이 들먹이기 시작했고, 그는 그녀를 더 꼭 껴안고는 알아듣지 못할 사랑의 말들을 끊임없이 중얼거렸다.

그녀는 갑자기 머리를 젖히고 고통스런 통곡을 하느라 입을 벌렸고, 이어서 요란한 웃음소리가 방안을 거듭거듭 울렸다. 그가 기를 쓰면 쓸수록 그녀는 점점 심하게 웃으면서 손가락으로 침대 발치 쪽을 가리켰고, 그녀의 얼굴에서는 눈물이 하염없이 흘러내리고 있었다.

데인에게는 여러 면에서 어머니보다는 저스틴이 더 가까왔다. 그것은 그들 서로간의 감정이 대립되지 않았기 때문이다.

그 같은 감정은 무척 일찍 형성되었는데, 드로게다의 속박으로부터 풀려나게 되었을 때부터 그들은 서로 상대방에게서 위안을 찾는 버릇이 생겼다.

그들은 성격이 전혀 판이했지만 함께 즐기는 취미가 많았으며, 함께 즐기지 못하는 것은 필연적인 개성의 차이점 때문이라고 생각하며 서로를 자제하고 문제가 생기면 인내할 줄 알았다.

그녀는 천성적으로 남들의 인간적인 단점을 비난하면서 자신에 대해서는 못본체 하는 성격이었으나 그는 남들의 인간적인 단점은 이해해 주고 자신에 대해서는 무자비했다.

그녀는 스스로 패배를 모를 만큼 강하다고 믿었으며, 그는 스스로 위험할 정도로 약하다고 생각했다.

그리고 그런 것이 모여 하나의 우애를 이루었는데, 어쨌든 저스틴이 훨씬 수다스러웠기 때문에, 데인은 얘기를 하기보다는 늘 듣는 편이었다.

"내가 어젯밤에 뭘 했는지, 아니?"

얼굴과 목덜미에 그늘이질 만큼 커다란 밀짚모자를 쓰면서 저스틴이 조심스럽게 말했다.

"주연을 맡은 모양이구만."

데인이 대수롭지 않게 말했다.

"무슨 소리야! 그렇다면 널더러 구경 오라는 소리를 하지 않았을 라고……"

"그럼 술을 많이 마셨어?"

"비슷하지도 않아."

그는 어깨를 추스렸다.

"짐작 못하겠는데."

그들은 성당의 고딕 건축물 밑에 곱게 자란 풀밭에 앉아 있었다. 조금 전에 데인은 저스틴에게 전화를 걸어 성당에서 열리는 특별 예식에 참석하러 가는 길인데, 그 전에 그 곳에서 만나겠느냐고 물었고, 그녀는 쉽게 찬성했었다.

졸업 때가 다된 데인은 학생회장에다가 정구부의 주장이었다. 나이 열일곱에 6피트가 넘었고, 목소리는 바리톤으로 가라앉았다.

그는 무척 미남이었기 때문에 면도를 하지 않았지만, 모든 면에서 학생이라기보다는 청년처럼 보였다.

"어젯밤에 뭘 했는데, 저스틴?"

"난 내 처녀성을 잃었어."

그는 눈을 크게 떴다.

"한심하구만."

"흥! 그럴 때도 되었잖니. 남자와 여자 사이에 무슨 일이 오고가는지도 모르는 주제에 어떻게 훌륭한 배우가 되겠어?"

"하지만 자기가 결혼할 남자를 위해 순결은 간직해야지."

순간 그녀의 얼굴이 분노로 일그러졌다.

"솔직히 얘기하는데, 넌 가끔 내가 난처해 할만큼 구식이야! 만일 마흔이 되도록 결혼할 남자를 만나지 못한다면 어떻게 되지? 그걸 공연히 썩혀둬야 하니? 넌 결혼할 때까지 그걸 꼭 간직해야 된다고 생각해?”

“난 결혼하지 않을 거야.”

“그래? 하긴 나도 마찬가지야. 어쨌든 그걸 까만 리본으로 묶어서 존재하지도 않는 내 희망의 상자 속에다 넣어둘 필요가 어디 있니?”

데인이 히죽 웃었다.

“이젠 뭐, 그러고 싶어도 못하겠지.”

그는 부드럽고 걱정스러운 얼굴로 그녀를 바라보았다.

“그래 괜찮았어?”

그녀의 입술이 실룩거렸다.

“어쨌든 싫지는 않더라. 끔찍하지도 않았어. 그와는 반대로 왜 모든 사람이 그까짓 걸 가지고 그렇게 야단들인지 알 수 없어. 그리고 난 아무나 닥치는 대로 그런 행동은 하지 않았고, 자기가 하는 행동은 알 정도로 나이가 들고 제법 매력 있는 사람을 골랐단다.”

데인이 한숨을 지었다.

“누나는 정말 한심해. 그 남자는 별로 볼 것도 없겠지만, 어쩌다 보니 도리가 없었다는 변명이라도 한다면, 난 훨씬 기분이 좋았을 거야. 결혼할 때까지 기다리지 못하겠다는 건 납득이 가지만, 그래도 상대방이 어딘가 좋아야 그럴 수 있다고 생각해.”

다시 그녀의 얼굴이 일그러졌다.

“넌 내 기분을 아주 엉망으로 망쳐놓는구나! 난 네가 나를 비웃는 것 같아.”

"난 비웃은 적은 없지만, 가끔 누나의 돌발적인 행동의 동기들이 너무 생각이 없고 어리석다고 말하고 있는 거야."

"너도 한심하기는 마찬가지야."

"난 어느 누구도 절대로 사랑하지 않겠어! 만일 사람들을 사랑하게 되면, 그들은 나를 죽일 거야."

그는 그녀가 자기 자신으로부터 소외되었다는 것을 의식할 때마다 항상 마음이 아팠다.

"이제 그만 가야겠어, 누나."

"그 거지같은 교회! 도대체 언제쯤 거기서 벗어날 나이가 되지?"

"절대로 그러고 싶지 않아."

"언제 만날까?"

"오늘은 금요일이니까, 물론 내일 만나야겠지. 여기서 열 한 시에 말야."

"그래, 잘 가."

데인은 곧장 성당으로 갔다. 현관 안쪽에 빨간 가죽을 덧붙인 커다란 문을 살그머니 열고는 안으로 들어갔다. 그는 필요한 시간보다 조금 일찍 갔던 것이다. 성당 안이 신자들로 가득 차서 한숨과 기침소리와 부스럭대는 소리가 뒤엉키기 전에 들어가기를 좋아했기 때문이다. 혼자 있으면 그는 그만큼 기분이 좋았다.

그는 무릎을 꿇고앉아 생각에 잠겼다. 그는 의식적으로 기도를 하지는 않았지만, 말할 수 없이 성스럽고 차분한 분위기가 성스러운 한부분이 되었다. 그는 알 수 없는 고통에서 벗어나기 위해 두 눈을 감았다.

성가대실에서 발 스치는 소리와 준비 단계의 오르간 소리와 파이프를 통해 김이 새는 소리가 들려왔다.

성당 부속학교의 성가대는 곧 거행될 예식을 위해 연습을 하려고 일찍 와 있었다. 금요일 한낮의 성체 강복식에 지나지 않았지만, 절친한 친구 하나와 학교 선생님들이 참석하게 되어서 데인은 오고 싶었던 것이다.

오르간이 몇 줄 울리더니 파르르 떨리는 소리가 뒤따르고, 이어서 한 소년의 목소리가 가늘고 높고 감미롭게 순결한 순수성으로 성당 안을 가득 차 울려 퍼졌다.

"천사들의 빵, 하늘 나라의 양식, 오! 신비한 것이여. 마음속 깊이 나는 외치노니. 오, 주여! 내 목소리를 들으소서. 주여! 당신의 귀를 제 소망의 소리에 기울이소서. 오, 주여! 얼굴을 돌리지 마소서. 당신은 제가 섬기는 왕이요, 주인이시며, 저는 보잘것 없는 종이올시다. 당신의 눈에는 착함 하나만이 소중합니다. 당신에게는 마음만이 소중하니, 주님 안에서 마음의 평화를 찾습니다."

"왜 아무 말씀도 안 하시죠? 어머니. 무슨 생각을 하고 계세요? 드로게다요?"

데인이 말했다.

"아니다. 난 내가 늙어간다는 생각을 하든 참이었어. 오늘 아침에 보니 흰 머리카락이 대여섯 개나 있었어."

졸리운 목소리로 메기가 말했다.

"엄마는 절대로 늙지 않을 거예요."

"그 말이 정말이라면 얼마나 좋겠니. 애야, 불행히도 그렇지가 못해, 난 약수터를 찾기 시작했는데, 그것은 나이가 든다는 징조야."

그들은 약수터 옆의 풀 위에 펼쳐놓은 수건을 깔고 앉아 햇볕을 쬐고 있었다. 커다란 웅덩이 끝쪽에서는 물이 끓어오르고 튀었으며 유황 냄새가 바람에 실려 흩어졌다. 이런 약수물로 목욕을 하는 것은 커다란 즐거움의 하나였다.

메기는 몸 속의 통증이 모두 사라지는 기분을 느끼며, 오래 전에 랠프 신부와 함께 나란히 앉았던 통나무 그늘에 머리를 두었다. 너무 오래 전의 일이라 그가 처음으로 키스해 주었을 때 무엇을 느꼈었는지 잘 회상할 수가 없었다.

잠시 후 그녀는 데인이 몸을 일으키는 소리에 눈을 떴다. 그는 언제나 그녀의 아기였고 사랑스러운 어린 아들이었으므로 비록 자라는 과정을 지켜보기는 했지만, 그 성숙해 가는 얼굴 위에 겹치는 미소 띤 소년의 영상을 항상 느끼게 해주었다.

하지만 그가 이제 어린애가 아니라는 생각이 그녀의 머리엔 떠오르지 않았다.

그러나 그 순간, 짧은 몸에 꼭 맞는 수영복을 입고 맑은 하늘을 배경 삼아 우뚝 선 아들을 지켜보던 메기에게는 전혀 다른 인식의 순간이 찾아왔다.

'아, 저런 내 생각은 끝이구나! 아기시절, 소년시절.'

그는 어른이었다. 어떤 비극과 분노와 감탄과, 그리고 자부심, 한 여자—가 모든 것을 한꺼번에 느끼면서 메기는 얼굴을 들어 아들을 찬찬히 바라보았다.

한 남자를 창조하기란 무서운 일이었지만, 이런 남자를 창조하기
는 더욱 무서운 일이었다. 그토록 놀랄 만큼 남성적이고 너무나 아
름다운……

그녀는 당황해서 눈을 감고 아들을 사내로 생각했음을 불쾌하게
느꼈다. 그 역시 그녀를 보고 한 여자로 생각했을까. 또는 아직도
그녀는 멋진 신비로운 어머니였을까? 아, 어느 새 아들은 이처럼
어른으로 변신되었단 말인가!

"여자들에 대해서 아는 게 있니, 데인?"

그녀가 불쑥 물었다. 그는 미소 지었다.

"나비와 꽃 얘기 말인가요?"

"저스틴이 있으니까 모를 까닭이 없겠지. 그 애는 생물 교과서에
담긴 내용을 알아내자마자 만나는 사람마다 붙들고 그 얘기를 떠
들어 댔어. 내 얘기는 임상적 이론을 실천에 옮겨본 적이 있느냐는
뜻이야."

돌연한 물음에 그는 부정하는 의미로 재빨리 머리를 가로젖고는
풀밭에 누워서 어머니의 얼굴을 고즈넉하게 들여다보았다.

"그런걸 다 물어보시다니 이상해요. 난 오래 전부터 그런 얘기를
어머니하고 나눠보고 싶었지만, 어떻게 말을 꺼내야 할지 몰랐어
요."

"네 나이 이제 겨우 열 여덟이란다. 얘야. 이론을 실천에 옮길
생각을 하기엔 좀 빠르지 않을까?"

"제가 하고 싶었던 얘기가 바로 그거예요. 그것을 실천에 옮기지

않는 것 말예요."

메기는 누운 채로 그 깊고 차분한 푸른 눈을 쳐다보았다.

그 옛날 랠프의 눈. 그러나 랠프와는 상당히 다른 그 무엇으로 또 다른 것이 타오르고 있다고 느껴졌다. 그의 눈도 열 여덟 살 때 이런 면모가 있었을까?

랠프의 인생에 그녀가 등장했을 때는 이미 십 년이 지난 후였다. 하지만 그녀의 아들은 신비한 면을 지녔고, 그녀는 그것을 알고 있었다. 그리고 그녀는 랠프가 인생의 어떤 단계에서도 신비적인 경향은 지니지 않았었으리라고 생각했다.

"난 성직자가 되겠어요. 하느님의 성직자로서 내 존재와 내가 지닌 모든 것을 바치고 봉사할 거예요. 가난, 순결, 그리고 복종, 쉬운 일은 아니겠지만, 난 꼭 하겠어요."

데인이 나직하지만 단호하게 말했다.

그녀는 그의 팔뚝을 잡았고, 그는 눈길을 밑으로 주어 손톱이 깊이 움켜쥐어 눌렀던 살갗에 하얗게 작은 반원을 그린 흔적을 보았다. 그녀는 머리를 젖히더니 통렬하고 조롱 섞인 웃음을 발작적으로 웃고 또 웃었다.

"아, 이것이 진실이라고는 정말 믿어지지가 않는구나! 엄청난 상대적이야. 아, 아름답구나, 너무나 아름다워! 하느님이 하느님에게 저주를 내리라고 해야 되겠지! 독선적이고 고집불통인 하느님! 여인들의 가장 큰 적, 그게 하느님이란 존재야. 우리가 하려는 모든 일을 하느님은 못하게 하시니까!"

그녀는 떨리는 손으로 눈가에서 눈물을 닦아내며 숨이 차서 말했다.

"아, 그러지 마세요! 어머니, 그런 말씀을 해서는 안 돼요!"

그녀의 말이나 고통을 이해하지 못하면서도 그는 어머니의 고통 때문에 흐느껴 울었다.

"데인, 울지 마라. 그럴 생각이 아니었는데. 난 너한테 충격을 받았을 뿐이야. 물론 난 정말 너 때문에 마음이 즐거워! 내가 충격을 받은 까닭은 너무 뜻밖이었던 때문이지, 다른 이유는 없어."

팔뚝에 난 흔적을 쓰다듬어 주면서 그녀가 속삭였다.

그의 눈이 맑아지더니 의심스러운 시선으로 어머니를 쳐다보았다. 그녀의 두 눈은 그가 항상 알고 있었던 사랑으로 가득 차고 생기가 도는 어머니의 눈이었다. 힘세고 젊은 두 팔이 그녀를 꼭 껴안았다.

"정말 섭섭하게 생각지 않으시는 거죠?"

"섭섭하게 생각하다니? 믿음을 가진 어머니가 아들이 성직자가 된다는데 왜 섭섭하게 생각한단 말이냐? 어이구 추워! 날씨가 아주 추워졌구나! 돌아가야 되겠다."

그녀는 벌떡 일어섰다.

그들은 말 대신에 지프 비슷한 차를 타고 왔었는데, 데인이 운전석으로 올라가고 어머니는 그 옆에 앉았다.

"어디로 갈 것인지 계획은 세웠니?"

"성 페트릭 대학으로 갈까 하는데요. 적어도 제 계획에 맞아들어가면 말이죠. 아마 그때쯤 되면 어느 종파로 가게 될지도 결정할 수 있을 거예요."

메기는 바람에 출렁이는 암갈색 풀밭을 내다보았다.

"나한테 훌륭한 묘안이 있어, 데인."

"그게 뭔데요?"

데인은 운전에다 신경을 집중했다.

"난 널 로마에 있는 랠프 추기경에게로 보내겠어. 너 그 분 기억하겠니?"

"어머니, 난 백년이 지나도 그 분을 잊지 못할 거예요. 그 분은 완벽한 성직자예요. 그런 성직자가 될 수 있다면 난 무척 행복하겠어요."

"완전성이란 겉으로만 보이기도 하는 법이란다!"

메기가 못 마땅하다는 듯 말했다.

소식을 들은 저스틴은 지난 3, 4년 동안 이런 일이 닥치리라고 은근히 염려를 했었지만 결정된 것을 전해 들었을 때는 격분했다.

메기에겐 그것이 청천벽력처럼 느껴졌지만, 저스틴에게는 찬 비처럼 여겨졌다.

저스틴은 시드니에 와서 그와 학교를 같이 다녔고, 또한 그의 누나로서, 때로는 상담역으로서 이런저런 얘기들을 들었었다. 물론 그에게 종교가 얼마나 결정적으로 중요했는지를 저스틴도 잘 알고 있었다.

그토록 천부적인 아름다움을 타고 난 사람이 그 아름다움을 마치 인생의 장애 요소처럼 간주하고, 그것을 한탄한다는 것은 일종의 아이러니가 아닐 수 없었다.

데인은 자신의 용모에 대한 얘기만 들으면 항상 위축되곤 했는데, 저스틴은 그가 추하게 태어나 차라리 그와 같은 선입감으로부터 해방되었더라면 더 좋았으리라고 생각했다.

그녀는 그가 어째서 그렇게 느끼는지를 부분적으로나마 이해했지만, 한편 어째서 그는 자기의 생김새를 무시해 버리지 않고 적극적으로 혐오하는 지가 이해하기 어려웠다.

어떤 이유에서인지 확실히 몰라도 그는 또한 섹스에 대한 호기심이나 감정을 별로 느끼지 않았다. 그것은 자신의 욕정을 초월하는 능력을 스스로 키웠는지, 아니면 어떤 대뇌의 요소가 공급 부족이었는지를 알 수 없었다.

잠자리에 들 때는 틀림없이 지쳐있도록 하려고 날마다 격한 운동을 했던 것을 미루어 보아 아마도 앞의 이유가 맞을는지도 모르는 노릇이었다. 어쨌든 데인은 스스로 자신의 육체에 대한 욕망을 엄청난 자기 희생으로 억제하고 있는 것만은 사실이었다.

그는 공연이 끝난 다음에 무대 뒤에서 기다리고 있다가 그녀에게 자신의 결정을 알렸다.

"너 참 한심하구나."

그녀는 왠지 화가 나서 말했다.

"내가 원하는 건 그것 뿐이야."

"멍청이 바보같으니라구."

"날 욕해도 달라질 것은 하나도 없어."

"그걸 내가 모르는 줄 아니? 욕은 감정을 발산시켜 주는 거야."

"무대에서 살면서 그건 실컷 누리는 줄 알았는데. 연기가 정말 멋있더군."

"네가 이렇게 될줄 알고 내 연기가 더 훌륭해지겠지. 그런데 어디로 갈 거니?"

그녀는 음울하게 말했다.

"난 로마의 랠프 추기경한테로 가. 엄마가 다 주선해 놓았어."

"데인 안돼. 거긴 너무 먼 곳이야."

"그럼 누나도 같이 가. 연기 실력이 그 정도라면 거기서도 받아 줄 거야."

"거지같은 랠프 추기경! 난 처음 본 순간부터 그 사람을 증오했어."

그녀가 내뱉듯 말했다.

"그러지 않았다는 건 누나도 알고 있으면서 그런 소리하지 마."

"난 정말 증오했어!"

"아냐, 누나는 그러지 않았어. 앤 아줌마가 언젠가 나한테 한 얘기가 있는데, 누나는 모를 거야."

"뭘, 내가 모르단 말야?"

그녀가 솔깃해서 물었다.

"누나가 아기였을 때, 그 분이 우유를 먹이고 흔들어 주면서 잠을 재웠다는 거. 앤 아줌마가 그러는데, 누나는 성미가 고약한 아기여서 누가 안아줘도 싫어했지만, 그 분이 안아주면 좋아했다는 거야."

"그건 새빨간 거짓말이야!"

"아냐, 그렇지 않아. 그건 그렇고. 누난 왜 그 분을 그렇게 미워하지?"

"그냥 미워. 난 그를 보면 숨이 탁탁 막혀."

"난 그 분이 좋아. 난 항상 그를 좋아했어."

이때 무척 날씬한 여자의 다리가 데인 옆에서 멈추었다. 그러자 데인은 눈을 들더니 금새 얼굴이 빨개지면서 "아, 안녕, 마아타!" 하고 태연한 목소리로 말했다.

"그 쪽도 안녕."

그녀는 연기가 좀 서툴기는 해도 어떤 작품에도 빠뜨릴 수 없는 아름다움을 갖춘 여자였는데, 따지고 보면 데인의 취향에 꼭 알맞은 형의 아가씨였다.

저스틴은 데인으로부터 그녀를 칭찬하는 얘기를 들은 적이 한두 번이 아니었다. 키가 크고 머리카락과 눈은 검은 빛깔이었고 피부가 깨끗했고 젖가슴은 굉장했다.

그녀는 저스틴 옆에 걸터앉아 데인의 코 앞에서 자극적으로 한쪽 다리를 흔들면서 그가 분명히 거북해 하는 것을 즐기며 빤히 지켜보고 있었다.

'맙소사, 저스틴처럼 보잘것 없는 애가 어떻게 저런 기막힌 남동생을 두었을까?'

"우리 집에 가서 커피를 들지 않겠어요?"

데인을 내려다보면서 그녀가 물었다.

그는 상당히 섭섭한 표정을 지으면서도 단호하게 머리를 저었다.

"고맙긴 하지만, 난 못가겠어요. 그런데 얼마나 더 걸리겠어, 누나!"

그녀는 손목시계를 힐끗 바라보았다.

"십분쯤이면 충분해."

"밖에서 기다려도 되겠지?"

"겁장이!"

그녀가 놀렸다.

마아타의 눈이 그의 뒤를 따라갔다.

"정말 굉장한 남자예요. 왜 날 쳐다보려고도 하지 않을까요?"

저스틴은 역겹다는 표정으로 미소 짓고는 화장 지우는 일을 끝냈다. 주근깨들이 다시 나타나는 중이었다.

"아, 너무 걱정 말아요, 저 애도 생각은 있을 거예요. 하지만 정말 그걸 할까요? 데인은 어림도 없어요."

"왜요? 제발 불감증 환자라는 얘기는 하지 말아요! 쳇, 내가 만나는 굉장한 남자는 왜 하나같이 그럴까? 하지만 데인이 그러리라고는 전혀 생각지 않았는데."

"말조심해요! 그 애는 절대로 환자가 아녜요."

"만일 불감증에 걸린 남자가 아니라면 왜 나를 탐하지 않을까요? 내 뜻을 눈치채지 못했나요? 자기한테는 내가 너무 나이가 많다고 생각하기 때문일까요?"

"그런 걱정은 하지 말아요. 그 바보는 평생 섹스를 하지 않겠다고 맹세했어요. 성직자가 된답니다."

마아타의 탐스러운 입이 벌어졌다.

"거짓말도 잘 하네요!"

"정말이에요."

“그게 다 낭비된다 이 말인가요?”

“그런가 봐요. 그 애는 그걸 하느님한테 바치겠대요.”

“그렇다면 하느님은 굉장한 남색가군요.”

“그 말이 맞을지도 몰라요. 어쨌든 하느님은 여자들을 별로 좋아하지 않아요.”

“아!”

마아타가 속으로 신음했다.

저스틴은 몸을 꿈틀거려 무대 의상을 벗고는 얇은 드레스로 바꾸어 입고, 바깥이 춥다는 생각이 나서 스웨터를 그 위에 걸쳤다.

“걱정 말아요. 하느님은 당신을 무척 잘 대해 주어서, 당신한테는 아름다움과 두뇌를 주지 않았어요? 당신은 창조주와 절대로 경쟁하겠다고 나서지는 말아요.”

“모르겠어요. 당신 동생을 위해서라면 난 하느님과 경쟁한다 해도 걱정 않겠어요.”

“잊어버려요. 그건 가능한 일이 아녜요.”

저스틴은 그녀의 부드러운 머리칼을 쓰다듬어 주었다.

바티칸의 자동차 한 대가 공항으로 마중 나와 데인을 태우고 햇빛 밝은 길거리를 따라 달렸다.

그는 창문에다 코를 대고 잔뜩 긴장된 표정으로 두리번거리며 사진에서만 보아온 로마의 옛 영광을 직접 보고는 걷잡을 수 없는 흥분에 빠졌다.

그리고 그를 기다리는 사람은 머리끝부터 발끝까지 주홍빛 의복을 입은 랠프 추기경이었다. 내민 그의 손에서는 반지가 빛났고, 데인은 무릎을 꿇고 그 반지에다 키스했다.

"일어서라, 데인. 네 얼굴 좀 보자."

그는 일어섰고, 그들은 서로 마주 보았다.

데인에게는 추기경이 정신적인 힘의 거대한 광채를 지닌 사람으로 여겨졌다. 그런 모습을 지니게 되기까지 그는 너무나 많은 고통을 겪었는지도 모른다.

랠프 추기경은 자기 아들인지도 모르고 그를 물끄러미 바라보면서 사랑하는 메기의 아들이기 때문에 무작정 그를 사랑했다. 이토록 늘씬하고 이토록 미남이고, 이토록 우아한 아들을 탄생시키기를 얼마나 바랐던가.

하지만 무엇보다도 그는 그러한 신체적인 어떤 아름다움보다도 영혼이 지닌 순결한 아름다움이 훨씬 마음에 들었다.

"데인, 확신이 섰냐?"

추기경이 낮으면서도 신념에 찬 음성으로 물었다.

"확고합니다."

"어째서?"

그의 눈은 묘하게도 초연했고, 과거라는 눈으로 볼 때도 익숙한 눈빛이었다.

"주님에 대해 간직한 사랑 때문이죠. 저는 평생토록 하느님을 섬기고 싶습니다."

"하느님을 섬기는 일에 대해 명백히 알고 있니?"

"예."

"너와 하느님 사이에는 어떤 다른 사랑도 결코 가로막을 수 없다는 것을? 하느님만이 너를 소유하고, 넌 이 세상의 다른 모든 사람을 버려야 한다는 사실도?"

"그렇습니다."

"어떤 경우에도 하느님의 뜻에 따라야 하고, 하느님을 섬김에 있어서 네 개성과 인격과 견해를 모두 잊어버리겠다는 것도?"

"예."

"필요하다면 하느님의 이름으로 죽음과 굶주림도 마다하지 않겠다는 것도?"

"예."

"넌 마음이 꿋꿋하냐, 데인?"

"저는 남자입니다, 추기경님. 많은 노력과 힘이 들리라는 건 저도 알지만, 하느님의 도움으로 제가 힘을 얻도록 기도드리겠어요."

"만일 나중에 생각이 달라지면 어떻게 하겠니?"

데인이 놀라면서 말했다.

"그렇다면 전 서슴없이 떠나겠다고 요청할 것입니다. 만일 제 마음이 달라진다면, 그건 평생의 과업을 잘못 택했다는 순수한 이유에서이겠지요. 따라서 저는 떠나겠다고 분명히 말씀드릴 것입니다. 저는 결코 하느님을 덜 사랑하게 되지는 않겠지만, 그 경우는 하느님을 섬기는 방법이 알맞지 않다고 하느님께서 뜻하시기 때문일 겁니다."

"하지만 일단 선서를 하고 서품을 받고나면, 다시는 물러설 수 없다는 걸 너도 알고 있겠지?"

"그건 압니다. 하지만 결심해야 할 일이 있다면, 벌써 결정을 내렸을 겁니다."

랠프 추기경은 의자에 몸을 기대고 작은 한숨을 내쉬었다. 자기 자신은 이토록 확고한 신념을 지녔던 적이 한 번이라도 있었던가?

"왜 나하고 있기를 원하지, 데인?"

추기경이 조용히 물었다.

"당신은 제가 생각하는 완전한 성직자이시기 때문입니다."

순간 랠프의 얼굴에 엷은 경련이 일어났다.

"아냐, 데인. 날 그런 식으로 우러러보면 안돼. 난 완전한 성직자하고는 너무 거리가 멀어. 난 맹세를 어겼어, 알겠니?"

"추기경님, 그건 상관없어요. 무슨 말씀을 하셔도 당신께서는 완전한 성직자의 개념이 조금도 멀어지지 않아요. 제 얘기는 추기경님께서 고통을 겪고 일어섰다는 거예요. 제 얘기가 건방지게 들리십니까? 완전한 성직자가 되기 위해서는 오랜 기간이 필요하다고 생각합니다."

이때 전화가 울렸고 랠프 추기경은 약간 떨리는 손으로 수화기를 집어들고는 이탈리아어로 얘기했다.

"네, 고마와요. 당장 가겠어요."

그는 일어섰다.

"오후에 차를 드는 시간이 되었네. 가서 내 오랜 친구와 같이 차를 마시도록 하자. 네가 온다는 얘기를 했는데, 지금 만나고 싶다는군."

"감사합니다."

그들은 복도를 따라 걸어가서 키 큰 포플라와 기둥이 늘어선 깨끗한 정원을 지나 고딕식 문을 통과하여 르네상스 양식으로 조형된 다리 밑을 더 지나갔다.

콘티니 추기경은 예순 여섯 살이었고 몸은 신경통 때문에 부분적으로 불구가 되었지만, 마음은 옛날과 다름없이 이지적이었다. 고양이 나타샤가 그의 무릎에 앉아 목울음을 내고 있었다.

몸을 일으킬 수 없었던 그는 활짝 미소 지으면서 그들을 맞이했다. 그의 눈을 랠프의 얼굴에서 데인에게로 옮겨가더니 가만히 고정되었다.

데인은 무릎을 꿇고 그의 반지에다 입술을 댔다.

"앉아요. 차가 올 테니까. 젊은이는 성직자가 되기를 원하고, 랠프 추기경의 도움을 받기로 했다고요?"

"예, 추기경님."

"아주 현명한 선택이었어요. 그 보살핌을 받는다면 아무 염려도 없을 거예요."

데인은 의식적인 매력을 곁들이지 않고 미소를 지었는데, 그것이 랠프의 미소와 무척 비슷해서 콘티니 추기경의 늙고 지친 마음에 걸리는 데가 있었다.

저스틴이 극장 정기공연 시즌을 끝내고 마지막 작별 인사를 했을 즈음에는 데인이 로마로 떠나간 지 2개월이 지난 후였다.

"어쩌다 내가 이렇게 많은 쓰레기를 방안에 모아 놓았지?"

저스틴은 옷과 신문과 상자더미에 묻혀 투덜댔다.

메기는 때밀이 타올이 들어 있는 상자를 침대 위로 던졌다.

"저스틴, 넌 정말 엉터리구나. 항상 너한테 깨끗하게 정돈하는 방법을 가르쳐 주었는데도 이 모양이니 말이다."

"호호, 그게 다 쓸데없는 일이었다는 것을 이제 아셨겠죠?"

메기는 커다란 종이 상자에 쓰레기들을 넣었다.

"디바인 부인에게 주고 가는 것이 좋겠다. 다음에 이 방에 들어올 손님이 유용하게 쓸 수 있도록 말이다."

짐 챙기는 일이 끝나자, 두 모녀는 차를 타고 호텔로 향했다.

"엄마! 팜비치나 아발론에 집을 한 채 사 두면 좋겠어요."

저스틴이 가방을 방에 내려놓으며 말했다.

"해변에서 뛰어노는 일은 생각만 해도 즐거워요. 그러면 엄마도 자주 이 곳에 오시게 될 것이고 말이에요."

"내가 시드니에 뭣 때문에 자주 오겠니? 지난 7년 동안에도 두 번밖에 오지 않았는데, 한 번은 데인을 배웅하러 왔고, 또 지금 너를 배웅하러 왔고 말이다. 집이 있다손치더라도 이용할 사람이 없을 게다."

"어머니는 드로게다 이외에 다른 세계가 있다는 걸 모르세요? 전 그 곳이 아주 진저리가 나요."

"하지만 너도 철이 들면 드로게다로 오고 싶을 때가 있을 거야."

메기가 가벼운 한숨을 쉬며 말했다.

"데인에게도 해당되는 말인가요?"

그 말에 메기는 입을 열지 않았다.

저스틴이 탄 히말라야호는 3일 후에 다링항을 출발했다. 그 배는 아름답고 오래 된 것이었으나, 영국까지 5주일이나 걸리는 느린 배였다.

"재미있군요! 일등실에 탄 사람들은 여행이 유쾌할 것 같군요. 멋장이도 몇 명 있어요."

"내가 왜 일등실을 고집했는지 알겠지?"

"호호, 고마와요, 엄마."

"넌 정말 말릴 수 없는 애야."

"제가 엄마를 괴롭히고 있다는 건 잘 알고 있어요. 하지만 신경쓰지 마세요. 엄마는 엄마대로, 전 저대로의 인생이 있어요."

두 모녀는 통로에 몰리는 사람들 틈에서 오랫동안 포옹을 했다.

저스틴은 갑판으로 나가 부두에 서 있는 메기에게 손을 흔들었다. 배는 유유히 대양으로 나섰다. 천 이백 마일 저쪽에 있는 다른 세계로 향하는 중이었다. 햇빛에 반사된 바다가 커다란 거울같이 반짝이며 출렁거렸다.

저스틴은 도착한 후 얼마 지나지 않아 돈이란 것이 런던을 얼마나 매력적인 곳으로 만들어 놓는지 실감하며 지냈다. 그녀는 나이트 브리지 가까이에 있는 켄싱톤의 조그만 아파트에서 살았다.

여름이 오자, 그녀는 데인을 생각하고 급히 그에게 전보를 치고 로마로 떠났다.

그녀는 가슴이 두근거렸다. 아, 저기 보이는 남자가 데인인가? 플랫홈에 서 있는 저 훤칠한 친구가 데인이란 말인가?

그는 파란 눈으로 이리저리 두리번거리고 있었다. 그녀는 소리를 질러 부를까 했지만 생각처럼 목소리가 쉽게 나오질 않았다.

그녀는 그의 등 뒤로 살금살금 접근했다.

"애, 뭘 멍청이 찾고 있니?"

그는 몸을 돌려 그녀의 손을 붙잡고 미소를 지었다.

"사람을 그런 식으로 놀리는 걸 보니 아직 철이 덜 들었군."

"내가 편지에 쓴대로 마땅한 호텔을 예약해 놨니? 숫총각들이 우글거리는 바티칸에선 지내고 싶지 않단 말이야."

그녀는 깔깔거렸다.

"내가 있는 곳에서 그리 멀지 않은 곳에 작은 하숙집을 마련해 놓겠어. 거기 있는 사람들은 영어를 할줄 아니까, 내가 같이 있지 않더라도 불편은 없을 거야. 그리고 로마에서는 영어라면 어디서나 통해."

"이럴 땐 너처럼 외국어에 소질이 있었으면 얼마나 좋을까? 하지만 나도 몸짓 발짓에는 소질이 있단다."

"난 두 달간 휴가야. 그러니까 프랑스와 스페인을 적당히 둘러보고도 드로게다에서 한 달은 지낼 수 있어. 난 그 곳이 몹시 그리워."

데인이 말했다.

"그래? 난 그 곳에 대한 미련이 조금도 없어."

"나를 바보로 만들지 마. 드로게다와 어머니가 우리에게 어떤 의미를 가지고 있는지 난 알고 있어."

저스틴은 동생의 손을 불끈 잡았으나 대답하지는 않았다.

그녀는 하숙집의 창가로 걸어가 나무가 두 그루 서 있는 광장을 내려다보았다.

"데인……"

"응?"

"난 너를 이해하고 있어, 이건 정말이야."

"나도 알아. 어머니도 이해해 주셨으면 좋을 텐데."

그의 얼굴에서 미소가 사라졌다.

"엄마는 달라. 네가 저버린 줄 알고 계셔. 하지만 곧 이해하시게 되겠지."

"나도 그러길 바래. 그런데 오늘 랠프 추기경을 만나기로 했어. 누나가 그 분을 좋아하지 않는 줄은 알지만 상냥하게 대하겠다고 약속해 줘."

그녀의 눈이 특이한 빛을 발했다.

"약속하지. 그의 반지에 키스할게. 옷을 갈아입을 시간은 있을까?"

"그런대로 보기 좋은데."

"그 자리에 누가 또 오니?"

"콘티니 추기경."

그녀는 그 이름을 들어본 적이 있었기 때문에 놀랐다.

"야! 너 높은 사람들 하고만 상대하는구나."

"그래, 그럴려고 애쓰지."

그는 웃었다.

엄청난 방들과 진분홍 옷을 입은 성직자들! 저스틴은 데인의 뒤를 따라 앞으로 걸어나갔다. 다른 옷을 입고 올 걸 그랬다고 생각했다. 랠프 추기경은 미소를 머금고 문 앞에 서 있었다. 멋장이 늙은이였다.

"오, 저스틴. 어서 오너라. 넌 네 어머니와는 모습이 전혀 다르구나."

"그래요. 하지만, 전 얼굴이 같은 것에는 별 상관없다고 생각해요."

랠프 추기경은 웃었다.

그녀는 재빨리 그 웃음의 주인공의 손에 끼어 있는 반지에다 키스를 했다. 그리고 머리를 들어 그 얼굴을 쳐다보았다. 이상하게도 그녀는 그 눈 속에서 다정함을 느꼈다.

하지만 그녀는 열다섯 살 때 그를 좋아하지 않았듯이, 지금도 그를 좋아하지 않았다.

"아가씨, 앉아요."

콘티니 추기경이 옆에 있는 의자를 손으로 가리키며 말했다.

"······고양이야, 안녕."

저스틴은 그 노인의 무릎에 앉아 있는 잿빛 고양이를 어루만지며 말했다.

"아주 예쁜 고양이인데요!"

"그래, 아주 멋지지."

"이름이 뭐예요?"

"나타샤라고 하지."

이때 문이 열리고 평신도 복을 입은 사람이 들어왔다. 그는 키가 작지는 않았지만 신체가 아주 잘 발달되어 실제 키보다 좀 땅딸막해 보였다.

"마침 잘 왔군, 라이너."

콘티니 추기경이 맞은편에 있는 의자를 가리키며 말했다. 그 남자가 반지에 입맞춤을 하고 일어서자, 추기경이 저스틴에게 소개시켰다.

"반갑군요."

라이너 하르타임이라는 그 남자는 미소를 띠고 머리 숙여 인사하고는 멀찌감치 가서 앉았다.

저스틴은 테인이 잘 볼 수 있는 랠프 추기경 옆의 마룻바닥에 편한 자세로 앉아 있었기 때문에 안도의 숨을 내쉬었다. 그러다가 한쪽으로 몸을 기울여 다시 고양이를 쓰다듬어 주었다.

"이 고양이는 난소를 들어냈나요?"

"물론이지."

"물론이라고요? 이 곳에 계신 분들은 사람의 난소를 제거시켜 중성으로 만들기에 적합하더군요."

"오히려 그 반대이지요, 아가씨! 자기 스스로 심리적으로 중성을 만든다오."

"전 그렇게 하고 싶지 않은 걸요."

"그렇다면 우리가 아가씨를 거부한단 말인가?"

"글쎄요. 왠지 제가 불필요한 인간이란 생각이 드는군요. 이 곳은 방문해 볼 만한 곳이지만, 살고 싶은 생각은 없어요."

"그거야, 아가씨를 탓할 순 없지. 그러나 아가씨는 이 곳을 자주 방문할 테고 곧 우리 생활에 익숙해질 거요."

저스틴은 웃었다.

"전 원래가 반들반들하게 태어났거든요. 그래서 못된 성질이 나타나곤 해요. 전 데인을 눈여겨보지 않고도 그가 이 곳에 대해 공포증을 갖고 있다는 것을 직감할 수 있어요."

그때 데인이 말했다.

"아직 철이 덜 들어서 저러는 겁니다."

그때 라이너 씨가 저스틴을 잘 볼 수 있도록 의자를 옮겼다. 그 순간 고양이가 그녀의 손에서 벗어나 라이너 씨의 넓은 어깨 위로 옮겨 앉으며 '야옹!' 하고 우는 바람에 모두 웃었다.

"나타샤의 음성은 변함없이 좋군요."

라이너 씨가 즐거운 듯 말했다. 그의 영어는 완벽했지만, 미국식 발음을 하고 있었다.

웃음이 가라앉기 전에 차가 들어왔다. 라이너 씨가 차를 따랐다. 그는 저스틴에게 차를 따르면서 처음 소개 받을 때보다 훨씬 상냥한 태도를 취했다.

그들 네 사람은 교황의 병세로부터 시작해서 냉전과 경기 불황에 대해 이야기를 나누었다.

데인도 대화에 적극적으로 끼어들었는데, 다른 세 사람이 놀랄 정도의 화술을 구사했다.

"데인, 바로 기도회에 갈 생각이라면, 내가 이 아가씨를 호텔로 모시고 가지."

대화가 마무리 되자 라이너 씨가 데인에게 말했다.

그녀는 그를 따라 밖으로 나왔다. 그가 그녀의 팔을 부축해 검정 리무진으로 안내하자, 운전수가 대기하고 있었다.

"자동차도 있고 운전수까지 딸린 것을 보니까, 아주 대단한 분인 것 같군요."

"아직 장관 정도는 되지 않았다오."

"벌써 그렇게 되지 않은 것이 이상하군요."

저스틴은 냉소하듯 빈정거렸다.

"무슨 소리예요! 난 아직 젊어요."

"그래요?"

"난 이제 서른 한 살입니다."

"그 말을 믿겠어요. 하지만 저에겐 그 나이도 많아 보이는군요. 전 달콤한 스물 하나의 한창 나이랍니다."

"아가씨는 괴짜군요."

"그런 것 같아요. 어머니도 늘 그런 말씀을 하세요. 한데 그 괴짜라는 의미가 뭐죠? 설명 좀 해주시겠어요?"

"그런 말은 어머니에게서 이미 들었을 텐데, 뭘."

"그런 설명을 요구했더라면 어머니는 당황하셨을 거예요."

"날 당황하게 하고 있다곤 생각지 않소?"

"당신도 괴짜라서 그럴 것 같진 않은데요."

"내가 괴짜라고요? 흥! 괴짜란 타인을 공포감에 사로잡히게 만들고, 늘 타인 위에 군림하려고 하고 고집이 어찌나 센지 꺾을 사람이 없고, 분별력이나 도덕감이 결여된 사람을 말하는 거요."

그녀가 킬킬대며 웃었다.

"꼭 당신을 두고한 말 같은데요. 전 분별력도 도덕성도 있답니다. 전 데인의 형제예요."

“아가씨는 조금도 데인과 비슷해 보이지 않아요.”

“닮았으면 큰일 날뻔 했군요!”

“그의 얼굴은 아가씨하고는 너무나 달라요.”

“맞아요. 하지만 내가 그의 얼굴과 같은 모습으로 태어났더라면 다른 성격을 가지게 되었을 거예요.”

“그건 마치 닭이 먼저냐, 달걀이 먼저냐 하는 이치와 같은 문제 아니겠어요?”

그는 저스틴을 어느 식당으로 안내했다.

“제가 주문할까요?”

“제가 뭘 좋아하는지 어떻게 알아요?”

“아무튼 뭐든 들고 싶은 대로 말씀만 하세요.”

“좋아요. 파이에다 약간의 스캠피와 튀김 한 접시, 그리고 카푸치노 커피를 들겠어요. 옆에서 바이올린을 연주해 주면 더욱 좋겠어요.”

“아주 깜찍한 아가씨로군요.”

라이너 씨는 이탈리어로 그녀가 말한 대로 주문을 했다.

“제가 데인과 비슷한 점이 정말 조금도 없어요?”

그녀는 차를 들며 약간 서운한 듯 말했다.

라이너는 수개월 전 데인과 처음 만났던 일을 생각하며 그녀를 물끄러미 바라보았다. 그는 데인을 만나는 순간 그가 랠프 추기경과 비슷하다는 생각을 했던 것이다.

“비슷한 점도 있긴 하지만, 그건 얼굴 모습이 아니라 표정에서 나타나죠. 한데 아가씨는 삼촌 되시는 추기경과는 전혀 닮은 데가 없어요."

"추기경이 삼촌이라고요?"

그녀가 놀라서 물었다.

"랠프 추기경 말이에요. 그가 삼촌이 아닌가요? 전 분명히 그렇게 알고 있는데……"

"천만예요. 그는 내가 태어나기 전부터 우리 지역 담당 신부였을 뿐이에요."

"이제야 알겠군요."

"뭘요?"

"데인이 랠프 추기경과 외모가 비슷하다는 것 말입니다. 그건 일반적인 유사점이에요."

"하긴 할머니는 저의 아버지가 랠프 추기경과 닮은 점이 많다고 말씀하신 적이 있었어요."

저스틴이 유쾌한 듯이 말했다.

"부친을 본 적이 없나요?"

"사진도 못 보았어요. 데인이 태어나기 전에 헤어졌다더군요."

그녀는 웨이터에게 손짓을 했다.

"카푸치노 커피 한 잔 더 주세요."

"아가씬 교양이 없군요. 앞으론 내가 주문하겠소."

"싫어요. 전 누가 이래라 저래라 하는 것이 마땅치 않아요. 아시겠어요?"

"철이 없다던 데인의 말이 맞군요."

"그래요. 전 누가 저를 위해 주는 게 지긋지긋해요. 그래서 저도 다른 사람의 일에는 절대 간섭하지 않아요."

"알만해요. 아가씨 집안의 여자는 다 그래요?"

"그건 나도 몰라요. 집엔 여자들이 별로 없어요. 할머니, 엄마, 그리고 나 밖에 없어요. 하지만 남자는 많아요."

"그러나 아가씨 댁의 아들은 데인 밖에 없는 거죠."

"아마 그런 사실 때문에 엄마가 아버지와 헤어졌나 봐요. 어머니는 다른 남자에겐 아무런 관심이 없는 것 같아요."

"아가씨는 어머니와 닮았나요?"

"전혀 딴판이에요!"

"오, 두 분 사이는 관계가 좋으십니까?"

"엄마와 제가요? 그건 저도 잘 모르겠어요. 저는 언제나 어머니와 데인이 사이가 좋은 것을 보고 저도 그래야겠다는 생각은 했지만, 누구 탓인지는 몰라도 늘 그렇게 되지 못했어요. 아마 제 탓인가 봐요. 엄마는 저보다 훨씬 멋진 분이세요."

"만나 뵌 일이 없으니 뭐라고 말할 수가 없군요. 아첨의 말이 될는지 몰라도, 난 지금 그대로의 아가씨가 좋아요."

"친절하시군요. 제가 그처럼 모욕을 주었는데도 말이에요. 전 정말 데인하고는 다르죠?"

"데인 같은 사람은 이 세상에는 아무도 없어요."

"그가 현재 처해 있는 입장 때문인가요?"

"그렇다고 할 수 있죠. 이제 더 이상 데인을 화제로 삼고 싶지 않군요. 다른 이야기도 많으니까요. 확실히 아가씨는 인생이나 신에 대한 태도면에서 그와는 아주 달라요."

저스틴은 호기심에 차서 그를 바라보았다.

1943년 7월에 독일 소년병으로 랠프 주교와 만난 이후 라이너에게는 많은 일이 일어났었다. 일주일 후 그의 부대는 동부 전선으로 투입되었고, 그는 그 곳에서 전쟁이 끝날 때까지 있었다.

그는 전쟁 중에 두 가지 기억될 만한 커다란 일을 경험했다. 혹한 속에서의 전투와 랠프 주교의 얼굴이었다. 그것은 공포와 아름다움, 악마와 신의 대조였다.

1945년 봄, 그는 패잔병으로 폴란드를 거쳐 영국군과 미국군이 점령하고 있는 독일로 갈 일념으로 후퇴했다. 러시아군에게 잡히면 총살될 것이 뻔했기 때문이다.

그는 덴마크의 국경 지대에서 영국군에 투항했고 벨기에의 수용소로 보내졌다. 거기서 그는 일년 동안 빵과 죽으로 연명했다. 수용소의 장교들이 두 번이나 그를 불러 오스트렐리아에 가서 2년 동안 봉사하면 그 후의 생활은 자유라고 설득했지만, 그는 히틀러를 증오했을 망정 독일을 증오하진 않았다. 독일은 그의 모국이었다.

결국 그는 1947년 초에 돈 한푼 없는 신세로 독일의 아이켄 거리를 걷게 되었다.

그는 다시 가난과 망각 속으로 뛰어들고 싶지 않았다. 라이너는 야망이 있었으며 머리도 좋았다. 그는 그린디히 회사에 들어가 전부터 관심이 있었던 전자공학을 연구했다. 좋은 아이디어가 떠올랐지만, 헐값으로 그린디히 회사에 팔고 싶지 않았다.

그는 시장 조사를 면밀히 하던 중에 조그마한 라디오 공장을 경영하던 과부를 만나 결혼하여 스스로 회사를 운영했다.

그는 1951년, 과부에게 공장의 값을 싯가의 두 배로 보상해 주고는 이혼했다. 그러나 그는 재혼하지 않았다.

1955년, 서독에서 성공한 그는 연방의원이 되어 로마를 방문했다. 랠프 추기경을 만나 그가 기도해 온 바의 결과를 보여주기 위해서였다. 그러나 랠프 추기경은 그에게 실망의 눈빛을 감추지 않는 것이었다. 곧 그는 그 이유를 알았지만, 그에게 다음과 같은 말을 들을 줄은 몰랐다.

"난 그대가 나보다 좋은 일을 하게 해 달라고 기도했었지. 그대는 젊었으니까. 그러나 목적이 수단을 정당화하지는 못해."

호텔로 돌아온 그는 울었다. 그러나 마음을 진정시키고 생각해 보았다. 과거는 이미 흘러간 것, 앞으로는 그가 회망하는 대로의 인간이 되어야겠다고 결심했다. 성공도 하고 실패도 했지만, 그는 노력을 계속했다.

바티칸에 있는 사람들은 그의 생활에 가장 중요한 반려자였고, 때로는 실망하여 위로를 받고자 할 때, 그는 어김없이 로마를 찾아갔다.

저스틴을 바래다 준 후 라이너는 로마의 훈훈한 밤거리를 홀로 거닐며 그녀가 정말 고맙다는 생각을 했다. 그녀는 당돌하고 굽힐 줄 모르는 귀여운 괴짜 아가씨였다.

그가 신을 좋아하는 이유는 뭐든지 용서해 준다는데 있었다. 신은 무신론적인 저스틴을 그의 회개를 위해 선물했는지도 모른다.

하루가 금방 지나 버렸다. 그는 콘티니 추기경을 만나기 위해 대리석 계단을 지나 그의 방으로 향했다. 그는 다음 교황의 물망에 올라 있는 사람이었으므로, 이 분에게 해답을 구해 보는 것이 옳을 듯싶었다.

"내 스스로 이런 말을 할 줄은 정말 몰랐지만, 어쨌든 드로게다로 가게 되다니 얼마나 기쁜지 모르겠어요. 프랑스와 스페인을 잠시 구경하려고 했는데 배꼽처럼 불필요한 사람이 되어버렸지 뭐예요."

저스틴이 말했다.

"아가씨는 배꼽이 필요 없는 거라고 생각하나요? 내가 알기로는 소크라데스도 같은 생각을 한 것으로 아는데."

라이너가 말했다.

"그가 그런 말을 했던가요? 통 기억이 안 나는데요."

"그는 배꼽이 필요 없다는 신념을 갖고 있었어. 그래서 그것을 증명하기 위해 자신의 배꼽을 떼어버렸지."

"그래서 어떻게 되었어요?"

"그의 겉옷이 흘러내려 버렸지."

"재미있군요."

그녀가 다시 정색을 하며 말을 이었다.

"뭔가 숨은 뜻이 있는 것 같은데요. 레이너, 왜 날 애먹이려고 하죠?"

"레이너가 아니고 라이너라고 발음할 수 없을까?"

“흥, 모르는 소리 하지도 마세요. 당신, 오스트렐리아에 가 본 일 있어요?”

“두어 번 갈뻔 했지만 용케 피했지.”

“가 봤으면 제 말을 이해했을 텐데, 안 됐군요. 당신 이름은 그곳 사람들에겐 상당히 마력적으로 들릴 거예요. 레이너, 레인. 다시 말해 사막에 생명을 가져다 주는 비라는 뜻이거든요.”

그는 놀라서 담배를 떨어뜨렸다.

“저스틴, 설마 나에게 반해서 그런 말을 하는 건 아니겠지?”

“남자들이란 한결같이 자기 본위로군요. 미안하지만 당신에게 반하지 않았으니 염려 마세요.”

그녀는 자신의 말이 좀 지나쳤다고 생각했는지 그의 팔을 붙잡고 다시 말했다.

“이렇게 지내는게 더 멋있어요.”

“사랑에 빠지는 것보다 더 멋있는게 있을까?”

“모든 것이 다 그래요. 전 저에게 반해 버리는 사람은 필요하지도 원하지도 않아요.”

“아가씨 말이 맞는지도 모르지. 그런데 조금 전에 뭐가 더 멋있다고 했지?”

“친구를 만난다는 것이죠.”

그녀는 그의 눈을 뚫어지게 바라보았다.

“당신은 제 친구죠?”

“그럼.”

그는 미소 지으며 동전을 트레비 분수에 던졌다.

"따뜻한 마음씨를 늘 갖게 해 달라고 수백 번 동전을 던졌지만 소용없는 일이었어. 밤에 악몽을 꾸는 동안 다시 내 삶이 차가와지 거든."

"당신은 남부의 더위를 당해 봐야 해요. 다행히 그늘을 찾아도 섭씨 46도나 되죠."

"그래서 아가씨가 더위를 느끼지 않는 것이 당연하군."

그가 소리 내어 웃었다.

"당신 영어는 훌륭하지만 미국식 같아요. 전 당신이 어떤 훌륭한 영국 대학에서 공부 하셨나 했어요."

"천만에. 벨기에 수용소에서 배우기 시작했지. 그 후 독일에 가서 영화도 보고 테이프를 닥치는 대로 들으면서 공부했어."

그녀는 갑자기 신발을 벗었다. 지중해의 뜨거운 햇볕에 불붙은 보도를 그녀가 맨발로 걷는 것을 본 그는 아찔한 생각이 든 모양이었다.

"말괄량이 아가씨! 제발 신발 좀 신지 그래."

"전 오스트렐리아 태생이에요. 우린 신발을 신으면 불편해요. 가시덤불도 문제없고, 석탄불 위도 걸을 수 있어요."

이렇게 말한 그녀가 갑자기 화제를 바꾸었다.

"라이너, 부인을 사랑했었나요?"

"아니."

"그녀는 당신을 사랑했나요?"

"물론, 그러니까 나와 결혼했지."

"불쌍한 여자군요. 이용해 먹고는 차버린 셈이 됐으니까."

“실망했어?”

“아니, 오히려 당신이 대견한 생각이 드는군요. 하지만 그 여자가 가련하다는 생각도 들어요. 그래서 저는 그녀와 같은 운명이 되지 않겠다고 결심했어요.”

“내가 대견하다고?”

“왜 대견스럽지 않겠어요? 저는 그녀가 당신에게서 찾던 그런 것을 찾고 있지 않으니까요. 안 그래요?”

“야망이 큰 남자는 부인을 행복하게 해주기가 어렵지.”

그는 서글프게 말했다.

“그건 부인을 다룰 때 뭐든지 명령조로 하기 때문일 거예요. 내가 만약 당신의 부인이라면 당하고 있지 만은 않을 거예요. 하지만 그녀는 그렇지 못했지요?”

그의 입술이 떨렸다.

“그래, 그녀는 희생적인 사람이었어.”

“그런 여자는 혼자 사는 게 훨씬 행복할 거예요. 물론 그녀가 어떻게 생각하는지는 모르겠지만 말이에요. 하지만 전 달라요. 당신을 꼼짝 못하게 할 수도 있어요. 그 방법은 아주 간단해요. 화를 내지 못하도록 한술 더 뜨는 거……”

“호, 당신은 정말 괴짜 아가씨로군. 그런데 나에 관해 어떻게 그런 많은 것을 알게 됐지?”

“데인에게 물어봤죠.”

“틀림없이 당신의 과거 경험에 비추어 엄청난 추리를 했겠군. 저스틴, 당신은 지능범이야! 남들이 당신을 훌륭한 배우라고 하던데,

난 믿어지지 않아. 경험하지 못한 감정을 어떻게 나타내지? 인간적으로 볼 때 당신은 15세 정도의 아가씨들보다 정서적으로 뒤떨어져 있어."

저스틴은 깡총 뛰어 땅 위에 앉더니 몸을 굽혀 발가락이 가엾다는 듯이 들여다보다가 다시 신을 신었다.

"제기랄, 부르텄군요."

그녀는 그의 말을 듣고도 화난 기색이 전혀 없었다.

"좀 답하기 곤란한 질문이군요. 제가 그런 경험을 실제로 할 수 없었다면 배우로서 별 볼일 없다는 얘기죠? 그러나 기다리고 인내해 보면 해결될 수 있는 문제예요. 무대를 떠난 생활 말이에요. 전 무대를 버리고는 살 수 없어요. 일단 무대에 서기만 하면 전 제자신이 아니거나, 다른 사람으로 되어버려요. 인간은 다 그런 것 같아요. 연극을 하는데는 먼저 지성이 필요하고, 그 다음에 정서가 따르는 것 같아요. 연극은 단순히 울고 떠들고 웃는 것이 아니예요. 자기 자신이 환경에 따라 다른 사람으로 변모될지도 모른다는 것은 생각만 해도 놀라운 일이에요."

그녀는 가슴이 벅차다는 듯 벌떡 일어났다.

"생각해 보세요! 지금부터 이십 년이 지나면 난 내 자신에게 살인도 해 보았고, 자살도 해 보았고, 미쳐 보기도 했고, 사람을 구하기도 하고 망하게도 해 보았노라고 말할 수 있을 거예요. 아, 가능성이란 정말 끝이 없는 세계예요!"

그는 그녀의 손을 잡고 눈을 들여다보았다.

"저스틴, 당신 말이 맞아. 당신은 무대를 떠나서는 살 수 없을

것 같군. 하지만 다른 사람이라면 장담할 수 있어도, 당신은 그렇
지 않으리라는 생각이 들어."

　드로게다에 있는 사람들이 로마에 좀 더 관심을 가졌더라면, 결
코 시드니 보다 멀지 않게 느꼈을지도 모른다.
　보통 1년에 한 달쯤 데인과 저스틴은 드로게다로 와서 지냈다.
그것은 대개 8월이나 9월 경이었다.
　무엇보다도 그들은 드로게다에 있어 매우 소중한 존재였다. 언제
부터인가 모든 일이 그들이 오고간 날짜를 기준으로 계산되었기
때문이다. 즉, 그들이 떠난 지 한 달 남짓 하다느니, 몇 주일만 있
으면 온다는 등등……
　이런 이유 때문인지는 몰라도 7월만 되면 드로게다에는 발랄하
고 생동감 넘치는 약동 그 무엇이 있었다. 모두들 선물할 것을 계
획하며 어떻게 대접할 것인가를 가족들이 모여 의논하곤 했다.
　데인은 항상 자세한 소식을 전해 왔다. 그러나 그에게 안타까운
것은 편지를 우체통에 넣어야 한다는 것을 자주 잊어버리는 일이
었다. 그래서 두 달 혹은 석 달씩 아무 연락도 없다가 갑자기 수십
통의 편지가 날아든 적도 있었다.
　저스틴의 편지는 수다스러웠으며, 때로 얼굴을 붉히게 하는 대목
도 있었고 당돌하기는 했어도 의식의 흐름을 쓰는 수필과 같은 내
용의 것이라고 할 만했다.
　메기는 두 아이에게 규칙적으로 2주일에 한 번씩 편지를 써서
부쳤다. 데인은 땅과 양들과 드로게다 여자들의 건강에 대해 알려

주는 삼촌들의 편지를 자주 받았는데, 그들은 고향에서 모든 일이 순조롭게 잘 돌아가고 있음을 그에게 안심시켜 주는 것이 의무라고 여기는 듯싶었다.

그러나 그들은 저스틴에게는 그런 아량을 베풀지 않았다. 아마 알려주었다고 해도 그녀는 내용을 몰라 어안이 벙벙 했으리라.

편지를 읽기는 즐거운 일이었지만 쓰려면 고생이었다. 그러니까 그것은 저스틴을 제외한 모든 사람들에게 적용되는 얘기였는데, 그녀는 자기가 바랐던 대로 두툼하고 내용이 많고 숨김 없는 글을 보내주는 사람이 하나도 없었기 때문에 편지를 받을 때마다 분노를 느꼈다.

데인의 편지는 읽는 사람에게 생생한 모습을 전해 주지 못했으므로 그에 대한 대부분의 소식을 드로게다 사람들이 듣게 되는 것은 오히려 저스틴을 통해서였다. 그녀의 편지는 다음과 같은 식이었다.

오늘 라이너가 런던으로 날아왔는데, 지난 주일 자기가 로마에서 데인을 만났다는 얘기를 해주었어요. 그의 여행 일정표에서는 로마가 첫 방문지이고 런던은 맨 끝지인 덕분에, 그는 나보다 데인을 훨씬 더 자주 만난답니다. 그래서 솔직히 고백하건대, 해마다 우리들이 고향으로 돌아오기 전에 로마로 가서 내가 데인을 만나는 가장 중요한 이유들 가운데 하나는 라이너였어요. 이기적이죠. 하지만 내가 그를 얼마나 좋아하는지 모르시겠죠. 그 사람은 내가 경쟁심을 느끼게 하는 몇 안 되는 사람들 가운데 한 사람이

어서, 우리들이 더 자주 만났으면 하고 난 바래요.

한 가지 면에서 그는 나보다 복이 많아요. 나는 그러지 못하지만, 그는 데인의 학교 친구들을 만날 수가 있어요. 데인 생각에는 아마 내가 그를 만나면 즉석에서 잠자리도 같이 하려라고 멀는가봐요. 아니면 혹시, 그들이 날 강간하려라고 생각하는지도 모르고요. 쳇, 그들을 보기만 했더라면 기막힌 존재들예요. 사슴들 말에요, 젖꼭지를 가리는 두 개의 작고 동그란 청동가리게에다 쇠사슬이 잔뜩 달라 붙고, 내가 보기에는 정조대 같은 것도 있는데—어쨌든 속까지 닿으려면 양철 자르는 가위가 필요할 겁니다. 길고 검은 가발에다 앞갈색인 몸에 바르는 칠과 쇠붙이를 몇 조각 달면 난 정말 으리으리해 보이죠.

내가 무슨 얘기를 하던 중이었더라? 아, 그래요. 지난 주일에 로마로 가서 데인과 그의 친구들을 만날 라이너는 그들을 데리고 기숙사에서 모두 몰래 빠져 나왔어요. 라이너는 돈을 내겠다고 우기고, 데인은 난처한 입장에서 벗어나고. 굉장한 밤이었어요. 당연히 여자는 없었지만, 다른 건 모두 다 있었고요. 화병에 꽂힌 수선화를 보고 어느 음침한 로마의 바에서 무릎을 꿇고앉아 "아름다운 수선화여! 그토록 일찍이 흐느끼며 떠나는 그대를 보려고 우리는 발걸음을 서두르노라." 하며 울어대는 데인의 모습을 상상할 수 있겠어요? 그는 10분 동안이나 그런 대중가요 같은 어휘들을 읊으려고 했지만 실패하고는 포기하고 나서 대신 수선화 한 송이를 입에 물더니 춤을 추었어요. 그런 행동을 하는 데인을 꿈에라도 상상해 봤나요? 공부만 하고 놀지 않으면 어쩌고 저쩌고 하면서 라이너는 그것이 아무런 해가 없으며 필요한 일이라고 그러더 군요. 여자들을 젖혀 놓았으니까, 그 다음에 최고로 좋은 건 물탄 술을 한 잔 가득 퍼마시는 거겠죠. 라이너의 주장을 따르자면 말 예요. 그런 일이 자주 있지는 않으니까 항상 그렇다고 생각지 마 시고, 그런 일이 혹시 벌어진다고 해도 앞장은 라이너가 섰을 테 니까, 덜 익은 애송이들의 순진한 한 무리를 알아서 돌보아 주겠 죠. 하지만 수선화를 물고 플라멩고를 추다가 사라졌다는 성스러 운 데인을 생각하고 난 웃음을 터뜨리지 않을 수 없었어요.

데인은 8년 간의 오랜 수련기간을 끝내고 성직을 서품 받을 수 있었다. 사실 그것은 짧은 듯 하면서도 긴 세월이었다.

그 누구보다도 드로게다 사람들은 그가 성직을 받은 뒤에는 오 스트렐리아로 돌아올 것이라고 생각하고 있었다. 다만 저스틴만이 그가 계속해서 로마에 머물 것을 바라고 있다고 추측했다.

그러나 저스틴의 경우는 반대였다. 그녀가 오스트렐리아로 다시 돌아오리라고 생각하는 사람은 아무도 없었다. 그녀는 배우이기 때 문에 오스트렐리아에 와서는 성공하기 힘들다고 믿었기 때문이다.

"우리는 대가 끊겼어요"

메기가 따뜻한 베란다의 한쪽에 앉아 앤에게 말했다. 그때 앤은 남편이 죽은 후 고적한 여생을 드로게다에서 보내고 있었다.

"뭐라고 그랬지요?"

앤이 못 들었다는 듯 재차 물었다.

"대가 끊겼다고요……"

“그렇잖아요. 신은 모든 행복을 함께 주지는 않는 것 같아요. 아들 하나와 딸 하나인데, 아들은 성직을 택했고 딸은 노처녀의 길을 걸을 모양이니 말이에요. 그러니 드로게다도 이제 막다른 골목에 부딪쳤어요. 내가 보기에는 당연한 귀결인 듯해요.”

앤은 한숨을 쉬고 말을 계속했다.

“이 곳의 남자들에게서는 뭘 바랄 수가 없어요. 아마도 땅이 남자들을 거세시키는 것 같아. 땅에 매달리다 보면 정력이 떨어질 것이고, 표현이 좀 이상하지만 성적으로 약하게 되죠. 이곳 남자들도 그렇잖아? 하지만 저스틴은 시집 갈 거예요. 왜 있잖아요? 라이너라고 하는 독일 사람 말이에요.”

메기는 고개를 갸우뚱 거렸다.

“그 남자를 좋아하기는 하는 모양인데, 그걸로 그만인가 봐요. 무려 7년을 사귀었으면서도 그런 상태니.”

“아닐 거야. 난 저스틴을 잘 알아요. 내가 보기엔 그 남자가 훌륭한 것 같아요. 그는 저스틴을 잘 이해하고 있어서 결혼할 시기가 다가올 때를 지그시 기다리고 있는 것 같아요.”

앤은 얼마 동안 질문을 계속했다.

“메기, 그런데 왜 데인의 서품식에 가지 않죠? 이상하지 않아! 데인이 신부가 되는데……”

“난 로마에는 절대로 안 가요! 난 드로게다를 떠나지 않을 거예요.”

메기가 입술을 깨물며 말했다.

“그러지 말고 가야 해 메기! 왜 당신들 때문에 데인이 슬퍼해야 하죠? 제발 자존심일랑 뒤로 하고 로마에 가 보도록 해요."

"자존심 때문에 그러는 게 아니예요! 난 로마에 가서 랠프 추기경을 만나는 것이 두려운 거예요……"

"그렇지만 데인 생각도 해야죠."

"도저히 못 가겠어요. 앤은 내 두려움의 깊이를 몰라요. 그들 둘을 보고 싶지만, 그들이 나를 원할까요? 내가 로마에 가면 꼭 무슨 일이 벌어질 것만 같아요!"

메기가 절규하듯 말하면서 책을 집어들었다.

이번에는 데인이 아니라, 라이너가 역에서 저스틴을 기다리고 있었다. 그는 그녀에게 키스하는 법은 없었고, 단지 한 팔로 저스틴의 어깨를 다정히 끌어안을 뿐이었다.

"당신은 곰 같아요."

저스틴이 말했다.

"아니, 곰 같다니!"

라이너가 물었다.

"처음에는 고릴라 같았는데, 지내고 보니 곰 같다는 생각이 들곤 해요. 고릴라는 너무 심한 비교 같고……"

"그럼 곰은 친절한 비교라고 생각하는 모양이지?"

"왜요? 곰이 얼마나 친근감 있어요. 고릴라보다야 백 배 낫죠."

그녀는 그의 팔을 끼고 연인처럼 나란히 걸었다.

"데인은 어때요?"

"그는 늘 기도하지."

“당신이 그를 타락시키지나 않을지 모르겠어요.”

“내가? 잘못 봐도 한참 잘못 봤어. 그런데 오늘 따라 더 예뻐 보이는군.”

“맞아요. 사실 양장점을 다 뒤지며 걱정했는데. 새로 지어 입은 짧은 스커트 어때요?”

“어디 한 번 앞장 서서 걸어가 봐. 뒤에서 말해 줄테니.”

“어때요? 파리에서도 아직 이런 옷을 입은 여자는 별로 없어요.”

“멋진데! 당신같이 매끈한 다리를 가진 여자가 긴 스커트를 입으면 보기가 흉하지. 모든 로마 시민들도 나와 같은 생각일 거야.”

“그렇다면 바티칸 성직자의 시선도 끌겠네요?”

“그야 말할 것도 없지. 내 시선도 끄는데……”

그는 미소 지었다. 리무진에 오르며 저스틴은 눈을 크게 떴다. 작은 서독 국기가 날리고 있었다.

“저 국기는 언제부터 달고 다녔어요?”

“정부의 새 자리에 임명되고부터.”

“그래요? 그런데 당신은 요즘 주간지를 읽나요?”

“그런 거지 같은 것은 읽지 않아.”

“나도 마찬가지예요. 빨강머리 오스트렐리아 여배우와 서독 각료가 뜨거운 사이라느니, 어쩌고 저쩌고……”

“그 치들은 우리가 언제부터 알고 있는지조차도 모르는 놈들이야.”

저스틴과 라이너는 렐프 추기경을 방문한 직후 드로게다에서 온 사람들을 호텔까지 태워다 주었다.

어머니가 오지 않은 것은 큰 충격이었다. 외삼촌들 만이 왔다.

그런데 아저씨들은 왜 저렇게 수줍어하실까? 누가 누군지도 모르겠고, 나이가 많아지니까 거의 다 비슷한 얼굴들을 하고 있었다.

승마용 장화를 신고 가죽을 댄 두터운 쟈켓과 흰 셔츠를 입고 큰 모자를 쓰고 있는 모습은 시드니에서의 축제 때는 별것이 아니지만 로마 시내에서는 구경 거리였다.

저스틴은 라이너에게 키스라도 해주고 싶은 마음뿐이었다. 그가 촌스럽기만한 외삼촌들에게 너무나 스스럼없이 잘 대해 주었기 때문이다.

대성당의 좌석은 2만 명이나 들어앉을 수 있어서 만원 사례는 아니었다.

데인은 계단에서 죽은 사람처럼 엎드려 있었다. 지금 그는 무슨 생각을 하고 있는 것일까? 어머니가 오지 않은 것을 가슴 아파하고 있는 것이 아닐까?

랠프 추기경은 눈물 어린 눈으로 그를 대견스럽게 바라보았다.

지난날 자기 자신의 서품 행사는 이렇듯 엄숙하지 못 했었다. 그래서 그는 데인을 통해 그것을 다시 경험하고 있었다.

데인은 수년 동안 모든 사람들로부터 사랑을 받으며 누구도 원수로 만들지 않고 사랑했다.

'메기, 왜 당신은 주께 바친 귀한 선물을 보러오지 않았소? 그의 고통은 나의 고통이며, 그의 눈물은 내가 대신 흘려야만 했소.'

랠프는 생각에 잠겼다가 다시 추기경의 입장으로 돌아가서는 어울리지 않는 옷을 입고 있는 드로게다 사람들을 살펴보았다. 보브,

재크, 휴이, 제임스, 패트릭, 그 다음에 메기의 빈 자리가 있었고, 프랭크와 저스틴이 앉아 있었다.

저스틴은 유일한 여성 참석자였는데, 그의 옆에는 라이너가 앉아 있었다.

데인은 어머니의 불참을 섭섭하게 느꼈는지 추기경이 베푼 리셉션이 시작되자 저스틴을 한쪽으로 끌고 갔다. 높은 칼라에 검은 옷을 입은 그는 신부같지 않고 신부복을 입은 미남 배우 같았다.

그러나 그의 눈 속을 들여다보면 그런 생각은 오산이라는 것을 곧 알 수 있었다. 그의 눈 속에서 내면의 빛이 번쩍이며 특이한 성스러움이 서려 있었다.

"오닐 신부님."

저스틴이 불렀다.

"원 누나도, 난 아직 그런 말에 익숙치 못해."

"애, 난 오늘 난생 처음으로 정말 신성한 것을 느꼈어."

"놀랍군. 누나가 그런 것을 다 느꼈다면 훌륭한 여배우가 되기는 틀렸는데?"

오누이는 한구석으로 가서 긴 의자에 앉았다. 아무도 그들을 방해하지 않았다.

데인은 라이너와 대화 중인 프랭크를 한 번 쳐다보더니 말했다.

"프랭크 아저씨가 온 것이 무엇보다 기뻐. 왠지 모르게 프랭크 아저씨가 불쌍하게 느껴지곤 해."

저스틴은 그 말에는 대답하지 않고 문제의 핵심을 찔렀다.

"엄마는 너무 했어."

그녀는 이를 악물면서 말했다.

"너한테 이럴 수가 있어!"

"누나, 그런 말하지 마. 이해하려고 노력해야지. 어머니가 나에게 무슨 앙심이나 원한을 가지신 것은 아니잖아. 그러니까 나는 마음 상할 일이 없지. 난 누나가 우리들 가족 중에서 어머니를 제일 잘 안다고 생각해. 난 곧 드로게다로 가겠어. 그래서 어머니와 이야기를 나눠보면 그 이유를 알 수 있을 거야."

"엄마에 대해서는 아들이 딸보다 참을성이 많은 것 같구나."

그녀는 입을 삐죽거렸다.

데인의 푸른빛이 감도는 그윽한 눈이 그녀에게로 향했다. 저스틴은 그가 자기를 동정하는 빛을 보이자 온몸을 떨었다.

"누나, 왜 라이너와 결혼하지 않지?"

데인이 물었다.

저스틴은 어안이 벙벙하여 멍하니 있다가 낮은 소리로 대답했다.

"그가 청혼을 하지 않으니까."

"그는 누나가 거절할까 봐 그러는 거야. 그렇지만, 그런 기회를 잡을 수 있었을 텐데……."

그녀는 무심결에 동생의 손을 잡고는 어릴 때 장난하던 식으로 말했다.

"요놈의 꼬마야. 입을 닥쳐야 알아듣겠어? 나는 라이너를 사랑하지 않아! 우린 그저 친구일 뿐이야. 그런 관계를 유지하려는 나에게 훼방을 놓는다면, 나는 눈을 감고 앉아 너를 저주할 테다. 넌 옛날에 눈 감고 저주한다고 하면 무서워했었지?"

데인이 웃음을 터뜨렸다.

"그런 저주는 별 효력이 없었어! 이제는 내 힘이 누나의 것을 능가할 테니까. 내가 잘못했으니까 사과할게, 됐지? 난 누나와 그 사람 사이가 꽤 심각한 줄 알았어."

"글쎄 말이다. 7년 동안을 지내왔는데……."

그녀는 무슨 말을 하려고 하다가 화제를 돌렸다.

"데인, 난 오늘같이 기쁜 날은 또 없을 거야. 엄마가 보시면 얼마나 좋아하셨을까."

데인의 눈에서는 얼핏 그림자 같은 것이 어른거리다가 사라졌다. 그도 어머니를 이해하기는 했지만 하나의 인간임엔 틀림없었다.

"누나, 내 부탁 좀 들어줄래?"

그는 그녀가 자리에서 일어나자 말했다.

"무슨 부탁이든 다 들어주지."

그녀는 진심으로 말했다.

"두 달 정도의 휴가를 받았는데, 난 드로게다로 가서 말도 타고 어머니와도 얘기를 나누어야겠어. 그러나 그 전에 집에 갈 용기를 북돋아야겠는데, 누나가 나와 함께 2주일 정도 그리스 관광을 동행해 주면 겁이 싹 달아날 거야. 누나의 잔소리에 진력이 나게 되면 비행기를 타고 드로게다로 가게 되겠지."

"오, 데인! 물론 그리스에 가고말고."

데인이 눈을 찡긋하며 우스운 표정을 지어보였다.

"난 누나가 정말 필요해. 또 한번 옛날처럼 귀에다 얘기를 해줄 거지?"

"어머나, 오늘 신부님! 그런 장난은 어울리지 않아요."

"어머니를 만나본 뒤에는 주님께 전념하겠어. 그렇다고 너무 서두를 것까지는 없고. 내 인생은 이제부터 시작이니까."

저스틴은 라이너와 함께 파티장에서 나왔다. 그녀가 데인과 함께 그리스로 갈 계획이라는 얘기를 하자, 그는 독일 본에 있는 사무실로 돌아가겠다고 했다.

"그럴만한 때도 되었죠. 장관치고는 당신은 별로 일을 하지 않는 것 같아요. 당신을 보고 오스트렐리아 여배우와 쓸데없이 돌아다니는 난봉꾼이라고 말할 만도 해요."

그는 주먹을 흔들어 보였다.

"난 내가 조금 즐기는 쾌락의 댓가를 너무 심하게 치르고 있는 것 같아."

"우리 산책할까요, 라이너?"

"당신이 구두만 그대로 신고 있다면야 거절할 이유가 없지."

"요새는 구두를 신을 수밖에 없어요. 미니 스커트는 나름대로 불편한 점들이 있어서 쉽게 벗어버릴 수 있던 시대는 다 지나갔죠."

"적어도 당신은 의상에 관해서 만큼은 내 교육을 받고 겉과 마찬가지로 속까지도 개선을 이룩하고 있어."

"잘났군요! 당신은 틀림없이 정부가 열 명쯤 있어서 그들의 옷을 모두 벗겨보았겠죠."

"꼭 한 사람 그랬는데, 그녀는 네글리제 바람으로 날 기다려주더군."

"아, 정말! 당신의 성생활에 대해 우리들이 얘기해 본 적은 없었어요. 그 여자 어땠어요?"

"미녀에다가 미련하고 마흔 살에 밋밋했지."

"말장난은 그만해요. 난 당신이 그런 여자하고 놀아나리라고는 상상도 못 하니까요"

"어째서?"

"당신은 취향이 너무 고급여서 탈이에요."

"어째서 당신은 젊고 아름다운 여자를 정부로 삼을 만큼의 능력이 내게 있다고 생각하지?"

"당신은 충분히 그럴 능력을 지니고 있으니까요!"

"나에 대한 당신의 그 깊은 관심은 가슴이 찡할 정도이군, 저스틴."

"당신하고 같이 있을 때면 난 영원히 따라 가려고 애쓰지만, 절대로 그러지 못하리라는 기분을 느껴요."

"왜 그렇게 생각하지?"

"당신은 건방지지는 않지만, 자기 자신이 얼마나 매력적인지 스스로 알고 있어서 그래요."

"내가 매력적이냐 아니냐 하는 건 중요하지 않아. 중요한 건 당신이 나를 매력적이라고 생각하느냐는 사실이지."

그녀는 다음과 같은 말을 하려고 하던 참이었다.

'물론 난 그렇다고 생각하고 마음 속으로 당신을 연인이라는 가능성으로 타진해 보았지만, 그것이 절대로 실현되지 않으리라고 생각해서 계속 친구로만 간직하는 편이 더 좋겠다고 판단했습니다라고⋯⋯.'

그러나 미처 말을 꺼내기도 전에 그는 그녀를 껴안고 키스를 했다. 그녀는 그대로 서서 죽어가고 열리고 으깨지고 난폭한 환희의 비명을 질렀다.

이윽고 그는 입을 떼고 미소 띤 얼굴로 그녀를 바라보았다.

"난 당신을 사랑해."

그가 말했다.

그녀의 두 손이 그의 손목으로 올라갔지만 부드럽게 감싸쥐지 않고 손톱이 속으로 파고들어가서 야수처럼 살점을 후벼 팠다. 그런 다음 그녀는 뒤로 두어 발자욱 물러서더니 가슴은 들먹거리며 눈은 겁에 질려 커다랗게 뜨고 있었다.

"소용없어요. 절대로 그렇게 될 리가 없어요, 라이너!"

구두가 벗겨졌고, 그녀는 몸을 굽혀 그것을 집어들더니 몸을 돌려 달아났다.

라이너의 팔목에선 피가 흘렀고 쓰라리고 아팠다. 그는 손수건으로 상처를 누르고는 어깨를 추스린 다음 통증에 신경을 집중하며 그 자리에 가만히 서 있었다. 조금 있다가 그는 담배를 꺼내 불을 붙이고는 천천히 걷기 시작했다. 어리석은 여자, 언제 어른이 되려나? 하는 허전함이 그녀가 남기고 간 상처보다 더 고통과 외로움을 주었다.

아직 시간이 이른 호텔 현관은 사람들로 붐볐다. 저스틴은 빠른 걸음으로 층계를 올라갔다. 그녀의 떨리는 손은 얼마동안 핸드백 속의 방 열쇠를 쉽게 찾을 수가 없었다.

마침내 방안으로 들어간 그녀는 침대로 가서 그 가장자리에 걸터앉아 서서히 정신을 차리기 시작했다. 그녀는 돌연한 라이너의 행동에 역겨움을 느꼈고 겁에 질리고 환멸을 느꼈다고 자기 자신에게 말했다.

창문을 통해 보이는 밤하늘을 응시하며, 그녀는 욕설을 퍼붓고 싶었고 흐느껴 울고 싶었다. 다시는 옛날로 돌아갈 수 없을 것 같은 현재에서는 가장 친한 친구의 상실은 비극이었다.

갑자기 그녀는 무엇이 자기를 그토록 두렵게 했는지를 명확히 깨닫게 되었다. 사랑의 책임을 원치 않았던 만큼이나 돌아가기를 원하지 않았던 고향. 그녀에게 있어 고향은 욕구불만이었고 사랑 또한 그랬다.

그뿐 아니라 인정하기 창피한 일들 이었지만, 그녀는 사랑할 수 있는 자신의 능력을 믿지 못했다. 만일 그럴 능력이 있었다면 틀림없이 한두 번쯤은 연인에 대해 참을성 있는 애정을 표시했을 것이다.

그녀는 몸을 앞으로 숙이고는 침대 모서리에 머리를 얹었다. 눈물이 마구 흘러내렸다.

그녀는 코를 훌쩍거리고 손바닥으로 얼굴을 닦아내고 어깨를 추스리고 고뇌로부터 해방될 수 있도록 마음의 한구석을 비어놓는 힘든 작업을 시작했다.

그녀는 그와 같은 감정에서 스스로 벗어나는 감득력을 익히느라고 평생을 보냈으므로 자기에게 충분히 그런 능력이 있음을 알았다. 그녀는 손을 뻗어 전등을 켰다.

탁자 위에 푸른빛 항공편지가 놓여 있었는데, 극장 프로 담당자인 클라이드 달틴함이 보낸 것이었다.

귀여운 저스틴. 당신이 필요하니 어서 극단으로 돌아와요! 새 시즌의 레퍼터리에서 역이 하나 있는데, 모두들 당신이 그 역을 맡고 싶어 할지도 모른다고 그러더군요. 데스데모나라면 어떻겠어요? 마크 심슨이 당신의 상대역인 오셀로이고, 주요 등장 인물들의 공연 연습은 다음 주일부터 시작돼요.

데스데모나라고! 런던에서의 데스데모나! 그리고 오셀로 역에는 마크 심슨! 평생 한 번 뿐인 기회였다. 그녀의 기분은 새로운 감정으로 이완되어 치솟아서 얼마 전에 라이너와 벌였던 장면은 그 의미를 잃었다.

더군다나 조금만 조심한다면 라이너의 사랑을 간직할 수 있을 터였고, 성공적인 여배우라면 연인들과 함께 나눌 시간이 없을 만큼 무척 바쁘리라!

이런 기쁜 소식이라면 축하연을 벌일만도 했다. 그녀는 복도를 급히 달려 내려가 응접실로 갔다. 그녀는 두 팔을 벌리고 미소를 지었다.

"맥주를 따요. 내가 데스데모나가 될 기회가 왔어요!"

아주 밝은 목소리로 그녀는 선언하듯 말했다.

사랑이라고 부를 수 있을 만한 어떤 빛을 느끼며 저스틴은 주름 짓고 미소 짓는 얼굴들을 하나씩 둘러보았다. 그들 가운데서 생명력의 꿈을 심는 드로게다의 우두머리이지만 겸손하기 만한 바브와 그의 뒤만 졸졸 따라 다니는 재크와, 두 사람과는 달리 장난이 심한 기질이 있으면서도 그들과는 너무나 닮은 휴이와, 두려움과 불안정에 시달리는 운명의 사람 프랭크……:

"너한테 맥주를 줘도 되는지 모르겠구나."

바브가 조금은 미심쩍은 음성으로 말했다.

조금 전이기만 했더라도 그 말에 짜증을 느꼈겠지만, 지금 그녀는 기분이 좋아 화가 나지 않았다.

"솔직히 얘기하면 난 이제 다 큰 여자여서 맥주쯤은 마실 수 있어요."

그녀는 천진스럽게 미소 지었다.

"라이너는 어디 있니?"

"나, 그 사람하고 싸웠어요."

"아니, 왜?"

"모두 내가 잘못 때문이죠. 나중에 만나면 미안하다고 말하겠어요."

"그는 괜찮은 친구야."

눈을 반짝이며 휴이가 말했다.

깜짝 놀란 저스틴은 그들의 머리 속에서 왜 자기가 갑자기 중요한 위치를 차지하게 되었는지를 깨달았는데, 그것은 그들이 집안에 맞아들이기를 바라는 남자를 그녀가 잡았다고 생각한데 있었던 것이다.

"네, 그런 셈이죠. 아주 훌륭한 하루였어요, 안 그래요?"

모두들 머리를 끄덕였지만, 그들은 그 얘기에 대해서는 더 이상하고 싶지 않은 눈치들이었다. 그녀는 그들이 얼마나 피곤한지 알았지만, 그래도 찾아온 자신의 충동에 대해 후회하지 않았다.

"난 가야 되겠어요. 내 수다를 받아주셔서 고마워요."

빈 잔을 내려놓으며 그녀가 말했다. 두 번째 잔을 그녀에게 권하는 사람은 없었다. 숙녀에게는 한 잔이 최선의 예의였기 때문이다.

방에서 나온 그녀는 잠깐 동안 벽에 몸을 기대었다. 라이너는 분명 그녀를 사랑하고 있었다. 그러나 그의 방으로 전화를 걸었을 때, 교환수는 그가 본으로 돌아갔다고 알려주었다.

상관없다. 아무튼 런던에서 그를 만나게 될 때까지 기다리는 편이 더 좋을지도 모른다고 그녀는 희망적으로 생각했다.

"두고 봐요"

그녀는 거울을 노려보며 말했다.

"난 영국을 당신의 가장 중요한 외교업무로 만들어 놓을 거예요. 만일 그러지 못한다면 난 저스틴 오닐이라는 이름을 버리겠어요."

이제 남은 일이라고는 데인에게 함께 그리스로 가지 못하겠다는 얘기를 하는 것 뿐이었지만, 이 일에 대해 그녀는 걱정하지 않았다. 데인은 이해할 터이고, 또 그는 언제나 이해해 주었다. 다만, 그녀는 어째서 자기가 가지 못하게 되었는지 그 이유를 모두 털어놓고 싶지가 않았다.

그녀는 라이너에게 편지를 샜다.

친애하는 라이너. 내가 어떻게 된 영문인지는 모르겠지만, 지난 번 밤에 도망친 일은 정말 미안해요. 그렇게 한심한 짓을 한 나를 용서해 주세요. 아주 사소한 일로 소란을 피워 창피하다는 생각이 들어요. 그리고 사랑이니 뭐니 이상한 얘기를 한걸 보니 당신도 제정신이 아니었다고 난 생각해요. 그러니까 한마디 하고 싶은 것은 당신이 날 용서하면 나도 당신을 용서하겠어요. 제발 부탁이니 우리 그냥 친구 사이로 지내요. 난 당신하고 헤어진다는 걸 생각만 해도 참을 수 없어요. 다음에 런던에 머무르게 되면, 내 방에 와서 같이 식사를 하고 평화조약을 맺기로 해요.

이틀 후 라이너로부터 전화가 걸려왔다.

감격한 나머지 기뻐하면서 저스틴이 말했다.

"내 편지 받았어요?"

"응."

"그럼 저녁식사를 하러 오시겠어요?"

"좋아. 금요일과 토요일을 런던에서 보내도록 하지."

"토요일 저녁이라면 좋겠어요. 난 데스데모나의 역을 위한 공연 연습이 있으니까 금요일은 안 돼요."

"데스데모나라고?"

"로마에 있을 때 감독한테 연락이 와서 그 역을 주었어요. 멋있지 않아요? 난 첫 비행기를 타고 런던으로 돌아왔어요."

"저스틴, 그건 정말 기막힌 소식이군!"

"그럼 토요일 밤에 만나요."

그녀가 수화기를 내려놓는 소리와 더불어 통화가 끊겼고, 그는 수화기를 손에 든 채 얼마동안 그대로 있다가 어깨를 추스리고는 그것을 내려놓았다.

그리고 토요일 저녁 여섯 시가 조금 지나 그는 그녀의 아파트에 모습을 나타냈다.

"저녁식사 전에 샴페인을 마시자는 거야?"

놀란 눈으로 바라보며 그가 웃었다.

"기회가 기회니 만큼 그래야 되지 않겠어요? 우리들의 관계가 깨어지기도 처음이었고, 화해도 지금이 처음이니까요."

그녀는 그럴 듯하게 대꾸하고는 그가 앉도록 의자를 손으로 가리키고, 자기는 캥거루 모피 양탄자에 앉더니, 그의 말을 기다리는 듯한 표정을 지으며 입술을 조금 벌렸다.

그러나 그녀의 기분을 잘 파악할 수 없어서였는지 그는 말없이 그녀를 관찰했다. 그녀에게 키스하기 전에는 초연한 태도를 취하기 쉬웠지만, 그 이후로 처음 만난 지금, 그는 이제부터는 그러기가 어려우리라는 사실을 깨달았다. 사실 그녀는 그의 삶의 목표였고 열망의 대상이기도 했다.

"오늘 무척 멋있어 보이는데, 저스틴."

샴페인 잔을 그녀 쪽으로 기울이며 그가 조심스럽게 말했다.

작은 벽난로에서 마른 장작불이 타 올랐지만, 저스틴은 열기를 개의치 않은 듯 옆에 쪼그리고 앉아 그를 응시했다. 그러더니 그녀는 술잔을 벽난로 위에 놓고 두 팔로 무릎을 싸안으며 검정색 가운 속으로 맨발을 숨겼다.

"불확실한 것을 보고 있으려니 난 참을 수가 없어요. 그건 진담이었나요, 라이너?"

그녀가 말했다.

그는 몸을 뒤로 기대었다.

"뭐가 말야?"

"로마에서 한 얘기…… 당신이 날 사랑한다는 것."

"왜 그 얘기를 다시 꺼내는 거지? 당신은 생각하고 있던 바를 그대로 얘기했고, 난 오늘밤이 과거를 들춰보는 것이 아니라, 미래를 계획하는 것이 되길 바래."

"아, 라이너! 당신은 내가 공연히 소동 피우는 것처럼 말하고 있네요! 혹시 내가 그렇다 할지라도 당신은 그 이유를 알고 있잖아요."

그는 술잔을 내려놓고, 그녀를 더 자세히 살펴보려고 몸을 수그렸다.

"아냐, 난 모르겠어. 당신은 나의 사랑이 조금도 필요가 없다는 걸 분명히 이해시키려고 했었을 뿐이야."

그녀는 못된 장난 때문에 꾸중을 들어야 할 버릇없는 학생이라도 된 기분이었다.

"이보세요. 상황을 바꿔놓은 사람은 당신이지, 내가 아네요! 난 위대한 라이너 씨의 자존심에 상처를 주었기 때문에 용서를 빌기 위해 당신을 이 곳으로 초대하지는 않았어요!"

"저스틴, 꼭 내가 항복해야만 당신 마음이 풀리겠소?"

그녀는 초조하게 몸을 꼼지락거렸다.

"그래요! 어쩌면 나한데 그럴 수가 있어요. 아, 한 번이라도 내가 선수를 칠 수 있게 당신이 가만 있었으면 좋겠어요!"

"만일 그랬다가는 당신은 나를 낡은 걸레조각처럼 내던져 버릴 거야."

그가 미소 지으며 장난스럽게 말했다.

"그러지는 못 하겠죠. 나도 사람인데!"

"무슨 소리야! 지금까지 그러지 못했다면, 당신은 앞으로도 절대로 그럴 수 없을 거야. 당신이 날 만나려고 하는 까닭은 내가 당신으로 해서 조바심 나게 만들기 때문이겠지."

"그래서 당신은 날 사랑한다는 얘기를 했나요? 그저 내가 조바심 나게 하려는 속셈에서요?"

그녀는 고통스럽게 물었다.

"뭐라고 대답하면 좋겠어?"

"내 생각에 당신은 기가 찬 악당이에요!"

그녀는 이를 악물고 말한 다음 자신의 분노를 그가 충분히 느낄 만큼 무릎걸음으로 가까이 다가갔다.

"날 사랑한다는 얘기를 다시 한 번 해봐요. 그러면 난 그 건방진 얼굴에다 침을 뱉을 테니까요."

그는 갑자기 몸을 숙이고는 피하기도 전에 그녀를 단단히 껴안았다. 그러자 그녀의 분노는 순식간에 사라졌고, 저스틴은 손바닥으로 그의 허벅지를 살짝 누르며 얼굴을 들었다. 그러나 그는 그녀에게 키스는 하지 않았다.

라이너는 그녀의 팔을 풀어놓고는 뒤에 있던 전등을 끄더니 다시 의자에 기대었다. 그래서 그녀는 그가 방안을 어둡게 한 목적이 섹스를 하려는 행동의 시작이었는지, 아니면 그저 그의 표정을 숨기기 위한 것이었는지 확실히 알 수 없었다.

저스틴은 노골적인 반발을 두려워하면서 어떻게 해야 할지 그가 자신의 행동을 알려주기를 기다렸다.

그녀는 라이너 같은 남자에게 함부로 장난을 치면 안 된다는 사실을 미리 알았어야 했다. 그런 남자들은 죽음과 마찬가지로 쉽게 다룰 수가 없었다. 왜 그녀는 그의 무릎에 머리를 얹고, '날 사랑해 줘요. 난 너무나 당신을 필요로 해요'라고 말할 수 없었던가? 만일 그렇게 했더라면, 어떤 감정의 열쇠가 풀려서 모든 것이 쏟아져 나오고 틀림없이 해소될 수 있었으련만……. 라고 예감하지 않을 수 없었다.

아직도 저쪽 터널 끝을 보는 듯한 까마득한 거리감을 느끼면서, 그는 그녀가 자기의 넥타이와 윗옷을 벗기게 내버려두었지만, 셔츠 단추들을 끄르는 순간 순간 그녀는 이것이 소용없으리라는 사실을 깨달았다. 지극히 평범한 사람을 자극할 수 있는 선정적인 그런 테크닉은 그녀의 레퍼터리가 아니었다.

지금은 아주 중요한 순간이었지만, 그녀는 그것을 엉망으로 만들고 있었다. 그녀의 손가락들이 멈칫했고, 입술은 오므라들었으며, 마침내 울음을 터뜨렸다.

"아, 아냐! 저스틴, 울지 마!"

그는 그녀를 자기 무릎 위로 끌어올리고는 축축한 두 뺨과 입가에 키스했다.

"아, 저스틴 미안해. 난 당신을 울릴 생각은 없었어."

"이제야, 당신은 저라는 여자를 이해하시겠죠. 난 비참한 실패자

예요. 난 정말 당신을 소유하고 싶지만, 내가 얼마나 형편없는 여
자라는 것을 당신에게 보여주고 싶었던 거예요."

그녀가 흐느끼면서 말했다.

"맞아. 난 당신의 의도를 잘못 판단했어. 사실 난 당신의 적극적
인 행동을 원했던 거야."

"제발 라이너, 이러지 말기로 해요! 나에게는 그럴 능력이 모자
라요. 난 당신을 실망시킬 거예요!"

이제 그녀는 떨면서 말했다.

"아냐. 당신은 해봐야 해. 나와 함께 있는데, 어떻게 당신이 자신
을 잃을 수가 있어?"

그 말이 너무나 옳고 고마워서 그녀는 눈물을 거두었다.

"로마에서처럼 키스해 줘요."

그녀가 속삭였다.

그러나 그것은 로마에서의 키스와는 전혀 달랐다. 그때는 무언가
거칠고 놀랍고 폭발적이었지만, 지금은 무척 여유있고 깊어서 맛보
고 냄새 맡고 감촉할 기회를 누리고 안락감에 휩싸이게 되었다.

마침내 그녀의 손가락은 단추를 끌렀고, 그의 손은 드레스의 지
퍼로 갔고, 그녀는 길다랗고 부드러운 털이 엉킨 살갗을 만졌다.

목덜미에서 갑자기 굳어지던 그의 입이 주는 감촉에 그녀는 너
무나 예리한 반응을 느껴 기절할 것만 같아서 자기가 넘어지고 있
다는 생각이 들었는데, 정말로 그녀는 매끄러운 양탄자 위에 반듯
이 누웠다.

그의 셔츠가 벗겨졌으며, 두 어깨에서 반짝이는 불빛이 넓어졌

고, 그의 입술이 그녀 위를 어김없이 덮쳤다. 그의 입술이 지닌 딱딱한 기운을 풀어야겠다고 마음먹은 그녀는 그의 머리카락을 손가락으로 움켜잡고, 더 세게, 더욱 완강하게 키스하게끔 분위기를 만들었다.

그녀는 완전히 방어력을 잃어갔다. 다른 남자였다만 관능의 혐오감을 느끼게 했을지 모르지만, 그는 이것이 그녀 혼자만이 누릴 권리가 있는 행위임을 깨닫도록 강요했다. 그리고 그녀는 그것을 누렸다. 끝을 내라고 마침내 그녀가 소리 질러야 했을 때까지, 그녀는 힘차게 그를 끌어안고 있었다……:

라이너가 불을 계속 땠기 때문인지는 몰라도 런던의 아침 햇살이 커튼 사이로 스며들었을 때 방안은 아직도 따뜻했다. 저스틴은 그가 움직이는 것을 의식하고는 겁에 질린 듯 팔을 움켜잡았다.

"가지 말아요!"

"안 가, 저스틴."

그는 소파에서 베개를 하나 더 빼서는 자기 머리 밑으로 밀어넣고 그녀를 가까이 끌어당기며 조용히 물었다.

"괜찮아?"

"네."

"추워?"

"아뇨. 하지만 당신이 춥다면 침대로 옮겨도 좋아요."

"모피 양탄자 위에서 당신한테 몇 시간 동안이나 사랑을 하고 난 다음인데, 그렇게 끝낼 수야 없지."

"이 양탄자는 드로게다 캥거루로 만든 거예요."

그녀가 설명했다.

"별로 이국적이거나 선정적이지는 못 하구만. 내가 당신을 위해 인도 호랑이 가죽을 주문하지."

그녀는 미소 지으며 머리를 편안하게 그의 두 다리 사이에 놓았다.

"호랑이 가죽은 공연히 해본 얘기이고, 이제는 당신한테 숨길 부분이 조금도 없으니까 까다롭게 굴어야 할 필요가 없겠죠. 안 그래요?"

그녀는 갑자기 생선 냄새가 풍기는 것을 의식하고는 그때서야 비로소 시장함을 느꼈다.

"한심하군요. 저녁이라곤 먹은 것도 없는데, 벌써 아침 먹을 시간이군요! 당신의 사랑만 먹고 살 수 있다고 기대해서는 안 되겠죠?"

"그토록 기운 빠지는 시범을 보여주기를 기대하게 해준다면 아무래도 상관없어."

"왜 이래요. 당신은 그걸 끝없이 즐겨 놓고서."

"정말 그랬나! 지금 내가 얼마나 행복한지 당신이 짐작이나 하는지 궁금하군 그래."

"아, 알듯 해요."

그녀가 나지막하게 말했다.

그는 팔꿈치로 턱을 괴고는 사랑스런 눈빛으로 그녀를 바라보았다.

"솔직히 얘기해 봐. 당신이 런던으로 돌아온 이유는 정말 연극 때문이었어?"

"난 배역을 맡으려고 돌아왔지만, 사실은 당신 때문이었어요. 당신이 로마에서 나한테 키스해 주기 전에는 난 내 인생을 내 것이라고 얘기할 수 없었어요. 당신은 무척 현명한 남자예요, 라이너."

"내가 처음 당신을 만난 순간에 당신을 아내로 맞아들이고 싶다는 것을 알았던 것 만큼은 똑똑한 일이지."

그가 진지한 태도로 말했다.

그녀는 재빨리 일어나 앉았다.

"아내라고 했나요?"

"그래, 내가 만일 정부로 만들고 싶었다면 난 벌써 여러 해 전에 당신을 차지해 버렸을 거야. 그러나 내가 그러지 않았던 단 하나의 분명한 이유는 난 당신을 아내로 맞기를 원했고, 당신은 남편이라는 개념을 받아들일 준비가 아직 되어 있지 않다는 걸 알고 있었기 때문에 지금까지 기다린 거야."

"그 점은 지금도 변함없는 것 같아요."

그의 얘기를 이해하겠다는 표정으로 그녀가 말했다.

그는 몸을 일으키고 그녀를 자기 앞에 세웠다.

"그럼 나한데 아침 식사를 좀 지어줌으로써 아내 연습을 해봐도 좋을 거야."

"식사를 마련해 주는 건 상관없지만, 죽을 때까지 이론적으로 나를 속박시킨다는 것은 이해할 수 없어요."

"저스틴, 이건 장난으로 해서는 안 되는 얘기고, 무슨 게임과 같은 것으로 여겨서도 안 되지. 시간은 아직 많이 있어. 내가 참고 기다릴 거라는 것은 당신도 잘 알 거야. 하지만 이제 결혼을 하지 않고는 어떤 결말도 나지 않으리라는 사실을 깨달아야 해.”

“난 배우 생활을 포기할 수 없어요.”

저스틴은 도전적으로 말했다.

“이 한심한 철부지 아가씨야. 내가 언제 그만두라고 요구했어? 정신 좀 차려, 저스틴! 모두들 내가 당신더러 부엌에서 종신형을 치르게 한다고 생각하겠어! 우린 가난하지 않아. 당신은 얼마든지 필요한 대로 아이를 돌보아 줄 유모나 다른 무엇을 쓸 수가 있어.”

“원 세상에!”

아이는 생각도 해보지 않았던 저스틴이 기가 막히다는 듯이 말했다. 그는 머리를 젖히며 웃었다.

“현실적인 얘기를 너무 빨리 꺼낸 내가 바보짓을 했다는 건 나도 알지만, 지금은 당신이 그냥 생각만 해보라는 거야. 하지만 하나 경고해 두겠는데 결정을 내리는 동안, 만일 아내로서 소유할 수가 없다면 난 당신을 전혀 원하지 않는다는 걸 꼭 잊지 마.”

그녀는 그를 껴안으며 맹렬하게 매달렸다.

“오, 라이너. 너무 그렇게 까다롭게 굴지 말아요!”

데인은 혼자 라곤다를 몰고 이탈리아를 여행하며 피렌체와 볼로냐와 라도바를 통과하고, 베니스는 그냥 지나치고, 트리에스떼에서 밤을 보냈다. 그 곳은 그가 좋아하는 도시들 가운데 하나여서, 그는 아드리아 해안에서 이틀을 더 보낸 다음에야 산길을 향해 올라가서 자그레브에서 또 하루를 묵었다.

다시 한가한 기분으로 꽃상치의 꽃들이 푸르른 밭 사이로 뻗은 사바강 계곡을 따라 베오그라드로 향했으며, 거기에서부터 해변을 달리며 니스에 도착하여 하루를 또 묵었다.

이탈리아 신문들은 그리스에서 조짐을 보이는 혁명에 대한 기사들로 대서특필하고 있었는데, 그는 수천 개의 타오르는 횃불을 지켜보면서 저스틴이 오지 않기를 잘 했다고 생각했다.

"빵을 달라! 사람답게 살아보자!"

군중은 구호를 외치면서 자정이 지날 때까지 횃불을 밝혀 그 사이로 몰려다녔다.

혁명은 도시에 밀집된 사람들의 가난의 현상이다. 많은 사람들이 천막 그늘에서 잠을 잤고, 황새들은 작고 낡은 집들의 꼭대기에 있는 둥우리에서 한쪽 다리로 서 있었으며, 어디에서나 무서운 초라함 뿐이었다. 그들의 가난함은 조국 오스트렐리아의 가뭄보다 더 심했다.

라리사 해변에 다다른 데인은 차를 멈추고 내렸다. 바닷가 근처는 오묘하게 맑은 초록빛이었지만 수평선으로 뻗어가면서 점차 자주빛으로 물든 바다. 저쪽 아래로 뻗어나간 돌출부에는 햇빛 속에서 하얗기 만한 작은 신전이 외롭게 서 있었으며, 언덕의 높은 곳에는 십자군 성채가 버티고 있었다.

'그리스여, 그대는 아름답다. 내가 사랑하는 것들이 이탈리아에도 많기는 하지만, 그래도 그대는 이탈리아보다 더 아름답다.'

그는 녹아내리는 듯한 강렬한 햇살을 받으며 얼마동안 맑은 물에서 수영을 했다. 검은 옷을 걸친 노파가 그를 보고 황홀해서 신음하며 쓰다듬자, 당황한 그는 한참 걸려서야 겨우 도망칠 수 있었다.

아테네는 긴장되고 악착스러웠으며, 여자들의 노골적인 감탄과 탄성에 그는 어찌할 바를 몰랐다. 사람들은 꺼리낌없이 감정을 나타냈고, 혁명과 폭동의 기운이 짙었으며 군중들 사이에서는 어떤 음모의 바람이 일고 있었다.

그렇다. 아테네는 지금 제 정신이 아니었으므로 다른 곳으로 가는 편이 좋겠다고 생각한 그는 크레타로 가는 나룻배를 탔다.

그리고 그는 마침내 그 곳의 올리브 숲과 야생의 백리향 사이에서 평화를 찾았다. 날개를 묶은 닭들이 비명을 지르고 마늘 냄새가 코를 찌르는 버스를 오랫동안 타고간 다음, 그는 하얀 페인트칠을 한 작은 여관을 찾아냈다.

밤이 되자, 그는 감방처럼 작은 방의 창문을 활짝 열어놓고 잠을 잤으며, 고요한 새벽녘에는 혼자 미사를 드렸고, 낮에는 홀로 산책을 했다.

아무도 그에게 귀찮게 굴지 않았고, 그 역시 남에게 폐를 끼치는 일은 하지 않았다.

'주님, 저는 진실로 당신의 것입니다. 당신이 내려주신 많은 은총에 대해 저는 항상 감사를 드립니다. 하지만 저는 당신을 위해 무엇을 해드릴 수 있겠습니까? 저는 고통을 충분히 겪지 못했나이다. 당신께 헌신하여 봉사하기 시작한 이후로 제 삶은 기쁨의 연속이었습니다. 저는 고통을 겪어야 하며 인류의 죄를 대신하여 고통을 겪은 당신은 그 사실을 알고 계십니다. 제가 제 자신을 극복하고,

당신을 더 잘 이해하는 올바른 방법은 고통을 통해서 뿐입니다. 그
까닭은 그것이 이 세상에서의 바른 삶이고, 당신의 신비를 이해하
는 길이기 때문입니다.'

그는 돌출한 절벽 틈 사이로 흰 초생달처럼 펼쳐진 작은 모래밭
으로 내려가 얼마동안 지중해 건너 검은 수평선 저 멀리를 바라보
며 서 있었다. 그러다가 그는 가볍게 뛰어 모래밭으로 달려가 신발
을 벗어 집어들고는 발 밑에서 힘없이 무너지는 모래밭을 거닐었
다.

해변끝 쪽에서 혀를 굴리는 듯한 옥스포드 억양을 써 가며 얘기
하는 두 젊은 영국인들이 불에 구운 바닷가재들처럼 한가롭게 누
워 있었고, 그들로부터 조금 떨어진 곳에서 두 여자가 졸리운 듯이
독일어로 얘기를 나누는 중이었다.

데인이 여자들을 힐끗 쳐다보자, 그녀들은 얘기를 멈추고 일어나
앉아 머리카락을 매만지며 미소 짓자, 그는 어색하게 수영복을 끌
어올렸다.

"재미 어때요?"

그는 영국인들에게 물었다.

"아주 좋아요. 수영하실려면 물살을 조심해요."

"고마와요."

데인은 가벼운 웃음을 웃고 맴을 도는 작은 파도를 향해 뛰어들
었다.

잔잔한 물이 얼마나 거센지 놀라울 정도였다. 물살은 밑으로 빠
르게 흘렀고, 다리를 깊숙히 끌어내리는 힘을 느꼈지만, 그는 그런

것을 걱정하기에는 너무나 수영을 잘 하고 힘센 남자였다. 그는 부드럽게 물 속으로 미끄러져 들어가며 시원함과 자유스러움을 마음껏 즐겼다.

그는 한동안 수영을 하다가 누가 소리를 지르는 것 같다는 생각이 들었다. 그래서 그는 조금 더 헤엄쳐 나가 물결이 별로 심하지 않은 곳에서 멈추어 반듯하게 누워 물 위에 떴다.

정말 누군가가 비명을 지르고 있었다. 얼굴을 돌린 그는 허우적거리는 독일 여자들을 보았다. 한 여자는 뒤틀린 얼굴로 비명을 질렀고, 다른 한 여자는 두 손을 든 채 가라앉는 중이었다. 바닷가에서는 두 영국 남자가 마지못해 몸을 일으켜 물로 가까이 다가오고 있었다.

데인은 몸을 다시 바로 잡고 엎드려서는 물살을 가르고 그녀들에게로 갔다. 겁에 질린 팔들이 그에게로 뻗어왔고, 마구 매달려서 밑으로 끌어내렸다. 그는 겨우 한 여자의 머리를 껴안고 정신이 나갈 만큼 턱을 후려치고는, 다른 여자의 수영복 어깨끈을 움켜잡고 무릎으로 등을 걷어차서 맥이 빠지게 만들었다. 그가 수면 밑으로 끌려내려갔을 때 약간의 물을 먹었기 때문에 기침을 하면서 기진맥진한 여자들을 끌고 육지쪽으로 나가기 시작했다.

두 영국인은 어깨까지 물이 잠기는 곳에 그대로 서서 그 이상은 들어오려고 하지 않았는데, 그렇다고 해서 조금도 탓할 생각은 없었다. 발이 겨우 모래바닥에 닿자, 그는 안도의 숨을 쉬었다. 힘이 빠진 그는 최후의 초인간적인 기운을 내어 여자들을 밀어내곤 숨을 헐떡이며 겨우 미소 지었다. 그 나머지는 영국인들이 맡을 수가 있었다. 심호흡을 하며 휴식을 취하는 사이에 물살이 다시 그를 잡아당겨 끌고 나갔고, 다리를 길게 뻗어도 발이 바닥에 닿지 않았다.

그가 편안하게 떠 있는 동안 무서운 고통이 가슴 속에 퍼졌는데, 비명을 지르고 싶을 만큼 길고 날카로운 쇠꼬챙이로 깊숙이 찔리는 강렬한 느낌이었다.

그는 소리를 지르고 머리 위로 두 팔을 치켜들었으나 몸이 뻣뻣해지면서 근육들이 경련을 일으켰다. 고통은 더욱 심해져 팔은 어쩔 수 없이 밑으로 내려갔고, 그는 겨드랑이에 주먹을 밀어넣고는 무릎을 들어올렸다.

'아! 심장! 난 죽고싶지 않다. 주님, 저를 도와주소서!'

경련을 일으키던 몸이 순식간에 풀렸고, 데인은 몸을 돌려 누워 고통을 참으며 두 팔을 힘없이 벌렸다. 젖은 눈으로 그는 높고 푸른 하늘을 올려다보았다. 그의 입술이 움직이며 어떤 이름을 불렀고 미소를 지으려고 했다. 그러더니 눈동자가 희미해졌고 영원히 푸른빛이 모두 사라져 버렸다.

안전하게 바닷가로 나간 두 영국인은 울먹이는 여자들을 모래밭에 집어던지고는 그를 찾으며 서 있었다. 그러나 깊고 푸른 바다는 텅 비었고 파도들이 몰려왔다가는 물러갔다. 데인은 간 곳이 없었다.

아침 아홉 시에 전화가 울리자 저스틴은 몸을 돌려 뒤채이며 눈을 뜨고는 신경질을 냈다. 그들이 하는 일이 무엇이든 간에 세상사

들은 아침 아홉 시에 일을 시작함이 옳다고 생각해서 그녀도 마찬
가지라고 생각함은 잘못된 판단일까?

전화는 울리고 또 울렸다. 혹시 라이너인지도 모르겠다는 생각을
하니 다소 정신이 들어 몸을 일으킨 저스틴은 거실로 나갔다.

지금 독일의회는 긴급회의 중이었고, 그녀는 그를 한 주일이나
만나지 못했다. 혹시 일이 끝나서, 그가 이 곳으로 오고 있는 중이
라고 알려주려고 전화를 거는지도 모를 일이었다.

"여보세요?"

"미스 저스틴 오닐이신가요?"

"그런데요."

"여기는 알드위치의 오스트렐리아 회관인데요. 남동생이 있죠?
데인 오닐 씨라구요."

저스틴이 눈을 번쩍 떴다.

"네, 그런데요."

"미스 오닐, 이런 사실을 알려주어야 하는 제 의무가 괴롭기는
합니다만, 나쁜 소식을 전해 드려야 됨을 이해해 주시기 바랍니
다."

"나쁜 소식이라구요? 그게 뭔데요? 무슨 일이 있나요?"

"죄송합니다만, 당신의 남동생 데인 씨는 어제 크레타에서 정의
롭게 해상구조를 하다가 익사했습니다. 하지만 당신도 이해하시겠
지만, 그리스에서는 지금 혁명이 일어나고 있는 중이라, 우리들이
알고 있는 정보는 자세하지 못하고, 혹시 부정확할지도 모릅니다."

순간 저스틴의 두 무릎에서 맥이 빠졌고, 그녀는 천천히 마룻바

닥에 쪼그리고 앉았다. 웃지도 울지도 못하면서 그녀는 숨을 몰아쉬며 겨우 들리는 소리를 내었다.

"데인이 익사했다, 데인이 죽었다!"

"미스 오닐? 듣고 계신가요?"

'죽었어. 내 동생이!'

"미스 오닐, 대답하세요!"

"예, 예, 예, 예! 아, 듣고 있어요!"

"제가 알기로는 당신이 가장 가까운 사람이고, 따라서 우린 시체를 어떻게 해야 할지, 그 지시를 당신에게서 받아야 합니다. 미스 오닐! 시체를 어떻게 할까요?"

시체! 그는 시체였고, 그들은 그렇게 말할 수밖에 없었다. 아! 우리 데인이 시체라니!

"가장 가까운 사람요?"

그녀의 목소리는 가늘고 희미했으며 몰아쉬는 호흡으로 갈라졌다.

"가장 가까운 사람은 우리 어머니가 되겠죠."

"어머니의 주소를 알려주시면, 우리가 당장 그리로 전보를 치겠어요. 우린 시체를 어떻게 해야 할지 꼭 알아야 합니다!"

"그렇다면 어머니한데 전화를 하시지 그래요. 전보를 치느라고 시간을 낭비하지 말고."

"우리는 국제전화를 할 만큼 돈을 가지고 있지 못해요, 미스 오닐. 자! 그럼 어머니의 이름과 주소를 알려주시겠어요?"

"메기 오닐 부인예요."

저스틴이 불러주었다.

"오스트렐리아, 뉴 사우드 쾌일즈 길란본…… 드로게다요."

"다시 한번 심심한 애도의 뜻을 전합니다. 미스 오닐."

수화기를 내려놓는 힘없는 소리가 나더니 끝없는 윙 소리가 울리기 시작했다. 저스틴은 마룻바닥에 앉아 수화기를 힘없이 떨어뜨렸다. 무언가 잘못이 있을 것이다.

수영을 잘 하는 데인이 익사를 해? 하지만 그것은 사실이었다. 저스틴, 넌 그를 보호하려고 같이 가 주지 않았고, 끝내 그는 익사했다. 너는 그 곳에 같이 갔어야만 했다. 만일 네가 그를 구할 수 없었다면, 너는 함께 물에 빠져 죽어야 옳았을 것이다. 그리고 네가 그와 함께 가지 않았던 단 하나의 이유는 라이너에게 섹스를 즐길 수 있게끔 런던에 있고 싶었다는 것 뿐이다.

생각하기에 따라 무척 어려운 일이었다. 모든 일이 너무나 어려웠다. 아무것도 제대로 돌아가는 것 같지 않았고, 그녀의 두 다리도 마찬가지였다. 그녀는 일어설 수가 없었고, 그녀의 생각은 데인의 주변에서 한없이 맴돌 뿐이었다.

이윽고 그녀는 전화기를 끌어당겨 무릎에 올려놓고는 수화기를 귀에 대고 다이얼을 돌렸다.

"교환대예요? 국제전화 지급으로 부탁합니다, 오스트렐리아로 지급전화를 걸려고 하는데요. 길란본 1212번입니다. 제발 빨리 대 주시길 부탁합니다."

메기가 직접 전화를 받았다. 요즈음 그녀는 일찍 잠자리에 들기가 싫었고, 차라리 귀뚜라미와 개구리 소리에 귀를 기울이며 밤늦게까지 앉아 책을 놓고 꾸벅꾸벅 졸고 회상하기를 즐겼다. 모두가 나이 탓이리라.

"여보세요?"

"엄마? 엄마예요?"

"그래, 엄마다."

저스틴의 울적함을 눈치채고 메기가 부드럽게 말다.

"아, 엄마! 엄마! 데인이 …… 데인이 죽었어요!"

순간 발밑에서 땅이 꺼지는 것 같았고, 메기는 그 속으로 순식간에 침몰하는 듯한 힘겨움과 무거운 뚜껑이 머리 위에서 닫히는 기분을 느꼈고, 죽을 때까지 다시는 나오지 못하리라고 생각했다.

신들은 이제 또 무엇을 하려는가?

"저스틴, 마음을 진정시키고 얘기를 해. 틀림 없는 사실이냐?"

"오스트렐리아 회관에서 전화로 시체를 어떻게 하면 좋겠느냐고 했어요."

"어떻게, 저스틴? 어디라고 연락이 왔어? 로마에서? 왜 랠프가 전화를 걸지 않았지?"

"아녜요. 로마에서가 아녜요. 지금도 추기경님은 전혀 모를 거예요. 크레타에서라고 했어요. 그 사람의 얘기로는 해상구조를 하다가 익사를 했다는 거예요. 데인은 휴가를 보내던 중이었어요, 엄마, 데인은 날더러 같이 가자고 청했지만, 난 그러지 않았어요. 내가 만일 데인과 함께 있기만 했었더라면 그런 일은 벌어지지 않았을지도 몰라요. 아, 어떡하면 좋아요?"

"애야, 울지 마라. 슬퍼하지 않도록 애를 써야지. 그 애는 그러기를 바라지 않았을 거야. 너 지금 곧 고향으로 오지 않겠니? 그리고 우리 데인도 고향 드로게다로 데리고 와야지. 그 애가 신부이긴 하지만 틀림없는 내 자식이니 교회에 속하지 않고 사람들도 날 막지는 못할 거야. 그 애는 꼭 고향으로 돌아와야 해. 난 그 애가 드로게다가 아닌 다른 어딘가에 멀리 떨어진 곳에 묻힌다는 건 생각하기도 싫어. 그 애하고 같이 오너라, 저스틴."

그러나 저스틴은 어머니가 자기를 보고 있기라도 한 듯이 머리를 저었다. 고향으로 돌아간다고? 그녀는 이제 다시는 고향으로 돌아갈 수가 없었다. 만일 그녀가 데인과 함께 갔었더라면, 그는 분명 죽지 않았으리라. 고향으로 돌아가서 죽을 때까지 날마다 어머니의 얼굴을 봐야 한다는 말인가?

"아녜요, 엄마. 난 여기 머물면서 일을 하겠어요. 난 데인과 함께 고향으로 가겠지만, 다시 이 곳으로 돌아올 거예요."

그들은 사흘 동안을 목적 없는 공허감 속에서 기다렸다. 저스틴은 런던에서, 메기와 가족들은 드로게다에서, 관리들의 침묵에 희망을 걸었다.

오직 한 가지 꿈같은 희망이 그들 사이를 유영하고 있었다. 어쩌면 그렇게 시간이 지났으니 그의 죽음이 잘못된 실수였음이 밝혀졌을 터이고, 데인은 방문을 열고 미소 지으며 들어와서는 그것이 모두 바보같은 착오였었다고 말할 것 같은 환상이었다.

나흘째 되는 날 아침, 저스틴은 전갈을 받았다. 그녀는 힘없이 수화기를 들고 다시 한번 오스트레일리아를 신청했다.

"엄마?"

"저스틴이냐?"

"아, 엄마! 그들이 벌써 데인을 매장했다는군요. 이젠 그를 고향으로 데려갈 수가 없어요! 전 어떻게 해야 하나요? 그 사람들의 얘기는 크레타가 넓은 곳이라, 마을의 이름은 잘 알 수가 없고, 전보가 도착했을 때쯤에는 데인이 벌써 어디론가 보내져서 처리가 되었다는 거예요. 그 애는 어디에선가 표시도 없는 무덤 속에 묻혀 있어요!"

"나하고 로마에서 만나자, 저스틴."

메기가 고함치듯 말했다.

추기경의 비서가 그의 방으로 들어왔다.

"추기경님, 방해되어서 죄송합니다만, 어떤 부인께서 뵙자고 찾아오셨습니다. 추기경님이 너무 바빠 아무도 만날 수 없다고 설명드렸습니다만, 만나줄 수 있는 시간이 날 때까지 객실에서 기다리겠다고 합니다."

"걱정거리가 있어서 찾아온 여자인가요?"

"네, 보기에 그런 것 같습니다. 그 부인은 자기 이름이 메기 오닐이라고 전해 달라고 하더군요."

순간 랠프 추기경은 몸을 일으켰고, 얼굴에서는 핏기가 가셔서 머리카락 빛깔과 마찬가지로 하얗게 변색되었다.

"추기경님, 몸이 불편하신가요?"

"아, 아니요. 난 말짱해요. 내가 달리 지시를 할 때까지는 다른 약속들은 모두 취소하고, 그 부인을 당장 이리로 데리고 오세요. 교황 이외에는 아무도 우리들을 방해해서는 안 됩니다.”

신부는 절을 하고 나갔다. 아, 그녀를 기다리도록 하다니! 중대한 실수를 한 셈이었다.

메기가 방으로 들어왔을 때, 랠프 추기경은 그녀를 거의 알아볼 수가 없었다. 그가 드로게다에서 그녀를 마지막으로 본 것은 13년 전이었고, 이제 그들 두 사람은 노년을 맞이하고 있었다.

그녀의 얼굴은 변했다기보다는 안정이 되었고, 다정함 대신 예리한 통렬함을, 부드러움 대신 꿋꿋한 성격을 지닌 듯했다. 그녀의 아름다움은 그 어느 때 못지 않게 강렬했으며, 눈은 아직도 맑았다.

메기를 자연스럽게 맞아줄 수가 없었던 그는 어색하게 의자를 가리켰다.

“앉지 그래요.”

“고마와요.”

그녀도 마찬가지로 거북스럽게 말했다.

그녀가 자리에 앉고 그 모습을 자세히 살펴볼 수 있게 된 다음에야 그는 얼마나 그녀의 발목이 부었는지를 알게 되었다.

“메기! 쉬지 않고 오스트렐리아에서부터 여기까지 곧장 달려온 모양이군? 대체 무슨 일이?”

“데인이 죽었어요.”

메기가 말했다. 그러자 그는 의자에 털썩 주저앉으며 맥 풀린 손이 무릎 위로 축 늘어졌다.

그는 믿기 어렵다는 느린 말투로 되물었다.

"데인이 죽었다고?"

"그래요. 그 애는 바다에서 어떤 여자들을 구해 주다가 크레타에서 익사했어요."

그는 몸을 앞으로 수그리면서 얼굴을 두 손에 깊이 파묻었다.

"데인이 죽었다고? 내 아름다운 아이가! 그 애가 죽었을 리가 없는데! 그 애는 내가 이루지 못한 모든 것을 이루었고, 내가 모자라는 것을 다 가지고 있었지. 아, 주님!"

"주님은 들먹이지 말아요, 랠프. 당신의 도움을 구하러 왔어요. 난 비행기를 타고 오는 동안 줄곧 당신에게 어떤 방법으로 이 얘기를 해야 하나 생각했고, 데인이 죽었다는 사실을 의식하면서 줄곧 창밖으로 구름을 보며 앉아 있었어요."

"내가 뭘 도울 수 있겠어, 메기?"

자신의 감정을 억누르면서 그가 조용한 목소리로 물었다.

"그리스는 혼돈에 빠져있어요. 그들은 데인을 크레타의 어디엔가 매장했는데, 난 그 장소와 왜 갑자기 매장했는지 이유를 모르겠어요. 그 애를 고향으로 보내 달라는 내 요구가 그대로 묵살되었어요. 내 아들을 다시 찾고 싶어요. 랠프, 나는 그 애를 찾아서 그 애가 태어난 드로게다에서 잠들게 데려가고 싶어요."

"아무도 그걸 막지는 않을 거야, 메기. 나 역시 훗날 나를 드로게다에 묻어 달라고 신청했어."

그는 부드럽게 말했다.

"난 공식적인 절차를 밟을 능력이 없어요. 난 그리스 말도 모르고, 그래서 당신의 힘을 빌려고 찾아왔어요. 내가 아들을 찾게 해줘요, 랠프!"

"걱정 말아요, 메기. 빨리는 어려울지 몰라도 우린 그 애를 꼭 찾아낼테니까. 그리스에 친구들이 없지는 않으니까 꼭 해낼 수가 있어. 그 애는 천주교회의 성직자이니까, 우린 그 애를 되찾을 수 있을 거야."

그는 초인종을 울리는 줄을 당기려고 손을 뻗었으나, 메기의 차가운 시선에 그 손이 얼어붙었다.

"랠프, 난 행동을 시작하는 정도로 만족할 수가 없어요. 난 내 아들을 한시라도 빨리 되찾고 싶어요. 다음 주일이나 다음 달이 아니라, 지금 곧 그러고 싶어요! 지금 당장 당신이 나하고 그리스로 가서 아들을 되찾도록 도와주기를 바래요."

"메기, 난 당신의 아들을 내 아들처럼 사랑하지만, 지금 당장 로마를 떠날 수가 없어. 난 자유로운 몸이 아니야. 내가 어떤 감정을 아무리 깊이 느끼고 있다고 해도 나로서는 중대한 회의가 진행 중인 로마를 떠날 수가 없어."

그녀는 놀랍고 격분해서 몸을 일으키더니, 마치 스스로의 의지대로 움직이지 못하는 듯 반쯤 미소를 지으며 머리를 젖더니, 그 다음에는 경련을 일으키며 지그시 입술을 깨물었다.

"당신은 정말 내 아들을 당신 아들처럼 사랑하나요, 랠프? 당신한테 아들이 있었다면 그래도 지금처럼 떡 버티고 앉아서 안돼, 무척 미안하지만, 난 시간을 낼 수가 없어라고 말하겠어요? 당신 아들의 어머니에게 그런 소릴 할 수 있겠어요?"

그녀는 그의 눈을 똑바로 바라보며 말했다.

"나에게는 아들이 없어. 하지만 당신의 아들에게서 내가 배운 것들 가운데에는 그것이 아무리 어려운 일이라 하더라도, 가장 우선하는 것이 하느님과 묶여져 있다는 사실이었어."

"데인은 당신의 아들이기도 해요."

메기가 신랄하게 말했다.

그는 멍하니 그녀를 쳐다보았다.

"뭐라고?"

"말씀드렸잖아요. 데인은 당신의 아들이기도 하다고요. 당신이 마로크 섬에서 떠났을 때 난 임신한 몸이었어요. 데인은 루크 오닐이 아니라, 당신의 아이였어요."

세상의 문턱을 넘어서는 고독한 영혼의 소리가, 고통 받는 한 인간의 흐느낌이 들렸다.

랠프 추기경은 의자에서 앞으로 고꾸라져서는 피처럼 붉은 양탄자 위에 엎드려 두 손으로 머리카락을 쥐어뜯으면서 흐느껴 울었다.

"네, 울어요! 실컷 우세요."

메기가 단호하게 말했다.

"이제 모든 것을 알게 되었으니까 울어요! 그 애의 부모들 가운데 한 사람이라도 그를 위해서 눈물을 흘릴 능력이 있으니 잘된 일이죠. 지난 26년 동안 난 당신의 아들을 키우고 있었는데도 당신은 그것을 알지도 못했어요. 당신은 눈을 뜨고도 보지 못했어요. 그 애를 통해서 당신이 다시금 생각된다는 사실을 모르고 있었어요! 당신의 손, 당신의 발, 당신의 얼굴, 당신의 눈, 당신의 몸을요. 머리카락의 빛깔만 그 애 나름대로 달리 지녔을 뿐, 나머지는 모두 당신 그대로였어요."

랠프 추기경은 아테네에서 비행기를 한 대 전세 내었고, 그와 메기와 저스틴은 데인을 드로게다로 데리고 갔다. 이제는 더 이상 아무것도 요구하지 않은 채 죽은 자는 말없이 관 속에 누웠고, 살아 있는 자들은 말없이 그의 곁에 앉아 있었다.

'나는 미사를, 내 아들을 위한 마지막 진혼미사를 드려야 한다. 내 뼈를 그대로 물려받은 뼈, 나의 아들…… 그래, 메기. 장미꽃 뒤에서 그 애가 웃던 웃음소리—내가 모르고 있는 사이에 자주 그랬었지만, 나를 올려다보던 나 자신의 눈, 휘오나와 메기 당신들은 알았지만, 우리 두 남자는 몰랐어. 우리에게는 마음 놓고 알려줄 수도 없었을 테지.'

미사를 드려야지, 랠프 추기경이여. 입을 열고 축복을 내릴 수 있도록 손을 움직이고 떠난 자의 영혼을 위해 성경을 읽기 시작해야지. 너의 아들이었던 자를 위해서.

아들아! 불행한 자는 네가 아니고 뒤에 남은 우리들이다. 우리들을 불쌍히 여기고, 우리들이 때를 맞으면 네가 도와다오.

그리고 잔디밭을 지나 향나무들과 장미꽃들과 후추나무들 곁을 지나 내려가서 공동묘지…… 선한 자들 만이 젊어서 죽으니 데인, 편안히 잠들 거라.

우리는 왜 슬퍼하는가? 너는 이 괴로운 삶을 그토록 일찍 벗어

났으니, 그것도 복이니라. 속세의 굴레를 쓴 오랜 세월, 아마도 그 것이 지옥인지도 모른다……;

장례식이 끝나고 조문객들이 모두 떠나갔다. 드로게다 사람들은 집에 돌아왔으나 서로가 서로를 피했다.

랠프 추기경은 더 이상 메기를 바라볼 용기가 나지 않았다.

저스틴은 시드니행 비행기를 타기 위해 일찌감치 떠났다. 어째서 그녀는 라이너에게 연락하지 않았을까. 그가 자기를 얼마나 끔찍이 사랑하고, 지금 함께 있기를 바라고 있는지, 그녀는 분명히 알고 있을 터였다.

드로게다 사람들에겐 이상한 습성이 있었다. 괴로울 때 함께 있 는 것을 피하는 일이었다.

다만 휘오나와 메기만이 저녁도 들지 않은 채 랠프 추기경과 함 께 응접실에 앉아 있었다.

침묵이 실내를 감돌고 있었다. 랠프 추기경은 소파에 기대 앉은 채 창밖의 허공을 뚫어지게 응시하고 있었다.

사실 그는 자신의 크나 큰 과오의 원인을 분석해 보려고 했다. 그것은 너무나 큰 과오였다. 문제는 자만, 야심, 그 중에서도 메기 에 대한 사랑이 큰 비중을 차지했다. 그러나 그 사랑의 가장 숭고 한 영광을 그는 지금까지 모르고 지내온 것을 부인할 수 없었다.

만일 데인이 자기의 친자식이란 것을 알았다고 한다면 달라질 일이 있었을까? 미리 알았다면 데인의 행로를 바꾸어 놓았을까?

그는 자책하며 괴로워했다. 그는 무엇보다도 옛날에 메기가 루크 한테로 돌아갈 수 없다는 사실을 알았어야 했고, 데인이 누구의 아이인지도 관심을 가지고 살펴봤어야만 했다.

또한 그녀가 그를 얼마나 자랑스럽게 여겼으며 소중하게 생각는지도 깨달았어야만 했다.

메기의 말이 옳다. 랠프, 넌 어쩌면 그렇게도 무감각했던가? 그애가 아들임을 전엔 몰랐다 하더라도, 그가 어른이 되어 네 앞에 나타났을 때 만큼은 깨달았어야 했다. 너는 장님이었고, 유일하게 바란 것은 오로지 추기경이라는 명예였다. 너는 모든 것보다 그것을 더 원했다. 심지어 네 아들보다도!

"아……!"

그는 더 이상 참을 수 없어 고통의 비명을 질렀다.

그는 고통을 거의 의식하지 못했고 자기를 껴안은 메기의 품에 안겨 머리를 그녀에게 파묻고 있다는 것만 희미하게 느꼈다.

그러나 그는 서서히 기운을 차려 그녀를, 그녀의 눈을 쳐다보았다. 나를 용서해 주라고 말하려 애썼지만, 그녀가 오래 전에 벌써 용서했음을 알았다. 그녀는 가장 소중한 것을 소유했었음을 알았다.

그는 그녀에게 영원한 위안을 줄 어떤 말을 해주려 했지만, 그것 또한 필요없음을 깨달았다. 그녀가 어떤 사람이었든지간에, 이제 그녀는 무엇이나 다 인내할 수 있는 것처럼 보였다. 그리하여 그는 두 눈을 감았고, 마지막으로 메기의 품안에서 깊은 망각 속으로 빠져들어 갔다.

|제 7 부|
가시나무새

본에서 아침 커피 한 잔을 마시며 신문을 읽고 있든 라이너는 랠프 추기경의 죽음을 알게 되었다.

지난 몇 주일 사이에 정치적 폭풍은 서서히 가라앉기 시작했고, 그래서 그는 최근 저스틴으로부터 소식이 없었어도 조금도 당황하지 않고, 만나면 곧 기분이 좋아지리라는 기대를 하며 신문을 읽고 있었던 것이다.

그러나 추기경의 돌연한 죽음에 대한 소식은 그녀에 대한 생각을 멀리 쫓아버렸다.

10분 후, 그는 운전석에 앉아 고속도로를 향했다.

그는 너무나도 놀라운 사실들을 콘티니 추기경으로부터 전해 듣고는, 저스틴이 왜 연락을 안 했을까 하는 생각도 미처 하지 못할 정도였다.

"그가 나한데 와서 데인이 자기의 아들인지 알았느냐고 묻더군."

추기경이 나타샤의 등을 쓰다듬으며 조용히 말했다.

"그래서 뭐라고 하셨나요? 긍정하셨겠군요."

"나는 그렇게 짐작된다고 말해 주었어요. 더 이상은 말할 수도 없었고…… 그때의 그의 얼굴 표정, 난 울음을 참지 못했어요."

"그것이 치명적이었군요. 제가 랠프 추기경님을 마지막으로 뵈었을 때 안색이 좋지 않으시길래 한 번 진찰을 받아보시라고 권했더니 괜찮다고 거절하시더군요."

"신의 뜻입니다. 나는 랠프가 이 세상에서 가장 괴로운 사람 중에 하나라고 생각해요. 그러나 이제 그는 평화를 찾았지요."

"추기경님, 정말 비극적인 종말입니다."

"그렇게 생각하는가요? 난 정말 아름다운 일이라고 생각해요. 데인이 그렇게 빨리 주님께 불려간 것도 그렇고, 물론 나도 크게 상심은 했지만, 그것은 그의 어머니에 대한 염려였어요. 오닐 신부는 완벽한 마음으로 성직에 임했기 때문에 그를 애도할 필요는 없어요. 그에게는 죽음이 영원의 문으로 들어가는 것일 테니까. 하지만 우리는 아마 쉽지 않을 거예요."

본으로 다시 돌아온 라이너는 책상 위에서 저스틴의 속달 편지와 랠프 추기경의 변호사가 보낸 등기 우편물을 보았다.

그는 등기 우편물을 먼저 뜯었는데, 랠프의 유언에 따라 그는 마이카 주식회사를 맡게 되었고, 드로게다도 관리하게 되어 있었다. 그는 추기경의 배려에 감사하면서도 조금은 화가 났다. 추기경은 메기 오닐과 그녀 가족의 미래에 대한 안녕을 라이너에게 부탁한 것이었다. 전쟁 때의 기도가 이제서야 열매를 맺은 것인가.

라이너는 그 등기 우편물을 즉시 회답할 수 있게 비밀 문서통에 넣은 다음, 저스틴의 편지를 뜯어보았다.

라이너!

나는 당신을 만나지 않은 것을 무척 다행으로 여기고 있어요. 당신과 만나기 싫다는 지금의 제 마음을 당신은 이해하지 못할 거예요. 그렇지만 당신이 내 곁에 있는 것은 더욱 참을 수가 없어요. 라이너, 난 이제 우리들의 관계를 여기서 끝내고 싶어요. 당신한테서 바라는 것도 없고 줄 것도 없어요. 당신이 전에 말했지요? 결혼 아니면 아무것도 없다고요. 나는 아무것도 아닌 쪽을 택했어요.

내가 드로게다를 떠난 몇 시간 뒤에 어머니가 나에게 랠프 추기경이 돌아가셨다고 전화로 알려주시더군요. 엄마가 그 분의 죽음에 그렇게 상심하시는 것이 정말 이해할 수 없도록 이상하게 느껴졌어요. 무엇 때문에 데인도 그렇고, 심지어는 당신까지도 추기경 님을 좋아했는지 잘 알 수가 없어요. 그가 죽었다고 해서 내 생각이 바뀌진 않아요. 그는 나에게 아첨 잘 하는 성직자에 불과하다는 생각 말이에요.

라이너, 난 할 말은 다 꺼냈어요. 그러면 실천하게 되고, 아무 쪽도 아닌 것을 택했다는 것을 다시 한 번 알려드려요.

라이너, 몸조심하길 바래요.

그는 그 편지를 접어 서랍에 넣지도 않고 태워버리지도 않았다. 전기 절단기 속에 넣어 버렸다.

그는 데인의 사망이 그녀에게서 감정적인 각성을 끝나게 했다고 간주했다. 가슴이 아파 오는 것을 느끼면서 속으로 중얼거렸다.

'그렇게 오랜 동안 기다렸는데도 이건 정말 슬픈 결말이구먼.'

그는 주말에 런던으로 가서 무대에 선 그녀를 지켜보았다. 그녀는 데스데모나 역을 맡고 있었는데, 무대는 너무나 빛났다. 자기가 못해 주는 것을 무대는 그녀에게 제공해 주고 있었다. 그는 소리칠 것 만큼 절실했다.

'이 철부지야! 그래 좋다. 모든 것을 무대에 쏟아라!'

그러나 사실 그녀 자신은 모든 것을 무대에 쏟지는 못했다. 그녀는 혼자에게만 말할 수 있었고, 어느 정도 안위와 망각 속에서 살 수 있었지만, 그것이 모든 상처를 쓸어가지 못했다. 결국 문제는 시간이 해결해 줄 것처럼 보였다. 그녀는 데인이 자기 때문에 죽게 되었다는 자기 상실의 엄청난 죄책감에서 쉽사리 벗어나기가 힘들었다. 또한 어머니 때문에도 괴로워했다. 데인의 죽음이 자신에게 미친 영향이 이 정도이니 어머니는 오죽할까 하는 염려가 마음 속에서 천둥소리를 내고 있었다. 그녀는 달리 생각하려 들지 않았다. 라이너와의 정사가 데인을 죽게 했다고 맹신하기까지 했다. 자기의 욕망 때문에 데인을 죽게 한 지금, 너무 늦은 감이 없지 않으나 라이너를 더 이상 만나지 않음으로써 속죄하고 싶었던 것이다.

이렇듯 망각 속의 세월이 흘러갔다. 그로부터 무려 2년이란 세월이 덧없이 지나간 것이다. 그 동안 그녀는 데스데모나, 오필리아, 클레오파트라의 역을 해냈다. 변화가 있었다면 그녀가 예전보다 친절해졌다는 점이다. 다른 사람의 슬픔을 보면 자기 것으로 받아들였다.

그녀는 무엇보다도 드로게다를 방문하려고 두 번씩이나 시도했었다. 두 번째에는 비행기 값까지 지불했을 정도였다. 그러나 마지막 순간에 마음을 돌렸다. 드로게다에 가게 되면 엄마를 만날 것이고, 그러면 슬픈 지난날의 이야기를 전부 꺼내야 하는데, 차마 그럴 수는 없다고 여겨졌기 때문이다.

드로게다의 한구석에서 메기는 한숨이 나오는 것을 억지로 참곤했다. 관절염이 때때로 괴롭히고 있어 말을 타고 싶었지만 그것은 과분한 자기 희망에 불과했다.

그런 어느날 자동차가 도착하는 소리가 들렸다. 뒤이어 휘오나의 목소리가 들려왔고, 발자국 소리가 뒤를 이었다. 저스틴이 아닌 이상 신경을 쓸 필요가 없었다.

"메기, 손님이 오셨구나. 안으로 모셔도 괜찮겠니?"

휘오나가 베란다 밖에서 큰소리로 말했다.

손님은 중년의 사나이였는데 상당히 젊잖아 보였다. 그는 랠프에게서 느꼈던 것처럼 자신감과 힘을 겸비한 사람같이 보였다.

"메기, 이 분이 라이너 하르타임 씨라는구나."

휘오나가 의자 옆에 서서 소개했다.

"아, 그러세요."

메기가 무의식적으로 소리 지르듯 말했다.

"라이너 씨, 자리에 앉으세요."

그도 놀란 눈으로 메기를 바라보았다.

"부인께서는 저스틴과는 다르시군요."

"예, 그 애는 나하곤 좀 다르죠."

"이 분께서 너하고 개인적인 일이 있으시다니까, 난 자리를 비울 테니 차 시킬 때가 되면 알리렴."

휘오나가 일러주고는 자리를 떴다.

"저스틴의 친구분이시죠?"

메기가 관심을 기울여 물었다.

그러자 라이너는 대답 대신에 담배갑을 꺼내며 물었다.

"한 대 피워도 될까요?"

"물론, 피우세요."

"부인께서도 피우시겠어요?"

"아니예요. 전 담배를 피우지 못해요."

그녀는 잠시 침묵을 지키다가 궁금한 듯 물었다.

"라이너 씨, 이렇게 먼 길을 오셨는데 무슨 일이신지요?"

그는 상대방을 똑바로 바라보며 말했다.

"물론 공식적인 용무가 있어 온 것은 아니지만, 그럴 만한 이유는 있습니다. 다름이 아니라 부인을 뵈려고 왔습니다."

"저를 만나려고요?"

그녀는 당황함을 감추기라도 하듯 화제를 돌렸다.

"우리 형제들이 선생님 얘기를 하곤 하지요. 로마에서 잘해 주신 것을 잊지 못하고 있어요. 며칠 계시면서 오빠들도 만나 보세요."

“부인, 감사합니다. 그렇다면 며칠 묵고 가겠습니다.”

그는 거침없이 대답했다. 메기는 약간 어색함을 느끼면서 대화를 하지 않을 수 없었다. 그가 좀 위협적으로 느껴지기도 했지만, 그건 이런 종류의 남자를 처음 상대했기 때문일 거라고 스스로의 마음을 달랬다.

“저스틴은 잘 있나요?”

그녀가 물었다.

“죄송한 말씀 같지만, 사실은 저도 잘 모르고 있습니다. 데인이 죽은 후로 저스틴과 만나지 못했습니다.”

“나도 데인의 장례식 이후 그 애를 만나보지 못했어요. 집에 와 주었으면 좋으련만, 그럴 가망이 전혀 없어요.”

라이너는 혼잣말로 중얼거리는 그녀의 심정을 이해할 수 있을 것 같아 고개를 끄덕였다.

“요즈음 드로게다는 마치 양로원 같아요. 우리들에게는 젊은이가 필요한데 말이에요 저스틴이 유일하게 남아 있는 우리 집의 젊은 사람이에요.”

그 말을 듣자 라이너는 몸을 앞으로 내밀며 부정하듯 말했다.

“부인께서는 마치 저스틴이 드로게다의 소유물인 것처럼 말씀하시는데, 그 말씀에는 찬성할 수 없다는 생각이 드는군요.”

“아니 무슨 권리로 그렇게 판단하고 말씀하세요?”

메기는 약간 화를 내며 물었다.

“아무튼 부인께서도 데인이 죽은 이후부터 저스틴을 못 만났다고 하셨죠? 그럼 2년 전이 되겠군요?”

“그래요, 2년 전이에요.”

“오닐 부인, 그 동안 용케 지내오셨습니다.”

“용케 지내왔다고요?”

그녀는 억지로 미소 지으며 반문했다.

“예, 부인께서 용케 지내왔다고 말했습니다.”

그녀는 조금 당황하다가 상대방의 얼굴을 똑바로 바라보며 물었다.

“당신은 어떻게 랠프와 데인과의 관계를 알았나요?”

“짐작했을 따름입니다. 누가 알려준 것이 아니고요. 로마에서는 모든 사람들이 데인을 랠프 추기경님의 조카라고 생각했어요. 그러니까 부인의 오빠라고들 생각한 셈이죠. 내가 저스틴을 처음 만났을 때, 그녀의 말에서 듣고 짐작했습니다.”

“저스틴은 절대로 그 일을 몰라요!”

그는 자기의 무릎을 거칠게 두드리는 메기의 손을 잡았다.

“물론, 부인 말씀이 맞습니다. 저스틴은 지금도 아무것도 모르고 있어요. 대화를 나누던 중에 암시를 준 것에 불과하니까요.”

“그럴까요? 확실해요?”

“네, 맹세할 수 있습니다.”

“그럼, 왜 그 애가 집에 오지 못하지요? 무슨 일로 해서 날 만나려고 하지 않을까요?”

그녀의 말 속에서 그는 그녀가 지난 2년 동안 얼마만큼 고통을 인내해 왔는가를 짐작하고는 자기의 방문 목적이 다른 방향으로 흐르고 있는 것을 의식했다.

“그것은 저 때문입니다.”

“아니, 당신 때문이라뇨?”

돌연한 그의 말에 메기는 정색을 했다.

“저스틴은 데인과 그리스에 갈 계획이었기 때문에 자기가 동행했더라면 동생이 죽지는 않았을 거라고 믿고 있어요.”

“그건 당치 않을 소리예요.”

“그렇습니다. 당치도 않은 소리인데, 저스틴은 그것을 고집스럽게 믿고 있으니 그게 큰 문제입니다. 이제 그것을 바로잡아 주실 분은 부인 밖에 없습니다.”

“바로잡아 주라고요? 라이너 씨, 당신은 이해를 못하고 있군요. 그 애에 대한 나의 영향력은 이미 오래 전에 사라졌어요. 저스틴이 나의 말에 귀를 기울인 적이 한 번이나 있는 줄 아세요? 이제 그 애는 심지어 날 만나기조차 싫어해요.”

그녀의 말에는 조금씩 힘이 빠져 나갔으나 뜻이 불명확한 것은 아니었다.

“난 우리 어머니의 인생과 같은 덫에 걸리고 말았지요. 드로게다가 나를 잡아매었어요. 이 곳이 내 인생의 전부예요. 여기서는 아직도 내가 필요해요. 이 곳 사람들은 나에게 의지하지만 자식들은 달라요.”

“부인, 부인의 말씀이 전부 옳은 것은 아닙니다. 만약 말씀하신 것이 모두 사실이라면, 그녀는 가책을 느낄 리가 없어요. 부인께서는 저스틴이 어머니께 갖고 있는 사랑을 너무 과소평가하시는 것 같군요. 그녀는 나 때문에 런던에 머물렀다는 죄책감이 있기는 하

지만, 나 때문에 고민하는 것이 아니라, 어머니 때문에 고민하고
있는 것이 확실합니다."

"그 애가 나 때문에 괴로워할 이유가 없어요. 제 자신이나 걱정
하라지요. 절대로 나 때문에 그럴 필요는 없지요!"

메기는 몸을 빳빳이 세우며 외쳤다.

"그렇다면, 부인은 저스틴이 데인과 추기경님과의 관계를 전혀
모른다는 제 말을 믿으시겠습니까?"

그녀는 불안한 감정을 나타내면서 고개를 끄덕거렸다.

"네, 믿고 있어요."

"제가 이 곳에 온 가장 큰 이유는 저스틴이 지금 어머니의 도움
이 필요한데도 그것을 요청하지 못하기 때문입니다. 부인이 꼭 그
녀에게 새로운 생활을 다시 시작하라고 격려해 주셔야만 합니다.
드로게다의 생활이 아니라, 그녀 자신의 생활을 말입니다. 그녀가
잘못 생각하고 있는 것을 부인만이 바로잡아 줄 수가 있어요. 저스
틴 같은 사람은 무대에만 만족하지 못합니다. 그녀 스스로 그것을
깨달을 때가 분명히 올 것입니다. 그때가 되면 나 아니면 드로게다
를 택하겠지만, 재가 좀 유리하죠. 왜냐 하면 나를 택하면 무대를
가질 수 있지만, 드로게다를 택하면 그런 점은 상상할 수 없으니까
요. 솔직히 말씀드려서 제가 여기에 온 목적은 잔인하게 들리실지
모르겠지만, 저를 택하게끔 해 달라고 부인께 부탁드리려는 것이었
습니다. 아마 부인보다는 제가 그녀에게 더 필요할 겁니다."

그러자 메기가 반박했다.

"드로게다도 결코 잘못된 선택은 아닐 겁니다. 그 애가 이 곳에

오면 끝장이라도 날듯이 말씀하시지만, 그건 꼭 그렇지 않아요. 그 애가 원한다면 무대도 가질 수 있고 보이 킹이라는 젊은이와도 결혼할 수 있어요. 바로 여기가 그 애가 진정한 삶의 보람을 느끼며 살 집입니다! 그 애는 잘 이해할 걸요. 그렇게 생각 안 하세요?"

"예! 그렇긴 합니다만, 저스틴은 변화 있는 곳에서 유쾌하게 사는 것이 더 나을 것으로 확신합니다."

"그 애가 여기서는 불행해질 것이라는 말씀이세요?"

"반드시 그렇다는 건 아닙니다. 그녀가 여기 돌아오면 보이 킹인가 하는 사람과 결혼하게 될 것이라고 생각합니다. 참 그런데 보이 킹은 도대체 어떤 사람입니까?"

"부게라 목장의 상속자인데, 저스틴과는 어릴 때부터의 소꿉 친구였지요."

"알았습니다. 저스틴이 집으로 돌아와서 보이 킹과 결혼한다면 또 다시 괴로운 생활을 시작하겠군요. 그것은 그녀가 사랑하는 사람은 보이 킹이 아니라, 저니까요."

"그렇다면 저스틴은 사랑을 아주 이상스럽게 하고 있네요?"

메기는 차를 시키려고 벨을 눌렀다.

"부인, 부인께서는 자신이 무엇을 해야 할 것인가를 잘 알고 계십니다. 저는 단지 부탁드리려고 온 사람이니 얼마 동안 천천히 고려해 주시기를 바라겠어요. 차차 아시겠지만, 전 참을성이 꽤 있는 남자입니다."

메기는 할 수 없다는 듯 미소를 지어보였다.

"정말 당신은 특이한 분이라고 생각되는군요."

그 후 그는 그 얘기를 다시는 끄집어 내지 않았고, 그녀도 마찬가지였다. 체류하는 동안 그는 보통 손님과 마찬가지로 행동했지만, 메기는 그가 어떤 남자인지를 보여주려고 애쓰는 행위로 느껴졌다.

평온함의 가면 뒤에 표정을 숨긴 메기는 그가 들려주었던 얘기에서 벗어날 수가 없었고, 그가 제안한 선택에 대해 끊임없이 생각했다.

그녀는 저스틴이 돌아오리라는 회망을 오래 전에 버렸었는데, 그의 얘기를 들으니 어떤 보장을 받은 듯싶었으며, 그녀가 고향으로 돌아오면 행복해지리라고 느꼈다.

결혼이라는 문제에 있어서 메기는 저스틴을 강제로 내맡길 수 있을지 그 방법을 알지 못했다. 아니면 그녀는 그 방법조차 알고 싶지가 않았던 것이 아닐까?

결국 그녀는 라이너를 무척 좋아하게 되긴 했지만, 결정적인 문제는 딸의 장래에 있어서 그가 얼마나 중요한 의미를 지니는 것일까 하는 점이었다.

저스틴이 자기를 사랑한다는 그의 주장에도 불구하고, 메기는 자기 자신에게 랠프가 지녔던 바와 마찬가지인 그런 중요성을 암시하는 얘기를 딸이 라이너에 대해 했던 것을 기억하지 못했다.

"머지 않아 당신은 저스틴을 만나게 되겠죠."

그를 차에 태워 공항으로 데려다 주면서 메기는 라이너에게 작별의 인사처럼 말했다.

"그렇게 되면 이번에 드로게다를 찾아왔었다는 얘기를 하지 말아 주셨으면 해요.”

“원하신다면요. 난 그저 내가 한 얘기를 고려해 주시고, 너무 서둘지 마시라는 것만 부탁드립니다.”

그는 홀가분한 기분을 느끼며 떠나갔다.

데인이 죽은 지 2년 반이 지난 4월 중순, 저스틴은 늘 보는 집들이나 음울한 얼굴들이 아닌 그 무엇인가를 보고 싶은 주체하기 힘든 감정에 사로잡혀 있음을 느꼈다.

봄바람이 부드러운 이 아름다운 날에 그녀는 런던이라는 도시가 갑자기 견딜 수 없이 싫어졌다. 그래서 그녀는 교외선 기차를 탔다. 나무에 연한 싹이 트고, 진달래와 수선화가 만발하는 4월 중순이 그녀가 가장 좋아하는 계절이었다. 그녀는 세상에서 가장 아름다운 경치들 가운데 하나라고 할 만한 장소에서 축축한 땅바닥에 그대로 앉아 자연의 그 아름다움을 음미했다.

눈길이 닿는 곳은 어디에나 수선화가 피었고, 저쪽에는 그림에서처럼 고요하게 반원을 그리며 나무가지가 늘어질 만큼 하얀꽃들로 묵직했으며, 만발한 편도나무 둘레에는 노란 종꽃들이 아른하게 물결치고 있었다. 평화로움, 그것을 누리기에는 너무나 힘들었다.

이윽고 출렁이는 편도나무의 절대적인 아름다움을 마음에 새기려고 그녀가 머리를 뒤로 젖혔을 때, 눈에 걸리는 그 무엇이 시선을 끌었다.

그 많은 사람 중에 하필이면 라이너 하르타임이 머리카락을 햇빛에 반짝이며 조심스럽게 그녀 앞으로 다가왔다.

“그러다가 감기 걸리겠어.”

그녀의 팔을 잡으며 그가 장난스럽게 말했다.

“내가 여기 있다는 걸 어떻게 알았어요?”

그녀가 의아한 표정으로 물었다.

“켈리 부인이 가르쳐 주더군. 그 다음은 간단했지. 난 당신을 찾아낼 때까지 무작정 걷기만 했으니까.”

“당신을 보면 내가 기뻐서 뛸 거라고 생각했겠죠?”

“그렇게 기뻐?”

“말꼬리를 잡고 대답하는 걸 보니 옛날 그대로군요. 난 기쁘지 않아요. 난 당신이 헛수고만 계속하게 내버려 둘 수 있으리라고 생각했어요.”

“훌륭한 남자를 헛수고만 하게 만들기는 어려운 일이야. 그 동안 어떻게 지냈어?”

“보시다시피 잘 지내요.”

“상처는 실컷 어루만졌어?”

“아뇨.”

“그래? 그러리라고 생각했지. 난 아직도 다정한 친구라고 생각하고, 다정한 친구로서 당신을 항상 그리워했어.”

“그건 나도 마찬가지예요.”

“그것 잘 됐군. 그렇다면 재회의 키스는 용납이 되나?”

“쳇, 그래요.”

그녀는 그의 얼굴에 자기의 얼굴을 가까이 가져가며 미소 지었다.

"아, 라이너. 다시 만나니까 정말 반가와요! 내 속을 이렇게 태운 사람은 또 없어요."

"불쌍한 저스틴! 머리가 홍당무같은 오스트렐리아의 여배우와 독일의 어느 장관 사이의 상처가 아물었다는 사실을 사람들이 볼 수 있을 만한 곳에서 내가 저녁을 사지. 당신이 날 버린 다음에는 바람둥이로서의 악명도 사라졌어."

"조심하세요, 마지막 친구. 사람들은 이젠 날 머리가 홍당무 같은 오스트렐리아의 여배우라고 부르지 않아요. 요즈음에는 난 눈부신 적갈색머리의 영국 여배우라고 하는데, 그건 불멸의 클레오파트라 역할 덕분에 새로 생긴 호칭이에요."

추기경이 죽었기 때문에 그는 이제 로마에 별로 가지 않는 대신 런던으로 왔다.

처음에 저스틴은 너무 기뻐 그가 제안한 우정 이상은 넘겨보지 않았지만, 여러 달이 흘러가고 과거에 가졌던 관계에 대해 그가 아무런 암시도 나타내지 않게 되자, 그녀의 가벼운 짜증은 착잡한 심정 이상의 그 무엇으로 조금씩 변모해 갔다.

그녀는 자기가 허락하기만 한다면 마다하지 않으리라는 사실을 깊이 의식하여 몸과 마음으로 그를 느껴보고 싶은 강렬한 그리움을 억제했다.

그러나 그녀는 데인의 얼굴과 겹쳐 나타나는 그의 얼굴을 그냥 받아들일 수가 없었다. 그를 잊음은 옳은 일이고, 그에 대한 욕망의 마지막 불꽃까지 모두 지워버림도 옳은 일이었다.

이제 라이너가 또다시 그녀 곁으로 돌아오고 나니 그것은 훨씬 더 어려워졌다. 그녀는 추억을 그가 간직하고 있는지 묻고 싶었지만 그럴 용기가 나질 않았다. 어찌 잊었을 리가 있겠는가? 분명히 그녀에게는 그런 일들은 끝장이 난 셈이었지만, 그는 그렇지 않다는 것을 알게 되면 마음이 흡족할 것이다.

저스틴의 생각이 그 정도로까지 진전되었던 날밤, 그녀가 맡은 역인 맥베드 부인은 평상시 그녀의 해석과는 상당히 어울리지 않는 흥미 있는 야만성을 드러냈다. 그러자 그녀는 잠을 잘 자지 못했고, 이튿날 아침에는 막연한 불안감으로 서성거렸다.

아, 드로게다에서는 지금 무슨 일이 벌어지고 있을까? 엄마는 또 다시 어떤 심각한 고민거리를 갖고 있을까?

그들은 만난 지가 3년이 지났고, 그 동안이라면 많은 일들이 벌어질 만한 시간이었다. 자신의 삶이 침체하고 무료하다고 해서, 다른 사람들도 모두 마찬가지이리라고 단정해서는 안 된다. 그날 밤, 라이너는 식탁 위로 손을 뻗어 저스틴의 작은 손을 힘주어 잡았다. 모양새가 없는 드레스임에도 불구하고 그녀는 더욱 성숙한 아름다움을 지니고 있다고 그는 생각했다. 그러나 표면에 드러난 위엄은 얼마나 깊이를 지녔을까?

"당신 어머니는 너무 고독해."

그가 문득 말했다.

"그래요, 그럴지도 모르죠."

저스틴이 얼굴을 찡그리며 말했다.

그러나 그와 헤어지고 나자, 저스틴은 깊은 생각에 잠겨 집으로 가는 동안 줄곧 우울했다. 그가 어떤 종류이건 간에 개인적인 일에 대해 가장 가까운 얘기를 한 것은 오늘밤이었는데, 그 얘기의 중요한 부분은 어머니가 무척 고독하고 나이를 먹었으니까 고향으로 돌아가야 한다는 의견이었다. 한번 용기를 내어 찾아가 보라고 그는 얘기했지만, 그것이 사실상 가서 정착해 살라는 뜻이 아닐까 궁금하게 생각도 되었다.

그런 생각을 하던 끝에 마침내 그녀는 흐느껴 울었고 바보같은 생각을 떨쳐 버리자고 마음 속으로 자신을 타이르고는 잠을 청하려고 헛되이 애쓰며 베개를 비틀고 두드렸으며, 나중에는 기운이 떨어져 대본을 읽으려고 온 정신을 집중시켰다.

몇 페이지가 지나자, 낱말들은 제멋대로 입 안에서 맴돌다가 흐려졌고, 슬픔을 마음의 한쪽으로 밀어 넣으려고 아무리 애를 써도 결국은 다시 슬픔에 사로잡히게 되었다.

다음날 느지막히 일어난 그녀는 문밖으로 나가다가 편지 한 통이 떨어져 있는 것을 발견했다. 그것은 어머니의 글씨였다.

저스턴아!

지금도 너는 여느 때처럼 충동적인 속도로 살아가고 있을 것이 틀림없을 것이라고 엄마는 믿고 있단다. 그래, 난 고독해. 아주 심하게. 하지만 네가 내 곁으로 돌아온다고 해서 그것이 조금이라도 달라지진 않을 거다. 만일 네가 잠시 동안만이라도 마음을 가다듬고 생각해 보면 얼마나 진실한 것인지를 스스로 알 수 있겠지, 너는 인생에서 뭘 바라고 살고 있지? 내가 상실한 것을 되찾아 준다는 건 네 능력으론 불가능하고, 내 힘으로도 할 수 없는 일이란다. 그리고 그것은 내 상실만도 아니며, 네 상실이기도 하고 나머지 모든 사람들이 상실한 것이기도 해. 어떤 면에서 넌 그것이 네 탓이라고 생각하는 모양인데, 그것은 그릇된 생각이야. 지금의 이 충동이 나에게는 속죄의 행위라고 여겨진다. 저스틴, 데인은 어른이었고, 무력한 아이가 아니었어. 그애가 떠나게 내버려둔 사람은 바로 나야. 안 그러냐? 만일 내가 너처럼 그런 기분을 느꼈다면, 나는 그가 자기 뜻대로 살아가게 허락했기 때문에 한없이 나 자신을 탓하며 앉아 있는 신세가 되었겠지. 하지만 난 나 자신을 탓하고 있지 않아.

고향으로 돌아오면 넌 네 인생을 나에게 넘겨주는 셈이 된단다. 난 그걸 원치 않아. 그리고 지금 난 그것을 거절하겠어. 넌 드로게다에 맞지 않고, 한번도 어울린다고 여겨졌던 적이 없지. 만일 네가 어디에 어울리는지를 아직 완전히 파악 못했다면, 지금 조용히 자리잡고 앉아 진지하게 생각을 해보라고 제안하고 싶다. 라이너는 아주 착한 사람인 것 같다. 네가 생각하는 것처럼 이타적인 남자는 이 세상 어디에서도 찾을 수 없어. 정말이지 데인을 생각해서라도 어른처럼 행동하거라, 저스틴!

귀여운 딸아, 불은 꺼졌다. 데인이란 불은 영원히 꺼졌어. 제발, 그 사실을 인정하도록 해라.

무슨 일이 있더라도 드로게다로 돌아오너라. 우린 널 보고 싶으니까. 하지만 아주 돌아오라는 건 아니다. 넌 이 곳에 정착해서는 행복해질 수 없다는 것을 우리 모두는 잘 알고 있단다. 그건 불필요한 희생일 뿐 아니라 쓸모도 없는 짓이야. 네가 하는 활동에 있어서는 오래 자리를 뜨면 상당한 피해를 받게 될 거다. 그러니 네가 속하는 곳에 머물면서 네 세계에서의 훌륭한 시련이 되길 진심으로 바란다.

고통! 데인이 죽은 직후의 고통과 똑같은 고통. 그렇다, 그녀가 할 수 있는 일은 하나도 없었다. 댓가를 치를 아무런 방법도 없었다.

비명! 찻주전자가 끓는 소리를 내고 있었다.

'조용히 해, 찻주전자야. 조용히 해! 어머니를 위해 침묵을 지켜 다오. 어머니의 하나뿐인 자식이 된 기분이 어떠냐?'

'아, 엄마! 엄마……! 만일 내가 인간적으로 노력한다면, 그래도 안 될까요? 데인! 대신 내가, 옛것 대신 새 등불이 된다면!'

저스틴은 라이너를 찾아갔다. 그녀는 방을 가로질러 가서 꿇어앉아 그의 무릎에다 머리를 얹었다.

"라이너. 지난 여러 해에 대해서 난 당신한테 미안하게 생각하지만, 그렇다고 속죄를 할 능력도 없어요."

그녀가 나지막하게 말했다. 그는 일어서거나 그녀를 자기에게로 끌어오지 않고, 그녀의 바로 옆에 앉았다.

"기적이야."

그녀는 그에게 따뜻한 미소를 지었다.

"당신은 변함없이 날 사랑해 왔어요. 라이너?"

"그랬지, 저스틴!"

"내가 당신을 너무 괴롭혔던 것 같아요."

"당신이 생각하는 그런 면에서는 아니었지. 난 당신이 나를 사랑하고 있다는 걸 알았으니까 기다릴 수 있었어."

"당신은 내가 스스로 깨닫게 되기를 기다렸군요. 난 스스로 깨달을 능력이 없었고, 어떤 도움이 필요했어요. 마침내 어머니가 강제로 눈을 뜨게 해주었죠. 조금 전에 난 어머니의 편지를 받았어요."

"당신 어머니는 정말 대단한 분이야."

저스틴은 미소 지었다.

"내가 좋아하는 건 아니, 당신이 가장 좋은 점은 내 속을 너무 태워 꼼짝할 수가 없다는 거예요."

그도 미소 지었다.

"그렇다면 미래를 이런 식으로 생각해 봐. 저스틴과 내가 한 집에서 살게 되면 당신은 어떤 식으로 삶이 엮어져 나갈지를 알게 될 거야. 난 지금 있는 그대로의 당신을 소유하고 싶어, 저스틴. 얼굴의 주근깨나 뇌세포 하나까지도 그대로 말야."

그는 그녀의 눈과 볼에 강렬한 키스를 했다.

"아, 내가 이러한 시간이 오기를 얼마나 그리워했는지 당신은 모를 거예요! 난 결코 잊을 수 없어요."

그녀가 속삭이듯 말했다.

메기가 받은 전보에는 이렇게 적혀 있었다.

방금 라이너 하르타임 부인이 되었음. 바티칸에서 조용한 예식을 올림. 온통 축복. 가능한 한 빨리 그 곳으로 신혼 여행을 떠나겠지만 살림은 이 곳에서 차리겠음. 가족 모두에게 사랑이. 저스

턴.

메기는 전보를 책상에 놓고 휘둥그레진 눈으로 창문을 통해 정원의 장미꽃들을 내다보았다. 향기, 장미꽃과 벌들. 정원은 너무나 아름답고 생기에 넘치고 있었다.

그 곳의 작은 것들이 크게 자라고 다시 변하고, 시들고, 그리고 새로운 작은 것들이 끊임없는 순환을 시작한다.

드로게다의 시대도 끝날 때가 되었다. 그렇다. 이제 새로운 사람들로 하여금 그 순환을 다시 시작하도록 내버려두자.

나는 그 일을 나 스스로에게 행했다. 그리고 이제 그 어느 한순간에 대해서도 후회할 순 없다.

가시에 가슴이 찔린 새, 그 새는 불변의 법칙을 따르고, 무엇을 위해 자신이 피를 흘리는지 모르면서 노래 부르며 죽어간다. 그러나 우리들은 가슴을 가시에 찔릴 때를 안다, 깨닫는다……:

그러면서도 우리들은 그렇게 살아가는 것이다. 그것이 바로 우리의 삶이다.

♠ ♠ ♠ 끝

五有而志于學　三十而立　四十而不惑

　　五十而知天命　六十而耳順　七十而從心所欲　不踰矩

15세에 배움에 뜻을 두었고 30살에는 자립하였으며

40세까지 않고, 50세에는 하늘의 뜻을 알았으며

60세에는 남의 말을 순순히 받아들였고 70세에는 뜻대로 행하여도 도에 어긋남이 없었다.

『논어(論語)』는 예부터 동양 3국(한국, 중국, 일본)에서 가장 많이 읽혀 온 고전이다. 특히 우리 나라는 한자 문화의 큰 흐름의 하나로 일찍부터 유교(儒敎)를 도입하였다. 그 유교의 대표적인 완성이 바로 『논어』이다.

　『논어』에서 공자는 '인간은 벌을 삼가야 한다'고 호소하고 있다.

　아마, 그 시대부터 세상에는 미사여구(美辭麗句)를 구사하고, 교언영색(巧言令色)을 능사로 삼는 사회 풍조가 팽배해 있었던 모양이다. 그 풍습을 좋지 않게 생각했던 공자는 무엇보다도 다변(多辯)을 경계하였다.

　지금까지는 공자 읽기를 사각팔면(四角八面) 융통성 없는 성인 공자라고만 인식되어 왔다. 그러나 공자는 의외로 인간 냄새가 짙은 사람이었다. 그 역시도 보통 사람과 같이 야망도 있었고, 그것이 성사 안 되면 낙담도 한다. 『논어』에서 보면, 벼슬자리가 여의치 않을 때는 세상을 한탄하는 모습도 나온다. 그리고 항상 성격이나 처세에 편심을 보이고 있다. 이런 모습을 보면 "아! 역시 공자도 한 인간임에 틀림이 없구나."라는 생각이 든다. 이런 인간다운 모습 때문에 이 난해하고 딱딱한 고전이 수천년을 두고 읽혀 온 것이니.

　이제 안내인으로서 하루 한마디씩 『논어』를 옆에 읽던 365일 공자가 말하는 인생의 자세를 배우기 바란다.

문지사

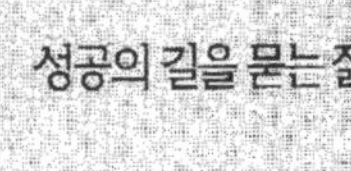

"미국 카터 대통령이 3군 사관학교 교양 교재로 추천한 책"

삶에는 공식이 없다

한 그루의 나무가 자라는 데는 적당한 땅과 공간과 햇볕과 비가 필요하듯이 인간이 생활을 영위해 가는 데 있어서도 여러 가지 생존 조건이 반드시 갖춰져야 한다. 기회 포착의 능력이 부족하면 삶의 길을 잃어버리거나 낙오자가 된다. 설사 좋은 기회를 얻게 되더라도 한순간의 결정적인 선택이 모든 것을 좌우한다. 생활을 통해 얻어지는 성공과 실패는 자신과의 싸움이다.

서울 특별시 은평구 갈현 1동 422-4   TEL : 386-6451~3

| 가시나무새 |

초　판　1989년 3월 15일
발　행　2016년 4월 20일 10쇄

지은이　콜린 맥콜로우
옮긴이　홍 석 연
발행처　문 지 사
발행인　홍 철 부

등록일자　1978년 8월 11일
출판등록　제3-50호

주소　서울특별시 은평구 갈현로 312
전화 | 영업팀　02)386-8451(代)
전화 | 편집팀　02)386-8452
　　　팩　스　02)386-8453

정가 **14,000**원

* 잘못된 책은 구입한 곳에서 바꾸어 드립니다.